怨惊春到小桃枝

黍宁 著

天津出版传媒集团

天津人民出版社

风好像懒洋洋……

他们跑得越来越快……

义无反顾地跑到山下去了

斜阳落在他脸上，朦胧地铺上橙黄、紫红、火红的暖光。

他的眼神看起来温和平静极了，

看得宁桃心里扑通扑通地跳，不自觉地移开了眼。

目录

壹

万妖窟

第1章

宁桃想，她可能要死了，被常清静亲手掐死。

掐住了她脖子的手，戴着漆黑的皮护手，修长而有力。

常清静血红的眼紧紧地盯着她看，面目狰狞，丝毫没有之前的光风霁月。

他清瘦疏朗，眉眼明艳动人。

这是他第一次离她这么近，近到她好像能闻见他身上那股淡淡的降真香气，夹杂着点儿血腥味儿和清冽的雪意。

宁桃瞪大了眼，耸动着鼻子，挣扎着，贪婪地想多吸上一口这空气。

这象征"生"的气息。

她不想死。

临死的那一刻，宁桃后悔了。但是常清静没有给她这个机会，他垂着眼，手上的力道半点儿没松，宁桃能清楚地感觉到生命正一点点从自己体内流失。

她后悔了，真的，眼前走马灯一般地闪过自己前半生，宁桃懊悔地回想着。

在碰上常清静之前，宁桃只是个普普通通的学生，除了青春靓丽一点儿，好像也没什么其他值得骄傲的地方，只不过在课间打了个盹儿就来到了平行世界。

来到这里的第一天，她碰上了奉师门之命下山除妖的常清静，在她差点儿被一个女妖一口吞掉的刹那，常清静出剑救了她。机缘巧合之下，她和他搭了个伙，结伴同行。

常清静长得好看，宁桃喜欢好看的男孩子。

少年时，天真懵懂，喜欢就像一簇小火苗，小心翼翼地烧了起来，越烧越烈，越烧越烈。

差一点儿，宁桃以为，常清静也是喜欢她的。

宁桃见证过他情绪低落时的彷徨和迷茫，他脸上的血还是她踮着脚帮他擦干净的。

就在宁桃相信自己能和常清静一路斩妖除魔、一直走下去的时候，苏甜甜出现了。

大抵清冷的小道士，总要配一个活泼可爱、天真无邪的小妖精，来打破小道士的清静从容。苏甜甜出身妖狐一族，不慎被常清静当成恶妖打伤，从那之后，就跟了常清静身边。

没事的时候，苏甜甜会化作一只火红的小狐狸。少女迷迷糊糊，喜欢吃，喜欢睡，总是一副睡不醒的样子。

少年眼里的坚冰，一点点被小狐狸融化。

这个时候宁桃才发现，原来常清静一直没动心，只是因为没碰上那个对的姑娘。

或许男女主角携手走向美好的结局，总要经历些波折。就比如说，苏甜甜其实是有意接近常清静的，为了救她的竹马，要取一碗常清静的心头血。

得知真相之后的常清静入魔了，在扶川谷大开杀戒，连屠前来围堵他的正道修士一百二十人，其中还不包括快被他掐死的好朋友——宁桃。

得知常清静入魔之后，宁桃火速赶了过去，想着那么长时间的情谊，总能感化一下常清静吧。说不定常清静见到她，会短暂地恢复神志，喊她一声"桃桃"呢？

结果没想到，常清静一把掐住她的脖子，把她提了起来，还有越掐越用力的趋势。

她快死了，宁桃心中突然涌上了一股痛苦酸涩和尴尬茫然。

这么长时间以来，她一直以为她对这个平行世界来说是特殊的，没想到却是个"炮灰"。

就在这时，掐着她脖子的那双手忽然顿了一下，宁桃一愣，费力地睁开眼向前看去。

常清静想起来了？

他恢复神志了？

少年确实一愣，却不是因为她，为的是从远处传来的那道惊慌失措的清甜嗓音。

"常清静！"

那是苏甜甜。

远远地，一道杏色的身影朝着她和常清静奔来。

少年微微一愣，难以置信地睁大了漂亮的猫眼，嗓音又涩又哑："甜甜？"

少女生得娇俏动人，后面翘着几条如火一般漂亮的尾巴，脑袋上也顶着两个毛茸茸的狐耳。她三步并作两步，冲到了常清静的身后，一眼就看见了被少年高高举着、掐着脖子的宁桃。

苏甜甜的脸色顿时就变了："宁桃！"

"常……"少女咽了口唾沫，像是怕激怒面前这个少年，"常清静，不要！"

宁桃看见，常清静的目光随着少女的目光，一转，落在了自己身上，那好看的桃花眼里，平静冷漠。

苏甜甜走上前，突然张开双臂，一把抱住了常清静结实精瘦的后腰。少女隔着道袍，将脸贴在常清静脊背，嗓音哽塞："敛之，对不住，我……我错了……"

扶川谷中，吹来一阵含着血气的冷风。地上刀戟林立，尸骸遍野。

常清静难以置信地僵住了："甜甜……"

男女主角冰释前嫌。

或许现在才意识到自己手上还掐着一个，常清静手上一松。

宁桃眼前一黑，从半空中掉了下来，新鲜的空气争先恐后地钻入鼻腔。

活着真好，这是宁桃临死时脑海里浮现出的最后一句话。

下一秒——

利刃穿破血肉之声乍响，被常清静松开之后，地上万剑归宗剑阵还在运转，一柄利剑从背后洞穿了她的心脏，她像一条挂在剑上的鱼，茫然地看着天空。

突然，整个扶川谷的风好像都停了。

宁桃什么也听不见了。

失去意识前的最后一秒，她好像看到了常清静睁大了猫眼，恢复了神志，眼中一片清明。

他好像在喊——"桃桃"。

第2章

事态可能有点儿严重。

宁桃抱着个大书包，不知所措地看着面前两溜儿高照的明灯。

一盏盏羊角灯、玻璃灯、绢灯悬挂在廊下，暧昧的灯光依稀照出了夜色中的假山池塘。

不远处，隐隐传来了点儿鼓乐笙箫和男男女女的调笑声，胭脂水粉和酒香味混在一起。

宁桃有点儿茫然。

她明明记得，刚刚她还趴在课桌上补觉来着。夏天中午容易犯困，一下课，教室里顿时睡倒了一大片，只剩下头顶的电扇还在吱呀吱呀地转悠。

但是等她一醒来，前桌不见了，写满了公式的黑板不见了。唯一陪着她的就只有怀里这么个大书包，还吊了个 Hello Kitty①的装饰挂件，系着粉红色蝴蝶结的白猫，一脸呆萌地看着自己，还有自己这一身宽大的、蓝白色的运动校服。

她这是在做梦吗？！

想到这儿，宁桃更茫然无措了，面前这一切实在有点儿超乎了她的想象。

就在这时，不远处似乎传来了一阵脚步声，隐隐地，有一队昏暗的身影从廊前拐角处转了过来，宁桃抱紧书包，心里"咯噔"一下，不自觉地往后退了一步。这一退，脚下一个踉跄，宁桃正好退进了一扇半掩着的门里。

瞬间，宁桃身上的汗毛根根孛起，心跳如擂鼓般迅速环视了一圈儿屋里。

没有人，屋里安安静静的。

这儿看上去像是一个女人的卧室，红烛高照，绯红色的灯光荧荧，一阵胭脂味儿的夜风从屋外吹来，卷起了屋里的轻纱帐幔，烛火"噼啪"一声，晃了一晃。烛火跃动了一下，蓦地被拉成一条细细的线，像是垂死挣扎的人，气若游丝，绷得紧紧的。

初次来到一个陌生环境，宁桃也不敢动，僵硬着身子，屏住了呼吸，把怀里的书包抱得更紧，老老实实地等着那一队打着灯笼的人走过。

然而这一队人刚走，门外突然又传来了娇俏的笑声。

"到这儿来，这儿没人。"

宁桃呼吸瞬间急促起来！

这儿有人！

来不及多想，宁桃赶紧抱紧书包，目光落在了那拢着红帐子的榉木雕花床上，宁桃迅速往床底下一躲。

大红色牡丹纹的床单很长，一直垂落在地上，正好把宁桃挡了个严严实实，床单垂落下来，挡住了屋里的光景，只能看见一片薄红色。

宁桃口干舌燥地趴在床底下，扶了一下因为慌乱歪了的眼镜，心里泪流成河。

---

① 日本著名卡通人物凯蒂猫的英文名，是日本 Sanrio 公司所创造的卡通形象之一。Hello Kitty 的相关商品通常以一只头上有红色蝴蝶结的明亮粉红色卡通猫咪形象出现。

转眼之间，宁桃已经脑补出自己因为没有户籍而沦落街头的凄惨画面。

不过当务之急，她还是先搞清楚这里是哪儿吧。

一阵纷乱的脚步声响起，似乎有一男一女撞进了屋里。

宁桃握紧了 Hello Kitty 的挂饰，脸火辣辣地烧了起来。趴在床底下，怎么趴都觉得别扭，脖子胳膊哪哪儿都不舒服，宁桃调整了一下姿势，慌乱和无措转眼就消失了个无影无踪，心里忍不住打起了小鼓，不太确定地想，她要趴在床底下一晚上吗？

男人呼吸越来越急促："十……十娘。"

过了一瞬——

"十……"男人突然惨叫了起来，"十娘……啊啊啊……啊啊啊啊啊啊啊！"

撕心裂肺的惨叫声突然在整个屋里炸响！

宁桃愣了一下，这声音简直就像丧尸电影里的人临死时的惨叫，听得她没来由地一个激灵，头皮一阵发麻！

眼前只剩下一片薄薄的红，宁桃屏住了呼吸，全身哆嗦个不停。男人的惨叫声越来越高，越来越高，最终，在顶点戛然而止，急转直下。

屋里又安静了下来，静得只能听见烛火毕剥的动静，还有滴答——滴答——像是什么液体流了下来，一阵血腥味儿隔着床帐，一路飘到了床底。

远处传来一阵更鼓声，咚——

屋里的女人蹲下了身，片刻之后，一阵诡异的声音突然响起，听得人毛骨悚然。

宁桃哆哆嗦嗦地睁大了眼，浑身冰冷。

她……她究竟到什么地方来了？

不知道过了多久，屋里的人唇齿间溢出了一声满足的喟叹，听动静是理了理衣摆，走出了屋。

等女人走远了，宁桃才身体僵硬地掀开了面前垂落的床单。

地上血糊糊的一团，宁桃不敢多看这究竟都是些什么东西，赶紧移开了视线，放眼看去，廊外暧昧的绯红色灯光，也像是扭曲的鬼影。

活到这么大，从来没见过这种场面的宁桃面色惨白地捂住了嘴，只觉得胃里一阵翻涌，浑身直哆嗦，腿软得站都站不起来，怕得忍不住直掉眼泪。

不能哭不能哭不能哭。

要冷静。

宁桃哆哆嗦嗦地擦了擦眼泪，告诉自己要冷静，这就像她之前看过的末日电影，没什么可怕的。

首先她要弄清楚这究竟是个什么鬼地方！

抱着书包，宁桃小心翼翼地绕过了地上的尸体，往前走了一步，但刚走出门槛，一串娇俏的笑声陡然在黑暗中响起。

"呀，小老鼠终于出来了。"

宁桃瞬间僵硬在原地。

从黑暗中走出一个容貌美艳的女人，挑着唇，妖妖娆娆地笑。她衣衫穿得轻薄，胸口露出了一大片，如雪的肌肤上飞溅了一串血沫。

女人看着面前的小姑娘，生着张圆脸，长得清清秀秀，头发乌亮亮的，穿着件稀奇古怪的蓝白色衣服，鼻子上还架了两个古怪的圆片，正是青春丰润时，嫩得像能挤出水来。

这么想着，女人露出个和蔼的微笑，缓缓张开了嘴。

恐惧慑住了宁桃的心神，宁桃全身僵硬，想跑，身体却突然不能动弹了，就这么眼睁睁地看着女人那点朱唇中闪电般蹿出了一道鲜红色的东西！

宁桃全身一个激灵，原本僵硬的身体，在死亡的阴影笼罩下的那一刻，瞬间被激活，抱紧了书包，一个箭步拔腿就冲了出去。

跑！

女人也不着急，在身后漫不经心地追，一边儿追一边儿笑。

"跑什么呀？别怕呀，姐姐就想看看你，乖妹妹，让姐姐看看你怎么样？"

宁桃跑得更快了，心中愤怒地大喊：看你个头！

宁桃抱着一个书包跑，速度明显被拖慢了不少。即使她跑得肺里像拉风箱一样也不敢松手，这书包好像就是她唯一的依靠。

她去哪儿？去人多的地方？

万一这是个妖窝呢？！

身后的女人还在笑，好几次都已经扑上了宁桃的脚踝。

宁桃止不住地哆嗦，跑得气喘吁吁，差点儿一个踉跄扑倒在地，眼泪止不住地冒了出来。

她害怕。

不怕不怕，她中考八百米长跑跑了三分零八秒呢！

女人好像是终于玩腻了，一个跃步，冲到宁桃身后，紧跟着扑到了宁桃的面前。

宁桃浑身一震，咬牙反手就把手里的书包砸了出去！

砰！这动作明显没起到任何用处，书包英勇地冲上前，然后"啪"的一声砸在了地上。

女人低下头，冲着宁桃和蔼地微笑。

一到平行世界就要被杀了的，她肯定是第一人，宁桃泪眼模糊地想，鼓起勇气，准备迎接即将到来的疼痛，预想中的痛苦却没有出现。

"啊啊啊啊啊啊啊！"

面前的女人，突然发出了一声尖厉的惨叫！

一道如碎星般冷清绝艳的剑光亮起，砰——

女人轰然倒地，鲜血浇了宁桃一身。

宁桃愣在了原地，连尖叫都忘了，呆呆地擦了一把沾了血的眼镜镜片，看向来人。

剑光盘旋了一圈，入鞘，少年十五六岁，生就一副仙姿玉骨，穿着一身葛布道袍，头戴小冠，背负剑鞘。

他手中的剑，剑身细长，剑柄蜿蜒攀着枝桃花装饰，剑身流泻珠玑光辉，琅琅皎皎，如落了胭脂色的春水般旖旎动人。

少年眼里倒映了灯光，像冷冷清清的秋水，像春日初融的冰雪。

他看了一眼被鲜血浇了一身的宁桃，还有少女身上这一身不合时宜的蓝白色衣服，皱起眉，说出了第一句话。

"你是谁？怎么会出现在这儿？"

第 3 章

宁桃愣了一秒，劫后余生的庆幸瞬间激荡着心扉，眼里积蓄的泪水终于憋不住了，一个没忍住，鼻子一酸，"哇"的一声，眼泪扑簌簌地落了下来。

宁桃坐在血泊中，哭得上气不接下气。

别哭了，她心里虽然这么想，身体却没出息地不听从指挥，眼泪流个不停。

意识到面前这少年还在看着自己，宁桃抽了抽鼻子，擦了擦脸上的血，打着哭嗝，磕磕绊绊地回答："我……我叫宁桃，我也不知道怎么就在这儿了。"

普通人，不记得了？常清静皱起了眉。

眼前的少女个头不高，被淋了一身的血，脸上的血被眼泪一冲，留下了几条鲜明的红痕。

没有修为、没有灵气，手上也没有茧，肌肉看上去也没经过任何训练，反应迟缓，虽然穿着打扮奇怪，但的的确确是个手无缚鸡之力的普通人。

或许是在不知不觉中被掳到了这妖窟，一瞬间，少年心底已经有了决断。

常清静沉默了片刻："这儿是万妖窟。"

万妖窟？

宁桃一个哆嗦，因为少年这话，目光不由自主地又落到了那具尸体上。

这是她活了这么久以来，第一次直面尸体。

宁桃胃里一个翻涌，差点儿吐出来，这个时候才意识到了手上湿黏黏的到底是什么。

血，好多血，她就坐在血泊里，和面前这个少年在说着话。

强忍着恐惧和恶心，宁桃颤颤巍巍地站了起来，还没站稳，膝盖一软，又一屁股跌了回去。

常清静手疾眼快地伸手扶住了她，冷声道："你还好吗？能不能站起来？"

这一路从师门蜀山剑派到仙来镇，他出手救过不少普通人，因为恐惧而号啕大哭、手脚发软、惊惶不安的，不在少数。

面前这少女虽然穿着打扮奇怪，但皮肤白皙细嫩，一看就知道没做过什么重活儿，没吃过什么苦，或许是出自哪个富户。

少女虽然眼泪鼻涕流个不停，却还是站稳了，沙哑着嗓子，轻轻地、细细地，说了声："谢谢。"

等宁桃站直了，少年这才适时收回了手。

哭过一顿之后，宁桃的情绪终于稳定了不少，更重要的是，之前看到过的那些电影和电视剧告诉她，不能哭，哭一声就够了，在这种情况下哭个不停，是会给人添麻烦的。

"你是剑侠吗？或者说，"宁桃小心翼翼地问，"是修道的？"

就算再傻，她这个时候也看出来了，自己可能无意中来到了一个特殊的平行世界。

"我出身蜀山剑派，的确是你们普通人口中的修道之人。"

"蜀山？"脑子里顿时浮现出一系列游戏、小说的形象，宁桃呆愣愣地问，"那你认识徐长卿、李逍遥，或者说三英二云？"[1]

---

[1] 徐长卿、李逍遥以及下文的慕容紫英，皆为国产单机游戏《仙剑奇侠传》系列中的人物；三英二云为还珠楼主的小说《蜀山剑侠传》中的人物。

常清静也是一愣："未曾听闻。"

那看来这儿不是什么仙侠世界了，宁桃挠挠头，心里突然有点儿遗憾。

《蜀山剑侠传》她才刚开始看，电脑里的游戏存档进度都已经一半了，还没打完呢。

说起慕容紫英，宁桃新奇地睁大了眼，面前这个少年好像慕容紫英，微蹙的眉头，看上去挺冷淡的，实际上人又好又值得信赖，可不就像小紫英吗？！

"你们修道之人，是不是都斩妖除魔，守……守护普通人免遭妖孽伤害？"

少年一顿，转过头，目光落到了宁桃身上。

被这么一双清凌凌的眼盯着看，宁桃不自觉揪紧了宽大的校服衣摆，咽了口唾沫，过了好一会儿，才听到常清静回答："是。"

宁桃微不可察地松了口气。

他认同了"守护普通人免遭妖孽伤害"这件事。

这么说，他应该会把身为"普通人"的她送出去吧？宁桃不大确定地想。

像是为了印证她的猜测，下一秒，少年低声道："跟着我，我送你出去。"

宁桃眨了眨眼，激动得脚步都有点儿跟跄，语无伦次道："好……好，我一定会跟紧你，不给你添麻烦的。"

少年低低地"嗯"了一声，背着剑转身就走："当心脚下。"

宁桃下意识地跟着走了几步，突然想到了什么："等一下。"

她赶紧加快脚步，一鼓作气挪到那具尸体旁边，捡起了地上的书包。书包泡在这一摊血水里，拎在手上，还往下滴滴答答地滴着血水。

虽然这书包已经沾满了血，但毕竟是陪着自己过来的为数不多的东西之一，宁桃不想丢了它。

攥紧边儿上 Hello Kitty 的挂饰，擦干净了，她这才抬头看向面前的少年："好了。"这一抬头才发现，面前的少年其实个头儿并不高。

可能是因为这个平行世界生活水准没她所在的世界高，面前这少年，宁桃估计，也只比她高了半个头。不过他的年纪看上去和她差不多大，估计还有的长，男孩子的个头儿都是蹿得很快的。宁桃记得，以前班级里好几个男生，过了一个暑假，个头儿就飞一般地蹿了上去。

拎着书包，宁桃紧紧地跟在了少年身后。

少年脚程很快，可能是察觉到了她有点儿跟不上，下意识放缓了脚步。

鼻间还弥漫着一股淡淡的血腥味儿，迷离的灯光晕染成一片暧昧的红，从眼角掠过。宁桃回头一看，一盏盏灯笼被甩在身后，远远看上去，像一点一点昏黄的光晕，一眨眼，就被身后黑洞洞的夜风吞噬了。

宁桃心里一突，不敢再看，迅速收回视线，咽了口唾沫，轻声问："少侠……你叫什么名字？"

少年脚步微不可察地一顿："常清静。"

"你多大了？"宁桃问。

常清静答："十五。"

年纪比她还小。

宁桃讨好般地夸了一句："常清静，你很厉害。"

第一次讨好陌生人，宁桃心里也有点儿发虚，一张脸不由自主地烧红了。

少年脊背微微一僵，没再吭声。

抱着书包，宁桃跌跌撞撞地跟在常清静身后，心想，她前面这少年虽然冷淡，但也是个面冷心热的好人呢。

凡是她问的问题，他的回答虽然言简意赅，至少一个字，至多不超过十个字，却还是一一回答了她。

就在宁桃微微出神间，长廊拐角处，突然传来了一阵纷乱的脚步声。

有人！宁桃猛然回神，心立刻高高地提到了嗓子眼儿。

常清静目光一冷，停住了脚步，冲她比了个手势："后退。"顿了顿，又补充了一句，"别离我太远。"

言罢，他秀眉紧蹙，一声厉喝："雷字，雷惊电绕。锵！"

话音刚落，背后长剑自发嗡然出鞘，剑身裹着一层蔚蓝色的电流，呼啸着平削了过去。

"有人？！"

拐角处传来一阵接二连三的低喝，一行人急急忙忙转出拐角，一看见常清静和宁桃，立刻扬眉高声怒吼："什么人？"

灯笼剧烈地晃动了起来，光影和血色交织成了一片。

一行人丢了灯笼，立刻扑了上来。

少年显然是初出茅庐，剑光虽然惊艳，但在这重重包围之下，还要护着宁桃，难免就有点儿左支右绌。

眼见一把明晃晃的大刀，朝着常清静当头就要斫来，宁桃瞳孔骤缩，大口地喘息了一声，不顾自己暴露在刀光剑影之下，鼓足了吃奶的力气，以十分标准的扔铅球姿势，把手里的书包狠狠地掷了出去！

"咚"的一声闷响，砸得刀柄往旁边儿一歪。

那边儿，常清静立刻察觉出不对，眉眼冷厉，飞剑上手，挡住了来人。

宁桃还没来得及高兴，突然觉得背上一疼，整个人不受控制地向前扑了过去。

预想之中的疼痛并未袭来，眼前一花，等宁桃再反应过来的时候，已经落入了一个干净清冽的怀抱。

少年一只手搂着她，另一只手运作剑光，贴着她脊背那只手，不断有鲜血从指缝渗出来。

宁桃愣愣地抬眼，只能看见少年紧绷的下颌和抿得紧紧的唇瓣。

那道由他操纵着的剑光，上下翻飞间，几乎交织成了一场胭脂色的连绵飞雪。

少年把她护在怀里，嗓音骤冷："别看，别怕，我会带你出去的。"

之后的战斗，宁桃闭着眼，没敢多看。

刚刚砸书包儿几乎已经用尽她这十多年来全部的勇气了，她还是老老实实地躺着吧。

等剑鸣声一点一点弱了下来，宁桃才敢睁开眼，一睁眼，就看到少年眼神有点儿复杂地盯着她看："刚刚你，为什么……"

常清静顿了顿，有点儿不太自在："为什么救我？"

他下山除妖这么长时间，还从来没有人愿意在这种时候，舍命保护他。常清静抿紧了唇。

被常清静这么一看，宁桃也有点儿不好意思了，连忙红着脸摆摆手。

她哪里是舍命救他呀。

"我只是在想，我们是一起的。"宁桃红着脸，心虚地小声道，"你要是受伤了，我们就跑不出去了。"说完，忐忑不安地等着少年的反应。

常清静没动静了。

宁桃悄悄地抬眼。

两人大眼瞪小眼地看了一会儿。

常清静耳根有点儿发红："衣服脱下来，我替你看看背后的伤。"

第4章

宁桃睁大了眼，一张脸迅速变红。

少年眼神清冷干净，没一点儿别的想法。

后背上一阵接一阵地疼，心知现在也不是计较男女之别的时候，还是保命要紧，宁桃不太自在地别过了头，脱下外套，但脸上的温度还是控制不住地一路攀升。

宁桃一边脱一边在心里默默唾弃自己，红着脸吐槽：人家只是要帮自己看伤而已，再说自己长得也不好看。保持平常心啊，桃桃！千万不能因为害羞而耽搁了正事。

常清静不只耳根发红，白皙清冷的脸上也泛起了淡淡的酡红。

宁桃哆哆嗦嗦地转过身，将大片光洁的脊背暴露在了少年面前。

修行之人，五感皆明，鼻间仿佛能嗅到少女身上极淡的芳香，和常清静闻到过的任何香气都不一样，是一股奇异的甜香，好像……带着些牛乳的味道。

如果宁桃能听见少年慌乱局促的心思，肯定会吐槽：这就是牛奶沐浴露的味道啦。

常清静握紧了指节，慌乱低下眼，眼睫一颤，赶紧把注意力转回到了宁桃背上。

少女弓着腰，脊骨微微凸起，肌肤算不上多白，但细腻健康，而在左边，多出一块刺眼的伤口，黑血四溢，伤口之上，一个微不可察的深黑色的圆点正在缓慢地扩散。

常清静脸色骤变，眉毛紧拧——这是毒。

而且看宁桃这模样，恐怕中了还不止一种毒。

刚刚交战时，他明明看到一抹绿光，只是快得来不及眨眼，就迅速没入了宁桃身体里。

宁桃背对着常清静，努力压下内心的羞耻感，耐着性子等了一会儿，结果半天也没等到身后有动静传过来。

这让宁桃心里颤巍巍地冒出了点儿不祥的预感。

宁桃鼓起勇气，小声儿问："怎么……怎么样？"

"你……"常清静迟疑地回答，"中毒了。"

"中毒？"宁桃的脸瞬间就白了，"中了什么毒？这毒烈吗？"

常清静抿唇："在下可能要凑近了看才能看清楚。"

比起羞耻心，明显还是自己小命最重要，那点儿羞怯和不好意思立刻被抛到了九霄云外，宁桃忙不迭道："你尽管看。"

常清静顿了顿："好。"

说完，他两指合拢，往眼皮上一抹，再睁眼时，清凌凌的桃花眼立刻就变了，瞳仁如墨般乌黑，像猫一样聚精会神地看着。

在瞳术加持之下，他能看出黑色的圆点在逐渐深入肌理，顺着肌肉往下，深入骨髓。

常清静迟疑了一瞬，伸手在宁桃背上轻轻一抹。

感受到脊背上微凉的触感，宁桃心里扑通扑通直跳，回头问："怎么样？有结——"

"果了没"三个大字在看清眼前这一幕之后，顿时卡在了嗓子眼儿里，咽不下去，吐不出来。

宁桃目瞪口呆，震惊了：常……常清静……他他他……

少年如玉的指尖沾了点儿她背上的血渍，面色不改地把她身上的血含进了嘴里。

蜀山剑派虽然走的都是剑修这一条道，但并不会拦着门下弟子学习其他技能，医术也是其中一种。

在负责丹药的杏林长老的教导之下，常清静练就了一条好舌头。原本还不大确定，这一尝，常清静心里立刻就确定了八九分。

这是离恨天。

正准备开口和宁桃说明情况，他就看见面前少女的神情浑浑噩噩。

常清静微微皱眉："宁……姑娘？"

宁桃猛然回神："有……有！"

想到离恨天，常清静面色染上了几分沉重。

这离恨天是一味剧毒，虽然不会马上伤人性命，但中毒之后，需要日日用解药吊着，延缓毒性，而解毒所需的药材种类繁多，很不好找。

想到这儿，常清静难得有点儿沉默。

他要不要告诉面前的少女？

他在"风雷剑法"未修成之前，一直待在山上，潜心研习，鲜少下山，除了蜀山师兄弟，很少和常人接触。如果不是奉师命下山历练，恐怕这一两百年间不会踏出蜀山山门半步，更别提和姑娘接触了。

如实相告，常清静未免担心面前的姑娘接受不了自己中毒这一事实。

常清静一直没说话，宁桃更紧张了："常……少侠？"

常清静摇摇头："宁姑娘，我有话要同你说。"

这是她自己的身体，于情于理，也该让她知道真相，就算能瞒这一时，日后总有真相大白的一天。

想到这儿，常清静还是决定如实相告。

眼看少年扭头，宁桃更慌了。

她……她该不会中了什么奇毒吧？

"宁姑娘，"常清静郑重道，"你中的是离恨天。"

"离恨天？"宁桃问，"这是……你刚刚尝出来的吗？"

常清静："我们蜀山弟子自幼要跟随长老学习如何分辨毒与药，能以舌尝毒。"

宁桃结结巴巴地问："那……那这毒？"

"这毒不算难解，只是解毒所需的药材繁多，以现在的情况来看，有些难办。但请姑娘放心，姑娘是为了救我才中此毒。在你还没解毒之前，我希望你能跟在我身边，与我同行。而在这段日子里，在下也会尽量为姑娘找寻解毒的办法，倘若毒发，也能及时为你运功化解。"

"你的意思是，跟在你身边，暂且就没有性命之忧吗？"

常清静抿唇："也可以这么理解。"

少年拿起手边的剑："走吧。"

这个时候，宁桃恍然发现，她和常清静的姿势，已经变成了面对面坐在地上。她支着腿盘坐着，而常清静坐得十分端正。

这个动作，宁桃之前在历史书上看到过，好像是叫"跽坐"。

少年的道袍衣摆一丝不乱地垂落在地上，腰杆儿脊背挺直，坐得端端正正，一本正经。

常清静一定是个谨慎克制的人。

她初来乍到，人生地不熟，这儿又是个剑光乱飞的地方，既然她以后要和他一道儿相处，那摸清对方的脾性就是必不可少的生存技能。

宁桃心里默默记下，赶紧穿上外套，急急忙忙跟上了常清静的脚步，连态度也变得谨慎有礼貌了不少。

"常少侠，我们……接下来要去哪儿？"

"先去找一个人。"

据常清静所说，他来万妖窟是受人之托。

在离这儿不远的地方，有个金乐镇，金乐镇不大，土地统共就那么多，一家姓吴的富户占了一半儿。这吴老爷性格仁善，在金乐镇里声望很高，但偏偏三十好几了，愣是没生出一个孩子。

一直到四十多岁，吴老爷和夫人才育有一个独子，名叫吴芳咏。吴芳咏出生的时候，吴夫人难产，他一生下来就身娇体弱。由于就这么根独苗苗，加上又是个多病身，吴老爷和吴夫人很是爱惜。

偏偏在几天前，吴府的宝贝疙瘩命根子吴芳咏失踪了。

乖学生宁桃举手："所以他们请你去找他？"

常清静颔首："我多番查探，终于查到了万妖窟。找到吴芳咏之后，我就带你回吴府。"

宁桃"嗯"了一声，也不再多话，老老实实地抱着书包，亦步亦趋地跟在常清静身后。

这一路上，少年剑光飞掠，砍瓜切菜一般地一路前进，瓷白的脸上血沫飞溅，眼神凌厉如刀。

只要不被围攻，常清静的武力值还是有保证的。

从刚开始目睹女妖被一剑斩首的凶残一幕，到现在宁桃只能惨白着脸，在心里安慰自己，这都是人形怪。

可惜，收效甚微。

常清静收了剑，面前少女如获重生般地赶紧比了个手势，麻溜地一路小跑，跑到了一边儿，扶着墙吐去了，好恶心——

呕——

虽然很没礼貌——呕——

但真的好恶心。

从小生长在和平的世界，宁桃哪里见识过这阵仗。

隔着屏幕看看丧尸片和自己亲身经历的感觉是完全不一样的。

不敢离常清静太远，吐完了，宁桃赶紧擦了把嘴，嗒嗒嗒地又跑回了常清静面前。

"我好了，常少侠，我们继续。"

常清静静静地看了她一眼："嗯。"

接下来这一路，不知道是不是宁桃的错觉，少年出手明显比之前温和了不少，没了一剑将对方劈成两半的这种操作，换成了一剑穿心，不知道是不是有术法加成的缘故，血都没流几滴。

这一路，宁桃耳畔仿佛回响着一阵叮叮叮的技能音效，一个接一个人形怪，就这么倒在了常清静剑下。

常清静，一定是个谨慎克制、外冷内热的人，宁桃默默地在心里加上了一笔，心里突然漏跳了一拍。

不妙——意识到不对劲，宁桃赶紧稳住心神，重新追了上去。

"到了。"

少年脚步突然一顿。

宁桃抱着书包，往前看了一眼。

这门平平无奇，她自然是看不出什么的。

宁桃："就在这儿？"

常清静低声："待会儿我先进去，你跟在我身后。"

少女紧张地猛点头。

运起一道飞剑，常清静破门而入，轻喝道："跟上！"

宁桃立刻飞奔而上，一头扑进了屋里。

这间屋和她之前待着的那间屋没什么不同，要说有什么不同，就是这屋里多了个面容苍白俊秀的少年。

这应该就是常清静口中的吴芳咏了，少年穿着件红衣，胸前挂着个长命锁，生得唇红齿白，孱弱单薄。他被粗麻绳捆着，丢在角落里，不省人事，看样子倒没受什么伤。

没着急救人，常清静先是检查了一圈儿屋里环境，确定没什么异样之后，才解开了吴芳咏身上的麻绳。

把昏迷不醒的少年往肩上一背，常清静言简意赅道："走。"

少年肩宽腿长腰又细，背着个同龄的吴芳咏，稳稳当当，然而刚跨过门槛，又出了岔子。

迎面撞上了一高一矮，两个护院打扮的男人，一撞上常清静和宁桃，目光落在少年背上的吴芳咏之后，高个子脸色大变。

"什么人？"

面前这两个男人，见问不出个所以然，一声怒喝，五根手指指节咯咯作响，指甲突然迅速拔长，一挥利爪，闪电般地蹿了过来。

常清静背着吴芳咏，一脚蹬飞了面前这个高个儿狼妖，转头道："走！"

被这一幕惊呆了，宁桃瞪大了眼，不敢耽搁，麻利地蹿到了常清静身边儿。

常清静背上背着一个，身边护着一个，一路且战且退，飞剑忽高忽低。

宁桃紧张得舌头好像都僵了，只能努力祈祷——常常常……清静一定要赢啊！

万妖窟妖孽太多，说实在的，常清静刚下山没多久，也是个新手，端不了人家的老巢，只能找时机传信回蜀山，请蜀山师兄下山除妖。

新手常清静这回深入万妖窟本来就是为了救吴芳咏，如今还要多照看一个宁桃，分身乏术，他眼中不自觉地染上了一抹忧色，唇瓣紧抿。

飞剑一剑砍断了狼妖左臂，常清静当机立断，不再恋战，拽起宁桃掉头往大门的方向飞奔。

捂住鲜血淋漓的断臂，高个儿狼妖顿时就怒了："别跑！给我追！"

矮个儿一边儿追，一边抽空从袖子里摸出一发袖箭，当空射去。

砰！砰！砰！

三朵绚烂至极的信号烟花，在夜空中绽放。

宁桃跑得头晕眼花，气喘吁吁，胸肺欲裂。

不行了不行了，要死了，她跑了八百米，还是一千米？

身旁的常清静猛地停下了脚步："到了。"

到了？宁桃精疲力竭地抬头一看，手脚冰凉，目瞪口呆，结结巴巴地道："这这这……"

这是一处断崖啊！

两处断崖间林立着一根根高耸的石柱，这有点儿像宁桃之前玩过的游戏，硬要说，又有点儿像喀斯特地貌。

这是什么破地形！

常清静毫不犹豫，面色不改，提步向前一跃，稳稳落在了最近的那一根柱子上，转过身道："走。"

然而，一直没等到宁桃的动静，他抬眼一看，少女脸色惨白，俨然吓蒙了。

她害怕，她不敢。

宁桃眼前一阵发黑，又有点儿想吐，刚往前试探性地走出了一步，脚尖就踢落了个碎石，碎石滚了滚，落入了底下万丈深渊。

目睹这一幕，宁桃的脸更白了，胃里翻涌得更加厉害，这个状态，宁桃不能保证自己这一跳是不是义无反顾地奔向死亡。

常清静皱眉："宁姑娘。"

来不及了，身后喊打喊杀声越来越近。

宁桃看了一眼常清静背上的吴芳咏。

她……她不敢。

她害怕，眼泪不受控制地喷涌而出。

玩游戏按按空格这没什么，死了还能重来。而在现实生活中，她……她她，体育课上跳远最远也就跳两米多点儿，这几根柱子之间的距离也就两米多点儿。

恐高症发作，她宁愿死在这儿，都不想跳过去。

"宁姑娘！"

看出了宁桃的恐惧，常清静低声道："在下保证，一定会接住你的。"

宁桃泪眼婆娑地看了眼常清静。

豁出去了，大不了十八年后又是一条好汉！

微微蹲下身，挥舞着双臂，宁桃鼓起勇气，向前一跃！

跳起来的那一瞬间，宁桃大脑一片空白，呼啸的山风从耳畔刮过，世界在这一瞬间仿佛都安静了，安静得宁桃只能听见自己的心跳和呼吸。

她眼里只剩下了这根柱子，飞跃、落下。

一双温暖结实的手臂紧紧地揽住了她，和预想中的粉身碎骨不同，她落入了一个温暖的怀抱。

宁桃面如金纸，哆哆嗦嗦，一脸惶急地抬眼。

少年稳稳地接住了她，抱紧了她。

宁桃扑倒在常清静胸前，鼻间好像满溢着一股冰雪气味儿，和着一种不知名的却很好闻的香气。

被这冲劲一带，常清静往后倒退了一步，脑后乌墨的马尾轻轻扬起。

山风吹得宁桃一身蓝白色的衣服哗啦直响，眼镜"啪嗒"一声掉在了柱子上。

"宁姑娘。"少年沉声道，"在下接住你了。"

眼前一片模糊的色块儿，常清静的嗓音好像离得格外近。

那一瞬间，宁桃蒙了。

第 5 章

女孩两颗乌溜溜的眼珠机械地转动了两下。

宁桃骤然回神，像个兔子一样立刻一蹦三尺高，脸色通红。

常清静静静地看着她。

宁桃："没事没事……我没事……"

呜……好羞耻……

刚刚那突然而来的心动是怎么回事？这还在逃亡过程中呢！

等等……察觉到鼻子上好像空了什么，还有眼前这熟悉的一片模糊……她眼镜呢？！

宁桃如临大敌般白了脸，不顾常清静讶异的目光，犹如一个盲人一般，弯着腰，费力地睁大了眼，在地上摸索，找了半天，终于在地上看到了一个模糊的黑框眼镜的轮廓。

捡起眼镜一看，宁桃如遭雷击，眼镜……碎了！左眼的镜片裂开了！

她的眼镜……

看到面前这宁姑娘快哭出来的表情，常清静讶然，低声询问："宁姑娘？"

宁桃攥着眼镜看向常清静的方向，立刻更想哭了。

她完全看不清啊。

面前这位常少侠已经变成了积木小人，那小一点儿的圆形色块是头，那白色的色块是身子。

身后一众妖怪已经快追上来了，宁桃一咬牙，死马当作活马医，把眼镜往鼻子上一架，鼓起勇气看向常清静："走吧！"

常清静一愣，没想到少女突然就擦干了眼泪，眼神坚定，目光灼灼地看着他。

不过宁桃能振作起来的确是好事，少年微不可察地松了口气，背起吴芳咏，轻飘飘地落在了第二根石柱上。

宁桃回头看了眼对崖上的人影，又看向石柱上的常清静，深吸了一口气。

没什么是她做不到的！

我跳！

跳跳跳！

越跳越流畅顺利，眼看最后一根石柱近在咫尺，宁桃一鼓作气地蹦了过去，脚踩上实地的那一瞬间，一个趔趄，差点儿扑倒在地，内心默默流泪。

终于跳过去了。

一抬头，一只白皙的手伸到了眼前，少年下颌线条冷峻优美："走，我带你下山。"

宁桃定定心神，反手牢牢地握住，眉开眼笑道："好！"

高度近视看不清面前的路，少年就牵着她的手，带领着桃桃一路飞奔下山。

宁桃虽然紧张，却还是把自己全都交给了这个刚认识的小道士。

慌乱中，宁桃手忙脚乱地踩了他一脚，立刻红着脸大叫起来，大声地说"对不起"。

风好像倾倒一般，从两人身侧呼啸而过。他们跑得越来越快，手握得越来越紧，将那满山的灯火都甩在了身后，义无反顾地跑到山下去了。

擦过浓密的灌木和荆棘，在常清静的带领下，终于赶到了山脚，不过看常清静突然像是想到了什么，脚步一转，神情凝重地看着她。

看着他沉重的脸色，宁桃口舌发干，突然有点儿不祥的预感："是哪里还有什么问题吗？"

"宁姑娘，我看看你的包袱。"少年冷清而肃穆的目光落在了她后面的书包上。

这目光投来的一瞬间，宁桃不由得一个哆嗦，突然觉得面前这位常小少年的眼神变得十分可怕。

那眼神看着格外冰冷严厉又不近人情，像是寒光烁烁的金铁上溅上了血，冷得有些肃杀。

书包？宁桃一个哆嗦，疑惑了。

"这里面是有什么东西吗？"宁桃忙不迭地放下书包，交给了常清静，"没事，你……你尽管看！"

可能是意识到了自己刚刚吓到了面前的普通少女，常清静顿了顿。

他在宗门辈分比较高，大多数弟子碰到他都得恭恭敬敬地称呼他一声"小师叔"。他年纪不大就成了蜀山执剑弟子，负责门内戒律，身着黑、金两色道袍，冰冷如长夜，在蜀山一众弟子中威慑力十足。

刚刚，几乎是无意识地，他把在蜀山的这煞气给带了出来。

有意识地收敛了身上的威压，常清静垂下眼，冷冷地说："抱歉，在下怀疑方才有什么精通追踪的小妖精躲了进去。"

不过，刚接过书包，常清静明显就被这拉链难住了。

于是，这还未散尽的煞气微妙地滞涩，眨眼消失得无影无踪。

宁桃赶紧"唰啦"一声把拉链拉开，叫常清静尽管看，顺便从铅笔袋里翻出透明胶布，咬开胶布，把自己揉的那特大特圆的"错字球"丢掉，胡乱在左眼镜片上粘了两下。

凑合着用吧……看着面前扭曲的世界，宁桃内心默默流泪。

毕竟是小姑娘，还是要脸的，挺在乎自己在帅气异性面前的形象，但她现在眼镜缠着胶布的样子，根本就没有形象可言了。

这包袱倒是设计得颇为精巧。

蜀山全是男人，翻找女孩子包袱这事儿，对于这位严格的执剑弟子而言还是头一回。少年虽然依然一本正经，脸色却不由得微微红了，一边红着耳朵，一边还在认真地翻找。

出乎常清静意料的是，这大包袱里面装着的竟然全都是书？

宁姑娘包袱里的东西竟然全是书？

还没等常清静惊讶地回过神来，包袱里突然蹿出了一抹白光。

"这个！"宁桃大叫一声，拼命提示常清静！

然而这抹白光消失得实在太快了，转眼之间就没入了她书包里装着的手机屏幕中。

少年翻出个长长的、精巧的黑色砖头，讶异地问：“宁姑娘，这是何物？”

这是……手机啊！

眼看着这抹白光钻进了自己新买的手机里，宁桃心疼得要命。这是她妈妈特地买给她的新手机！

捉妖要紧，也不管手机这高科技会不会吓傻古人了，她赶紧打开了手机。

屏幕一亮，不出意外地看到了常清静微微睁大了的眼，虽然不合时宜，但宁桃还是有点儿得意，看吧，这是手机！

“常清静，刚刚那束白光，”宁桃迟疑地问，“你知道是什么吗？”

“或许是书妖。”常清静抿抿唇，伸手指了指手机屏幕里“照片”这一图标，“宁姑娘，这个能打开吗？”

这书妖钻入“砖块”里面就不见了，除非这些图案设计精巧，打开之后别有洞天，能供那书妖藏身。

宁桃赶紧点开了“照片”交到了常清静手上，又教了教他基本的操作步骤。

结果下一秒她就后悔了，看到这里面的照片少年虽然很惊讶，但还没到失态这一地步，适应程度良好地翻找着照片里的东西。

眼见少年冷峻严厉的目光平静地落在她那刷屏的自拍上，看着屏幕里美颜滤镜下，“搔首弄姿”，瞪眼噘嘴，凹着各种造型的自己，宁桃的脸涨得通红。

好……好羞耻啊！

虽然常清静什么都没说，但在他眼里，自己肯定就是那种超级自恋的姑娘了吧！宁桃默默唾弃自己。

毕竟古人没有照片的概念，在他看来，她肯定是收藏了很多自己画像的自恋狂，而且是美颜之后的！

啊啊啊……

将自己的脸默默地埋在了手掌心，宁桃觉得她快要羞耻到灵魂出窍了。

不知道过了多久，少年清冷自若的温醇嗓音又在耳畔响起。

“宁姑娘，这能否打开？”

宁桃看了一眼常清静指的东西，整个人都麻木了。

这是她和好朋友的聊天记录。她记得昨天她才和好友一起讨论过某些文学作品和影视动漫游戏作品中的男神呢。

该死，常清静少年，你怎么这么会找让人羞耻的东西啊？呜呜呜！

"能……能不打开吗？"宁桃可怜巴巴地看向面前的少年。

常清静明显有点儿为难，轻轻抿了抿唇："宁姑娘……"

"好啦好啦，我知道事情的严重性。"宁桃鸵鸟般地点开了聊天记录，将手机一鼓作气塞到了少年手上。

常清静立刻聚精会神地翻找了起来，长眉微蹙。

没想到这普通姑娘竟然随身携带了法器，而"法器"中竟然包罗万象，别有洞天。须弥芥子，果真如此。

这个图案或许是传信联系之用，那眼下这个，或许是宁姑娘和她朋友的谈话记录了。

"对啊！这对搭档的萌点就在于禁欲嘛！"

"对对对！呜呜呜……我好想看可爱的小 A 看上去一本正经，但总会傲娇地口是心非说着'胡闹''放肆'啊！"

"我也可以！"

尤其是说完这一句之后，她竟然还复制粘贴发送了一段她珍藏的宝贵的视频。

虽说羞耻得不敢抬头见人了，但宁桃还是忍不住悄悄看了眼常清静的反应。

不出意外地，她看到了少年滑动屏幕的白皙修长的手指突然顿住。

完蛋了，宁桃吓得魂游天外，四周的空气猛地降至冰点。

忘了说，这位执剑弟子，蜀山小师叔，被自家师长教得最为修持自身，注重这些礼节几乎到了刻板迂腐的地步，最受不了的无疑就是此道。

然而，这毕竟不是蜀山弟子。

如果这是个蜀山弟子，他大不了一剑鞘抽过去就是了，但这是个普通的姑娘。

常清静僵硬在原地，目光落在她和朋友那段聊天记录上，由于不知道如何是好，那原本冷冷淡淡的眉梢，变了个色，脸上温度默默飙升，随即白皙俊俏的脸蛋也蹿红了，还有越来越红的趋势。

完了完了！

他脸红了，常清静脸红了啊！

啊啊啊……在常清静看来她一定是变态吧？宁桃窘迫得都快哭了。

他不会以为自己也对他有什么糟糕的企图吧！

没想到，少年也脸色通红地偷偷看了她一眼。

四目相对的刹那，两个年轻人慌乱地同步移开了视线。

宁桃羞耻得快哭了："抱……抱歉……"

少年耳朵红红的，不敢和她对视，过了半晌才上下唇一碰，僵硬着说："是在下窥探了姑娘的秘密，失礼在先，姑娘不必介怀。"

"怎么可能不介怀啊？"宁桃绝望地捂住脸。

常清静嗓音微哑，喉结滚了滚。

"在下……在下也曾经跟随师门了解过房中术，本贴合天道，所以，宁姑娘不必害羞……"

少年清冷微哑的嗓音回荡在耳畔。

宁桃面色通红地舞动双臂，心好像被一把小刷子刷得又酸又麻。

不……常清静少年，你为什么这么体贴熟练啊？快结束这羞耻的话题吧！求求你了！

第6章

好在就在她和常清静大眼瞪小眼，相顾无言，两张脸通红到快冒烟的那一刻，手机屏幕中一道白光乍现。

宁桃宛如看见了救星一般："书妖！是书妖！"

这忙不迭的一声终于唤回了少年的注意力，常清静微微一怔，长眉紧蹙，伸手一捏，就将这书妖给快、准、狠地捏在了指间。

"这就是书妖吗？"

宁桃好奇地看了一眼，它就像个小虫子。

"这难道是书虫修炼成了书妖？"

"是。"少年脸上余温未散，谨慎地将书妖收进了腰间挂着的葫芦里，这才抬眼看向宁桃，一看宁桃，清冷的眼神又有点儿闪烁，假装神情无异道，"宁姑娘，我们下山吧。"

宁桃手忙脚乱道："好、好啊……"

想了想，她又迅速在自己的书包里翻了翻。

巧克力、火腿肠、口水鸡，这都是上学的时候宁桃在学校小卖部买来续命的东西。

她拿出巧克力，撕开包装纸，掰下来一块儿递给了常清静。

宁桃："常少侠，吃点儿东西补充体力吧。"

察觉到常清静的视线落在了自己手上，宁桃赶紧补充说："这是巧克力，虽然看着黑乎乎的，卖相不好，但很好吃的。"

虽然这么说，但宁桃也不确定古代人到底能不能接受这个口味。

好在常清静没有拒绝，那两根修长的手指已经拈了一块儿巧克力放进嘴里，就算吃东西神情看上去也依旧高冷。

宁桃傻傻地攥着巧克力的包装纸，突然有点儿紧张，屏声静气地观察着常清静的反应。

常清静咀嚼了两下，眉头就已经皱起了。

宁桃一颗心七上八下的。

是……是不好吃吗？果然还是太甜了吧！

宁桃懊悔地想，自己是猪吗？给古人吃巧克力。

"巧克力"在舌尖化开，是一种很特别的甜，醇厚丝滑，带着点儿苦意，常清静微感意外。

"巧克力"这种食物，他从来没有听说过，也从来没见到哪本书中有记载。

想到这儿，少年眉眼郑重地行了一礼："多谢姑娘，这巧克力……很美味。能吃到这巧克力，是在下的荣幸。"

一个标准的古代小道士一口一个"巧克力"实在有点儿出戏，这一大礼却把本来没抱什么希望的宁桃整蒙了。

常清静竟然觉得好吃？

宁桃受宠若惊地仔细看了一眼常清静的神情，少年那冷淡疏离的神色软化松动了不少，如同弓刀覆雪的眉眼，依稀有点儿山间春色的柔和。

这就是巧克力的魔力吗？

果然这世界上没有人能够拒绝巧克力！

宁桃忍不住开心地笑起来："我们家那儿有种说法是吃这个会给人带来幸福感！据说吃它的时候，人的脑子里会分泌出像和爱人在一起时的化学物质。"

宁桃背着书包，踩在山道上："你知道化学物质是什么吗……"

的确很美味。

直到下山，常清静嘴里都惦念着那巧克力醇香的味道。只是修道之人讲究清心寡欲，对于自己这贪恋口中美食的行为，常清静微感羞愧，又忍不住板正了脸色，像个小古董。

山崖上矗立着的万妖窟被甩在了昏暗的夜色中。

此时，天际已经泛出了点儿鱼肚白，一缕金光穿透云层洒向大地，落在了青石板路上。

宁桃背上书包，新奇地看着眼前这座镇子。

金乐镇看上去像座典型的江南水乡小镇，温暖的日晖将小镇镀上了一层细细的金色，一切都朦胧在晨曦之中。青石板蜿蜒曲折，房屋鳞次栉比，一大早就已经有笑容甜甜的姑娘在当街卖花。

一条小河弯弯绕绕，此时缆绳刚刚放下，河道已经渐渐显露出繁忙的景象，小船悠悠荡荡，一直流向了水云相接的远方。

这是风光正好、绿杨红杏的江南。

常清静背上的少年这个时候终于悠悠转醒。

一睁眼，吴芳咏少年立刻痴呆。

头一阵剧痛，少年疲倦地揉了揉太阳穴。

宁桃："你醒了？"

这个时候，文文弱弱的秀气少年终于察觉出来了点儿不对劲。

这里是金乐镇？那些妖精呢？之前不是还在的吗？！

察觉到自己的腿好像是悬在半空的，身下又好像压了什么，吴少年茫然地伸手一摸。

这个触感，嗯。

背上冷不防被人给摸了一把，常清静侧头。

在冷静对视间，吴芳咏大叫一声，红着脸一屁股摔了下来。

"你们是？！"

常清静镇定道："我姓常，是吴老爷请我过来带你回家的。"

吴芳咏生得唇红齿白，目若点漆，乌黑的眼一扫，落在了少年身后那桃花春水般的剑上，愕然道："你是……剑仙？"

就这个看上去十五六岁的少年救了他？

面前这小道士生得十分英俊，但少了点儿温柔，微皱的眉头令他看上去有些孤傲，剑眉凛冽，看着就冷冰冰的有些不大好接触的模样，浑身上下更是散发着不容轻视的威仪。

听说蜀山剑仙有游神御气、通天彻地之能。

吴芳咏怔怔地爬了起来，微红了脸，赶紧躬身行了一礼："抱歉抱歉，在下刚醒来，头还有点儿不太清醒，让仙长见笑了。"

常清静没有答话。

吴芳咏目光紧跟着，落到了常清静身边的少女身上，一身宽大的古里古怪的衣服，鼻子上架了两个圆圆的东西。少女脸微圆，眼皮内双，乌眸亮晶晶的，有些不好意思地友善笑起来，手腕上戴着一串五彩缤纷的五角形状的饰品。

"我叫宁桃。"

吴芳咏一愣，迟疑道："宁……姑娘？"

这宁姑娘实在……热情。

"走吧。"转眼的工夫，常清静就结束了话题，提步道："你爹娘还在家中等你。"

想到自家爹娘，吴芳咏忙不迭地跟上。

这还是宁桃第一次来到古代的大户人家，他们一进门，立刻就有门房迎了上来，丫鬟带路。

没多久，吴老爷和吴夫人就急急忙忙地赶了过来。

吴老爷生得儒雅，穿着打扮朴素。吴夫人脸微圆，梳着云鬟，斜插着根银簪子。

父子母子相见，抱头痛哭了一场。

吴芳咏脸微红推拒道："爹……娘……还有别人在呢。"

这个时候，吴老爷终于意识到边上还站着两个人，忙走上前躬身行了一个大礼。

"多谢小仙长救吾儿回来。"

常清静伸手去扶："吴老爷客气了。"

吴老爷抬眼，目光落在了宁桃身上，犹疑道："这位姑娘是？"

宁桃刚想开口，就听见常清静清润微冷的嗓音。

"这是宁桃，宁姑娘，在下的朋友。"

宁桃一愣——"这是宁桃，宁姑娘，在下的朋友。"

朋……朋友？

虽然她是想和常清静做朋友啦，但是听到少年这么平静流畅地说出来，宁桃还是愣了一下，忍不住红了脸，挠了挠头。

那她和常清静也算是生死之交了吧？就像漫画游戏里面的主角，那种能托付生死、一起冒险的好朋友吗？！

年纪轻轻、心里还翻涌着一腔狂妄热血的宁桃，眼睛"噌"地一亮！

她可羡慕漫画游戏里面那种好朋友了！她的朋友都是只会抢她巧克力吃的前后桌的憨憨！

常清静走的时候孤身一人，回来的时候怎么多个朋友了？

再一看眼前这小姑娘，一身是血，吴老爷脑子一转，心里顿时就明白了七八分。

这万妖窟据说是妖精们寻欢作乐的地方，经常把普通人骗过去糟蹋。如果这姑娘真是常小仙长从万妖窟里救回来的，且不提是怎么出现在那儿的，但为了这姑娘名声着想，常清静恐怕也不会直言。

少年年纪不大，不过和他家芳咏一般的年岁，但法术高深，看着冷冰冰，不大好相处了点儿，为人却又古道热肠，体贴入微。

吴老爷看向常清静的目光中，又多了点儿淡淡的好感和喜爱，也默契地没再追问，忙笑道："原来是常仙长的朋友，快请坐，快请坐。"

自家心爱的独苗苗回来了，吴夫人喜不自胜，眉眼弯弯地笑道："宁姑娘这一身血，穿着肯定不舒服。寸寸，快去带宁姑娘换身衣服。"

立刻就有个随侍的小丫鬟走上前一步。

"宁姑娘，请。"

跟着小丫鬟寸寸走在吴府，宁桃好奇地看着周遭的一切，曲水环绕，假山长廊，看上去就是电视剧里那种很常见的古代大宅院，被领到一间客房坐下，没一会儿，丫鬟寸寸就拿来了一套新衣服和首饰让宁桃换上。

"姑娘喜欢什么颜色的？"

看着面前这一排各色的裙子，宁桃窘迫地摆摆手："不用这么麻烦，随便换一件就行了。"

寸寸："这都是夫人吩咐下来的，姑娘选一件吧。"

好……好有钱！这些竟然都是给客人穿的。

"要不姐姐你帮我选一件？"

最终，寸寸还是帮宁桃挑了件杏黄色的齐胸襦裙，裙角绣着朵朵橘色的杏花，腰上垂下柳条绿的裙带。

寸寸手巧，换上裙子之后，给宁桃梳了个双髻。坐在梳妆镜前，宁桃睁大了眼，新奇地看着镜子里的自己。

少女脸颊微红，小心翼翼地摸了摸鬓角的蝴蝶发簪。

宁桃咽了口唾沫，浑身僵硬。

看起来就好贵！她要是摔了该怎么办？

不知道面前这姑娘内心在想些什么没出息的东西，寸寸笑着夸赞道："宁姑娘生得真俏。"

宁桃不好意思地摸上了滚烫的脸。

她长得什么样，自己心里清楚，每次和宁妈妈去买衣服的时候，店员只会客气地说这姑娘生得真秀气，至于大美人儿，那是算不上的。不过穿上小裙子，打扮得漂漂亮亮，可可爱爱的，永远是会让人心情变好的，谁小时候没干过披着床单扮古装仙女这种事。

和大部分少女一样，宁桃看着镜子里的自己，也忍不住自恋了一会儿。

天哪，这个像唐朝姑娘一样的美少女真的是自己吗？

寸寸笑道："姑娘站起来走走？"

宁桃下意识地点点头，刚从椅子上站起来，往前走了一步，顿时一僵，等等！

这熟悉的模糊的世界，模糊的梳妆镜，模糊的寸寸，眼前的黑不是黑，你说的白是什么白……

宁桃内心默默地泪流满面。

摘下眼镜之后，五十米之外，人畜不分，这可能就是近视眼的悲伤。

而戴上眼镜之后，镜子里的少女美貌程度立刻直线下降。

虽然很不甘心，但宁桃最终还是先对自己的眼睛屈服，忍痛戴上了眼镜。

寸寸一脸好奇："姑娘鼻子上戴着的是什么？"

宁桃郁闷地鼓起脸："是我的命根子。"

吴芳咏回来之后，吴老爷立刻就吩咐下去，晚上备一桌酒席来给小少爷压惊。

吴家是商贾之家，没什么太大的讲究。

吃饱之后，宁桃被寸寸领着去客房安置了下来，吴老爷和吴夫人都很好，席间被吴夫人劝着喝了点儿甜甜的桂花酿。眼见宁桃喜欢，吴夫人甚至还让寸寸带了一壶回房，跨过门槛的时候，宁桃脚步都有点儿发飘。

洗漱过后，可能是受酒精影响，坐在桌前，看着卷起的竹帘外那一轮皎洁的圆月，宁桃眼神有点儿黯然。

她想家了，一股无法抑制的孤寂猛蹿上心头。

白天还在压抑着，尽量不去多想，但现在夜深了，屋里只剩下她一个人，宁桃鼻子一酸，看着月亮"哇"的一声哭了出来。虽然能够在平行时空走一遭听上去很美好，但她好想爸爸妈妈。

她还能回去吗？要是她回不去了该怎么办？这本来就是万中无一的小概率事件。宁桃越想越觉得她回去的希望渺茫，心里也就越难受。

不过这是平行世界，宁桃擦了把眼泪，努力打起精神来。

这个平行世界怪力乱神多的是，肯定有能回家的途径。

而且关于平行世界的小说里都说，修炼到一定程度就能破碎虚空。常清静看上去很厉害……指望她自己破碎虚空那是不可能了，要是常清静能破碎虚空的话，说不定她就能找到回去的办法。

想到这儿，宁桃心里终于好受了点儿。

不过心里挂着这件事儿，无论如何都睡不着了，往床上咸鱼一摊，宁桃目光灼灼地睁大了眼，瞪着粉色的床帐：睡不着！怎么也睡不着！

没手机、没夜生活，宁桃翻了个身，把自己埋进了枕头里，扑腾了两下。

生物钟调整不过来，没夜生活好痛苦！

左右都睡不着，干脆披上衣服，揣上了吴夫人给的桂花酿，宁桃悄悄地溜出了客房，坐在长廊上，对月独饮，喝到一半，不远处似乎有道人影走了过来。

宁桃一愣，等人影渐渐走近了，这才看清了来人是谁。

"常少侠！"宁桃高兴地举起桂花酿招呼这"夜游友"，"你也没睡吗？！"

少年也换了身衣服，乌发简简单单地梳了个高马尾垂在脑后，衬着白玉雕成般冷清的脸，眉间朱砂格外醒目。

"宁姑娘？"常清静上下唇一碰，有些疏离地问，"你还没睡？"

宁桃挠挠头："我睡不着。"

"常少侠，你坐。"拍了拍栏杆，宁桃招呼道。

常清静依言坐下，沉默片刻："可是因为万妖窟之事？"

碰上这些非比寻常的妖孽，少女一时走不出来这惊惧也算人之常情。

说到万妖窟，当时情况紧急，他还没来得及问少女为什么会无缘无故出现在那儿。

"倒不是因为这个。"宁桃抿了抿唇，问，"常少侠，你们修道之人修到一定境界，是不是能破碎虚空，前往另一个世界？"

常清静略一思忖，虽然不解其意，却还是疏离又礼貌客气地回答："的确有这种说法，不过那都是上千年前的传言了，今人尚无一人能做到这等地步。"

上千年前的事了？

那不就意味着她回去的希望渺茫吗？

宁桃呼吸一乱，鼻子一酸，眼前浮现出爸妈的模样，差点儿当着常清静的面又哭了出来。

"宁姑娘？"察觉出来了点儿不对劲，常清静蹙眉问。

"我没事。"

宁桃眨眨眼，努力把眼泪憋了回去。

再怎么说，好歹也是有希望的嘛，只要有希望就不能绝望，默默地握拳安慰了自己两秒之后，宁桃稳定了情绪，岔开了话题，有一搭没一搭地继续和身旁的少年聊天。

然而，说到一半，常清静却顿了顿。

"宁姑娘，在下有个问题。"

宁桃："啊……啊？"

常清静纤长的眼睫毛一扬，琉璃般浅淡的眸子定定地看着她，作为执剑弟子审讯犯错同门的威严淡淡流泻："敢问你究竟来自哪里，是何方人氏？"

宁桃呆在了原地。

果然他还是问到了这个吗？她要是说她其实是来自另一个世界，这个小道士一定会疯了吧。

第7章

她说出来常清静会相信吗？

宁桃大着舌头，结结巴巴地说："我……我来自一个很遥远的地方。你们这儿不是有一花一世界，一叶一菩提吗？我来自另一个世界。"

"我们那个世界和你们这个世界很不一样。"宁桃说着忍不住握紧了酒壶，"你们这个世界，更像是我们那个世界已经逝去的几千年或者几百年前的时代。"

藏着掖着瞒着没什么意思，又没有黑衣人会因为她来自另一个世界而要把她抓去做人体实验。

死都不承认自己的来历，倒有点儿被害妄想症的意思了。最重要的是，都来到平行世界了，干吗活得那么拘谨谨慎，自己给自己画规矩方圆呢？

于是宁桃借着酒意，干脆像竹筒倒豆子一样全交代了个一干二净，从三皇五帝一直讲到了北京申奥成功。

然后宁桃就清楚地看到了常清静真的快疯了！

少年神情巨震，瞪大了眼，眉头皱得像是能夹死一只苍蝇！

常清静这"世界观稀碎"的反应让宁桃忍不住笑起来，小声地说："其实也没什么了不起的啦。"

宁桃口中的东西，已经几乎颠覆了这个循规蹈矩的小道士的世界观。

另一个世界？

这位宁姑娘竟然来自另一个世界，常清静怔怔地想。

那个世界，千万里的距离朝夕可至，人们能用"手机"联系，人能坐在"鸟肚子"里旅行，还能在身上绑"降落伞"从万丈高空跳下去。甚至有的有钱人喜欢这种危险的行为，专门这么干，而宁桃说这叫极限运动。

"你知道我们住的地方长什么样子吗？它叫地球！你知道宇宙是什么样，太阳和地球之间有多远，太阳比地球大多少吗？你知道深海是什么样子的吗？"

那个世界，人们能跑到月亮上去？人们拥有的武器能把整个天下毁灭数百次？照宁桃的说法，他们的武器甚至能轻而易举地杀死当世顶尖的高手、刀剑巅峰——度厄道君楚昊苍？

小道士眉心一跳，猛地闭上了眼，觉得这肯定是场梦，或许自己自始至终根本就没有认识宁桃这个陌生的姑娘。

然而宁桃举起桂花酿，张张嘴："常少侠，干！"

明明很不好意思，心里万马奔腾，却还要装作一副淡定很爽朗的样子。

借酒浇愁！

这个世界怪力乱神的地方这么多，宁桃目光坚定，或许用不着破碎虚空这么麻烦，她一定能找到回去的办法的。

不过在这人生地不熟的地方，她又中了毒，可能还得暂且麻烦常清静了。

看了眼身旁冷冽清俊、宛如高岭之花般薄凉的少年，想到自己心里抱大腿的企图，宁桃脸微微一红，鼓起勇气，尝试性地问："说起来，今天在吴老爷面前……常少侠说我们是朋友，是真的吗？"

常清静一愣，偏过脑袋，神情冷冷的，有些迟疑。

这本来是应付吴老爷的说辞，他和这姑娘怎么都算不上朋友，宁桃表现得却太过高兴了。

"那我们是朋友吗？！"桃桃期待地问。

少女眼睛晶亮，脸颊因为酒精微微泛红。

本来是应付吴老爷的说辞，但对上这雀跃期待的眼神，常清静喉口微微哽住，一时半会儿竟然说不出来拒绝的话。

他没有朋友。

他从小身体不好，又曾经被妖祟附身，妖祟虽然后来被驱赶了，但妖力和瘴气在他身上遗留了下来。虽然师父、师兄弟待他极好，师父还特地为他蘸了朱砂点在额头压制妖力瘴气。但怕妖力伤人，为了保险起见，这么多年来，他一直还是独来独往。

等到他年岁渐长，又被师长选为了蜀山的执法弟子，由于铁面无私，不苟言笑，辈分又比较高，是众人的小师叔，更没有什么同门再敢接近他了。

朋友……

少年若有所思地咀嚼着这个词，心里莫名升腾起一股暖意，脸颊微红。

眼看面前少年一直没吭声，剑眉紧紧蹙起，宁桃心里"咯噔"了一下：她太唐突了？

原来竟是这么容易就能做朋友？常清静抿紧了唇，过了好一会儿，低声道："是，我和宁姑娘，已经是朋友了。"

少年嗓音低沉而清晰地传入耳畔。

莫名其妙地，宁桃的脸也跟着红了一层，忍不住结结巴巴道："那……既然是朋友，就不用叫我宁姑娘了。"

这听上去怪生疏的。

"叫我桃桃就行。"

常清静心中不安，仓皇做作地扭过了头，故作冷峻："我叫……敛之。"

敛，意为收敛，师父望他能清净无欲，当然这也有希望他能压制妖力，不骄不躁，静心修行的意思。

酒能壮胆，宁桃一口气喝了小半壶桂花酿，鼓起勇气："敛……""敛"了半天，也没"敛"出个一二三四五来。

"常……敛之……少侠。"

话出口的瞬间，宁桃自暴自弃：还是少侠，好像有哪里不对吧，不过不管怎么说，在这个陌生的异世，她交到了第一个朋友！

常清静抬眼。

四目相对间，少年的嗓音仿佛也沾染了点儿微暖的酒意。

"桃……桃桃……姑娘……"舌尖似乎含了点儿阳春三月春桃的缱绻艳色。

明明她爸妈和前后桌的同学都这么喊她的没错，但一听常清静喊出口，宁桃一个激灵，握着桂花酿一蹦三尺高！

一个常敛之少侠，一个桃桃姑娘，说白了，还是和之前没什么差别啊！

宁桃扶了扶歪到一边的眼镜，慌忙举起桂花酿："喝！喝酒！敛……"舌头打结，"敛之，喝酒！"

"干、干！"

喝到一半，总觉得少了点儿什么，宁桃忍不住又跑到屋里，提着书包，把火腿肠倒了出来当下酒菜和常清静分享。

你一半，我一半，火腿肠配酒。

吃完火腿肠，宁桃又拿出手机插上耳机，示意常清静凑过来一点，往他耳朵里一塞。

听到里面有乐声传来，常清静又是一怔，这就是"手机"了吧？

但他礼貌地没开口询问，默不作声地陪着宁桃一块儿听歌。

主要还是常清静在听，宁桃在偷眼观察这小道士的反应。

没有像那种古代小说中的惊为天人，但好像也没表现出很难听的样子。

想了想，宁桃又切换了下一首。

这首比较清丽柔和，应该会符合古代人的口味。

她和常清静就这样，从那些烂大街的抖音神曲，一直听到古风歌，再到怀旧老歌，又到摇滚。

耳朵里轰轰隆隆，金属齐鸣，间或夹杂着男人的嘶吼声，又或是黑人兄弟的嬉笑怒骂，这狂风不羁的曲风让常清静愣了一下。

这……这是什么歌？

宁桃立刻又切了一首《红日》。

这算是一首经典怀旧老歌了。

她爸喜欢唱，她也喜欢这首歌的歌词，上学时趴在桌子上做试卷的时候经常听，用来激励自己好好学习，考上好的学校。

命运就算颠沛流离

命运就算曲折离奇

命运就算恐吓着你做人没趣味

别流泪心酸更不应舍弃

我愿能一生永远陪伴你

命运就算颠沛流离

命运就算曲折离奇

命运就算恐吓着你做人没趣味

别流泪心酸更不应舍弃

我愿能一生永远陪伴你

哦——

……

这歌词果然吸引了少年的注意。

少年低下眼去看屏幕上的字，这些字缺一笔少一画，但联系上下文，勉强能猜出是什么意思。

手机荧荧的蓝光倒映在常清静的脸上，能看得见少年脸上那细小的茸毛，乌黑的发鬓和瞳仁也泛着点儿幽蓝。

把这歌推荐给常清静，宁桃有些忐忑，期待地问："怎么样？"

"曲调古怪，但词句……十分振奋人心。"

这么直白热血、振奋人心的歌，他之前从没听过。

不知道这歌是不是勾起了常清静什么回忆，他侧脸轮廓柔和，听得很认真，眼神也很专注。

宁桃立刻有种把心爱的东西安利①出去的喜悦。

就这样，她和常清静一人戴着一只耳机，几乎听了一晚上的歌，最后还是常清静站起身把宁桃送回了屋，并肩而行，能闻到少年身上淡淡的香意，廊下蛙声阵阵，虫鸣清亮。

宁桃悄悄地吸了一口气——好香。

这味道她之前就想问了。

"常……少侠。"宁桃不好意思地问，"你身上用了什么熏香吗？"

常清静："这是降真香。"

"降真香？"

"一炷真香达上苍，邪魔魍魉尽伏藏。"常清静道，"降真香有辟邪除秽的功效，如果宁……如果桃桃姑娘你喜欢，我这儿……"

常清静像是想到了什么，解下了腰间暗黑色的香囊，递到了宁桃手上。

手上落了个微凉的东西，宁桃一愣。

道家崇黑，这玄色的香囊不知道是用什么布料做成的，触感微凉，绣着松鹿暗纹，一阵如兰似麝的香气隔着香囊淡淡地传来。

"这个……"常清静抿唇，硬着头皮，眉间的皱褶还未抚平，"给你。"

"给我？"宁桃傻了眼，瞥见常清静拧得紧紧的眉头，好像很不乐意的模样，忐忑不安地想，常清静他该不会以为她是故意想要这玩意儿的吧？

想到这儿，宁桃脸更红了，赶紧把香囊塞了回去，摆手道："我不是这个意

---

① 网络流行语，本意是指直销品牌安利、安利公司注册商标，现在网络用语中，多用来表达真诚分享的意思。此处释义即为真诚分享。

思，我只是觉得很好闻。"

手指不小心擦到了少年冰凉的指尖，一瞬间，宁桃心跳狂飙上了二百码，触电般缩回了手。

"我是修道之人，这降真香对我并无太大用处，但桃桃姑娘你是普通人，又在万妖窟中受了惊吓，这降真香能安神辟邪，还请宁姑娘收下。"

常清静其实不大爱说话，维持蜀山门规的时候，更垂着眼懒得和那些弟子浪费时间，这次却破天荒地耐着性子解释，短短这几句话几乎用尽了他所有的耐性和好脾气。

他莫名其妙地觉得脸热，想走开。

在和宁，不，和桃桃接触的这短短的时间里，他脸热了好几次，有些理性秩序与内心规则被打破的不安。

话说到了这个份儿上，宁桃不好意思地收下这香囊，攥到手里，尴尬地垂下了头，细若蚊蚋道："多……多谢。"

"无妨。"常清静收回手，"走吧，我送你回房。"

一直目送到宁桃进屋之后，少年在门前稍作停留了半秒。

"宁、桃桃，晚安。"

宁桃攥着香囊，不知道是不是因为酒精作用，大脑还有点儿晕乎乎的，走到一半，余光朝门槛一看，少年已经转身离去了，高高的马尾垂落在腰际，背影挺拔而修长，而腰线又细又流畅。

原来，常清静的头发这么长啊，宁桃呆呆地想，目光瞥见手里的香囊之后，又腾地涨红了脸。

扑倒在床，把香囊往枕头下面一塞，宁桃默默打了两个滚。

糟糕，心跳得为什么这么快？

她好喜欢常清静啊。

贰

水
云
乡

第 8 章

不只心跳得好快，连呼吸都好像要停滞了，她感觉紧张得要窒息了。

这一晚上，宁桃睡得不是很安稳，毕竟初到这个陌生的世界，又在万妖窟碰上了这么凶残血腥的一幕。

天未亮，宁桃就睁开了眼。

这一晚上下来，她提起袖口闻了闻，也沾染了点儿降真香的味道。

桃桃没什么架子，没多久就和吴芳咏以及吴府这些年纪不大的小丫鬟打成了一片。吴府上上下下就知道了这位宁姑娘心地善良、接地气儿，不爱支使人，不论对谁，只要顺手帮了她一把，都会礼貌地说声"谢谢"。

吴府里的下人纷纷感到惊奇。

虽然来到古代才没几天，但宁桃完全没体会到什么后宅的钩心斗角、下人眼高于顶、不塞银子就要给你使绊子这类常见的戏码上演。

相反，丫鬟们还常常带笑，亲密地坐在一块儿做着针线活儿，说着悄悄话，碰上了小少爷吴芳咏，还会偶尔调侃两句。

从闲谈中，宁桃得知，吴芳咏虽然是个性别为男的小少爷，却是阴年阴月阴日阴时出生的，真纯阴之体，从小孱弱，风一吹就倒，再加上姿容姣好，是清秀俊美的那一款，深受各种女妖精的喜爱，经常被各种各样的妖孽鬼怪缠上。

"我也不想啊。"某次闲谈之中，吴芳咏和宁桃一边儿剥着花生，一边儿忧郁地叹了口气。

嘎吱咬开了一颗花生米，宁桃有一搭没一搭地问："难道就没有别的办法？"

吴芳咏苦笑："我爹倒想留常少侠在家中常住，教我一招半式什么的。"

不过他爹一直没好意思开口。

宁桃拍拍吴芳咏肩膀表示理解，不过吴芳咏明显没被安慰到。

鉴于宁桃身上还中着毒，常清静没打算多待，住了两天之后，向吴老爷请辞。

在吴老爷、吴夫人和吴芳咏的目送之下，宁桃跟着常清静再度出发了。

出发前，宁桃背起书包，忍不住回头看了一眼水云交接处的金乐镇。

"常清静，我们接下来去哪儿？"

"离恨天的解药。"常清静脚步一顿，缓缓地说，"地点是江南。"

在离开金乐镇的两个月之后，常清静和宁桃终于赶到江南，歇在了一个名叫水云乡王家庵的村子。

"这是王家庵，三年前，我有位蜀山的师弟游历途经此地，见这儿山清水秀，特地置办了一处地产。"常清静如此介绍道。

离恨天的一味解药叫洗露圆荷花，为了寻找这一味解药，宁桃和常清静暂时在王家庵落了脚。王家庵之所以叫王家庵，是因为这个村子里的人家都姓王，村子很小。王家庵的村民几百年前都是一家，如今大房、二房、三房都死绝了，村里只剩下了老四家、老六家和老八家。

村子里没有大路，只有一条长长的黄泥路，村落后面是矮矮的青山，叫王八山。山前种了一块儿又一块儿的水稻，有鸟扑棱棱地在天上飞，栖息在远处青山上，王家庵里的小孩经常站在田里摸黄鳝摸鱼摸虾。

这洗露圆荷花很难找，宁桃就和常清静在这王家庵里多待了半年。

每天常清静出去找药，宁桃就和隔壁王二叔家的小虎子、村头张家的二柱子他们一块儿摸黄鳝、钓龙虾，挽起裤脚顺着池塘边儿去摸那些田螺。

小姑娘刚从钢铁森林中解放出来，童心回归，没日没夜地玩疯了，皮肤都晒得黑了一层。她嘴碎又爱八卦，叽叽喳喳得像个麻雀，总而言之，和常清静这种仙气飘飘的小道士有天壤之别，是个扎扎实实的泥腿子。

毕竟宁桃她妈妈是工厂烧菜的打饭阿姨，兴趣爱好是跳广场舞，她爸是工厂工人，兴趣爱好是看网络小说。虽说兴趣爱好并无高下之分，但这样的爹妈生下的姑娘能高贵冷艳到哪儿去？

每次看常清静练剑的时候，宁桃就笑嘻嘻地说，要记下来回头教给她爸。

就连常清静也受到了影响。

少年明明比她还小一岁，十五岁的年纪，却老成了个小古董，总是皱着剑眉，一副和人生气的模样。

如今也挽起了他那件白得像雪的葛布道袍，赤着脚跟着他们在田里的烂泥中踩来踩去，脸上飞溅了不少泥点子，脸庞微微泛着红，汗水滴滴答答地往下落。

两个年轻人一起生活，要学习的地方有很多，就比如说宁桃已经和王家庵那些妈妈子（妇女）学会了如何杀鱼，如何生火煮饭。

常清静一踏进门槛，就看到宁桃朝他招手："快来！"

少年微微一愣，搁下了手中的剑，下意识地吸了吸鼻子："好香。"

说起来常清静的剑，竟然叫作"行不得哥哥"，少年是最清冷、最俊秀的小道士，手上却有一把像桃花春水一样最多情的剑。

这反差不可谓不大。

提到这个，常清静有些窘迫，红了脸，磕磕绊绊地说："这是我……前几年在剑阁中寻到的。"

这把"行不得哥哥"，名字的确不够威风，又因为代表着鹧鸪鸟的叫声，寓意也算不上好。尤其是和同门师兄们的"反求诸己""问长生""行不平"之类的名字相比，这把剑的确多情惆怅了点儿。

少年一开始也不大高兴，毕竟这个年纪的少年都梦想着能有把威风凛凛的剑。

拿了这把"行不得哥哥"回来后，小道士经常冷着个脸，但后来自己就琢磨明白了，既然这把剑在剑阁中选中了他，于情于理，他都要好好对待它，珍视这份心意。

面前的小姑娘穿着件紫色的花裤子，那是她和常清静去镇子里的时候常清静买给她的。少年就靠着四处帮人捉妖看风水为生，由于年纪小，不得主顾的信任，两个小朋友生活得有些窘迫，但常清静顾念到宁桃中毒是为了自己，还是忍痛帮她买了许多花衣裳、头花、绢花。

因为常清静性格有点儿像《仙剑四》里的小紫英，熟悉起来之后，宁桃就爱叫他小清静，后来叫着叫着，就成了小青椒。

某天吃完饭，宁桃敲着碗，一本正经地说："小青椒，你长大之后一定是个风流种子，是个爱护女孩子的绅士！"

常清静不解其意，但听懂了"风流种子"的话，耳根忍不住烧红了点儿，窘迫地撸起袖子，露出白皙劲瘦的小臂去收桌子上的碗。

"碗给我，我来洗吧。"

他们两个分工明确，宁桃做家务，常清静去种地翻垄子；宁桃做饭，常清静洗碗。

由于少年一直待在蜀山，每天就一门心思地练剑、修道，难免就有点儿不拘小节，或者说邋遢了点儿，衣服都是往水里一浸，捞出来，算是洗过了。

每次都是桃桃帮着洗。

第一次看到常清静内裤的时候，宁桃都脸红，这竟然是开裆裤！

一想到这么严肃凌厉的小道士，道袍里面穿了条开裆裤，宁桃脸色爆红，搓也不敢搓。

被异性姑娘洗了自己的开裆裤，常清静更绷不住那少年老成的严厉，每次换完衣服，都要红着脸悄悄把自己的开裆裤藏起来，眉眼是欲盖弥彰、外强中干的凌厉。

收敛了思绪，面前宁桃已经一把拽住了他的手腕。

常清静微微一僵，她的手一碰到他的手腕，刹那间，他紧张得好像神经和血管都一根根地绷紧了。

"我今天做了莴笋烧昂刺鱼！"宁桃往他手里塞了一双筷子，又去灶上盛了满满的一大碗米饭，给自己也盛了满满的一大碗。

常清静和她正在发育期，胃口都很大，他们两个吃起米来的速度十分恐怖。

其实在蜀山的时候，他与师兄师弟一道儿吃饭都是狼吞虎咽的，抱着碗扒，但目光落在宁桃身上，常清静握着筷子反倒迟疑了，脊背绷得直直的，吃得十分含蓄十分得体。

少女的皮肤这段时间下来被晒得微黑，圆圆的脸，眼皮内双，眼睛像葡萄，鸭蛋青的眼白，眼瞳乌黑，长得虽然普通了点儿，但胜在清秀讨喜，拾掇拾掇也算个小美女，手腕上的星星手链是劣质的塑料玻璃材料，在日光的折射下散发出五颜六色的光芒。

熟起来之后，宁桃特别爱说话，笑起来很夸张。他从来没见过哪个姑娘笑得这么开心，经常捂着肚子笑得恨不得在地上打滚。

十六岁的年纪，正是对世界最好奇的时候，她又说起在村子里听到的那些笑话，热衷于把常清静逗得微笑。

常清静握紧筷子，脸上泛起了一层红晕，眼睫毛微颤。院子里的石榴花都开了，他看向那红艳艳的石榴花，宁桃那开心的笑意却一个劲儿地往他耳朵里钻，她的笑声好像院子也关不住，一直顺着门槛飘了出去，飘向了远处的芦苇荡中。

压下刚刚被握住的手腕上那股酥酥麻麻的感觉，常清静搁下筷子，拘谨又歉疚地说："抱歉，桃桃，今天我还没找到那洗露圆荷花。"

"没关系，你快尝尝！好吃吗？"宁桃往他碗里夹了一大条昂刺鱼，眼神像个求表扬的小狗。

"常清静，你知道吗？做菜真的太简单了！"

之前在家的时候，她很少做菜，如今要自己一个人下厨了，宁桃这才发现原来自己这么有做菜的天赋，第一次做出来的菜就像是熟手的作品，常清静这个含蓄清冷的小道士，都会不言不语地吃上整整两碗饭。

莴笋煮得已经很烂了，昂刺鱼烧得入味，鱼肉鲜香，米饭是宁桃和常清静都爱吃的硬饭，米饭泡着鱼汤叫人食指大动。

常清静吃完了一碗，不好意思地端着空碗起身，想去再添一碗。

宁桃直接拿走了他的空碗，指了指他的嘴角："嘴上有饭。"

少年脊背一阵火烧火燎似的难受，忙伸手揩了揩，垂下了眼。

吃完饭，宁桃撑着下巴说："过几天就是端午啦，常清静，你要不要和我一起去打粽叶子？"

他说："好。"

王家庵里有好大一个塘，叫渡塘，渡塘边上长了许许多多的芦苇。

宁桃和常清静跟随着隔壁家的王二叔一道儿，划着船去了渡塘的另一边。那些芦苇长得有一个成年男人那么高，芦苇叶垂落下来，被风一吹"哗沙沙"地响。

王二叔在用力地划桨，船桨带起了水声。

哗——

哗——

有水鸟惊起又飞远了。

宁桃看着常清静，少年坐在船头，五官毓秀雅致，眸色是很淡的，面容秀美中透着点儿俊朗，腰身被黑色的腰封束得紧紧的，在修长的腰身前垂落了一个太极双鱼的玉佩，宽大的袍袖如同鹤翅。

斜阳落在他脸上，朦胧地铺上一层橙黄、紫红、火红的暖光，他眼神看起来温和平静极了，看得宁桃心里扑通扑通地跳，不自觉地移开了眼。

这几天她……她一直笑得很大声，讲那些笑话，其实……其实是因为她好像有点儿喜欢上常清静了。

常清静这种长得英俊、性格冷硬稳重的，比学校装酷、装社会的男孩儿们好出了不止一个量级。

情窦初开的女孩，面对喜欢的男孩儿总忍不住变得格外矫揉造作起来，比如说故作高冷啊，或者表现得格外活泼啊，装作很讨厌那个喜欢的男孩儿和他互掐啊，其实每次皱着眉表现得很厌恶的时候，心里都像喝了蜜一样甜。

常清静的反应和她相比却很拘谨，每次都被她一口一个"小青椒"逗得脸色泛红，抿着唇，腰板挺得笔直，不多开口说话。

宁桃觉得自己要说些什么，就开口道："小青椒，我想听你唱歌。"

在和常清静相处的这几个月里，常清静唱过歌儿给她听，少年的嗓音微哑，处在变声期，唱起歌儿来有些跑调，但宁桃很捧场，每次都赞叹好听。常清静不禁夸，好像真的信了自己唱歌儿好听，唱起歌儿来更加认真了。

于是，在宁桃的提议下，不禁夸的常清静红着脸，装模作样地推拒两下后又开始唱歌儿了。

  住一间村西破草堂，隐一曲竹下深蓬巷；傍一株鹤巢松树台，挂一副禅榻梅花帐。护一道三尺矮萝墙，开一扇四面宿云窗；坐一片待叱青羊石，醉一歌无怀浊酒觞。猛想起一会凄凉，好交结多黄壤；猛想起一会猖狂，英雄心未尽忘。

常清静唱起歌来，眼神很专注，眼里好像落了耿耿的星河，除了调跑得有点儿惨不忍睹。

宁桃心里一跳，伸手趴在船头拍了一下水，努力平复那扑通扑通跳的心："我也唱一首给你听！保证你没听过这种的！"

她唱的是网上特别流行的云南山歌。

响亮的嗓音在芦花荡那片雪穗中响起，常清静眼睛瞪得大大的。

仙气飘飘的小道士此刻像只圆滚滚的青蛙，呆呆的，又像是被水煮熟了的螃蟹，红红的，那股冷硬和凌厉眨眼间消失了个一干二净。

年纪轻轻的小姑娘，觉得自己特立独行不做作，就能吸引常清静的目光。

看，这个女孩子多特别啊。

王二叔笑得直哈哈，将船桨划得飞快，船桨溅起落了晚霞的水花。

哗——

哗——

宁桃"哟哦哦"的欢快歌声一直传到山那头去，歌声惊起了那些水里的蝌蚪、水蜘蛛，浮萍在水面上直打转。

第 9 章

第二天，宁桃在王二婶的帮助下包了许许多多碧绿可爱小巧的粽子：咸肉的、红枣的，用白砂糖蘸着吃的白粽子。把这些粽子用线串好了，一串一串的绿色小三角看起来十分秀气好看。

常清静一早又离开了王家庵，去找洗露圆荷花。

想到昨天是王二叔带着他俩去打的粽叶，王二婶帮忙包的粽子，煮出来的粽子怎么也得分给王二叔家一份。宁桃飞快地穿上鞋，翻出个大碗装几个粽子，送到了隔壁王二叔家。

刚一踏进王二叔的家门，宁桃微微一愣，堂屋里挤满了村里那些妇女，王二叔却不在家。

宁桃茫然地将碗顺手放了下来："二婶，你怎么了？二叔呢？"

王二叔家的小虎子朝宁桃招招手，一副讳莫如深的样子，小声说："村里头死人啦，我爹先去祠堂了，我娘也忙着和大娘她们一道儿去看看呢。"

村里无论出了啥事，都是要在祠堂裁决的。

小虎子说着说着就变了脸色："听说是在村口那条河里找到的，二柱子他们去钓鱼，张嫂子剖开他拿回家的鱼一看，发现里面有根手指头。"

"县衙里都来人了，你猜那些衙役从河里面捞出了个什么东西？"

宁桃张大了嘴："捞出了什么？"

小虎子严肃地说："捞出来了好多尸块！县老爷叫仵作把那些尸块拼了拼，拼出来是个男人，那头被水冲到了赵家村下面，让在洗菜的人看到了，脸被泡得稀巴烂，又被那些鱼咬得根本看不出来长什么样。"

"大家都说，村里可能出现妖怪了呢。"

宁桃在王家待了几乎一下午，目瞪口呆地听着小虎子说着那尸块如何如何恐怖，县里如何如何重视。

等到傍晚的时候，常清静终于披着夕阳回到了屋里。

常清静刚回到院子里，甩下了脏靴子，正换木屐，宁桃就吧嗒吧嗒地冲了上去。

"桃桃。"常清静微讶。

"小青椒，你知道吗？村里——"

宁桃正准备开口说起河里捞出了尸块儿那事儿，门口却来了人。

"桃桃，清静在家吗？"

宁桃微微一怔，扭头就看到个青年站在篱笆外面，她一眼就认出来，这是王家庵一个哥哥，叫王康。

王康神情肃穆，站在篱笆外面，朝着常清静点头，招手："清静，村里有人不见了，三爷爷说要派人去搜山，你来不？"

失踪？宁桃一头雾水。

王康说村里有个汉子失踪了，得叫青壮年去搜山。

这失踪的汉子叫王又辉，平常游手好闲不干正事儿，和王家庵里的王大鹏、赵家的一个懒汉结伴，三人到处偷鸡摸狗。然而这毕竟是王家的人，人不见了，村里都要去找。

常清静当然不会拒绝，嘱咐宁桃一句之后，迅速换上衣服，跟着王康离开了家。

月上中天，平常早就熄了灯的王家庵，这个时候灯火通明。

常清静他们这些去山上找人的青壮年都还没回来。

王家庵几十户人家全都挤在了祠堂里，女的在聊天，男的在吧嗒着抽烟，一脸愁容，小孩不明所以地蹲在地上玩儿。

小柱子和小虎子也都在。

宁桃就站在门口看，看着那黑夜中山的轮廓。

渐渐地，那如墨的黑夜中好像冒出了一点儿火星，那火星越来越多，是王家庵的青壮年举着火把回来了。

然而，这些去搜山的青年回到祠堂后，俱面色沉重。走在队伍中间的四个年轻人，手上抬着什么东西，用大家伙儿的外套蒙着，一直抬到了祠堂外面，那几件衣服几乎被血浸得透湿。

人群叫叫嚷嚷的，零碎地说着什么。

"嫂嫂，又辉死了。"

祠堂里点的灯火，像是跃动的鬼火一般狰狞。

王又辉家的嫂子等了半天，如今等到这个消息，闻言立刻睁大了眼，面色惨白如纸，竟然直接昏厥了过去。

宁桃有点儿害怕，又忍不住瞥了一眼，这一眼，差点儿"哇"的一声吐出来。

怪不得用大家的外套手忙脚乱地盖上了，因为王又辉的尸身根本算不上个人样。

就在这时，眼前却好像罩下了个什么微凉的东西，常清静捂住了她的眼睛，低声道："桃桃别看，别怕。"

宁桃哆嗦了一下，揪紧了常清静的衣袖。

她不害怕。

祠堂里，地位最高的王家三爷紧紧皱着眉，拄着拐杖往地上敲了一下。

"这怎么回事？"

在场的妈妈子们捂着小孩的眼睛，牵着他们直往家里走："别看别看。"

"我们和清静赶到山里的时候，清静说有血腥味儿，我们追着这血腥味儿一路往前，就看到又辉哥被人挂在了林子里，身上……"开口说话的青年惊魂未定地说。

一同去的那几个小青年，许多都吐得昏天黑地。

"这山里，真的出妖怪了。"

"会不会……"那青年咂舌，"会不会是妖怪干的？要不就是外地的那些人干的？"

毕竟王家和赵家的老祖在这块儿地上住了几百年，大家伙儿都知根知底，攀亲带故，不像有哪个能犯出这种命案。

人哪能这么残忍？怪在妖怪头上明显合理多了。

这接连两桩命案终于打破了王家村的宁静。

常清静作为全村唯一的小道士，肩负着捉妖的重任，不再外出去找洗露圆荷花。王家庵的青壮自发组建了个巡逻队，每晚都在山脚和村口巡逻。

偏偏就在王又辉即将下葬的前一天，村口突然传来了一阵激烈的争吵声，村里一个妈妈子急急忙忙地冲进屋里，扶着门框直喘气，说是妖怪找到了。

"找到了？"宁桃霍然站起身。

女人狠狠啐了一口："你猜是什么？！是个狐狸精！长得还挺好看的，却专门干伤天害理的勾当，这狐狸精被清静一剑穿胸，正挂在村口示众呢。"

等宁桃和小虎子赶去的时候，村口已经里三层外三层地围满了人。

宁桃挤进去一看，人前的空地中，倒着个十四五岁模样的少女，穿着身杏色的裙子，额发乌黑，面色煞白，死死地闭着眼。

她当胸被常清静的"行不得哥哥"一剑穿透，身下的血慢慢地流了一大摊，裙子下面伸出了条火红的蓬松的狐狸尾巴，发间两个三角形的耳朵毛茸茸的，软塌塌地耷拉着。

宁桃微微一怔，心里疑惑顿生，这就是狐狸精吗？但看上去不像能犯下这么凶残的杀人案。

群情激愤的人们，已经拖着那狐狸精往祠堂的方向去了。

少女的腿被拖在地上，拖曳出一条血痕。

宁桃这个时候趁机挤到了常清静身边。

少年手上、脸上和雪白的道袍上都溅了点儿血，眼里透着股未散的冷意和杀气。

瞥见宁桃，常清静垂下了眼，萦绕在身上的那股煞气和戾气微微一收："桃桃。"

宁桃不像古人一样害怕妖精；相反，看多了白娘子一类的电视剧，还对妖精很好奇。

她觉得那只小狐狸有点儿可怜，忍不住问："就是这……这位姑娘害死了王又辉？"

常清静目光看向那倒地不起的少女，言简意赅："十有八九。"

"她……她的腿？"

"断了。她想逃，打伤了王康哥，我打断了她的腿。"

少年眼里冷冷的，面无表情地沉默着。

宁桃张了张嘴。

这是她第一次看到小青椒这副模样，小青椒的脾气其实并没有那么好，平心而论，常清静对她很好，一直很好，会脸红、会发窘，但对待别人，实际上很冷，像戴了面具一样冷，皱着眉，刚到王家庵的时候，曾经吓了王二婶他们一大跳。

"这孩子怎么年纪这么小，看着这么唬人呢？"

但他人的确是好的。

或许是因为在蜀山作为执戒弟子必须铁面无私，公正严明，常清静像是把自己劈成了两半，一半是那个公正严明、戾气横生、铁面无私的小师叔，蜀山执戒弟子；另一半则是少年柔软的心性，正义赤诚，一腔热血。

冥冥之中她总有种直觉在说好像不是那个姑娘干的，但直觉这种事最是虚无缥缈。她又有点儿畏惧于这样的常清静。

毕竟不知道这事情的真相，宁桃只能压下心里的不安，没有贸然开口，跟着常清静一路走到了祠堂。

狐狸少女被拖到了祠堂正中，一盆水泼醒了。

她一睁开眼，全祠堂的人，包括宁桃在内，都被狠狠地震了一下。

主要是这姑娘长得实在太好看了，雪白的肌肤、睫毛又长又翘、杏子眼像会说话一样，泛着潋滟的波光。

饶是时机不对，小虎子也不由得"啊"了一声："我的娘，真不愧是狐狸精，长得跟个天上的仙女儿似的。"

愣了半秒，大家伙心里又犹豫了。他们虽然生气，可这狐狸长出了人样，心里到底是有些害怕。

更何况，这狐狸精长得多像个寻常的小姑娘！大家又难免想到了自家女儿，这下谁还下得了手啊？

最终还是有个胆子大点儿的问："狐狸精，说！王又辉是不是你杀的？！"

但她嘴不利索，似乎不大会说人话，一着急说起话来颠三倒四的。

她说："我没有，我当时正在山里，正在山里捉兔子呢。"

少女急红了眼，瘪着嘴说："我不吃人，我只吃兔子。"

"那你好端端地跑到村口来干啥？"

少女委屈地说："我追兔子来的啊！"

宁桃忍不住去看常清静的反应，不知道是不是错觉，她总觉得常清静的态度很冷。

少年下颌绷得紧紧的，手背上的血滴滴答答地往下落，面无表情地伫立着。

王三爷面色阴沉地盯着这少女看了一会儿，就去问常清静："清静，你不是小道士吗？你有办法不？"

少年上下唇一碰，垂着眼："有。"

作为蜀山执剑弟子，当然有办法对付不守门规的同门。

少年犹豫了一下，"行不得哥哥"出鞘。

这一剑，果决狠辣，在少女肩头刺出一个血洞来！

这一剑刺出，祠堂里众人霍然一惊，宁桃也吓了一大跳。

少女惨叫了一声，冷汗涔涔，抬眼去看面前这个小道士，忍不住哆嗦起来，就是这……就是这个小道士打断了她的腿。

少年冷声："你可有杀人？"

少女疼得浑身抽搐。

常清静眼里却是片淡漠的雪色，又是一剑，刺向少女膝盖。

蜀山门规森严，这剑招的分寸他拿捏得很好，足够疼，但不至于留下伤痕和病根。

常清静眼里平静无波，又问道："你可有杀人？"

"我没有，我没有……"少女张张嘴，头发乱蓬蓬的，眼里委屈又害怕，终于忍不住哆哆嗦嗦哭了起来。

宁桃看不下去了。

就算审讯也不是这么个审法，桃桃觉得自己不能再旁观了，心里无端地涌出了一股勇气，眉头紧紧地皱起，三两步冲上前，迎向了那把漂亮的剑。

常清静的眉眼一扬，那淡漠的目光落在她身上。

宁桃身上鸡皮疙瘩直冒，冷汗都流了出来："小青椒，你等等，冷静一下。"

不只小狐狸这事儿，常清静这个凶残的态度，绝对有蹊跷啊！

第 10 章

正当这时，门口突然又有个青年苍白着脸气喘吁吁地跑了进来。

"三爷爷！又……又死人了！"

原本吵吵闹闹的祠堂立刻"嗡"的一声安静了下来，那少女也愣住了，轻轻地"啊"了一声。

王三爷看上去都要疯了。好端端的，怎么又死人了！

这狐狸精还在祠堂呢，没那作案时间，这就代表着人还真有可能不是那狐狸精杀的。

王三爷的面色立刻凝重了起来。

这回死的是王茂通家的儿子王大鹏，也就是王又辉那个好朋友。

王茂通家哭天抢地，却拦着仵作不让验尸。

最后衙役黑了脸，将王茂通家那几个人打了出去，掀开白布一看，脸色不由得微微一变。

原来这王大鹏下面那玩意儿被人剁掉了，看样子不是疼死的，就是失血过多而死的。

与此同时，赵家那儿又传来消息，有人来领那具残尸了，据说那是赵家的赵玉刚。

王又辉、赵玉刚、王大鹏这三人平常总爱混一块儿，这三桩案子肯定有点儿关联。

宁桃终于忍不住奔上前，主动要求王三爷先把这只小狐狸放了。

小虎子赶紧一把把宁桃拉下来了，震惊地看着她："你疯了？！敢和三爷爷这么说话？！"

其实也无怪乎小虎子害怕，这时代宗族族长就决定着一切，王三爷在王家庵积威甚重，这些小一辈的就没敢和王三爷说话的。

宁桃拂开了小虎子的手，抬头看了眼王三爷的神色，其实心里也有点儿紧张，咽了口口水，礼貌地说："三爷爷，我觉得这事儿有蹊跷。"

王三爷脸色不大好看，但或许因为她是个外人，又是个小闺女，不大好意思拉下脸来骂她，没好气地问："这有啥蹊跷的？"

小虎子和小柱子张大了嘴，愣愣地看着她。

王二婶跺了下脚，用力地招招手，无奈地喊："桃桃过来！这是你小孩子能说话的地方吗？！"

宁桃可不这么想，既然开了口，就一定要表达自己的想法。

在全村的注目下，宁桃硬着头皮，"压力山大"地蹲在地上，拿了根小树枝，面色严肃地划拉了两下："三爷爷，您听我说，这只小狐狸有不在场的证据，刚刚王大鹏死的那会儿，她就在祠堂呢。妖怪杀人，一般来说都是无差别攻击，哪有专门逮着彼此认识的这三人杀的？而且手法还这么残忍，王大鹏……都被剁掉了。"

此话一出，王二婶看上去都要昏过去了，人群中几个年轻的姑娘纷纷臊红了脸。

人群中有个大嗓门儿传来："都说是妖怪了，残暴点儿那不正常的吗？！不在场证据又是啥？指不定这妖怪是会幻化分身呢！"

"这肯定是个重要的破案线索。"宁桃站起身，转个方向，看向了人群，又看向了常清静，"我觉得这就是熟人作案，小青椒你看，王大鹏他们彼此之间都认识，这要是无差别攻击，哪能这么巧，就杀了他们这几个关系好的？"

"我觉得只要顺着他们仨之间的人际关系，看看他们平常有没有和什么人结仇，"宁桃又咽了口口水，昂首挺胸努力给自己点儿自信，"逐一排查，顺藤摸瓜，说不定就能找到凶手的影子。"

"三爷爷，您说呢？"

常清静看上去有些惊讶，可能没想到宁桃讲起这些东西来竟然还头头是道的。

就在这时，人群中突然又有人喊了一声："欸，说起来，那王桂林前段时间不是和大鹏他们几个闹起来了吗？"

王三爷面色微微一变："王桂林呢？"

"没看到啊。"

"好像几天前就没看到了？"

王三爷一张老脸立刻拉了下来："快去把王桂林叫过来！"

宁桃有点儿疑惑：这王桂林是谁？

但一转目光，她看到那小姐姐还被绳子绑着呢，赶紧丢下了手里的小木棍，将这小姐姐扶起，小声地问："你没事儿吧？"

少女睁着那懵懂乌黑的眼睛，扶上了她手臂，嘟着嘴不满地说："我都说不是我干的，我是去追兔子的啊。"

宁桃不好意思地抿了抿唇角，小声地问她："我叫宁桃，你呢？"

"我？"少女眼睛滴溜溜地一转，"我叫苏甜甜。"

苏甜甜发间的耳朵不安地抖了抖，朝着常清静的方向努了努嘴："他……他叫什么啊？"

"他好凶。"她胸口到现在都疼呢。

苏甜甜眨了眨被泪水濡湿的眼睫，揉了揉胸口，小声地说。

"他叫常清静，"宁桃神情肃穆地说，"抱歉，他不是故意伤你的，只是王又辉死得不明不白……"

"我知道，我知道。"苏甜甜摇摇头，"你们人都觉得妖是坏的，尤其是这些蜀山的臭牛鼻子，我不怪你们。桃桃，刚刚谢谢你啊。"

"但是，"苏甜甜说着说着，突然看向了常清静，"那个小牛鼻子，你做错了，你冤枉了我，你必须……"苏甜甜一字一顿地说，"你必须向我道歉。"

常清静面色微微一变，固执地紧抿着唇，收了"行不得哥哥"，一声不吭。

周围的人都怔住了，没想到这小狐狸胆子竟然这么大！

常清静也没想到，这野狐狸非但没有怕他，反而固执地迎了上去。他眉头轻轻皱起。

苏甜甜跌坐在地上，杏子眼死死地盯着他，面色虽然白，但眼里闪动着水汽和固执的光，噘着红唇："向我道歉！"

刹那间，祠堂里那些昏黄的灯光，人群嘈杂的议论声渐渐远去了。

少年周身的气息倏然一冷，面色变得极其僵硬和可怕。

苏甜甜恍若置那冰冷的面容于无睹，固执己见，一本正经地盯着他："你做错了，你认不认？"

"蜀山的小牛鼻子，不至于连这都不敢认吧？"苏甜甜扬起骄傲的脸挑衅般地说。

她心里气闷，暗骂了一声：呸！这小牛鼻子真是傲慢至极。

真是飞来横祸，一想到之后她还要——

苏甜甜就懊恼地红了脸。

少年如玉般的侧影笼在灯火的光晕里，冷得像灯下雪。

常清静霜雪般的目光落在了苏甜甜脸上，顿了顿。

这目光看在谁身上谁都有些发怵的，苏甜甜却一咬红唇，贝齿在灯光下闪动着莹润的光泽，目光不闪不避与他对视，寸步不让。

宁桃小心翼翼地往后倒退了一步，总感觉、总感觉自己横亘在两人中间，画风好像不太对的样子！

这一眼，简直就像……命中注定的男女主初见，非要比喻的话，就好像有两束舞台灯光打在了两个人身上。

少年和少女僵持半晌，最终，常清静屈服了。毕竟是有错在先，小道士垂下眼睫，冷淡地说："我认。"

不论是桃桃的分析，还是他刚刚的审讯，抑或是方才的不在场证据都表明这只小狐狸的的确确没有杀人。

常清静闭上眼，胸膛微微起伏，眉头皱成了个"川"字："抱歉。"

苏甜甜笑开了，又好像想到什么扬起了骄傲的小脸，将裙子下面火红的尾巴一甩，尾巴尖尖正对着这小道士，得寸进尺地说："既然错了，那你背我下去。"

苏甜甜也不是真打算为难他的，深知见好就收的道理，红润润的嘴角扬起个漂亮的弧度，显得天真又率直："你背我，你背我，我就原谅你啦！"

第 11 章

一阵夜风吹来，祠堂里昏黄的灯光倏忽被拉成了一条线，如同一条紧绷的弦。

苏甜甜仰着头，红润润的唇在灯光的照耀下，丰润又动人。

在众人的注目之下，常清静缓缓垂下眼，看了眼自己手里的桃花长剑，纤长柔软的眼睫一颤，再抬起眼时，眼里几乎满是冰冷和厌恶："到此为止。"

他没有理会她，转身就走了。

这小道士如此薄情，苏甜甜不甘心地从地上爬起来，往自己身上施了个术法，重新蹦跶了两步，不满地直哼哼："不背就不背嘛！"

她心里却不甘示弱。

想到自己的来意，小狐狸眼睛转了转，心想，她就等着这小牛鼻子爱上自己，对自己如痴如狂，看他到时候还怎么板着那张棺材脸！

不过这样一来苏甜甜就彻底洗清了作案嫌疑。

她毕竟是个妖，不好随随便便把她放归山林，就这样，苏甜甜在王家庵留了下来。

少女长得好看，皮肤白皙，像糯米糕一样又软又甜，还天真懵懂，被关在王家庵也不吵不闹，每天吃饱了就变成一只小狐狸，蜷缩在门前睡觉。事实证明，没有人能拒绝毛茸茸的东西，很快，众人对苏甜甜的态度发生了微妙的改变。

尤其是宁桃。

这一路走来身边只有常清静做伴，虽然她喜欢常清静，但身边没同龄的姑娘总觉得孤独，苏甜甜一来就不一样了。

可是，常清静好像对苏甜甜没什么好感，每当宁桃问起的时候，少年总皱着眉，那股不加掩饰的厌恶快要从眼角溢出，厉喝："桃桃，她是妖。为妖者，多为伤天害理、反复狡诈之辈，修行上不走正道。"

宁桃不赞同，小声抗议："这三个案子不是她干的，小青椒，你这是物种歧视啊。"

她话音刚落，常清静脸色瞬间变得十分难看，一声不吭拂袖就走。

常清静就这么讨厌妖吗？宁桃站在原地，有些懊悔地捂住了自己的脑袋。

她就觉得，小青椒一碰上苏甜甜完全就不一样了。

她从来没看到过这样的常清静，他一直都是很镇定有礼的样子，就算待人接物冷淡，但也维持着良好的修养和礼节。

而现在的常清静，就像是撕破了他那些修养和礼节，露出了点儿少年的莽撞来。

她没想和常清静吵架的，只是觉得苏甜甜性格好，长得又可爱，受了这无妄之灾——

桃桃不安地想，怪可怜的。

不管怎么说，每次常清静进进出出，都对这门槛前的小狐狸没多少好脸色。

苏甜甜似乎是知道常清静不喜欢他，有意无意地避着他走，夹在中间的宁桃左右为难。

每当睡饱了，门口的小狐狸总会伸个懒腰站起来，一蹦一跳地帮着隔壁的王二婶做家务。少女好像有使不完的精力，走一步蹦一步，瞥见花蝴蝶，立刻就丢了手上的活去扑蝴蝶。

王二婶忍不住笑："这哪是狐狸精？这根本就是个笨狐狸。"

接连死了三个人之后，县里对这事儿很重视，正如宁桃所说的，仵作、衙役挨家挨户上门盘问。

那些原本对宁桃说的话还有点儿不以为然的村人，一看这县老爷也是这么想的，顿时对宁桃大为佩服，宁桃出去晃一圈，都有村人笑眯眯地夸她聪明。

"欸，桃桃真聪明，竟然和县老爷想一块儿去了。"

这个时代，在这座偏僻的山村，那县令就是青天大老爷，被捧得高高的，只要是县老爷说的，那就是对的。

不过比较可惜的是，这些衙役挨家挨户连续盘问了三天，都没问出个所以然，那王桂林早就不见了踪影。

王桂林是王家庵里的一个老头儿，几个月前就已经不见了踪影。提到王桂林，王家庵的人觉得可怜的同时又忍不住叹口气，说声"活该"。

这王桂林老婆死得早，有一个儿子。他脾气不好，对这儿子动辄非打即骂。等儿子长大娶了媳妇，公媳之间处不好，他儿子王硕干脆搭了个茅屋，叫王桂林自己搬出去住了。由于王桂林动辄打骂王硕，是王家庵所有人都看在眼里的，倒没人说王硕不孝。

小虎子用怀疑的目光将宁桃从头到尾打量了一圈："欸，你怎么想的啊？常清静告诉你的？"

宁桃一本正经地表示："这都是我想出来的！"

"那你怎么想出来的？"

宁桃才不会告诉他这是各种刑侦剧看多了的后果，理直气壮地说："就这么想的呗！这里面的疑点不很容易就想到了吗？！"

感觉自己仿佛被针对的小虎子：……

沉默了半晌，瘦猴似的小男孩撇撇嘴，又怀疑地看了一眼宁桃，这穿得稀奇古怪的，鼻梁上又架了两个圆圆的东西。

"我才不信你这么聪明呢。"

说起来宁桃的眼镜，半年前，常清静带她找了个当世著名的工匠重新修好了，如今不用再 Cosplay[①]波特同学了。

王家庵这几件命案，一开始，大家伙还提心吊胆，生怕哪天倒霉，阎王爷收人收到自己头上。一眨眼，几天工夫过去了，王家和隔壁赵家再也没发生过命案，众人的心也慢慢地落了下来。

生活总归是要照过的，那三个案子除了让大家提心吊胆了一阵子，给茶余饭后多了点儿谈资，好像也没给王家庵带来多大变化。

端午节来临的前几天，宁桃和王二婶、苏甜甜一起坐在堂屋里包粽子，粽

---

① 英文 Costume Play 的简写，指利用服装、饰品、道具以及化装来扮演动漫作品、游戏中或者古代人物的角色。

子叶用澡盆泡着。

"像这样，这样，再这样。"王二婶拿着粽子叶，腾出一只手指点苏甜甜。

少女白皙纤长的手指如飞，举起面前包好的小粽子，眉开眼笑："好啦！"

这小粽子包得小巧又精致，宁桃微讶："甜甜，你学得真快！"

苏甜甜嘿嘿一笑，不好意思地眨眨眼："这很简单呀。"

看了眼自己手里还在漏米的粽子，宁桃沉默，总感觉好像被碾压了……

王二婶笑道："甜甜聪明，学什么都快，就是爱躲懒。"

就在这时，常清静突然跨过门槛走了进来："二婶。"

苏甜甜浑身一个哆嗦，将粽子往盆子里一丢。

少年冷峻的目光如刺一般细细密密地扫来，淡淡地瞥了苏甜甜一眼，又面无表情地收回视线。

待常清静走了之后，饶是王二婶都察觉出来了不对，愣愣地问："甜甜，你和清静？"

回想着刚刚少年看自己的眼神，宁桃手上的动作一顿，觉得再也包不下去了，心不在焉地将手上的粽子放下，捋了捋掌心的糯米。

"婶子，甜甜，我出去一趟。"

宁桃赶紧追着常清静的身影飞奔了出去。

常清静见宁桃追来，一愣。

宁桃扶了扶眼镜，目光迅速地在常清静身上打量了一圈儿。

常清静神情有点儿僵硬，下颌绷得铁紧，冷冷地问："你来做什么？"

宁桃往前走了几步："我……我来看看你。"

少年僵硬地转身："不用。"

眼看着常清静又要走，宁桃鼓起勇气拦住了他："小青椒，你……你是不是不高兴啊？"

常清静平常态度很好的，虽然看着像个十分古板又严厉的小古董，但实际上外冷内热又有礼貌，很少像刚刚那样……

刚刚常清静落在她和苏甜甜身上的目光，那股冷淡和厌恶之意几乎呼之欲出。

常清静眼睫一颤，微微抿唇："我没有不高兴，你多虑了。"

宁桃再度鼓起勇气，伸出手，握住了少年的手。

指尖相触的刹那间，她脸色立刻蹿红了，心里猛地一突。

少年睁大了眼，下意识地想甩开，但被握得紧紧的，握得他耳根烧红了："桃……桃……"

宁桃握紧了常清静的手，神情肃穆地说："如果我什么地方做得让你不舒服了，你一定要说。小青椒，我知道你人很好的，不会无缘无故地迁怒别人，是因为……有妖怪曾经对你做了什么吗？"

他们站在王二婶家门前，王二婶勤快爱干净，将家里拾掇得漂漂亮亮的，院子里开垦出了一个菜园子，种了不少蔬菜。进门处又种了一大棵香栾，其实就是柚子树，白色的花挂满了一树，花瓣厚而窄，落在地上，又香又好看。

他们站在那大红的春联和门神前。

常清静眼前又浮现出宁桃醉醺醺的模样。她天真活泼，眼镜下面的眼睛像两颗黑黝黝的葡萄，又清又黑又甜。

"敛之！我们就是朋友了！"

不自觉地，常清静终于放松了紧绷的身体，嘴唇动了动，沉沉开口："我爹娘死得早，后来我被舅舅一家收养。舅舅和舅母对我很好，甚至比对他俩一双亲生儿女都好。他们心疼我年幼失怙恃，家中裁制新衣，都紧着我用。不论我想要什么，舅舅与舅母都会替我办成。从小，我便发誓等日后定要报答舅舅与舅母的恩情。后来，我外出上学，到家的时候，却看到我舅舅一家满地横尸。妖怪杀了舅舅一家，听人说，当时那妖怪受了伤倒在了我家门前，舅舅、舅母救了它，它却恩将仇报，杀了舅舅府上几十口人。后来，我才上了蜀山，就为了杀尽天下的妖怪。"

宁桃一震。

她没有想到会听到这段往事。

刀子不捅在自己身上永远不知道痛，她根本没有资格说常清静物种歧视。

宁桃既羞愧又窘迫，忙严肃了神情，郑重地说："对不起，常清静，对不起。"

"这与你无关，是我。"少年顿了顿，"的确是我太狭隘，这世上妖怪也有善恶之分。"

他如此厌恶那野狐狸，还有个原因，一个无法言说的原因。

常清静面皮薄，作为执剑弟子，心里的真实想法说出去，就连自己都觉得有些脸红挨不住。

这几天，桃桃一直与那野狐狸待在一块儿，和他在一起的时间少了，这感觉就像是自己珍重的朋友被讨厌的人抢走，他觉得吃味。

少年低声道："我只是觉得，桃桃，你与那野狐狸待的时间太久了……"

宁桃"啊"了一声，难以置信地转动着眼珠，差点儿咬到了自己的舌头："小青椒……你……你在吃醋吗？"

少年的耳根烧得更红，红得晶莹剔透，仿佛一汪缓缓流动的血色琥珀："桃桃。"

少年别开脸，心里怦怦直跳："桃桃，你……你是我的好朋友。"想了想又补充了一句，"最好的那种。"

常清静说她是他最好的朋友。

彼时的宁桃尚不知道这句话为她那悲催的、恍若流星般短暂的下半生埋下了什么基调，只晕乎乎地觉得眼前好像有烟花砰砰砰地炸开了。

她真的很喜欢常清静。

五月的天已经很热了，两个人紧紧握着手，手心捂出了汗，却没有一个愿意松开的。

"小青椒，我们回去吧，我们一起包粽子。"

"嗯。"

"等、等端午过去了，我和你一起出去找洗露圆荷花！"

"好。"

"还有，还有……我还想去蜀山看看！到时候我们一起去。"

"……好。"

常清静回来之后宁桃帮他搬了个凳子，一起包粽子。

少年坐得很端正，苏甜甜眨眨眼，弯腰捞出几个粽子叶递到了他手上："给你。"

常清静抬起眼，少女眉眼弯弯地笑，柳叶眉芙蓉面，笑起来两只眼睛就像被清水洗过一样，透彻又清亮。

刹那间，他略有些失神。

对方态度这么好，常清静有些不自在，再加上他的确将这小狐妖当成恶妖打伤在先，也不好意思再摆出一副冷脸，抿着唇，接过了这把粽子叶，说了一句："多谢。"

苏甜甜的指尖就像是微凉的泉水，擦过他肌肤，常清静心头一跳，绷紧脸部的肌肉，不再多说一句话了。

第12章

常清静明显是第一次包粽子，手生。宁桃自己都包不好，更别说指点他了。

苏甜甜觑着常清静的脸色，眼看少年没了那天晚上那股吓人的冷意和戾气，大着胆子，伸手在常清静手前面一挡。

少年抬眼，眼里像冷冷清清的秋水。

苏甜甜舔了舔干涩的唇角，顶着这小道士的视线，伸手指着那粽叶，根本不敢多看他："你要这么包，你看我。像我这样。"

少年没有吭声，笨拙地动着手指。

苏甜甜歪歪头，心想，这小牛鼻子怎么这么笨啊？她看不下去了，伸出小小的、软软的手包住了少年骨节分明的手指，一本正经地手把手教他："你跟我来，先这样，再这样，然后装米。"

苏甜甜俯下身子，嘴唇凑在常清静手边，轻轻咬了一下那缠粽子的线，利落地把棉线咬开了。

少女身上的甜香蓦地扫在了手背的肌肤上，少年不自在地收紧了手指，身子微不可察地避了避。

这是他和除桃桃之外的女孩子，第一次挨这么近。

将手上那玲珑可爱的粽子捧起，苏甜甜两个眼睛弯成了两个月牙儿，说道："好啦！"

"桃桃你看，我包得好看吗？"

"啊……啊……"宁桃猛然回神，手上刚包好的粽子没拿稳，糯米哗啦啦散了一地。

这动静吓了苏甜甜和常清静一跳。

常清静："桃桃？"

"没事没事。"宁桃慌忙摆手，"我没事！"

"我去拿扫把来！"

她怎么好意思袒露自己真实的想法。

跑到门后拿起扫把，宁桃羞愧地想。

她看常清静和苏甜甜看得出了神。不行不行，不能多想！他们关系缓和，她不用再两面不是人，应该高兴才是。她虽然对小青椒有好感，但小青椒又不是她的所有物。

做好了心理建设之后，宁桃拿着扫把转过了身。

这一转身，又瞥见了苏甜甜与常清静坐得很近。

少年和少女并肩坐在小凳子上，裙摆与道袍交叠在一起，苏甜甜抬起脸，讨好地嘿嘿笑。

常清静从她手里拿出个小粽子，虽然神情依旧冷淡，但态度看上去已经缓和了不少。

包完了粽子，苏甜甜"嗷呜"一声伸了个懒腰，又变成个小狐狸，趴在门槛上睡着了。

从那之后，苏甜甜终于在王家庵站稳了脚跟。

苏甜甜脑子聪明，转得快，什么东西看一遍就学会了，烧火啊、打水啊、搭黄瓜架子啊。

很快，宁桃那些村里的朋友，什么小柱子、小虎子纷纷为这个狐妖姐姐所折服，也不和宁桃玩了。

前脚刚约好的一起去摸田螺，后脚就没了人影，宁桃挎着个篮子，发呆了半天，顺着田埂一路慢慢地走，突然在渡塘边就看到了几个熟悉的身影。

小虎子和小柱子撸着裤脚，踩在水里，沿着池塘边儿上的浅水区，弯腰在淤泥石头缝里摸田螺。

苏甜甜跟在两人中间，裙子高高地扎起，露出两条白生生的小腿。

小虎子和小柱子明显很保护她，一前一后地护卫着。

宁桃提着篮子站了一会儿，走上前喊："柱子！虎子！甜甜！"

苏甜甜回头，看到她，眼睛"噌"地一亮："桃桃！你快下来！柱子和虎子带我摸田螺呢！你要不要也一起？"

宁桃：……

她当然知道是在摸田螺，明明昨天她都和柱子、虎子约好了。

但这话她又不好意思直说，只能一个人憋在心里，憋了半天，闷闷地将篮子往地上一放："我不下去了，你们先摸吧。"

等到三人光着脚湿漉漉地踩着石头走上来，虎子还茫然地问她："你怎么不下来？"

宁桃也是有脾气的，眼睛里透着恶狠狠的光，一把将他扯到自己身边："不是说好的一起去摸田螺吗？你怎么不等我！"

虎子奇怪地说："你一直没来，我和柱子正好碰到了甜甜，甜甜问我俩去干啥，我说去摸田螺，她说她也想去，我俩就带她一起去了啊。"

宁桃涨红了脸，瓮声瓮气地道："重色轻友！"

虎子"嘁"了一声，扮了个鬼脸："甜甜长得本来就好看！你看看你！"男孩伸出湿淋淋的手去拿宁桃鼻子上的眼镜，"整天戴着这个东西，丑死了。"

来到这个世界之后，她就这一副眼镜了。

没了眼镜，那她就是真的五十米之外，人畜不分。

宁桃立刻紧张地护住了眼镜，恼火地骂道："滚滚滚！"

她当然知道自己长得没有苏甜甜好看了。苏甜甜长得比那些明星都好看多了，在这个小山村里更是独一无二地好看。

但这事被虎子这么直接地说出来，让桃桃实在有点儿郁闷。

"不仅戴着这个东西，还笨！"虎子笑嘻嘻地说，"笨死了！"

宁桃立刻，深深地郁闷了。

这也不能怪她啊。

她家三代贫农，根正苗红，改革开放之后，社会走进新时代，她家才从村子里搬到了城里。

她不是啥高贵冷艳的中产家庭的姑娘没错，但对农村的记忆也只停留在小时候了，不会用那种大锅、不会插秧、不会打井水、不会喂鸡、分不清麦苗和豆苗也……也挺正常的吧……

她本来手就笨，这就导致王家庵如今出现了个神奇的现象。

王二婶子她们教苏甜甜用大锅烧饭、搭黄瓜架子之类的农活，苏甜甜一学就会，不仅会还手脚麻利，转头来教宁桃，给桃桃开补习班。

王二婶子她们笑她戴着"眼镜"这玩意儿像个"呆巴子"，叫她多和苏甜甜学学。

"桃桃，你看人甜甜多聪明呀。"王二婶小声对她说，"你这啥都不会以后嫁了人婆婆要怎么想。"

久而久之，就连宁桃都忍不住怀疑自己是不是真的那么笨了。

她不笨，只是常清静和苏甜甜他们两个学习速度太恐怖，她只是正常人的智商而已，学习成绩在班里也是名列前茅的。

苏甜甜不只学那些农活杂务学得快，唱歌也好听。

三个人裤脚裙摆湿淋淋的，光着脚一路踩回了家里，少女明眸善睐，嗓音清脆，在唱一支山歌儿。

宁桃踩着自己的影子，跟在他们身后，听着三人欢声笑语一并传来。

她一步、一步、一步地踩，踩上影子的脚，踩上影子的腿，一蹦上去踩上影子的头，再一蹦——

突然撞入了个满含降真香气的怀抱。

"小青椒！"

宁桃红着脸忙从常清静怀里挣脱出来。

少年却没有回答她。

宁桃扶着常清静手臂微微一愣。

少年怔怔地抬眼看向前方，身姿就像一棵挺拔的小松，俊秀动人。

夕阳朦胧披在他身上，他姿容如玉。

远处的芦苇落上了紫红的晚霞，穗子在风中瑟瑟，风吹动了他那宽大的袖摆，宛如冲天的鹤翅。

唱着唱着，苏甜甜转了一圈儿，干脆跳起舞来。

这个时候，道旁的大槐树下有不少村人在乘凉，一看，纷纷为苏甜甜叫起好来。

少女的腰肢看上去比杨柳都柔软，不胜风力，袅袅娜娜，随着暮风，一个旋身一个跳跃，发尖儿轻轻地扬起一个美丽的弧度。

风吹动她杏色的裙摆，那单薄裙摆紧贴着她纤细的腰身，下一秒，她好像要腾空而去，往九重天、往瑶池去了。

夕阳都落在她身上，宁桃渐渐地松开了扶着常清静的手。

宁桃站在了斜阳的阴影里，藏在别人看不到的影子里去了。

就在这时，小虎子一把将宁桃从斜阳的影子里扯了出来。

"你躲啥？"

"甜甜跳得不好看吗？"

宁桃移开眼睛："好看。"

"好看你不看！"小虎子不满地说。

那模样活脱脱像是个在炫耀自己女神的粉丝。

宁桃忍不住看了一眼常清静，少年眉眼静静地看着苏甜甜的方向。

"我……我也会啊。"

"你会什么？"

"我……我会……"

宁桃仔细一想，默默卡壳了。

小虎子哈哈笑起来："呆巴子。"

她确实没有什么特长。

宁桃涨红了脸，暗骂了一声，气死了，她怎么不会跳舞呢，不会跳芭蕾，跳肚皮舞，跳钢管舞，不能来个艳压全场。

宁桃一咬牙："我会书法！"

她就写字写得好看点儿了，她爸一股子酸气儿，没事儿就喜欢画画写字，在她小时候就给她报了书法班，她从小学书法，好歹也得过不少奖。

周围在乘凉的村人都唯恐天下不乱地笑了起来。

"桃桃不满喽。"

"桃桃竟然认得字？写一个看看？看看和你三叔家的小子哪个写得更好？"

紧跟着人群中就被推出了个清清秀秀的少年，宁桃认得，这是王锦辉，村里一个小童生，她和常清静平常叫他锦辉哥哥。

王锦辉白净修长，就算穿着一件简陋朴素的长袍，也掩盖不了周身温朗俊秀的气质。他鼻梁挺直，唇瓣很薄，额头饱满，笑起来明亮又干净。

"桃桃妹子。"

苏甜甜停下了舞步，就连常清静也将目光转了过来。

顶着常清静和王锦辉的目光，宁桃脸色涨得更红了。

这样看上去，她就像个不满别人的目光聚焦在苏甜甜身上的小人。

那厢，村人都在起哄，叫她也和王锦辉比一个。

宁桃看了一眼苏甜甜，少女睁着懵懂好奇的眼。

偏偏激得她心头的战斗欲望腾腾腾地蹿了起来。

"锦辉哥哥，你等等！"宁桃斗志高昂地说。

王锦辉专注地看着她，被她逗乐了，"噗"地笑出来："行。"

一个个都说她笨，说她是呆瓜，今天她也要露一手，镇住他们！

第 13 章

小虎子不满地扬眉："写字有啥好炫耀的，我也会写啊。"

宁桃推了他一把，红着脸硬撑："你家里不是有纸笔吗？快给我拿来。"

小虎子怪叫："这笔墨可贵了！"

"叫你拿就拿。"

小虎子虽然不满，但心里还是好奇宁桃究竟能写出个什么玩意儿来。

纸和笔很快就被拿上来了，不仅如此，他竟然还和小柱子一道抬来了一张几案，这是打算比到底的架势了。

这年代，本来识字的姑娘就少，敢说自己会书法的姑娘就更少了，眼看着这架势摆得足，村人都好奇地围了上来。

常清静微讶，旋即又皱眉："桃桃。"

相处这么多天，他的的确确不知道宁桃竟然写得一手敢和人比书法的

"好字"。

宁桃将笔墨推到了王锦辉面前："你先来。"

王锦辉愣了半秒，恍然大悟。

肯定是宁桃紧张，又下不来台，这才让他先写呢。

王锦辉好脾气地说："桃桃，要不我们不比了？"

宁桃憋着气："不行不行，你先来。"

王锦辉神情有点儿复杂，他哪里好意思和一个只认得几个字的小姑娘比书法？没办法，只能挽起袖子，铺纸研墨，在纸上写了一首诗。

等王锦辉写就了，村人纷纷围上去一看。

"呀！写得好！"

"好字！"

王锦辉写的是时下读书人常要学的行楷，这一手行楷写得端正秀丽，但宁桃一看就知道自己稳赢了。

宁桃可以说是博古往今来的无数书法大家之长。王锦辉不像她生活在信息大爆炸的社会，古往今来的大家字帖想临摹哪个就临摹哪个，他生长在王家庵里，长这么大，不过是在镇子里念书，认知有限，这字写得实在有点儿中规中矩。

苏甜甜眨眨眼："锦辉哥哥，你这字写得可真好！"

王锦辉落在苏甜甜脸上的目光闪烁了两秒，红了脸。

王二婶笑吟吟地说："桃桃，你现在反悔，求求你锦辉哥哥，说不定还来得及。"

眼看着王锦辉也被苏甜甜迷得七荤八素的模样，宁桃更加郁闷，心里憋着一股气，接过了笔。

笔一上手，少女的神态就变了，眼镜下那黑白分明的眸子既清澈又认真。

宁桃略一思索，提笔。

常清静面上微露迟疑，真心实意地为宁桃感到忧心。

小道士拧着眉。

他不知道桃桃今日为何非要和王锦辉比这书法，或许是年少心气儿高，不满众人夸赞苏甜甜，心生忌妒之意。

他心中不赞同，正欲出言制止，目光落在这纸上却微微一顿，竟然再也移不开眼了。

他从未见过这样的字，笔画藏锋，瘦细挺劲，气态高逸凌厉，一笔一画恍若屈铁断金，能听到那铮铮割金断玉之声，如傲骨凛凛的瘦梅，只叫人移不开眼。

宁桃写的是瘦金体，那诗是：

练得身形似鹤形，千株松下两函经。

我来问道无余说，云在青天水在瓶。

王锦辉怔怔地念道："我来问道无余说，云在青天水在瓶？"

"桃桃，这诗我怎么从未听说过，你竟会作诗吗？"王锦辉肃然起敬地看着她。

宁桃头摇得像拨浪鼓："不是，不是。这是我在书上看来的，在我们家乡，我们那儿的姑娘都要上学。"

宁桃说："从小，我们老师，也就是私塾的夫子，就要我们背书。"

王锦辉严肃起来，眉眼端正了不少。

可能是她字写得好，又懂诗文，让他不由得微微侧目，一想到之前自己竟然托大了，王锦辉便不由得脸红。

或许是没想到宁桃竟然真的写得这么一手好字，苏甜甜和常清静都睁大了眼。

苏甜甜张大了嘴，呆呆地看着她："这字也太好看了！"

少女手上的星星手链一晃一晃，亮晶晶的。

常清静则是彻底怔住了，眼睛睁得大大的，像猫儿一样，脑袋里恍若有春雷般，懵懵懂懂地炸开，紧盯着这两句诗，若有所思，似有所悟。

这半年以来，宁桃一路跟着他走过了很多地方，一路风餐露宿，从来就没一句怨言。

宁桃她……很奇怪，鼻梁上架的那一副"眼镜"很奇怪，"书包"里的那些书也很奇怪，那些书她就算再累也不愿意丢，每天都要看一看，偶尔拿纸笔对着这些书写写画画。

但她看到那些再平常不过的东西，却又很惊奇。

看到雨后的虹，会高兴到眉飞色舞，看着晚上的银河，也会看入了神，甚至田埂的大水牛，她也能蹲着看上整整一刻钟。这些随处可见的东西，对她来说好像处处都是惊喜。

说得难听点儿，就是，没见过世面。

但是，和他这一路除妖捉鬼，也不是没去过什么达官贵人的宅邸，却从来没见过她惊讶。

如果宁桃能听见常清静的疑惑，一定会不好意思地吐槽。她去姑苏和燕州旅游的时候，看过园林和宫殿，这些宅邸虽然豪华，但肯定没皇家园林豪华啦！

走多远也没喊累，有时候又莫名地娇气。

不过，不可否认的是，常清静的心又漏跳了一拍。

桃桃，比他想象中的那个她，要优秀很多。她来自另一个世界，对于很多事都有自己的见解，这些见解犀利而独到，就连常清静都自愧不如，常常如醍醐灌顶，蓦然惊叹。

用"瘦金体"来碾压处于封建社会、信息封闭的王锦辉，宁桃有些脸红，仿佛听到了自己节操破碎的声音，但的的确确又颇为享受大家那惊讶的目光。

这下总不会有人说她是呆瓜了吧！

王锦辉盯着这幅字看了很久，心头巨震，默不作声地搁下了笔，羞红了脸："是我输了。"

王二婶他们虽然不认得字，但也觉得宁桃这个写得格外好看，又听王锦辉竟然主动承认自己输了，纷纷面露惊讶。

"桃桃，你这一手字是从哪儿学来的啊？跟谁学的？"

"你锦辉哥哥竟然主动认输了？"

就连小秀才都说自己不如她，这不可能吧。

小虎子呆了，那眼神活像是发现了新大陆："桃桃，你你你竟然念过书？"

这个时代，会跳舞、会唱歌的姑娘很多，但懂诗文善书法的姑娘却不多。

宁桃昂首挺胸，自豪地说："那当然啊！在我们国家，我们是被作为国家接班人培养的，长大后要靠我们来建设国家。我们不仅要学诗文，还要学算术呢，还有别的国家的语言。啊，还有物理、化学！物理、化学和算术是用来推演世间万物规则的。还有政治，我们要学国家那些国策……"

"我们要上整整十六年学呢！上完这十六年还能继续往下念，反正我想继续念书的，我想读研。"

一想到这儿，桃桃的心就忍不住怦怦地跳。

学国策？学策论？！

王锦辉已然惊呆了。

村人更惊讶，虽然听不懂那些物理、化学是啥，但听到要和那些外交使臣一样要学别的国家的语言，顿时叫了起来。

"我的乖乖，桃桃，你是被作为那啥国家接班人培养的？"

村人一个个瞠目结舌。

没想到桃桃这圆脸的小不点儿，竟然是有不输男儿的大出息、大志向的。

第14章

村人不遗余力地把她里里外外夸了个遍，宁桃却忍不住看了一眼常清静，心里怦怦直跳。

那……那小青椒会怎么想呢？！

夕阳勾勒出少年挺拔俊秀的鼻梁，少年侧着脸对着她。

他没有看她，只是静静地看向了苏甜甜。

常清静的注意力好像从头至尾根本就没放在她身上。

苏甜甜那乌黑的鬓角上戴了一朵又大又圆的栀子花，洁白细腻得像雪。

常清静站在她身边，挺直的脊背被昏黄的晚霞勾勒出来一个好看的侧影。

暮风穿过了宁桃的掌心，宁桃脚下踩着那暑气还没散去的黄土地，看向了天际。

天是透着点儿绯红的紫，晚霞是金红的、橙红的，像是苏甜甜的裙摆。

暮春傍晚的风有些凉，宁桃心里有点儿酸酸的，又有点儿热热的，恍惚地想起来。

端午已经过去了，夏天就要到了。

等到第二天，下了点儿雨，山雨朦胧。

王家庵久违的宁静在这山雨中再次被打破了。

大早上，宁桃和常清静正坐在一块儿吃早饭的时候，王二叔突然披着蓑衣走了进来。

"桃桃和清静在家吗？"

"二叔！"

"二叔！"

两个小朋友"噌"地站起了身。

宁桃正准备去搬凳子，没想到王二叔却摆了摆手："不用不用，不坐了，我是来找清静的。"

男人头上戴着个斗笠，雨水顺着帽檐落了下来。

常清静不解："二叔找晚辈，可有什么用得着晚辈的地方？"

王二叔的神情严肃了点儿："又死人了。"

远处，春雷一声轰鸣。

寒风卷着雨丝迎面吹来，宁桃忍不住打了个哆嗦。

"又……死人了？"

常清静一听，二话不说，立刻转身去拿雨具。

宁桃问："怎么又死人了？"

王二叔将了把脸上的雨水："前几天不是下雨吗，将……给冲了下来，竟然冲出了具人骨。"

"说是个男人，也不知道死了有多长时间。这不清静是道士嘛，我就想找他过去看看，也好顺便……"

这厢，常清静已经穿戴整齐了。

宁桃虽然也想去，但想了想，自己专业不对口，过去也只会添乱，说不定还会被吓一跳，赶紧跑到厨房用油布包了几个包子，往少年怀里一塞。

"小青椒，你早饭还没吃完呢，带着这个，路上吃！"

常清静伸手接过来："桃桃，多谢。"

常清静走后，宁桃自己一个人吃早饭也没意思，干脆把碗筷收拾收拾，去了隔壁王二婶家里。

山洪冲出了一具白骨，联想到前段时间那三条人命，王家庵的众人又陷入了一片惊恐之中。

一直到晚上，常清静才回来。

少年将蓑衣往墙上挂，身上被雨水淋了个大半，道袍紧贴着肌肤，露出精瘦的腰身。

宁桃帮他拿了干净的葛布上衣，海青色的裤子。

少年穿得整洁，乌发披散在肩膀上，浑身上下散发着点儿夜雨沁凉的寒意。

想到那具白骨，宁桃忍不住问："有结果了吗？"

"是个男性，年纪有些大了。"少年没有瞒她的意思，迟疑了一瞬，道，"这事儿报到了县里，县里正在查，看看最近有没有什么失踪的老人。"

宁桃想了想，提出了自己的建议："有没有可能是年纪大了，不小心摔了一跤，死在了山里没人发现？"

常清静拧眉："不像是失误，这具白骨，在头骨的部位明显有被钝器击打的痕迹，身上还有不少细小的伤痕。"

"那有没有可能是那个失踪的王桂林？"宁桃想了一下，又觉得不对。

如果王桂林杀了王大鹏他们三个，那怎么死在了这儿？

或者说王桂林是被杀的，杀他的正是杀王大鹏的凶手？但这又有个疑点。

"小青椒，你看，之前那三个作案手法这么凶残，这个明显……"

明显正常多了。

古代由于刑侦技术不发达，像这种悬案多了去了，也很难侦破，有时候外乡人杀了个人，扬长而去，都不一定有人能发现得了。

难保这位倒霉的老人，是不是早在几年前就已经遇害，就算是现代社会，也有那种水库排空了，惊现出人骨的案例。

而现在，这具尸骨身上已经找不到能够辨认出身份的东西。县里倒是请了王桂林的儿子王硕来指认，王硕也认不出来这是不是他爹。

王硕明显对他爹的死不上心，不耐烦地道："衣服不一样。"

"和我爹失踪前穿的不一样。"

案子又走进了死胡同里，宁桃提出了自己的想法："王大鹏他的那啥被剪掉了，你们要不要试着找找看，看他最近有没有调戏什么小姑娘？说不定是报复呢。"

常清静看上去更惊讶了。

"桃桃……你……"少年整理了一下措辞，奇怪地问，"你不害怕吗？"

宁桃红了脸，她刚刚好像略有些缺心眼儿。

"我……我乱说的！"宁桃有些心虚。

命案这种东西不该是普通姑娘能接触到的东西，更别提还能一本正经地分析其中的疑窦，不管说得是对还是错，就算宁桃只是随口提了三言两语，都让常清静诧异。

如同宁桃想的那样，县里同样派人调查了一下王大鹏三人有没有调戏过什么姑娘婆子。

常清静回来之后告诉宁桃，案子查到了一个叫"王月瑛"的十八九岁的姑娘头上，据说这姑娘和王大鹏他们三个"关系"匪浅。

而这姑娘几个月前的某天，出去一趟之后，就再没回来，更重要的是，王月瑛与王桂林认识，关系不错。

县里把王大鹏家人与王月瑛母亲韩招娣，以及王硕几人都叫来盘问。

这几天淫雨霏霏，空气闷得很，衙门里死气沉沉的，压得人心头烦躁。

王大鹏他家里人被带上来之后，听闻衙役阐明缘由，询问王大鹏是不是和王月瑛有首尾，王大鹏她爹娘愤怒地破口大骂。王大鹏爹拍案而起："你们这是什么意思？！觉得我家鹏哥儿调戏了这贱丫头？！"

一想到自家宝贝儿子的死状，王大鹏的娘忍不住红了眼。

如今这赵家庵、王家庵都在说呢。

她的好鹏哥儿，连死了都不安生，都是王月瑛这贱丫头害的！

之前王大鹏去找王月瑛的时候，她就不乐意，偏偏他还鬼迷了心窍，怎么都拦不住。

"我看这贱丫头肯定是和王桂林这老头子跑了嘛！"王大娘啐了一口，狠狠骂道，"你教出来的好女儿，这才十几岁呢就会勾引男人了！怎么还怪到我家鹏哥儿身上？！"

"我看他俩和王大鹏他们那案子根本就没关系。"

王月瑛她娘韩招娣是个年近四十的妇人，穿着干净板正，却有些局促寒酸，被王大鹏他娘的气势生生地压了一头，沉默着，唇瓣直哆嗦。

问到韩招娣的时候，妇人只默默地流泪，算是默认了这个事实。

王大鹏他娘更加耀武扬威了起来："怎么，不敢说话了？当着县太爷的面倒是说清楚啊！"

一个十八九岁的姑娘，怎么可能是出来做这种营生的？县令不信，衙役却道，王大鹏他娘的确没说错。

县令问了整个王家庵，有几个知情人说，这王月瑛确实是做这种营生的，甚至就在自己家里做生意，韩招娣也知道，不张扬不反对，默许了自家女儿以此挣钱，补贴家用。

这事儿比较隐蔽，故而王家庵大多数人不知情。

但常清静并没有在这个话题上多说，少年思忖了半秒，抬起眼："桃桃，王家庵最近不太平了，明日，我教你掌心雷。"

"掌心雷？"

宁桃愣愣地眨眨眼。

她当然知道掌心雷是什么，那是蜀山的绝学之一。这半年来，她跟着常清静到处跑，当然也见过少年使出来不少次。

每次看到常清静手心那一团雷光，宁桃都觉得十分酷炫，很想学，但这毕竟涉及人家师门传承，她也不好意思问，就这样一直拖着，没想到拖到今天常清静竟然主动要教她掌心雷。

老实说，来到了这个世界之后，没有点儿修行的念头那是不可能的。

像武侠电视剧里那样，上天入地，搬山填海，御剑飞行，那多酷炫！谁能拒绝这样的提议？

宁桃完全没掩盖自己内心的激动之情，欣喜得一蹦三尺高："好！"

然而事实证明，她高兴得太早了。

修行这玩意儿真的是要讲究天赋的。

常清静是个很好的老师，认真细致，耐心地谆谆教导着她。

小少年，或者是小老师，眉宇肃然，一板一眼地认真地说。

"修行分金木水火土五行，除了这五行之外，又有风雷等变异灵根。"

宁桃：这个她知道！

"根据五行的衍化，也延伸出了许多不同的专业，诸如剑修、法修、兽修之类的。"

常清静继续说："每个修士都会选择适合自己的专业，这些专业和他们的性格灵根都有关系，或者说，性格与灵根本来就是相辅相成的。属木的人，为人亲和心善，坚韧。属火的人爽朗热情，性子刚烈，但为人多莽撞。属土的人，喜静坚忍，谨慎踏实。属金的人，刚极易折，性格孤傲好强，果决严肃。属水的人，聪明敏捷，喜动，易带桃花，为人随和，但有时未免莽撞。为人亲和的御兽、沉稳严谨的炼丹炼器、刚正热血的学剑、聪明多智的学法术、清心寡欲、处事淡然的学佛、勇敢无畏的修炼体……"

宁桃好奇地问："那小青椒你是什么系的？"

常清静不假思索，毫无隐瞒的意思，坦然地回答："我是金雷土三灵根。"

宁桃更好奇了："那是不是灵根越杂，修行越难呢？"

常清静很惊讶："桃桃，这是谁告诉你的？"

接着，少年摇摇头，耐心地解释："灵根多少并无高下之分，只是修行不容易，贪多嚼不烂，大家往往只会选择其中一门专精。"

小说骗我！

教完了理论知识后，常清静帮宁桃测了一下灵根。

她是风雷双灵根。

常清静有些意外。

宁桃忐忑地问："这灵根不太好吗？"

常清静好像想到了什么，犹豫了半秒后，直言："桃桃，你与度厄道君属同一系。"

"度厄道君？"

常清静微微颔首，和宁桃一块儿在门槛上坐了下来，少年嗓音清朗，娓娓地说："度厄道君本名楚昊苍，刀剑双绝，他的九天震雷刀法刚猛霸道，曾是如今三大仙门之一的阆邱仙府的首席大弟子。"

说到这儿，常清静顿了顿。

"亦是如今的绝杀榜上第一人，阆邱叛徒。"

听着常清静娓娓道来，宁桃终于搞明白了这位度厄道君楚昊苍是何等人物。

这个世界，统共有三大仙门世家，分别是常清静师门的蜀山剑派、阆邱仙府和凤陵仙家。

这位度厄道君楚昊苍，天资极高，个性嚣张狂傲，总之，是个十分狂傲的大叔，可以说是当世第一狂人、修行第一人也不为过。

他年少成名，年方十六就在"凤凰台"大比上拔得头筹。当时那个身高八尺有余、身姿清越高大的少年，在众人心中留下了不可磨灭的印象。

当时"凤凰台"大比上，楚昊苍最后一战的对手是青霄仙府的大弟子，当时那人眼见要输给楚昊苍，便用了点儿阴损的招式，没想到被楚昊苍两指扼断了喉骨。

他一身玄色的飞鱼纹曳撒，提着刀。刀尖滴血，落在他黑色的长靴上。

他侧脸冷峻，眉头紧锁，戾气横生。

这一幕，时至今日，不少亲眼见证过的人还在津津乐道。

之后由于他几乎一人承包了绝杀榜，便被众人称作"度厄道君"，那把震雷刀也被入选为道门四大名锋。

之后青霄仙府不甘心，找上了阆邱剑派，却被楚昊苍踹下了山。

第15章

楚昊苍二十多岁的时候，与岭梅仙君的妹子——谢眉妩结为了夫妻，婚后不久，谢眉妩诞下了一子。

谢眉妩性情温和，是出了名的娴静温雅的佳人，夫妻二人性子互补，夫妻和睦，羡煞旁人。

没想到不久之后，楚昊苍突然得了失心疯，先杀了自己妻子谢眉妩，又杀了自己胞弟楚昊行，之后叛出了阆邱仙府，杀了三大仙门世家不少的弟子。最后被凤陵仙家的家主——岭梅仙君谢迢之带领正道联盟捉拿，关押在了屇月牢，一关就是几百年。

和这位一听就牛气烘烘的角色属于同一系的，宁桃受宠若惊了一下。

倒是常清静说到这儿有些沉默。

其实，他的掌心雷与风雷剑法全都是学自这位度厄道君楚昊苍叛变之前所著的道书。

常清静看着清冷温和，但实际上高傲好强，要学剑，就要以这位当世剑道巅峰作为目标，不懈努力。

然而，他是金雷土三灵根。

这就导致了他想要学楚昊苍的风雷剑法，其实并不是个明智的选择。

看着宁桃是风雷双灵根，常清静的心，难免就有点儿复杂和不甘了。

宁桃不知道常清静在想什么，受宠若惊的同时，又有点儿与有荣焉的开心。宁桃一蹦而起，信心满满地叉腰："既然这位这么厉害的前辈和我同属于一系的，那小青椒你现在就开始教我掌心雷吧！"

她可是从另一个世界来的！

宁桃掰着手指头，十分乐观地想，身为误入平行世界的她，总该有点儿"金手指"啥的吧。

在讲完这位传奇大能楚昊苍的故事之后，常清静特地选择了一块儿空地，开始教授宁桃实战。

少年的乌发在脑后扎成了个利落的高马尾，穿着一件白色的上襦，淡青色的下裤。

宁桃看着常清静的模样，微微有些脸红。

小老师真的好帅！

尤其是少年运作术法的时候，眉眼沉静，一翻掌，口中念念有词。

"流金掷火，掣电轰雷，一合下降，扫荡妖氛，驱逐不祥。"

掌心涌出了一团耀目的火花，火球恍若流星坠地，纷纷砸向了面前的空地。

耀耀的电光倒映在少年乌黑的瞳仁中，泛着点儿幽蓝的令人心惊胆战的微光，雷电带来的气劲撩起少年乌黑的长发，眉目肃然间，宛如一只昂扬的小鹤。

小虎子和苏甜甜听到了动静，也纷纷搬着凳子过来围观。

于是，这本来是属于一对一的单独辅导，很快就变成了一对三。

在此过程中，常清静也替小虎子和苏甜甜测了一下灵根。

小虎子属于火木灵根。

苏甜甜属于水木系的。

事实证明，修行这玩意儿果真是要看天赋的，在和常清静勤勤恳恳地学了三天之后，宁桃悲剧地发现，她和小虎子好像真的就是那种天生的泥腿子，没这种高大上的天赋。

不论他俩如何努力，在学习进度这方面，都被苏甜甜几乎碾压得没眼看。

小虎子虽然也有些愤愤不平，但很快就被自家女神苏甜甜给吸引了全部注意力。

少女学得十分快，基本上上午刚教的内容，下午就上手了。

苏甜甜翻开掌心，"噌"的一声轻响，掌心立刻蹿出了一捧耀目的雷光。

小虎子立刻啪啪啪地用力鼓起掌来，拍得掌心都红了，看上去好像比他自己学会了都开心。

宁桃心里默默翻了个白眼，表示唾弃。

"甜甜，你学得真快！"

苏甜甜懵懂地睁大了眼，有点儿羞怯地笑了一下："我觉得……还好。我自幼就跟着姥姥她们学这些。"

小虎子扭头去问常清静："清静，你说甜甜学得快不快？！"

少年依言看了过去。

少女的眸子像是水洗过一样，又黑又亮，懵懂天真。

四目相对的刹那，院子里的石榴花扑簌簌地落了下来。

宁桃敏锐地察觉到，四周的空气好像为之一静。

好像过了很久，又好像只过了一会儿，常清静和苏甜甜突然宛如受惊一般，不约而同地纷纷移开了视线，再也不看对方了。

"甜甜姑娘，学得的确很快。"常清静抿唇，顿了顿，"不必妄自菲薄。"

小虎子恍若未觉，骄傲道："甜甜你看！清静都说你学得快了！"

"小……小牛鼻子……"苏甜甜有些慌乱了起来，"小牛鼻子只是客气。"

少女虽然这么说着，但眼睛好像比天上的星星还亮，嘴角忍不住翘起了一个欢快的弧度。

小虎子大叫了一声："啊！甜甜，你尾巴！"

常清静一愣。

苏甜甜裙间竟然冒出了一条火红的蓬松的尾巴，正在欢快地摇着，耳朵尖一动一动。

"哎呀！"苏甜甜脸上红霞顿飞，惶急地赶紧抱紧了自己的尾巴，又小心翼翼地看了常清静一眼。

她记得，这小牛鼻子讨厌妖怪，也讨厌她，她这几天都有好好地把自己的尾巴藏起来的！

却没想到，常清静那小小年纪就少年老成清冷俊俏的脸上，好像软化了不少。

宁桃低头看了一眼自己掌心那飘摇的、气若游丝般的电光，默默地闭上了嘴巴。

暗恋中的小姑娘，都是敏感的，留意着对方的一言一行，也能敏锐地察觉到常清静与苏甜甜之间暧昧的气氛流动。

打个比方，如果常清静面对她的时候，是那种朋友的正直和面对同龄女孩正常的不自在的话，面对苏甜甜，那就是抗拒又不自觉被吸引的复杂，青涩的忐忑、慌乱和掩饰。

至于苏甜甜，左一口"小牛鼻子"，右一口"小牛鼻子"的，眼里闪动着的光却是掩饰不了的，在和常清静互怼之中，心里都像喝了蜜一样甜。

她感觉就像是被"狗粮"狠狠地塞满了一嘴。

想到这儿，宁桃忍不住狠狠地瞪了小虎子一眼，气得一巴掌打向了他的后脑。

这个傻子！还说喜欢甜甜呢！一点儿没有粉丝的自觉，巴巴地上赶着去做助攻！

冷不防挨了一巴掌，小虎子"哎哟"一声跳起来："你打我干吗？！"

宁桃怒目而视："呆瓜！"

小虎子恼怒："你才呆瓜呢！我说你呆你还不信！你看看你！到现在都没学会掌心雷！"

这么一说，宁桃忍不住更自闭了。

少年的目光落在宁桃与小虎子身上。

女孩愤怒地睁大了眼，迈开双腿，不依不饶地追打着小虎子，男孩儿被追得抱头鼠窜，两个人你打我一拳，我推你一把，打着打着又笑起来。

宁桃笑得尤其大声和夸张，连她自己都觉得矫揉造作了，目光却忍不住偷偷往常清静的方向瞟了一眼又一眼。

少年不知何时已经移开了视线，往另一边，继续低着眉眼教苏甜甜去了。

那一瞬间，宁桃的呼吸猛地一滞，又失落起来，突然觉得自己就像个跳梁小丑。

宁桃手上的星星手链，叮叮当当地响起来，伴着洋溢着勃勃生机与活力的笑声，不依不饶地钻进了常清静的耳朵。

少年垂下了纤长的眼睫。

石榴花悄悄地伸出了围墙，但少女的笑声，和小虎子"哎哟哎哟"耍宝的动静，如同这关不住的满园春色，一个劲儿地直往他耳朵里钻。

常清静往前走了几步，又不自觉地停下脚步，下颌绷得紧紧的，有些不知所措的不安和烦恼，眼睛像是被这一幕燎痛了，承受不住地转开眼，移开了视线。那本应如止水的道心，此刻好像有万千的云气在翻涌啸动。

第16章

闹完之后，宁桃终于心情舒畅了不少。

入了夜，天幕是黑的，上面闪烁着不少星子，宛如熠熠发光的糖碎。

晚风送凉，三人并肩坐在院子里看星星。

阶下流萤漫舞。

就算在这个世界待了有小半年，宁桃还是喜欢看这天上的星星和银河，在原本的世界里，就算待在农村，也看不到这样的银河了。

"我们那儿基本不讲金木水火土，我们那儿讲星座。"

"星座？"小虎子有一搭没一搭地问，"这是啥？"

宁桃伸手指了指天上："就是天上的星星！"

"我们那儿的人认为每个人都有自己的星座。"

宁桃咽了口唾沫，转头看了一眼常清静。

少年的皮肤真白啊，像白玉雕成的，温润又细腻，鼻子挺拔，单单一个侧面就像是高岭之花一般冷清又遥不可及，真真是冰雪透香肌。

流萤飞散在他四周，眼里也倒映着点点荧光，他眼睫前好像也有珠玑璀璨的光晕。

宁桃故作镇定地问："小青椒，我记得你的生辰在我们家乡是一月吧？"

常清静淡淡："嗯。"

少年眼睫微微一颤，眼睛睁大了些，眼里的冰雪稍化。

"桃桃，你竟还记得？"

宁桃心里漏跳了一拍，移开视线："当……当然啦，你是摩羯座。摩羯座的人都很有耐性，他们冷静、严谨，责任感强，十分……十分有责任感。"

常清静眼睫又是一颤。

这些话由桃桃说出来……他心里却无端漏了一拍。

桃桃……了解他。

"十分……十分有责任感。"

宁桃心虚地移开视线，突然觉得自己像是在对常清静表白什么的。

然而下一秒，宁桃的话又让常清静蓦然僵住了。

少女坐在阶前，宛如一抹温和明亮的月光："而且我还记得小虎子的生辰，小虎子，你是射手座。"

小虎子的生日。

少年颊侧肌肉抽动了两下，隐忍又沉默地垂下了眼。

"那我呢，我呢？"苏甜甜好奇地问。

宁桃算了一下苏甜甜的生日，一口答道："你是双子座。"

"双子座的人都活泼机灵，聪明敏锐！"宁桃不遗余力地夸道。

"至于射手座，射手座的人……没耐心，盲目乐观，粗心大意，没责任心。"

小虎子当然听懂了宁桃言外之意，立刻一蹦三尺高，粗声粗气地叫道："不公平！凭啥你说常清静他们都是优点，就光骂我！"

宁桃："略略略！"

气得小虎子愤怒地一把揪住了她的马尾。

宁桃愤怒："你干吗？！你放开！讨厌死了！"

小虎子和常清静一样正值变声期，都带着点儿公鸭嗓，沙哑的嗓音伴随着宁桃愤怒的骂声一直在院子里回荡。

常清静想抬手捂住耳朵，又觉得不合时宜，僵硬地放下，一向冷心冷情，但这个时候莫名的烦躁反倒如同野火一样烧了起来。

怀揣着莫名的心思，常清静顿了顿，打断了两人。

"那桃桃你呢？"

"我……我是白羊座。"

评价白羊座的性格就相当于在当众剖析自己，这太过于羞耻，宁桃没有开口，倒是小虎子和苏甜甜对星座之神奇大为好奇。

这又让宁桃大感汗颜，微窘地解释："其实这是巴纳姆效应而已，没有那么准确的。所谓巴纳姆效应其实就是指人很容易相信一个笼统的一般性的人格描述，说起来就是心理暗示。"

苏甜甜捧着脸，惊叹："但我真的觉得很准确。"

其实宁桃自己对星座了解得也不深，但在苏甜甜期盼的眼神下，宁桃硬着头皮，打肿脸充胖子讲了一晚上的星座。

一直到夜深，苏甜甜和小虎子这才散去。

常清静先回屋洗澡，宁桃自己看着星星发了会儿呆。

她好想爸妈……

这么一想，又要掉眼泪了，整理好情绪之后，宁桃抬头一看，常清静屋里的方向已经点上了灯。

一捧温暖的灯光从窗户中亮起。

这是洗完了吧？

这么一想，宁桃忍不住悄悄走到了窗下，想敲敲窗子喊一声。

"小青——"

"椒"这一个字卡在了嗓子眼儿里。

眼前清楚地倒映出屋里这一幕，宁桃耳畔"轰"的一声，大脑一片空白，几乎丧失了思考和说话的能力，整个人快崩溃了！

她刚刚都看到了什么？常清静在干什么！

屋里的少年明显是刚洗完澡的，微潮的黑发披散在身后，头发很长很厚也很黑，穿着身雪一般洁白的单衣，在灯光的映照下，宛如冬日明亮的雪色与月光交相辉映。

那身单衣好像也是蜀山弟子标准配置，衣服上绣着些飞鹤与流云暗纹。

借着月色与星光，宁桃清楚地看到，常清静那白玉般的，仿佛天上小神仙一般的脸，露出了点儿尘世的旖旎，微红的脸颊带着点儿细汗，尚未发育完全的喉结上下滚动。

她一直以为常清静那样长得好看，像小神仙一样的少年，应该是没有欲望、不会流汗，甚至不会内急的。

桃桃混乱地想也不对，实际上少年新陈代谢快，练完剑回来常常一身汗臭味，一天光洗澡就两次。

除了流汗洗澡，内急倒也是会的，她和常清静不止一次碰到过这种窘境。

除妖走在路上的时候突然内急，常清静是修道人士，身体素质异于常人，就连此道也比其他人厉害不少。

但宁桃不行，这个时候只能特别羞耻地蹲在草丛中，麻烦常清静走远一点儿，然后尽量小声一点儿，再小声一点儿，但有时候憋太狠了，根本不受控制，宛如飞流直下三千尺的瀑布。

一想到这小道士能听到声音，宁桃甚至想干脆和常清静原地分开算了。

最尴尬的莫过于生理期，来到这个世界后，宁桃对第一次生理期没有准备。

由于那时候和常清静算不上太熟，察觉出来不对劲之后，宁桃急得憋红了脸，遮遮掩掩地，手忙脚乱地牵着染血的裙子，害怕常清静看到。

少年却敏锐地察觉到了点儿不对劲，停下了脚步。

"怎……怎么了？！"

差点儿一头撞到常清静的脊背，宁桃看着常清静面色陡然郑重，担忧地问："是有妖怪吗？"

常清静蹙眉，谨慎地握住了剑："不确定，但我闻到了血腥味，桃桃，你到我身后去。"

"血腥味儿？哪来的血腥味儿？"宁桃愣了半拍才反应过来。

常清静说的"血腥味儿"不会指的是她的……

这叫她怎么好意思说是她到生理期了，宁桃捂着裙子下的屁股，绝望地想，但偏偏少年鼻尖微动，提着剑搜寻了一圈儿之后，目光却落在了她身上。

宁桃："……"

常清静："……"

少年微微瞪大眼，目光落在了她染血的裙角上。

他真的闻到是她身上的血腥味儿了。

偏偏常清静还没想到这一茬，目光一眨不眨地盯着她血染的裙角，讶然："桃桃？"

宁桃咬紧了牙，快窘哭了。

等最后反应过来是怎么一回事之后，常清静一张脸顺顺当当地涨红。

宁桃捂着屁股，屈辱地小声问："常……常清静，你知道你们这儿的女人都是怎么解决这个问题的吗？"

少年僵硬紧张到几乎同手同脚，犹如一块儿被日光暴晒的冰块儿："我……我去问问。"

最后还是常清静带着她去集市，问了大娘要怎么做，动手帮她做了月信布。

大娘还不忘笑话他们小夫妻啥都不懂。

这个时候宁桃已经羞耻到灵魂出窍，以至于自暴自弃，变成张大嘴默默流泪的咸鱼了。

为了方便，她和常清静会在河边过夜休息。

古代这种粗糙的月信布用着很不舒服，每天半夜，等常清静睡着了，宁桃才敢蹑手蹑脚地走到河边，脱下裙子和裤子，掬起一捧山泉水清洗自己下半身。

但宁桃并不知道的是，他能听到。

修道之人，本就五感皆明，在野外露宿更要保持警惕，一点儿细微的动静都能把常清静吵醒。

体谅宁桃的羞窘，每到这时，他都会闭眼假寐。

但那哗啦啦的水声却一个劲儿往耳朵里钻，微甜的山泉水伴随着淡淡的血腥味儿，丝丝缕缕地钻入他秀挺的鼻子里。

他觉得无所适从，手都不知道该往哪儿摆，干脆直接屏住呼吸。

好在，桃桃一直没能发现。

第17章

撞见了常清静洗澡之后的第二天，宁桃根本没敢和少年对视。

一瞥眼，看到常清静腰杆挺拔得像小竹子，容色清冷，一举一动仿佛带着点儿细雪的微风，这叫她怎么相信这样的常清静其实也是有杂念的。

反倒是这几天苏甜甜与常清静越走越近了，调戏常清静好像已经成了苏甜甜的乐趣。

撇开这事不说，宁桃深刻地觉得，自己和大多数学生一样，别的啥都不会，唯一一会的就是读书和考试。

怀揣着"不想输给甜甜"这种隐秘的念头，一连几天时间，宁桃都默默地和掌心雷较上了劲。

宁桃心虚地想，她知道……她这样有点儿过分，毕竟甜甜又没做错什么，而自己竟然把苏甜甜当成自己的假想敌。

可是，她这脑子就是控制不住。

宁桃一边唾弃自己，一边学得更加用心。

而且最重要的是，她必须考虑自己的前途了。

宁桃想，她不能总是跟着常清静。等她的伤好了，总有和常清静分别的日子，她不能像个寄生虫一样寄生在常清静身上生活。那样的话，不等常清静看不起自己，她也会看不起自己的。而在这个世界生存，最重要的是要有自保的能力。

于是一方面怀揣着不能输的念头，另一方面怀揣着要为前途奋斗的信念，宁桃干劲满满地每天记着笔记，在院子里从早练到晚。

苏甜甜脑子聪明，转得快，学会了掌心雷之后很快就将掌心雷一丢，照样去睡觉扑蝴蝶去了。

那边儿那几个案子迟迟没有解决，一晃又过了半个月。

王二婶怕宁桃和常清静在家待着无聊，叫上宁桃、常清静、苏甜甜和小虎子几个一道儿去山上砍芦苇杆子，搭黄瓜架。

少年祭出"行不得哥哥"，面前这一片芦苇就宛如被疾风摧折的劲草一般，哗啦啦平削了一大片。

宁桃他们三个只要上前抱着芦苇秆子，往回拖就是了。

刚抱起一捆，宁桃目光不经意间在草丛里一扫，眼睛一亮："蛇果子！"

一般蛇果子其实就是蛇莓，但在王家庵的土话里，把覆盆子叫作蛇果子。宁桃看到的就是覆盆子，草丛里长了不少圆滚滚红通通的覆盆子，晶莹可爱。

作为农民的孩子，虽说一早就搬到了城里住，但这个她还是认得的！

酸酸甜甜的，宁桃特别喜欢吃。

"你干吗去？！"小虎子喊道。

宁桃将手上里的芦苇秆子往小虎子手上一塞，小心翼翼地避开荆棘，头也不回地说："我去摘点蛇果子。"

越往深处走，这些覆盆子就越多，除了被鸟雀吃了不少，拨开刺藤，宁桃一路走一路摘，考虑到常清静他们兴许还在等她，虽然有些不舍，但宁桃还是没摘太多。路上更没舍得吃，用裙子兜着，小心翼翼地又踩了回来，迫不及待地打算和常清静他们一块儿享用。

隔着芦苇突然传来了少女清糯的惊呼声。

宁桃愣了一下，差点儿跳起来，立刻迈步冲出了芦苇——刚一冲出草丛，脚步顿时就顿在了原地。

苏甜甜不知道因为什么摔了一跤，而这一摔正好摔到了常清静怀里，少年伸出手臂一拦，雪白的长靴却冷不防被苏甜甜跟跄地踩了一脚，两人在小虎子的叫声中，在宁桃的注目中，叠罗汉一般摔到了一块儿。

"疼疼疼！"

少女趴在少年身上，一只手撑着少年略显单薄的胸膛，两人的鼻尖几乎挨在了一块儿。

鼻尖对着鼻尖，呼吸间，少女身上的草木清香与降真香气融合交织。

常清静怔愣在原地。

虽说被当成了个肉垫，但这身下都是绵软的枯草，并不疼，比起疼，更让人窘迫的是趴在自己身上的少女。

苏甜甜惊讶地睁大了眼，长长的，宛如两把小扇子一样的睫毛，忽闪忽闪，甚至快搔在了少年的肌肤上。

抵着少年高挺的鼻梁，苏甜甜好像发现了什么惊奇的事物一般，愣愣地说："小牛鼻子，你鼻子好挺。"

话音刚落，身下的常清静立时耳根通红，他的胳膊环绕着少女纤细的腰肢，手僵硬得像个木头，一时间也不知道是扶着好，还是松手好。

好在苏甜甜立刻就反应了过来，脸色也腾地涨红了，手忙脚乱地赶紧从常清静身上爬起来。

"小牛鼻子，对不住，我不是故意的。"

这一急，又一个踉跄，脑袋重重地磕在了少年下巴上，撞得常清静闷哼了一声。

两人触电般立刻爬起来，互相看了一眼，又不说话了。

就在这时，常清静好像才发现站在远处的宁桃。

常清静："桃桃？"

苏甜甜："桃桃？！"

圆脸的姑娘呆呆地站在原地。

常清静眉头下意识地拧紧了，立时有些莫名的慌乱。

宁桃都想哭了，看到这一幕，嗓子眼儿里好像被什么东西堵住了，心里闷闷的。

远处的夕阳落在芦苇荡上，荻花洲上暮色微寒，荻芦深处犹如雪飞花。苏甜甜俏脸绯红，眼里波光流转，羞窘得不知道如何是好。

迎上常清静的目光，宁桃努力扯出个勉强的笑意来："我、我摘了好多蛇果子。你们吃吧……"

不管三七二十一，统统将这些覆盆子往常清静怀里一塞，宁桃往后退了两步。

常清静一愣："桃桃？"

她眼里好像有什么微弱的光迅速黯淡了下来。

宁桃往后倒退了两步。

小道士下意识地往前，又意识到自己这动作或许太过笨拙和急切，又停下脚步。

别过来！

眼看着肩宽腿长，犹如冰雪之姿的少年，一步一步走过来，宁桃也不知道自己怎么了，激动得差点跳起来，立刻和少年拉开了距离。

常清静做梦也想不到桃桃会抗拒他，少年如脑袋上被打了一闷棍，僵硬地戳在了原地。

"我……想到，我有东西忘在家里了，我先回去一趟！"

宁桃努力让自己的语气神态表现得自然一点儿，好像这样就能维护住自己的体面一样。

她也不敢看常清静的眼睛，死死地盯着少年那被黑色腰封包裹着的纤细的腰，推了一把常清静伸出的手，飞也似的逃走了。

宁桃跑得很快，跑得肺里像在拉风箱一样，气喘吁吁，汗流浃背。

但她不敢停下，要是再慢一步，她害怕她会当着常清静他们的面哭出来。

就这样埋头冲了不知道多久，宁桃慢慢停下了脚步，在田野上漫无目的地走着，又一屁股在田埂上坐了下来，伸着小棍子，扒拉着地上的蚰蜒。

这玩意儿，她暑假回村子里的时候见得多了，刚开始见的那几次觉着恶心，现在已经习惯了不少。

不能哭不能哭！

丢开小棍子，宁桃忍不住往后看了一眼。

常清静没有追来……

这个事实让宁桃既难过又沮丧，同时又狠狠地唾弃了自己一番。

就这样，她一个人在田埂上坐了半个小时，一直到王二婶突然撞见了她。

王二婶挎着篮子，远远地朝她招手："桃桃，你怎么坐在这儿？"

宁桃忙丢开了手里的小棍子，不自在地笑了笑："我……我无聊呢！"

王二婶走了过来："那正好，二婶家里煮了毛豆，我记得甜甜最喜欢吃这个了，走，跟我回家，盛一碗你带回去和甜甜一起吃。"

从王二婶家里出来后，宁桃看了眼自己手里这满满一大碗的毛豆，站在家门口踌躇了一会儿，在心里默默给自己比了个握拳的手势打气。

没关系的！就这样进去就好了！

下定了决心，正准备迈过门槛，宁桃不经意一瞥，再次顿住。

这次手指僵硬得连碗都差点儿拿不住了，就像有一盆冷水兜头浇下，一股寒意直坠脚底。

她和常清静住的院子里，有一条排水用的沟渠，院子围墙墙根下面凿出了个小洞，是专门用来排污水的，这些污水就通过这些小洞流进了沟渠里，而此刻沟渠的淤泥里躺着许多个红通通的眼熟的覆盆子。

就在这时，耳畔又响起个熟悉的声音。

"桃桃，你回来啦？！"

宁桃抬起眼。

常清静、苏甜甜和小虎子正站在门前看着她。

宁桃大脑里一片空白，下意识地问："我的……我的蛇果子？"

苏甜甜怔了一下："蛇果子我们吃不了，太酸啦，我倒掉了。"

"桃桃，三爷爷家送了桃子来。"常清静抿了抿唇，"我……我已经洗干净了。"

少年穿着雪白的葛布道袍，苏甜甜并肩站在他身侧，黄色的衣裳温柔又旖旎，像朦胧的月。

少年少女长发乌黑，黑到发根都泛着点儿红。

两人并肩站在一起时，宛如一棵挺拔的松树与池塘里生长的荷花，互相依偎。

清水出芙蓉，天然去雕饰，这词仿佛是为他俩特地打造的。

宁桃不自觉地牵了牵袖口，摸上了被刺划得深一道浅一道的伤痕，和体面的两人相比，自己显得格外狼狈和邋遢。

鞋子的鞋面好像穿得有点儿脏，袖口和手肘好像也有点儿脏……这些小细节仿佛灼烫了宁桃。

她又想到了这几天，她矫揉造作，大声讲着那笑话。

宁桃左思右想，突然，自己都忍不住厌恶起自己的聒噪、肤浅和猥琐来。

她觉得好丢脸。

虽然常清静一直没说，但说不定在常清静眼里，自己肯定就像跳梁小丑一样，一个突然出现，抱他大腿，直接叫他"小青椒"的家伙。

这淤泥里躺着的蛇果子，宛如她被弃如敝屣的心意。

"这是我辛辛苦苦摘的。"桃桃愣愣地喃喃道。

她以为常清静至少是会在乎的。她自己都没舍得吃。桃桃笨拙地扯了扯自己的衣服，目光使劲儿盯着地面看，像是想努力把地面看出一个洞来。

苏甜甜被吓了一跳，有些尴尬，嗫嚅道："桃桃、你别哭啊……我不是故意的，这蛇果子太酸了……"

宁桃既难过又尴尬，她应该转身就跑的，偏偏又只能装出一副无所谓的、你们看错了的样子。

"我、我没哭！"宁桃抬起头来笑了一下，快步走到了厨房，翻出个碗来，将毛豆倒了进去，又拿着空碗走出了厨房，嗓音轻快地说，"我去还碗！"

三个人面面相觑，又好像不敢接近她。

尤其是常清静，好像不大明白宁桃为何生气，皱着眉头面露不解之意。

等宁桃一走，苏甜甜眼眶也红了："我……我不是故意的，我就想着那个蛇果子太酸了，有的都生虫了。正好三爷爷家送了桃子来，我没想到桃桃会生气。"

小虎子面色变了一变，忍不住长长地叹了口气："甜甜，这不关你的事。

你……你也是好心。"

说着说着，小虎子愁眉苦脸："但我们倒了桃桃摘的蛇果子没和她说一声确实不对，桃桃生气了，清静，你说怎么办？"

第18章

还了碗，宁桃没有回家。她想出去走走，她又想家了。

看着远处的斜阳，桃桃怔怔出神。

往常这个时候已经放学了吧。

学校门口的电动伸缩门一开，无数穿着校服的同学骑着电瓶车，背着书包，三三两两地涌出来。

男生捧着手机打游戏，她和朋友去门口奶茶店买奶茶。

大家都差不多地邋遢，鞋面、袖口、手肘脏脏的，有些铅笔印子。

空气里是小商贩的手推车上散发出的烤冷面、煎饼果子、臭豆腐、武大郎烧饼、炸小串里脊肉的味道。

夏天的夕阳其实是有些刺眼的，这些人间的烟火气在夕阳的照耀下，香得能一直传到马路对岸。

她想回家。

回去的路上，脚下好像是踢到了什么东西，圆滚滚的，宁桃愣了一下，低头一看。

这一看不要紧，浑身上下就好像有一股电流直蹿上天灵盖。宁桃张大了嘴，想叫，尖叫声又像是被堵在了嗓子眼儿里，往后踉跄了一步，小腿上被荆棘划开了几道斑驳的血痕。

这……这……

宁桃头皮发麻。

她刚刚踢到的是根骨头！而且这骨头的模样怎么看怎么像生物书上画的那种人的腿骨！

这念头一经浮现，立刻叫宁桃悚然一惊。

怀揣着莫名的念头，宁桃赶紧跪在地上，拨开了面前的草丛，很快，一具看上去偏小一点儿的白骨暴露在了自己面前。

这半年来，跟着常清静斩妖除魔，已经有了不少经验，她好歹不至于像刚进万妖窟那一次一样，吓得直接哭出来。

这……这是个女孩的尸骨。

宁桃愣神间，眼前好像出现了个穿着大红袄子的、头破血流的女孩，女孩站在血泊中，冲她阴沉地微笑。

其实面前这个根本不能说是女孩，她脑袋上破了个大洞，下半身拖着一团模糊的血肉。

宁桃眼前一花，刚刚那穿着大红袄子的小姑娘好像又只是她的错觉，面前依然是水天一色的芦苇荡。

这下宁桃不敢再耽搁了，不管是不是吵架了，踉踉跄跄地撞出了草丛，想往家跑。

跑到一半，却好像察觉到后背突然附上了一层阴寒之意，这寒意顺着尾椎，丝丝缕缕地渗入了肌理，一直钻进了脑子里。

宁桃一个踉跄，眼前一黑，立刻扑倒在地上，不省人事。

等再醒来的时候，她已经走在了田埂上。

之所以是走着，而不是躺着，是因为她的身体好像已经失去了控制的能力，在自己行走，或者在被别人操控着行走。

这感觉很奇怪，有点儿像以别人的视角旁观一样，她看着自己走走停停。

宁桃心里"咯噔"了一下，惶急了一瞬。

这是夺舍，还是怎么回事？！是那个红袄子的姑娘干的？

不管怎么说，宁桃又立刻稳定了心神，企图和这位姑娘沟通一下，对方肯定是想利用她做点儿什么事。

犹豫了一下，宁桃在脑子里试探着喊了一声："你……你好！"

对方没有搭理她。

宁桃坚持不懈："你……你好！"

对方依然没搭理她，宁桃却清楚地看见自己面无表情地走在田埂上。

这不是漫无目的地乱走，每一次向前、左转、右转，这是有目的、有方向的。

完了，她会不会就这样一直到老死，宁桃沉重地想。

这时候，她、她只能厚着脸皮期待常清静作为蜀山的小道士能看出来她的异常了。

不知道是不是这个姑娘反射弧实在太长，过了好半天，一道女声突然在耳畔响起。

"这位姑娘，请你帮我一个忙。"这道嗓音清脆中透着点儿疲惫、犹疑和不安，女声顿了顿，又补充了一句，"很快，我保证。"

作为大脑中的一缕意识，宁桃睁大了并不存在的眼。

这这这……沟通成功了？！

"我叫宁桃。"宁桃结结巴巴，小心翼翼地说，"你……你叫什么名字？"

就这一句话，宁桃心里翻来覆去地斟酌了好半天，毕竟自己的命运现在掌握在人家手里呢，要是一不高兴……她向哪儿哭去。

好在对方不像是有恶意的样子，犹豫了一下，如实道："我……我叫……月瑛。"

宁桃厚着脸皮夸赞："月瑛，你名字真好听！"

"月……月姑娘……你要请我做什么？"

"前几天有恶妖来了，恶妖在追我……我……不能……"

恶妖？哪来的恶妖？王大鹏他们几个真的是被恶妖杀的？

这话说得颠三倒四的，察觉不对，宁桃还想再问，这位月瑛姑娘并不回答了，只是一直往前，一直走到了个眼熟的地方停了下来。

宁桃惊讶得瞪圆了眼，心里"咯噔咯噔"地亮起了红灯。

那……那不是之前塌方的地方吗！就是在这儿挖出了一具老人的尸骨，可是已经分辨不出那尸骨生前是谁了。

等等……月瑛这名字怎么这么耳熟？这就是村里之前说过的那个和王桂林跑了的姑娘？

老人尸骨，王月瑛，王桂林。

好像有一根无形的线，隐隐约约将这些线索串联在了一起。

这位姑娘在这泥地上跪了下来，扒拉了两下。

宁桃试探性地问："月姑娘，你认得王桂林？"

"认得。"

看着这位月瑛姑娘好像在找什么，宁桃忍不住提醒。

"月姑娘，王桂林的尸骨如今正在县衙里。"

对方顿了顿，又结结巴巴地道了声谢。

然后宁桃就看着这位月瑛姑娘，朝着这堆黄土磕了三个响头，又将这块地细细地清理了一下，垒了几块石头。

宁桃心里既惊讶又疑惑，隐隐觉得这位月瑛姑娘的来历并不简单，说不定知道点儿那几件命案的内幕，便默默留意着，千方百计努力而笨拙地和对方攀谈。但这位王月瑛姑娘生前好像是个沉默木讷的人，宛如锯嘴葫芦一般不肯多言。

沉默就沉默吧。

宁桃无奈之下，只能默默安慰自己，至少月瑛姑娘没有恶意。

做完这一切，王月瑛低低地说了声："谢谢。"

宁桃只觉得身子蓦然一空，宛如从高空降落一般，直到双脚踩上了厚实的泥地，这才回过神来。

这……这就好了？

王月瑛只是借自己的身体祭拜一下王桂林？

"王姑娘？"宁桃原地走动了两步，纳闷地问。

四周安安静静的，没有任何回应，好像王月瑛这个时候已经离开了。

是什么让王大鹏、王桂林他们相继而亡？那草丛里的女孩应该就是王月瑛的尸骨了。王月瑛和王桂林是什么关系，不惜请她帮忙也要亲自来祭拜一趟？

找不到头绪，宁桃只能先回家。

出去的时候风风火火，回来的时候灰溜溜，宁桃一回去，果然在院子里看到常清静、苏甜甜和小虎子。

三个人看着她，神情都有点儿畏惧。

一方面纠结着要不要把这事儿告诉常清静，另一方面，宁桃一想到那被丢进了下水沟里的覆盆子就鼻酸，梗着脖子硬扛着，顶着三人的视线，一声不吭地走进了堂屋，回到了自己房间，爬上床。

这样搞得反倒像她是不识好歹的恶人了！桃桃气呼呼地想，将被子一蒙，倒头就睡。

这时候太阳还没落山，宁桃哪里睡得着，但就这可恶的自尊心一直强撑着她不出门。

门口响起了敲门声，紧跟着是常清静低低地问："桃桃？"

宁桃抿着嘴，憋着气不回答。

常清静没办法，只能放下手，转到院子门口的石阶上坐着了。

他一连来了三四回，屋里的桃桃都不发一言。

常清静僵硬在原地，脸色隐隐有点儿发青。他性格高傲，虽然觉得抱歉，却也微感困扰，觉得宁桃实在有点儿小题大做。

身为蜀山小师叔，他性格一板一眼，爱憎分明，疾恶如仇。

再加上执剑弟子这一重身份，在一众蜀山弟子看来，常清静无异于那种专门打小报告的讨厌的班干部。

就连扣子他都是扣到最上面一个的那种古董，死气沉沉，灰不溜秋。虽说长得好看，但在都是爷们儿的蜀山剑派看来，长得好看有个屁用。

故而他在蜀山的人缘实在算不上多好，否则也不至于没个朋友。

总而言之，常清静紧皱着眉，不懂桃桃为何这么不高兴。但他性格高傲固执，干脆就站在门口等着不走了，两扇鸦羽般的眼睫毛垂落，落了些夕阳的光辉。

而宁桃一会儿想着王月瑛的事儿，一会儿想着常清静的事儿，闭着眼，糊里糊涂的，终于昏昏沉沉睡了过去。

或许是日有所思，夜有所梦，睡前脑子里翻来覆去地想着王月瑛和王桂林，这一觉，她竟然梦到了这两位。

梦里，她就是王月瑛。

怪不得王月瑛这么沉默，原来生前就木愣。

梦里，王月瑛正坐在门槛上梳头。

姑娘穿着件大红的袄子，生着一张瓜子脸，皮肤白皙，容貌很清秀，但眼神不像同龄的女孩儿一样灵动，反倒透着股呆气和死气。

王月瑛生前的家不大，甚至有些破旧，但拾掇得还算整齐。门口的石阶有些破损，长了不少草，坑坑洼洼的一片，门槛上的漆剥落了，一进门是堂屋，正面靠墙的位子上摆了张高高阔阔的桌子，桌子上供着尊菩萨像，披着红，香炉下面堆了一层厚厚的香灰。

墙角下面放着几口笨重的箱子，红布绿布蒙着，花里胡哨，五颜六色的。

有人进了门，是个高高壮壮的男人，身边跟了个瘦小的男人。

宁桃一眼就认了出来，那是王大鹏和王又辉。

王又辉有点儿局促地跨过门槛，目光黏在王月瑛身上，又移开了，忐忑不安地去问王大鹏。

"鹏哥儿？真行啊？"

王大鹏倒是熟门熟路地进了屋："五个铜板，当然行了，要不行我能带你到这儿来？"

"那她娘呢？"

王大鹏嗤笑了一声："她娘才不管她女儿。"

王又辉有些纠结，看着面前这姑娘。

王月瑛这家他也是知道的，王月瑛她娘韩招娣是从三里外的韩家庄过来的，说是嫁来的，其实倒像是买来的。

她丈夫是个瘸子，长得又丑，三十多了都没娶着老婆，这么多年攒了点儿银子下来，跟韩家提了亲。

韩招娣她弟弟到了成亲的年龄，家里正为银子发愁呢，有人来提亲当即欣然应允，二两银子把自己十五岁的女儿卖给了这年纪能做她爹的男人。

韩招娣嫁到王家庵之后，生下王月瑛，王月瑛出生后没多久，她丈夫就死了，就剩下孤儿寡母相依为命。

第一次干这事儿，王又辉心里有些忐忑，但那姑娘木呆呆地就知道坐那儿梳头，那头发也不干净，脏兮兮乱蓬蓬的，也不知道几天没洗了。

第19章

王月瑛看一眼王大鹏，又看一眼王又辉，慢吞吞地走过来了。

王又辉笑了一声。

王大鹏又塞了点儿钱，和蔼地笑了一下："拿去买吃的啊。"

片刻之后，王大鹏笑道："怎么样？没骗你吧。"

王大鹏和王又辉走了之后，王月瑛又坐了一会儿。

韩招娣回来之后，看到了王月瑛，沉默一瞬，去外面打了水进来给王月瑛洗澡。

"钱呢？"

王月瑛伸出了手。

女人木着一张脸，冷冷地看着她，像一座僵死的雕像。

王月瑛怯怯地喊了声："娘。"

可惜她喉咙太痛了，就算这一个字也含混不清，虚弱得拖曳着丝丝颤抖的气音。

韩招娣看着面前遍体鳞伤的女儿，突然没忍住哀号了一声，抱着王月瑛痛哭出声。

"娘也不想这样的啊！瑛子，你别怪娘，娘也不想这样的。谁叫我们家没男人撑腰啊，娘也不敢出去闹啊，闹大了族里留不下我们娘儿俩，我们娘儿俩没地方去啊。"

韩招娣哭得很大声，哭得上气不接下气，眼皮肿得像个桃子，她真的心疼自己的女儿，却又无可奈何。

王月瑛犹豫一下，伸出小手抱住了女人，小声地说："瑛子不怪娘。"

她不怪她娘，她娘也没办法，都是她不好，她当初不该瞎跑出去的。

娘在地里干活儿的时候，她被王大鹏看到了，王大鹏把她摁在田埂里打了一顿。

从那之后，王大鹏就经常来，捂着她的嘴，不让她说出去，她也害怕没敢说。

王大鹏看她不敢说，前几天直接进了她家把她摁倒了。

韩招娣不敢说，王月瑛不敢说，王大鹏的胆子越发大了起来，不仅自己三番五次到她家里来，还带其他人来，每次做完这种事儿之后都给她几个铜子儿。

第二天一大早，韩招娣就离开了，她要下田干活儿。

韩招娣十五岁嫁过来，如今才三十多岁，但整天面朝黄土，长得倒像五十多岁，总是不高兴，一不高兴就打王月瑛，打完就抱着她哭。

说她爹死得早，家里没男人撑腰。

要是，她不是闺女就好了。不是闺女，她娘就不至于这么累了。吵架的时候，她就能站出来了。

王月瑛想往外走走，决定去她家屋后面那个小菜园里。

那小菜园是韩招娣一个人开垦出来的，种了不少大白菜，那些大白菜的菜叶子都结上了晶莹的冰。

王家庵冬天还是很冷的，雪落了厚厚的一层，有些化了，落在田埂上的枯草上，露出干褐色的、黑色的、枯黄色的泥土来，并没有天地洁白、一片缟素那么好看。

在那菜地里，王月瑛看到了个佝偻的身影，头发灰白，几乎和这一片雪色融为了一体。

这道佝偻的身影，正半弯着腰，仿佛头都要埋在了地里，他手上拎着把菜刀，在挖地里的一棵大白菜。

这人在偷她们家的菜！

王月瑛脑子里嗡嗡直响，惊讶得睁大了眼！

但她没有上前阻止，也没喊人，默默地，专注地盯着面前这个贼。

她认得他。

这是村东边儿的王桂林，论辈分她还得喊他一声"爷爷"。

王桂林身上只裹了层薄薄的棉衣，棉絮都从破口袋里露了出来，站在那又湿又冷的雪地里，冻得直打摆子，脊背佝偻得像只虾子，橘皮老脸瘦得像个骷髅，手指一根根冻得像胡萝卜那么粗。

将白菜往怀里一抄，王桂林一站起来，正好就和王月瑛撞了个正着。

老头儿明显被吓了一跳，又有点儿尴尬，先发制人，嘴里骂骂咧咧地说了句什么，转身离开了。

到了晚上，韩招娣回来的时候，母女俩坐在桌前吃饭，桌子上只点了一盏灯，就着这昏黄的灯光，王月瑛和她说了这事儿。

韩招娣愣了一下，讶然，随即又叹了口气。

"随他去了，毕竟也怪可怜的。下次他再来，你就当没看见就是了。"

王桂林这人，王家庵里都知道。

"驼子"是他留给人的第一印象。

这人老婆死得早，有个儿子，家里穷，一个人好不容易把儿子拉扯大了。

王桂林算不上什么好人，脾气暴躁，对他这儿子顶多就是管口吃的，不至于饿着。有时候来了火，就拿酒瓶子丢过去。

后来，他儿子王硕长大了要娶媳妇儿，王桂林一言不发掏出了自己这么多年来在码头卸货存的那几两银子。

新媳妇儿是个要强的，一进门就开始挑三拣四。

王桂林上了年纪，人老了，反倒沉默了不少。眼见着媳妇和老子处不好，王硕干脆另找了块儿地，搭个小茅屋，让王桂林住了进去。

一开始一日三餐还是管的，后来就不怎么管了，有一顿没一顿的，看样子是打算让王桂林自己老死。

王桂林生命力倒很顽强，夏天捡别人漏下的稻子，大冬天拎着个菜刀去人田里偷挖大白菜，正好让王月瑛撞了个正着。

王月瑛"哦"了一声，默默扒了一口饭不说话了。

王月瑛做梦都没想到，自己会和王桂林有什么牵扯。

开了春，韩招娣忙农活儿，王月瑛一个人挽着裤腰在自家菜地里"翻垄子"，王大鹏从她面前经过，又停下脚步，折回来。

"哟，瑛子啊。"王大鹏招招手，叫她过来，仔细地端详了她一眼，笑了一下，"长大了不少。"

"想不想吃糖，喏，这钱给你买糖去。"

王月瑛狠狠抖了一下，攥紧那几个铜板，没敢吭声，闭着眼，忍一会儿，一会儿就好了。

王桂林就是这个时候出现的，一道惊雷般的怒吼声在头顶上响起。

这道嗓音犹如春天的滚滚闷雷，王月瑛浑身一个哆嗦，刹那间，就被这道春雷劈醒了。

"你干什么？！"

王月瑛睁开了眼，王桂林那张橘皮老脸倒映在眼里，暴怒得像头狮子，扛着锄头跳起来，明晃晃的阳光倒映在锄头上。

太阳在锄头后面，被锄头劈开了，劈花了，劈成了两半，像个破裂的蛋黄。

金色的光晕落在王桂林身上，像是牢不可摧的盔甲。

那金色的阳光几乎晃花了王月瑛的眼，王月瑛像条鱼一样昂起了头，张了张嘴，迎接着她此生见到的最温暖的光。

第 20 章

王大鹏心虚，慌忙和王桂林对骂。

王桂林勃然变色，更怒："你还敢骂？！小崽子，没良心的玩意儿！信不信老子一锄头敲断你的脖子。"

老头儿高高地举着锄头，踉踉跄跄地往前扑，摆明着是要敲死王大鹏的架势，王大鹏不甘心地骂了几句，余光在锄头上瞥了两圈，咬牙转身跑了。

王桂林这才转过身来，将锄头往地上一戳，眉头夹得紧紧的，沉默地看向王月瑛。

沉默半秒，老头儿又破口大骂了起来，一会儿骂她，一会儿骂王大鹏。

他眼尖，瞥见王月瑛手里的钱，更是气不打一处来，劈头盖脸地从王月瑛手里把钱夺过来，丢到了臭水沟里。

王月瑛刚动了一下，王桂林立刻敏锐地倒竖起了眉毛，怒道："呸，这脏钱烂钱，你还好意思拿着？！"

王月瑛被王桂林扯回了他家里。

这是王月瑛第一次来到王桂林的家里。

一间茅屋，屋里什么像样的东西都没有，一张桌子上铺了个满是乌黑油渍的桌布，上面还摆着几个盛着剩饭的碗，其他杂物乱七八糟地堆在房间的各个角落里，还有他平常捡垃圾的时候捡到的几张纸。

这些纸都是镇子里那唯一的私塾里面的，照理说都要被放入惜字塔里烧干净。

但不知道为什么，老头儿把它们捡了回来，耐心而珍重地一张张抚平了皱褶，用个碗压着，放在了柜子里。

王桂林让她坐下，自己吧嗒吧嗒地抽着旱烟，一双小眼瞅着她，沉默不言。

过了好一会儿才磕了一下烟枪，恶狠狠地说，下次他们几个再来，让她就来找他，他拿锄头敲死他们几个小兔崽子。

王月瑛犹豫了一下，小声地说："他们都说这是我活该。"

王桂林明显怒极了，破口大骂，骂得很脏，嗓音粗粝，什么腌臜词都往外飞："放屁，你个女娃子懂个屁！他们才是活该。"

从那之后，王月瑛就开始频繁地往这间茅屋里跑。

一到下雨天，王桂林的茅屋里就漏水，每到这个时候王桂林就会格外暴躁。

这屋里有老鼠，总有一股臭味儿，单身汉的房子没人指望能有多干净，没人愿意和他接触，他没啥朋友，唯一的儿子巴巴地盼着他死。

他对王月瑛态度也算不上好，总是支使她做这个做那个的。都说穷人的孩子早当家，王月瑛手脚麻利，总是帮王桂林，一言不发地扫地，抹桌子。

他那张桌子，腿上崴了个脚，用石头垫着，桌缝里全是乌漆抹黑的油垢。

王桂林买了酒，几文钱一瓶的那种，舍不得喝，经常倒一指头大小的一点儿，自己看着窗外的倾盆大雨，不言不语地默默抿上一口酒，熏得老脸微红。

王月瑛觉得王桂林就像是这天际滚滚的春雷，凶、怒、嗓门大，一点儿都不像半只脚入土的老头儿。

但和王桂林在一块儿的时候，王月瑛觉得松了口气，觉得安心。那阴暗的、黏腻的蛇，再也不会缠上她了。

王桂林不赶她，她也就有事没事儿觍着脸待在他屋里头。

村里有闲言碎语，王桂林不在乎，王月瑛渐渐地也不在乎了。

王桂林把家里唯一一张藤椅让给了她，王月瑛能蜷缩在这藤椅上一睡就是一下午，睡到天黑。

一睁眼，她就看到那佝偻着的身影坐在门槛上，看着雨。听到她的动静，王桂林转过头，磕了一下烟灰，淡淡地问："醒了？醒了就回家去。"

王月瑛没走回家就被拦住了。

拦住她的是王大鹏、赵玉刚他们几个，他们这几个好多天没看见她了，一看到她，王大鹏就朝她笑，笑着问她："瑛子回家去啊？"

王月瑛抿紧了唇，一言不发地往回跑，跑得很快，头发飞扬，"啪啪啪"地，脚下踩出一地的泥点子。

王大鹏追了上来，一把扯住了她，不满地说："跑啥啊？！"

三个大男人，手就像铁掌一样，牢牢地限制住了她。

王月瑛哆嗦着，开始流眼泪了。

王桂林就是这个时候挥舞着锄头跑过来的，嘴里骂骂咧咧的，很不好听，叫他们滚。

"滚！还敢过来？！看老子不一锄头敲死你！"

王大鹏"唰"地冷下脸，想起了之前的屈辱："老不死的，你说什么呢？你想死是不是？！"

王又辉啐了一口，一把将王桂林推倒在地上。

王桂林吐出一口浓痰，踉踉跄跄地想爬起来，又被王大鹏一把推倒，这回像是磕到了腿，王桂林却没管自己这条老腿，而是瞪了王月瑛一眼，喝道："还不快跑！"

王月瑛还想上前，王桂林就敏锐地瞪了她一眼，吼道："跑！"

这一吼，吼得王月瑛一个哆嗦，往后倒退半步，瑟缩了一下。

她虽然木讷，但不傻，没办法，只能流着眼泪往家跑。

见王月瑛跑开，这坏脾气的倔老头，瞪大了一双眼，干枯的老手撑着地面，想爬起来。

赵玉刚和王又辉察觉了他的意图，一左一右摁住了他肩膀，照着面门又给他几拳，砸得他老脸血流成河，牙齿崩掉了一颗。

王大鹏提溜着他衣领叫他站起来，骂他。

"起来啊，不是挺能跑的吗？跑啊！还不跑啊？！"

王桂林也不愿意死，觉得自己这样下去可能真要死了，跌跌撞撞地拼了一条老命地开始往家跑。

王大鹏几个在后面嬉笑着丢石头，乱石噼里啪啦地砸在王桂林佝偻的腰上，三人将这老头儿踹翻在地，拳打脚踢，又扯着他衣领叫他继续跑。

"老不死的，叫你多管闲事。"

最后，一块石头砸中了王桂林的脑袋，王桂林脚下一个踉跄，脸朝下扑倒在地，大片的血迹从他脑袋下面铺了出来。

他不动了。

赵玉刚一愣，手里的石头"啪嗒"一声掉在了地上："鹏……鹏哥儿？死人了？！"

王大鹏也有些慌乱，骂了一句："吵什么？！"

几个人颤颤巍巍地走上前，将王桂林翻了个面。

看见王桂林的脸，王大鹏心里一沉。

王桂林已经死了。

王又辉白了脸："接下来该怎么办？"

"王月瑛！"王大鹏气喘吁吁，汗流浃背，咬牙啐道，"王月瑛看见了！绝不能放过她！"

赵玉刚见势不妙，掉头就想跑："我……我不杀人！我不干的！"

察觉出赵玉刚想跑，王大鹏冷笑："跑啊！反正我们现在是一条绳子上的蚂蚱了，王月瑛要是报了官，你以为你跑得掉？我告诉你，现在不是她死，就是我们仨死。这样，我们先把这老头儿的衣服换了，埋起来。到时候就算挖出来了，尸体早就烂成一副骨头架子和一套衣服了，也没人能认出来这是谁。"

王大鹏说着踹了赵玉刚一脚："还不快去！"

而王月瑛跑开之后，吓得浑身直哆嗦，惶急地想要去喊人，回家却没看到韩招娣，急忙从厨房里找了把刀，又赶紧去田里找她，路上，正好被王大鹏逮了个正着。

在被王大鹏逮着之后，王月瑛就失去了理智，凭借着一腔恨意，先后杀了他们三人，最后，自己重伤不治，也死了。

山洪不但冲出了王桂林，也将王月瑛的尸体冲了出来。

王桂林这人，是个驼子，酒鬼，脾气暴躁，性格古怪，没人愿意和他走动。他没什么朋友，就连他唯一的儿子也巴巴地盼着他死。

最后他当真死了，临死时却逞了把英雄。

第21章

王月瑛本想去县衙祭拜，奈何不能离开王家庵，县衙又有狴犴坐镇，她接触不到实物，只好请宁桃帮忙，对着挖出王桂林遗骨的地方，磕了几个头，聊以寄托哀思。

宁桃从噩梦中醒来，身上那薄薄的单衣已经被冷汗浸透了。

坐在床上，宁桃忍不住直打哆嗦。

怎么……怎么会有这么恶心歹毒的人！

梦里，她属于和王月瑛共享身份、视野、感情，这股强烈的爱恨痛楚，如同刀片一样在宁桃心里翻搅。

宁桃气得头晕眼花，手指直哆嗦，气得几乎要原地爆炸了！这后半夜宁桃根本没睡好，气得眼眶通红，早上醒来的时候眼睛都是肿的。

本来她是打算告诉常清静这事儿的，但刚一翻身下床，心里"咯噔"了一下，立刻改变了主意。

不行不行，小青椒是个道士，而且是个尤其痛恨妖怪和厉鬼的道士，要是告诉了常清静，他把王姑娘超度了怎么办？！

只要这事儿没人发现不对劲，那最好还是让它成为一桩悬案。

下定了决心之后，宁桃这才洗了把脸，板着张圆脸走出了房门。

她还没忘记她和常清静、苏甜甜他们正冷战来着。

刚一出门，就撞上了小虎子火急火燎地从大门外面冲了过来。

小虎子一瞥见她，浑身上下一个哆嗦，差点儿被门槛绊了一跤，脸色顿时变得尤为复杂。他张大了嘴，扭捏地看了她一眼，就猛地别过了头，伸长了脖子大声喊："常清静！常清静，你在吗？"

喊了半天，从厨房走出个系着围裙的少年，乌发高高地拢在脑后，很是清爽干练。

常清静有点儿讶异："小虎子？"

目光落在宁桃身上的时候，那琉璃般的眼闪烁了一下，常清静局促地抿唇："桃桃，我煮了早饭，你要来吃吗？"

昨天一进门就把自己锁在了屋里，晚饭都没吃，饿了一天，宁桃确实觉得饿了。

就算吵架，那也不能委屈自己的胃，宁桃默默磨了磨牙，小圆脸有点儿扭曲，赌气地坐在桌子前。

察觉到小虎子那小心翼翼的视线，宁桃觉得更生气了，气得心脏狂跳。

明明是他们把她辛辛苦苦摘的蛇果子全丢了，现在倒像是她小气一样。

常清静倒也贴心，替她盛了一碗清粥，又把筷子往她面前推了推。

这清粥撒了点儿葱花，面前摆着碟腌黄瓜和宁桃喜欢吃的酸辣萝卜。

宁桃端起碗，也不碰面前这酸辣萝卜，宛如和爸妈吵架的时候光扒拉白饭一样，一鼓作气，呼啦呼啦喝了个一干二净，喝完舔了舔嘴角，淡得她差点儿吐了。

当然她是不可能表现出来的，一抹嘴，赶紧蹦去了院子。

远远地，这才从脑袋后面儿听到小虎子的嗓音，小虎子殷切地眨眼："欸，常清静，甜甜在吗？"

常清静一顿，眉峰半敛："苏姑娘不在此处，小虎子，你来这儿找苏姑娘做什么？"

话是这么说的，少年目光却落在了阶下的院子里，静静地看向院子里的宁桃，眉头不由得皱得更紧了。

他不知道桃桃还要闹多久的别扭。

"这不是甜甜老往这儿跑吗？"小虎子眨眨眼，又打量了一遍面前这小道士，心里忍不住惆怅地长叹。

唉，要是甜甜喜欢的不是常清静，是他该有多好。

宁桃蹦出了院子，自己拿着个小木棍，惆怅地蹲在地上，戳了半天的蚰蜒，又出去溜达了两圈，却正好撞见了小虎子遍寻不得的苏甜甜。

苏甜甜今天鬓角的花变成了一朵大红的茶花，瞧见了她，远远地就高高挥着手，朝她打招呼："桃桃！"

少女笑得那样热烈，那样直白，好像之前的龃龉全都消失了。

她在日光下，好像发着光。

宁桃走不是，留下也不是，僵在了原地。

苏甜甜已经快步追了上来，小心翼翼地看她："桃桃，你还气吗？"

少女围着她转了两圈，想了想，将自己鬓角的茶花摘下来，插在了宁桃头上。

宁桃没梳发髻，头发只用一个黑黑的皮筋绑着。

苏甜甜有些笨拙地把茶花插进了皮筋里，往后退了两步，看了看宁桃："桃桃，这茶花给你，算是我的赔礼，你别生气了好不好？"

苏甜甜眨着眼睛，可怜兮兮地央求她。

宁桃摸上了那朵火红的茶花，有些动摇。

她最不擅长应付这种事儿了，觉得尴尬得浑身上下都有点儿不自在，其实，她生气的很大一部分原因还是由于苏甜甜和常清静走得太近。

说起来只是她看着自己喜欢的小道士和苏甜甜越走越近而无能狂怒罢了。

她亲眼看着常清静的目光频频留意着苏甜甜，而她自己不论做什么，大声讲笑话也好，小心眼地和苏甜甜比较也好，都像个跳梁小丑一样，入不了常清静的眼。

宁桃知道自己其实挺虚伪的，说着和苏甜甜是好朋友，心里却有些微妙的、丑陋的忌妒。

对上苏甜甜那清澈得如同山泉水一样的眼，宁桃僵硬地在心里狠狠地唾弃了自己一番。

甜甜她……她只是个小狐狸，刚下山就被王家庵的人给逮住了，她懂什么呀。

"我、我没怪你了。"宁桃不自在地又摸了把茶花，低下了头结结巴巴地说。

苏甜甜怔了一下，那黑白分明的眸子立刻弯成了两个月牙儿，毛茸茸的耳朵"扑哧"一声从头发里翘了出来。

少女幸福地眯着眼，用力地抱住了宁桃，尾巴呼啦啦转得就像电风扇。

"太好了啦！桃桃，你真好！"

和好之后，苏甜甜这才收回身子问："桃桃，你知道……你知道小牛鼻子在哪儿吗？"

宁桃有些茫然："甜甜，你找小青椒？"

苏甜甜看起来有些不好意思，眼睫忽闪忽闪的，不好意思地拉着宁桃的手，小心翼翼地在田埂上坐了下来。

"桃桃，我说实话你别笑我。"苏甜甜忸怩了两下，绞紧了手指，脸蛋红扑扑的。

青春期的姑娘都是很敏感的，瞥见苏甜甜面色绯红羞涩的模样，宁桃不知不觉地攥紧了田埂上长着的狗尾巴草，心里突然紧了一下，隐约预见了面前少女即将要说出口的话。

"我……我喜欢小牛鼻子。"

虽说那朵茶花插在了宁桃的鬓角，但苏甜甜害羞得半闭着眼，眼睫毛微颤的模样神态，却比茶花都要娇憨动人。

话音刚落，宁桃不自觉松开了手中被摧残的狗尾巴草。

草茎断裂，绿色的汁液黏在五指间。

宁桃说不上来这是一种什么感受，就好像一颗心慢慢地、慢慢地下坠，一点一点沉入了深渊。

那原本是心脏的部位变成了一个大的空洞，呼呼地灌着风。

"桃桃。"苏甜甜面色酡红，哀求地看着她，"你能不能帮帮我啊？"

宁桃懵懂地想，应该说"不"的，可是她要怎么拒绝？总不能说她也喜欢小青椒，和自己的朋友抢男人吧？

感情这种事，好像晚说出口了一步，自己就成了第三者，再表达喜欢就是件不道德的事了。

别看桃桃普普通通的，但她对自己的道德标准其实一向是很高的。

少女微妙的自尊，让宁桃立刻像没事人，像对常清静毫无其他意思一样，惊奇地睁大了眼，张大嘴："真的？！甜甜你你……你喜欢常清静？！"

宁桃夸张地笑起来，笑容看起来有些八卦，贼兮兮地轻轻推了一把苏甜甜："甜甜，你喜欢小青椒呀？你什么时候喜欢上他的？我怎么不知道？"

虽然这么说着，那一颗心却好像一直往下坠一直往下坠。

苏甜甜星眸潋滟，唇角不可自制地翘起，却故作郁闷地鼓起脸："我、我也不知道……"

她脸色酡红地看着宁桃，突然一把抓住了宁桃的手，磕磕绊绊地问："桃桃，你、你和小牛鼻子关系最好了，你、你能不能帮帮我啊？"

桃桃的心里，像是一朵花被大手攥紧了，攥得死死的，呼吸都急促了几分。

莫名其妙的自尊心作祟，她不想让苏甜甜知道她喜欢常清静，不想让常清静，不想让小虎子，不想让任何一个人知道。

苏甜甜是妖，大胆憨懂天真直接。

宁桃却为"喜欢"以及"和朋友喜欢上同一个人"这件事感到难堪，生怕将自己的心意吐露在人前。尤其是苏甜甜主动开口之后，宁桃硬生生地别过了脸，故作轻松地说："好啊！"

其实说完，宁桃就后悔了。

她乱答应什么，帮别的姑娘追自己喜欢的男孩子这也太虐了吧，而且怪……奇怪的。

苏甜甜拉着她一路往回走，忐忑又期待地问："桃桃，小牛鼻子在家吗？"

宁桃心里又混乱又郁闷。

对上了苏甜甜那天真憨懂的视线，宁桃心跳得突然有点儿快，唇舌发干。

"我……我不知道……"鬼使神差的，宁桃撒了个谎。

这话说得她脸都涨红了，脊背上也迅速爬上了一股灼热的烫意。

苏甜甜不疑有他，反倒眉眼带笑，脸上薄红，嗔怪地问："那你知道小牛鼻子今天出门了没？桃桃，你说，小牛鼻子平常都往哪儿去啊？"

一个谎说出口，就需要无数个谎话来圆。

宁桃脸上火辣辣的，直说也不是，说谎也不是，口干舌燥地差点儿咬到了自己的舌头。

"好像……好像是祠堂……"抿了抿唇，桃桃磕磕绊绊地说。

其实这也不算撒谎，这几天，常清静确实往祠堂跑得比较频繁。

于是宁桃就眼睁睁地看着苏甜甜对她道了个谢，眉眼弯弯，红着脸，蹦蹦跳跳往祠堂的方向去了。

刚撒了谎，宁桃面红耳赤，硬着头皮转过身，却在下一秒，脸色瞬间就白了。

小虎子、常清静正好站在她身后。

他们俩谁都没说话，俱沉默不言地看向她。

小虎子看着她的眼神很复杂，眼里飞快地掠过了一抹惊讶，了然，然后又是痛恨和轻蔑。

宁桃脑瓜子嗡嗡的，脑子里只反复回荡着那几个字。

他们……他们都看见了？！

他们是知道，她知道常清静在哪儿的，也就是说她故意骗苏甜甜这一幕，完完整整、彻彻底底地全落在了常清静与小虎子的眼底。

小虎子看着看着她，突然走上前，恶狠狠推了她一把，痛骂道："桃桃！你明明知道常清静就在家里！你故意的对不对？！你故意骗甜甜的对不对？！就因为甜甜把你蛇果子扔了？！"小虎子大叫起来，"甜甜都跟你道歉了，你怎么这样！记仇不说还骗她，我就知道你不喜欢甜甜，你忌妒她。"

男孩儿眼里掠过一抹厌恶之意，冷笑道："你怎么这么自私，这么多心眼儿？是我看错你了！"

宁桃脑子里嗡嗡直响，宛如被行刑的犯人一样，被推得一个跟跄，她却根本不敢抬头去看常清静的脸。

她只能看到少年那修长的整洁的白靴，素净得像雪。

第22章

然而这一眨眼的工夫，宁桃还是清清楚楚地和常清静的目光撞了个正着。

少年眼神中流露出惊讶和复杂，抿紧了唇，看着她的眼神冰冷。

宁桃脸色通红，窘迫得立刻红了眼眶，想解释，嘴唇又哆嗦个不停，说不出话来，窘迫和羞愧宛如一座大山压倒了她。

她那些阴暗的小心思，在日光下，在常清静的目光下，如冰雪初融暴露得一干二净。

她喜欢，又讨厌，忌妒苏甜甜。

宁桃觉得自己待不下去了，这感觉就像坠入了深海，四面八方，眼耳口鼻里都有海水不断没入，在这种情况下，宁桃十分没出息地转头就跑。

而常清静并没有追来。

少年只是站在原地，脚尖动了一动，动摇了片刻，往祠堂的方向去了。

宁桃一口气跑出去半里地，这才停下脚步，窘迫得头皮发麻，脚趾抓地。

好想死，好想死，好想死。

捂着脸，宁桃忍不住羞愧地呜咽了一声。

就这么偷偷使了个心眼儿，就这一回，就被常清静和小虎子逮了个正着，一想到两个人的目光……

小虎子的话如同疾风骤雨般兜头砸在她脑袋上。

"我就知道你不喜欢甜甜，你忌妒她！你怎么这么自私！"

原来，小虎子早就看出来了。

宁桃搁下手，默默抿紧了唇，盯着水面上的倒影看了好一会儿。

水面上倒映出的姑娘，圆脸，梳着个齐刘海儿，内双，好在年轻，皮肤没啥痘痘瑕疵，白皙细腻，长得清秀。

看着看着，宁桃突然觉得一阵难过。

初中的小姑娘，就算不肯承认，心里也总是固执地认为自己是不一样的，在这个世界上是不一样的，每天走在路上，临睡觉时躺在床上的时候，总会闭着眼给自己脑补出一出唯美的爱情剧。

在脑补的剧情里，她就是唯一的女主角。

但随着年龄增长，人们越来越无力地认识到自己就是个普通人，混不出什么大事业，也嫁不了高富帅，娶不了白富美的普通人。

她就算来到平行时空了，也是那影视剧里的丫鬟，勤勤恳恳地服侍女主，最后为女主挡刀而死的那种；要不就是喜欢男主的路人甲炮灰，连个恶毒女配都算不上，只是突出男主魅力，衬托男女主感情深的工具人。

很明显，常清静就是那男主，苏甜甜就是那女主。

他们站在一块儿太耀眼了，都说暗恋会让一个人低到尘埃里，宁桃看着倒影里的自己，心脏狂跳，自罪自愧的眼泪滚滚而出。

本来就是"小炮灰"，现在活脱脱地把自己作成了恶毒女配，她耳畔响起个细细的声音："你喜欢他吗？"

宁桃吓了一大跳，立刻又反应过来，这个声音好像是……好像是王姑娘。

王姑娘竟然还没走？

当着王姑娘的面，宁桃愣了一下，突然觉得，和王月瑛相比，自己思考这些并没有多大意义，倒有点儿少年不识愁滋味的幼稚和矫情。

"我、我……"宁桃叹了口气，低声说，"嗯。"

王月瑛年纪小，对喜欢这种情绪没有多少理解，本来就不善言辞，便不再吭声了。

两人静静地坐了一会儿，隔了好半天，王月瑛这才吞吞吐吐地开口："宁、宁姑娘，我想请你帮个忙。"

桃桃想都没想，一口答应了下来："你说！不论是什么事，我一定帮你办到！"

王月瑛顿了顿，稚嫩的嗓音有些坚决："我想请宁姑娘告诉其他人，杀人者是我，并非旁人！"

苏甜甜刚走到了祠堂门口，立刻就察觉出来了点儿不对劲。

祠堂里有人，有一个女人。

女人不着寸缕，浑身上下覆盖着鱼鳞，手和脚就像是湿湿黏黏的鱼蹼，趴在地上，乌黑的长发如海藻般垂落，在地上铺展开来。

祠堂里幽暗的，明明灭灭的灯光落在了她身上。

虽说是个天真懵懂的狐狸，但在山野中待多了，见多了这种妖怪吃人的场景，苏甜甜立刻就意识到发生了什么，脸色苍白如雪。

这儿有个恶妖！

还是她打不过的那种！

那小牛鼻子呢？常清静呢？

恐惧慑住了少女的心神，苏甜甜僵硬得浑身上下动弹不得，却还是硬着头皮，没立马转身就跑。

苏甜甜想了想，一咬牙，干脆又变成了个火红的小狐狸，宛如一道红线，鼓足勇气飞一般窜入了祠堂，急得焦头烂额，就像热锅上的蚂蚁，四下寻找常清静的身影。

然而，小道士的身影没找到，反倒是蹿上香案的时候，不小心撞倒了个牌位。

牌位"当啷"一声落在了地上，苏甜甜一颗心像是被大手猛地攥紧了。小狐狸僵硬在香案前，与那女人缓缓地看对了眼。

女人的正面比背面更恐怖。

苏甜甜咬紧了震颤的牙关，吓得哆嗦个不停。

她……她之前，在凤陵仙家的时候就不该不听溅雪的话的，应该好好修炼的，眼前好像浮现出个面色苍白的少年柔和微笑的样子。

少年撑着把大红的伞，裹着貂裘，站在梅花树下，轻轻地帮她掸去了肩头的薄雪，又揉了揉她脑袋，"噗"地笑出来，笑得眉眼弯弯地说："又被谢前辈罚跪了是不是？"

那跪在院子里的小狐狸，呆呆地仰起头，心想：溅雪真好看啊。她心里想，她喜欢溅雪。

她的姥爷是凤陵仙家的弟子，她自小就待在凤陵仙家，与谢溅雪一同长大。谢溅雪从小就体弱多病，那是娘胎里带来的不足之症，医修都断言说他活不过二十岁。

从懂事起，溅雪就护着她，她也下定了决心，一定要帮忙找到救治谢溅雪的法子。

后来她无意中听到了谢逸之前辈与溅雪的对话。

"心头血……蜀山……解百病……"

"度厄道君……常清静……"

要取心头血，必须将刀刃捅入对方心脏，取那心尖上的一滴。在得知蜀山弟子常清静的心头血有解百病的功效后，她就擅自离开了凤陵仙家，到处打听常清静的下落。

起初，她倒也想用商量的、偷的、抢的方式，奈何这小道士警惕性又高，又讨厌妖怪，她实在没有办法了。

溅雪……溅雪……苏甜甜回过神来，胡乱念叨，抹了把眼泪。

她一定要想办法救溅雪的，等着，等靠近了常清静……

伴随着女人突然如蛇一般游弋而上，苏甜甜爪子深陷香案，抻长了身子，"嗷呜"一声怒吼，龇牙咧嘴，狐狸毛根根乍起！！

女人咧开一张血盆大口，牙齿密集尖利。张嘴的刹那间，红色的小狐狸如炮弹般冲了出去，女人一口啃在了香案上！木块儿伴着木屑乱飞，眼里红光大盛，明显是怒了。

苏甜甜冲出去的刹那，脚下踩到个果盘，一个趔趄滑到了地上。

就在这血盆大口即将咬上她的那一瞬间，斜刺里忽然伸出一道惊艳的剑光！

与此同时，一道沉稳清朗的嗓音响起："金字，不动山岳！"

几道光柱自地面掀出，冲天而起，光柱道道林立间，少年脚下踏出阵法，怀抱着小狐狸，往后倒退了几步。

女人这一口咬在两人身上时，只见四周一阵如流水般的金光漾过。金光熠熠，刺眼夺目，将两人牢牢包裹在了这金光的保护之下。在这压力之下，祠堂前的香案顿时被挤压得化为寸寸齑粉。

女人见势不妙，立刻抽身飞出了祠堂。

少年挺拔的身形被金光勾勒，俊秀如松，半响，这金光渐次散去。

常清静这才放下了怀里已经变成了人形的少女。

苏甜甜眼睛瞪得大大地说："小……小牛鼻子？"

少年有些局促："抱歉。"

"受伤了吗？"常清静动了动唇，道歉的原因，却在心里翻滚了几个来回，不知道怎么说出口。

"呀。"

好像这才意识到自己正被常清静搂在怀里呢，苏甜甜脸上飞红，挣扎了两下，轻轻地跳了下来，这一跳正好扭到了脚脖子。

短暂的沉默在祠堂里蔓延。

苏甜甜羞得面颈飞红，两眼汪汪地摆手："我……我没事……"

"吓死我了，"苏甜甜鼻尖儿红红的，有些惊魂未定地抽了抽鼻子，"我赶到祠堂没看到你，还以为小牛鼻子你被这恶妖吃了呢。"

他甫一赶来，就看到了苏甜甜绕着祠堂，哆哆嗦嗦地像是在找着什么东西。

她要找的东西是什么，几乎不言而喻。

她要找的是他。

那一瞬间，常清静说不上来自己是什么感受，但眼里的坚冰化了两分，蹲下身，主动开口："我背你。"

桃桃说得对，他之前对苏甜甜的确存有偏见。

在少年心里，已经将桃桃划为了自己人。桃桃骗了苏甜甜，害得她平白无故受此惊吓，又担心他的安危，为了找他，差点儿被恶妖吞吃入腹，常清静觉得一阵局促、羞愧和不安。

最终，少年弯下了那一直挺拔得像小松的腰杆儿，低下了骄傲的头颅，主动要求背这只狐妖。

苏甜甜踮起脚尖，也不扭捏，欢呼雀跃着一把搂住了少年的脖颈，跳了上去。

"小牛鼻子，你主动背我？！"

少女说话的时候，那柔和的鼻息喷吐在他脖颈上。

少年白皙的脖颈立刻漫上了层淡淡的轻粉，汗毛好像都一根根倒竖了起来。

苏甜甜身上那股淡淡的酸甜的果香，像是熟透了的杏子，又像是梅子，透着点儿微醺的酒味儿。

她伸了个懒腰，杏眼蒙眬地趴在常清静的脊背上。

"唉，小牛鼻子，你为什么这么讨厌我啊？"

"抱歉。"

"嘻！我才不想听你说抱歉呢。"苏甜甜撇撇嘴，"你就只会说抱歉吗？"她突然将头伸到了常清静颊侧，脸贴着脸。

常清静一个哆嗦，差点儿就将背上的少女摔了下去，当然还是不动声色地克制住了，骨节分明的手指默不作声地收紧了点儿。

少年尴尬得几乎手都不知道往哪儿放，面色微青，心情复杂，飞一般加快了脚步，往村口冲去。

他本是为了替桃桃收拾烂摊子来的。知人知面不知心，他做梦也未曾想到，桃桃竟然会骗人。

常清静觉得难以置信的同时，心中又不可自制地升腾起淡淡的失望。

少女那毫无芥蒂的笑，几乎使他恍惚失神了一瞬，就算刚刚生死一线，她也不在意，好像将刚刚的惊险全忘了。

事到如今，常清静明白，自己对苏甜甜的确存有偏见。他不知道如何道歉，连同他的，连同宁桃的那份，就只好紧紧抿着唇，不说话。

苏甜甜歪着脑袋，看着常清静。

少年长得真好看啊，侧脸恍若白玉雕成的，明明才十五岁，但少年老成，一丝不苟。

"我看你啊，平常都不怎么笑的。"苏甜甜伸手戳了戳少年白皙的脸。

常清静的脸怎么能这么软？就像是白玉凉糕，让人看着就想咬上一口。

"哇！"苏甜甜惊叹，"小牛鼻子，你脸好软！好白！就像是女孩子！"

苏甜甜伸出手指，左右手各使劲儿掐了一把："小牛鼻子，你笑一个好不好？！"

"笑一个嘛！笑一个嘛！！"

常清静被她揪得皱了皱眉，脸部肌肉露出了个滑稽的弧度。

苏甜甜顿时乐不可支，伏在常清静背上几乎笑弯了腰。

少女裙摆下那两条白皙的小腿有一搭没一搭地踢着，似乎全然没注意到肌肤相触时，常清静身形之僵硬。

苏甜甜絮絮叨叨，聒噪得就像个小麻雀。

只是……

常清静淡色的、形状好看的唇微微抿出个弧度，心里好像有春花伴随着苏甜甜银铃般的笑声次第绽放了。

他并不讨厌。

第 23 章

那厢，宁桃坐在田埂上和王月瑛小声地讨论了一会儿，明白王月瑛的意思后，很快就又打起了精神。

和月瑛姑娘的经历相比，她自己经历的那算个屁呀！就像文艺青年们爱说的那一句，生活中不只有情情爱爱，不只有眼前的苟且，还有诗与远方！

话到一半，不远处的村里却传来了一阵骚动，时不时还伴着几声惨叫。

宁桃茫然："怎……怎么了？"

王月瑛愣了一下，像是想到了什么，急得额头直冒汗："恶……恶妖……是那恶妖……我之前说有恶妖在追我……"

宁桃想都没想，直接丢开了手上的小木棍，拔腿就往村里跑！

刚冲过村口那歪脖子的老槐树，宁桃立刻就被从天而降的一捧温热的血劈头盖脸地淋了一身！

几个熟悉的怒吼声乍响："有妖怪！"

四面八方的尖叫声几乎贯穿了宁桃的鼓膜，宁桃怔愣愣地看着面前这一幕。

这一幕，说是人间炼狱也不为过。

到处都是鲜血，鲜血如雨般泼洒在道上的杂草上，一半人形、一半鱼形的女人，正在看着众人奔逃。

村里眼熟的那几个村民吓得面如土色，远远地瞥见了宁桃傻愣愣地站在村口，急得赶紧招手。

"桃桃！桃桃快过来！"

"是她！"王月瑛的声音听起来很急促，急得好像都快哭了，"就是她！"

面前这个，就是追着这王姑娘，迫使王姑娘不得不借用她身子的……恶妖？

宁桃仔细看了一眼，一颗心差点儿提到了嗓子眼儿里。

她几乎立刻就认出了这是什么。

是渔妇！

她和常清静之前碰到过，渔妇是种半人半鱼的怪物，人要是失足跌进水里，被鱼分食，躯干被寄生，就会化为"渔妇"。

"宁桃！过来！"一个熟悉的嘶吼声响起。

宁桃定睛一看，竟然看到了小虎子。

男孩儿在不远处的屋檐下，急得直蹦跶。

而宁桃甚至看到了王二叔，看到他一咬牙，抢起屋檐下一根棍子，就冲了上去。

宁桃身子一轻，已经被王二叔夹在腋下，抢了出来，双脚刚落地，就对上了小虎子满是血和泥的狰狞的脸。小虎子掐着她肩膀，怒吼如雷鸣："宁桃，你想死别拉上我爹行不行？！"这唾沫星子飞溅了宁桃一脸。

宁桃抹了把脸上的唾沫，心里怒火噌噌直冒，恶狠狠地用力甩开了他的胳膊："滚！"

小虎子被她甩得蒙了半秒，后脑勺冷不防挨了一巴掌，打得他一个趔趄。

王二叔的嗓门儿就像雷鸣一样："臭小子，你怎么说话呢？！"

十多个村民凄惶地挤在屋檐下，宁桃还看到了王锦辉。

王锦辉俊脸泛白，紧紧抱着胸口的书册，哆哆嗦嗦地问："这……这是怎么回事？"

"王大鹏他们几个，会不会就是被这玩意儿杀了的？"

往外一看，那女人还在追逐众人。

这一幕无异于在挑战人生理承受能力的极限，王二叔看起来都快要吐了。

十多个村民，战战兢兢地看着女人唇瓣掀开，露出个诡异的笑，突然又转过头来，一双眼死死地盯向了宁桃这边，紧跟着，风驰电掣地朝屋檐下冲来！

脆弱的茅屋禁不住这冲力，被撞塌了半边，瓦砾如雨般落了下来，砸在人身上生疼，刹那间，众人跑的跑，摔的摔。

宁桃被摔得飞出去两三米远，一头撞上了地上的石块，一摸一手的血，地上被拖曳出一条醒目的血痕，还没来得及爬起来，一抬眼，突然看到那女人已经如蛇般迅速窜到了小虎子面前。

小虎子面色惨白如雪，膝盖直打战。

宁桃神情一凛，想都没想，立刻伸出手去捞。

就在这时，渔妇长长的鱼尾在地面上一拍，半面人躯覆盖着黝黑的鳞片，眼球外突。

一般的鱼是没牙的，但这条鱼一张嘴，血淋淋的嘴里露出一口尖利的牙，尖啸了起来。

"啊啊啊——"

宁桃大脑一阵嗡嗡地响。

渔妇动作极快，迅速追赶上四散的人们。

众人被惊惧慑住了心魂，还没跑几步，就跌倒在地，刚爬起来，又跌得一个跟跄。

"清静呢？！"其中一个人哭道，"清静哪儿去了？！清静不是道士吗？他一定——"

咯吱——嗤——

话音未落，对方的血直直溅到了小虎子脸上。

小虎子惨白着脸，拼命往后爬，想回安全的地方，但刚爬回去，就被人当头一脚狠狠地踢了出去！

小虎子眼前一花，被踹得几乎吐血，一抬头，看清了踹他的对象，他难以置信地大喊："王崇！！"

这是和他关系一直不错的发小——王崇。

少年瘦瘦高高的，苍白着脸，恍惚地看向小虎子身后，一咬牙，赶紧掉头跑了。

小虎子又怕又急又气，就在这时，鼻尖突然传来了一股恶臭的腥气，有水滴滴答答地落在了他头发上，顺着脖颈滑入后背。

目睹这一切，宁桃差点儿吓得魂飞魄散，当即厉喝："别动！"

"听到没！别动！"

小虎子顿时僵住了。

他好像知道王崇为什么要踹他了，因为不把他踹出去顶死，那死的很有可能就是王崇自己。

在他身后，那渔妇尖利的牙对准了他。

王二叔几乎红了眼，嘶吼："小虎子！"

就在这时，渔妇身后一道小小的身影突然动了，抢在了小虎子面前。

王二叔一看，差点儿胆丧魂飞，目眦欲裂："桃桃！"

那正是宁桃。

宁桃也害怕，就算和常清静走过那么多地方，经历那么多妖魔鬼怪，也还是怕的，怕得哆哆嗦嗦。

宁桃深吸了一口气，努力让自己冷静下来：不要紧张，不要紧张，她还有掌心雷，她还会掌心雷。

虽然这么想着，但宁桃心里也十分忐忑。就她这么坑爹的根骨和天赋，她……她真的能做到吗？不管了！死马当作活马医！

颤巍巍地举起了左手，尝试着感应体内的灵气，宁桃模仿着记忆中常清静的模样，气势雄厚地怒吼："流金掷火，掣电轰雷，一合下降，扫荡妖氛，驱逐不祥。"

"掌！心！雷！"

或许是生死攸关的时刻，真的能爆发出人类潜能，宁桃这从来就没生效过的掌心雷，竟然在这一刻生效了，然而，毫无作用。

掌心冒出了一小簇淡蓝色的电光，紧接着，又归于沉默。

宁桃绝望地看着自己的掌心，就知道她的幸运不可能爆发啦！

她再一抬头，见那渔妇被她一打岔，放弃小虎子，竟然直奔王锦辉而去。

这还不如小虎子呢！宁桃内心咆哮！锦辉哥身子更弱啊！！再不快点就来不及了。

于是，宁桃稳定心神，呼吸急促地再次举起左手："掌心雷！"

但还是没用啊！！

危急之时，宁桃奋勇地捡起地上的石块儿，朝着渔妇狠狠砸了下去。

砰！

这一下，似乎把对方砸得后退了一步，但下一秒，渔妇突然掉转了头，朝她露出个诡异的微笑，蛇一般迅疾地朝她冲了过来。

湿黏的，带着腥气的尾巴缠上了她的腰身，将她抛向了半空，宁桃被重重地掼摔在地上，眼前最后残存的那一幕是，王锦辉和小虎子齐刷刷惨白的、难以置信的脸。

"桃桃！"

宁桃被砸得头晕眼花，眼冒金星，喉口一阵腥甜，差点儿吐血。

她脸肯定肿了，宁桃气喘吁吁地想，脑瓜子里嗡嗡直响。

眼看着渔妇的血盆大口已然逼近，再不自救已然来不及了，宁桃喉咙一紧，下意识地闭紧了眼，举起了左手："流金掷火，掣电轰雷，一合下降，扫荡妖氛，驱逐不祥。"

"掌心雷！"

炫目的电光在眼前爆开！

那是……

王锦辉和小虎子冷汗涔涔地跌倒在地上，惊恐地看着宁桃的方向。

渔妇的动作定格在了最后一秒，全身上下，尽数化为了焦炭。"哗啦"一声，腥臭的焦炭碎了一地，碎在了小虎子和王锦辉的脚边。

常清静和苏甜甜也正是在这个时候赶到的。

常清静手疾眼快地抱起苏甜甜，侧身避开飞来的碎石，怔在了原地。

包括常清静、小虎子在内的所有村民都看到了，那个平平无奇的、一直被戏谑地嘲笑为"呆瓜"的小姑娘，周身爆发出一阵耀眼的电光，眼中倒映出的幽蓝的电芒如冰晶般耀眼，瘦小的身躯挡在他们面前，救了他们所有人。

宁桃从来没有灵验过的掌心雷，在此刻，居然真的生效了。

"桃……桃桃？"小虎子难以置信地看着宁桃。

刚刚宁桃……宁桃都干了啥？！

雷光齐聚在少女身侧，那威严赫赫的电光渐渐趋于平息，温顺地一点一点顺着少女裙角滚过，慢慢地，弥散于无形。

宁桃双眉紧蹙，怒眉以对，眼里好像还倒映着雷光，耀眼逼人，这般慑人心魄的气势，竟然逼得小虎子不敢上前半步。

惊魂未定地收回手，一转眼，宁桃正好就和抱着苏甜甜的常清静看了个对眼。

来不及多想常清静和苏甜甜怎么在这儿，宁桃赶紧去看王锦辉的情况。

文弱的青年跌坐在地上，面色青白，呆呆地看着她。

"锦辉哥？你没事——"刚往前走了几步，宁桃突然觉得胸前血气几个翻涌，眼前一黑，"噗"地吐出一口黑血，直挺挺地倒了下去。

昏迷前，一个神奇的想法自她脑海中迅速滑过：不知道这口血喷得是不是像电视剧里那样凄美。

死里逃生，来不及查看自己的情况，少女就去查探王锦辉的伤势，这一幕落在不远处的常清静与苏甜甜眼里，也落在了王锦辉眼里。

王锦辉的心仿佛猛地收紧了，来不及多想这感觉，急得白了一张俊脸："桃桃，桃桃？"

感觉到抱着自己的少年身形僵了僵，苏甜甜呆了半秒："小牛鼻子？"

然后，就看到宁桃喷出一口黑血，摔倒在了地上，常清静手疾眼快地立刻抽身上前。

只见王锦辉上手就要将宁桃打横抱起，却在这时，一双手横空伸出。

王锦辉一抬眼，常清静白玉般俏生生的脸面无表情，伸手将他怀里的圆脸姑娘"搬"走了。

之所以是"搬"不是"抱"，是因为常清静的动作有些冷淡的僵硬，抄起宁桃，将宁桃搬走，仔细地放在了地上。

王锦辉不明所以地收起了手。

将宁桃换了个姿势靠在自己怀里，常清静不敢耽搁，凝神，并拢双指在眼前一擦，全神贯注地去查探宁桃的伤势。

伴随着瞳术的发动，他一颗心直直地沉了下去。

桃桃身上的离恨天又发作了。

然而，另一个发现，又让常清静不由得怔住，宁桃的身上，附着一层淡淡的，不仔细看几乎看不出来的魂光。人身上有淡淡的，如同鬼火般微蓝的魂光，这就代表有东西附在了人身上。

少女圆脸惨白，早没了昔日的活力，身上的生机正慢慢被这团魂火烧尽。

常清静垂下眼，面色铁青，心里蓦地像被刺了一下。

更让常清静觉得难堪羞愧的是，这几天以来他竟然……从未发觉宁桃身上的古怪。

想到这儿，常清静不敢耽搁，立刻将宁桃又扶正了点儿，从袖子里拍出一沓符箓，眉眼冷肃。

"锦辉哥，麻烦你扶住桃桃。桃桃身上有孤魂附身，我要为她灭除这团魂火。"

刚死里逃生的众人，战战兢兢地看着这位小道士原地做起了法事。

少年浑身上下无风自动，黑色腰封上的太极双鱼佩随风轻扬，脚下踏出罡阵法，眉眼冷凝，一边走一边念念有词：

"普献无边圣，香烟散十方。诸天无量圣，日月斗星辰。玄师经箓祖，天府众高真。愿垂大慈力，超度此亡魂。

"普献无边圣，香烟透冥关。酆都岱岳府，考较罪魂司。幽牢遍诸狱，地府众威灵。愿垂大慈力，超度此亡灵。

"普献无边圣，香烟散扶桑。江河淮济海，雷电雨龙神。十洲三岛谷，水府众真仙。愿垂大慈力，超度此亡灵。"

就在这时，原本处于昏睡不醒状态的宁桃突然伸出手！

"打……打住！等等……"

这带给人的惊愕程度不亚于死人复生，在场的齐齐被吓了一跳。

"桃桃，你醒了？"

"桃桃，你怎么样了？"

常清静愣住了。

对上常清静那犹如冰雪般冷澈的眼，宁桃用尽全部的力气，艰难地吐出三个字，丢下一句："别超度……"然后她没忘记调整个姿势，在常清静的目光下，从他怀里挣出，摔到了王锦辉怀里。

天降林妹妹，王锦辉傻眼，震惊地看向陡然僵硬、神色倏忽冷淡下来的常清静。

闭眼前，宁桃默念：锦辉哥，对不住，麻烦你辛苦一下抱会儿我了。

她现在实在没有办法面对常清静。

第24章

根本没意识到这句话带给了众人多大震撼，宁桃这一觉睡了整整两天，醒来的时候，首先是看到个乌黑的脑袋，常清静坐在床侧正守着她。

一睁眼就看到自己这个时候最不想看到的常清静，宁桃张张嘴，低下头，小声问："小青椒？"

她还没有忘记之前常清静和小虎子看她的眼神，惊讶和复杂，好像不相信她会故意撒谎欺骗苏甜甜一样。

常清静的仪容看上去依旧整洁，倒没有那种因为她昏睡了两天，神思不属，衣衫褴褛，憔悴不堪的模样。

行了，宁桃别期待了！宁桃在心里默默给了自己一巴掌。

常清静起身，体贴地帮她垫了垫枕头靠着，然而两人之间唯有一片沉默。

少年眉头轻皱，走到桌前，拿起茶壶看一眼，提着茶壶出去了。

就在常清静出去之后没有半秒，王锦辉突然走了进来。

青年站在门口，长身玉立，明显是刚放学回来，眉眼温润，皮肤白，被太阳一照，当真是温润如玉的君子。

王锦辉走到宁桃面前，有些犹豫，眼睛微亮，犹豫地开口："桃桃，你、你醒啦！"

桃桃茫然地说："锦辉哥哥。"

王锦辉目光落在宁桃干裂的嘴唇上，好像想到了什么，从书箧里翻出了个什么东西。

宁桃接过一看，不由得咕咚咽了口唾沫，竟然是一碗冰镇的小圆子。

王锦辉莞尔："刚刚在村口看到了货郎，想着桃桃你就喜欢吃冷的。"

那还是之前宁桃去他家里的时候，王锦辉要给她倒茶，宁桃当时说了句"喝冷茶就行"，王锦辉记性一向很好，就记在了心里。

王锦辉歪歪头，好脾气地笑道："快吃吧，我可是瞒着二婶子偷偷带来的。"

来到平行时空之后，宁桃就一直想吃冰激凌，当下大为感激，忍不住眉开眼笑："锦辉哥哥，多谢你！"

冰镇的红豆小圆子迅速帮桃桃续了个命。

王锦辉俊脸一红："不用，不用说谢。"

"那不行。"

"只要是桃桃就没关系。"王锦辉突然略显局促，语速飞快地补充了一句。

宁桃捧着小圆子一愣，隐隐察觉出来好像有哪儿不对劲。

就在这时，门口突然传来个清冷的嗓音。

"桃桃。"

少年沉默地站在门口，神情有几分冰冻，目光落在了宁桃和王锦辉身上。

宁桃惦记着之前在祠堂的事，慌忙移开眼，下意识地往王锦辉身后躲了躲。

常清静的神情，却因为这更难看了点儿。

少年紧紧地抿着唇，下颌绷得特紧，默不作声地倒了杯茶递到了她手上。

宁桃虽然喜欢喝冷的，但是有小圆子在，谁还看得上这冷茶啊。

宁桃把头摇得像个拨浪鼓，言语中带了点儿自己都没察觉的客气和局促。

"不用了，锦辉哥哥给了我小圆子。"

常清静的目光落在了那碗小圆子上，圆滚滚的小圆子晶莹可爱，浇了点儿牛乳、撒了点儿红豆。

宁桃攥紧了杯子，不等常清静开口，主动开口，讪讪地说："对了，那个魂火其实是……"

话还没说完，突然，窗外传来了一阵吵闹的动静，锣鼓喧天，当中夹杂着"县太爷"之类的话。

宁桃心里一紧，想都没想，立刻爬起来，看向了窗外。

当裴县令赶到王家庵的时候，王三爷正带着一帮人趴在地上迎接。

这回下乡裴县令也没带多少人马，只带了几个红黑帽夜役军牢。听说县令老爷来村上了，王家庵的村民全都挤在门口、路边张望。

乖乖！这可是县令老爷！听说县令老爷为的就是之前那几桩命案来的！

裴县令本名裴全，是元朔三年的进士，后来外放到王家庵这边儿当县令。出了这种大案子，肯定要严肃对待。

裴全为人倒也算亲和，下了轿子，叫王三爷起来。

王三爷面露羞愧之意，苦笑："村里出了这种事儿，是我这个族长没管好。望县太爷恕罪。"

裴县令叹了口气："人心难测，谁又能预料到会出这种险恶的命案。"

村里议事的地方一律都是祠堂，王三爷走在前面，一帮人簇拥着，锣鼓喧天地把裴县令往祠堂引。

王家庵这种小村子，裴县令亲自到来，包括王三爷在内的一众人都有些诚惶诚恐。影视剧里县令估计是个最不起眼的小官，但对于大多数淳朴的古代劳动人民而言，光是读书人就让他们尊敬了，更遑论是县令！那可是青天大老爷！

王三爷这个在王家庵积威甚重的老头儿，橘皮老脸上露出显而易见的不安，忙叫年轻的王家子弟。

"愣着干啥？还不快倒茶？"

裴全接了茶水，又温和地问了两句，抿了一口，放在手边，再也不动一口。这茶水喝着味道粗劣，他确实有点儿瞧不上眼。他不是那种泥腿子出身考上进士的。裴县令也算是出自世家，这回下放不过是在基层锻炼锻炼，攒攒政绩。

他为人倒也算正直，可身上毕竟带了点儿世家弟子和读书人的头巾气。

王三爷看在眼里，使了个眼色，又让其他人退下了。

寒暄之后，裴全神情渐渐绷紧了，召唤身旁的随行吏员上前。

"将人带上来。"

先上来的是王大鹏、王又辉和赵玉刚的家人。

三家人都是苦主，如今明显商量好的。

王大鹏家的带了一帮亲族，个个都是身强力壮的男人。王大鹏的娘曹氏一上来，就扑倒在裴县令面前哭天喊地。

"求青天大老爷做主啊！！"

另外两家也齐齐跪倒在裴全面前呼喝喊冤。

韩招娣是最后被带上来的，神情木木的，疲倦无力。

之前在县衙的时候裴全就见到过曹氏一面，心里不喜，但也不好表现出来，垂着眼："你是曹氏？"

"是。"

"王大鹏是你儿子？"

"是。"

"对这案子有什么想法，一个一个慢慢说出来。"

曹氏眼皮红肿，眼里闪着点儿怨恨的光："回禀县老爷，我家鹏哥儿死得冤，鹏哥儿他……他一直是个好孩子，在家里孝顺肯干……"

裴县令不耐烦地沉下嗓音，厉喝："说重点！"

曹氏立刻被这官威吓得一个哆嗦，扑倒在地："草民、草民怀疑，鹏哥儿一定是被王月瑛和王桂林他俩害死的！"

裴全皱眉："你说是他俩害死的，你可有证据？"

"证据……"曹氏咬牙，"证据就是，我家鹏哥儿与这小贱人认识，她年纪小，看她可怜，我家鹏哥儿一直把她当妹子看，总是时不时给她点儿糖和铜子儿什么的。去年王桂林那老头儿偷菜偷到我家来了，正好被鹏哥儿撞见。我儿子与他起了点儿争执。这一来二去，王桂林就记恨上了鹏哥儿。"

"这村里人也都知道，王桂林与那贱丫头关系好。"曹氏啐了一口，"肯定是王桂林看我家鹏哥儿喜欢那小丫头，叫小丫头引鹏哥儿出来杀了他。眼下王桂林和那小丫头都消失了，这便是证据。"

围观人群立刻一片哗然。

"月瑛那丫头和王桂林，真害死了王大鹏？"

"说不定。"

衙役厉喝："肃静！"

裴全面不改色地听完了，叫其他两家的家人上来说话。

其他两家的说辞和曹氏说的基本无二。

大致就是王大鹏与两个人的关系好，是乡野里出了名的好兄弟，之前也帮王大鹏骂过王桂林，王桂林怀恨在心，索性把赵玉刚和王又辉都杀了。

至于韩招娣，有些神思不属，只默默流泪念叨，重复"是我害了她"。

裴全微微侧目，心里对这命途多舛的妇人不由得生出了点儿淡淡的同情和怜悯之意。

"那是县令，县令来了？"宁桃朝窗外看了一会儿，突然下床穿鞋，看都没看常清静一眼。

她必须去一趟。

"桃桃。"常清静下意识地脱口而出。

宁桃却一把推开他，将小圆子塞到了王锦辉手里。

"锦辉哥哥！帮我拿一下，谢谢！"

常清静猫眼圆睁，眼里的惊愕简直无以言表。

"桃桃呢？！"

拎着食盒进来的小虎子和苏甜甜，一抬眼对上常清静的视线，伸着脖子看到屋里的床上已经空了，不由得一怔。

常清静闭上眼睛，拧着眉："去祠堂了！快追！"话音未落，已快步追了上去。

小虎子和苏甜甜面面相觑，互相看了一眼，放下了食盒。

苏甜甜提着裙子："唉！小牛鼻子等等！"

宁桃刚冲到祠堂门口，就看到了曹氏在祠堂里骂街，身后是曹家和王家两家的青壮后生。宁桃心头火起，立刻捋着袖子冲出去。

王大鹏她娘曹氏，此刻正唾沫横飞，指天骂地，话里话外的意思就是，王月瑛和王桂林杀了她家鹏哥儿。

"不要脸的贱人生出来的坏丫头……"

王家和曹家来了不少人，再加上来看热闹的，乌泱泱的一大片。

为啥古代生儿子重要，宁桃这个时候突然有了深刻的体会。因为古代重视宗族血缘关系，宗族之间的械斗屡见不鲜，生出一个儿子就是一份战斗力，家里男丁多的往往以此来欺负孤儿寡母，甚至还有强迫寡妇嫁人这种事儿。这也是韩招娣畏惧于宗族势力，一直不敢声张的缘故。

两方已经陈述完，裴县令皱着眉略一沉吟，正准备开口——

宁桃气得咚咚几步冲上前，内心"噌噌"火起。

"你儿子那是死有余辜！"

祠堂里"嗡"的一声立刻吵开了。

衙役们齐齐变了脸色："谁？！"

"谁敢擅闯公堂？！"

众人定睛一看，竟然是个披头散发的小姑娘。

刚追到祠堂门口的常清静和苏甜甜等人整齐划一地呆住了。

小虎子更是吓得魂飞魄散，汗流浃背："桃桃！回来！"

"那是县令老爷！"

谁都没想到，这小姑娘哪来的这么大胆子敢擅闯公堂，就连常清静也吃了一惊，神情不由得微微一凛，眉间好像落了点儿霜雪。

桃桃跑得太急，鞋子都跑掉了一只。众目睽睽之下，她又弯腰把鞋子穿好了，这次一步一步，步伐坚定地走上前。

和坐在最上面的裴全四目相对，眼神撞了个正着。

宁桃其实也有点儿紧张的，余光扫到周围这架势，衙役分列在左右，上前就要来抓她，佩带的铁尺，闪烁着凛凛寒光。

王三爷看到是她，变了脸色。

宁桃清楚地看到了王三爷那目光里无疑"震撼"的错愕："怎么又是你？！"

"快下去！这是小孩子说话的地方吗？"

追来的王二婶这回真的快要昏厥了。

之前在祠堂里乱说也就算了，这在青天大老爷面前能乱说吗？！

古代怎么行礼来着？

不管了！

宁桃鼓起勇气，"扑通"一声跪倒在地，结结实实地磕了三个响头，以上台演讲般的勇气大声说："禀报县太爷，民女宁桃对这案子有话要说！杀人者，并非王桂林。杀人者是王月瑛！"

裴全面色微微一变，扬起眉头，拦住了上前就要抓桃桃的人："你说什么？！"

"小娃娃，这里是公堂，可不是能随便说话的地方。你说之前，要想清楚了再说，要是扰乱公堂，我定不轻饶，你知道吗？"

眼看衙役退去，宁桃松了口气。

她心跳得厉害，主要是因为紧张，但相比较把县太爷捧成神仙的王家庵村民相比，桃桃的态度算得上不卑不亢。

县太爷在她这儿没有神的光环。

桃桃紧张得口干舌燥，觉得头晕目眩，咽了口唾沫："我、我保证！"

"好。"裴县令赞了一声，"那你说吧。"

"杀人者为何是王月瑛，你可是撞见了？她与王桂林是何关系，如今又身在何处，统统交代出来。"

宁桃退开半步："民女想让王月瑛自己来说话。"

自己来说话？

不论是裴全，还是王三爷等王家庵的村民都愣住了。

然而，接下来这一幕，让整个祠堂的人瞠目结舌，骇然至极。

第25章

伴随着宁桃退开半步，半空中突然浮现出了个虚虚的人影，这人影渐渐凝结成了个身穿红袄子、面容清秀的小姑娘。

霎时间，祠堂上下惊叫声一片。

曹氏面色惨白，两个眼珠一转，吓得瘫软在地。

这……这是王月瑛！但王月瑛怎么会出现在这儿，还是以这种姿态？！

韩招娣脑子里整个都是木的，呆呆地看着自己的女儿："月……月瑛？"

苏甜甜忍不住揪紧了常清静的衣摆，睁大了杏子眼："小、小、小牛鼻子……"

小虎子虽然也白了脸，但还是硬撑着一口气，拍着胸表示："甜甜别怕！我来保护你！"

少女半个身子都贴了上来，常清静微不可察地僵住，动了动手，想要挣脱，奈何苏甜甜箍得特紧，他一时半会儿挣脱不开。

眼看着祠堂已经乱成了一锅粥，裴全虽然骇极，但毕竟还维持着点儿冷静，又一声厉喝："肃静！"

裴全当下遍体生寒，有些不大舒服地皱紧了眉："你就是王月瑛？"

王月瑛张了张嘴："是。"

"这个娃娃说你杀了王大鹏三人。"

王月瑛垂下头："是。杀人者，正是民女。"

虽然现在灵力强大，但王月瑛依然怯弱胆小。宁桃冲上前，握住了她的掌心，捏了捏她手掌。由于王月瑛跟她亲近的缘故，宁桃倒也能触碰到她。

王月瑛感激地看了她一眼，哆哆嗦嗦地开口："但民女杀人，实在是有不得已的隐情。大约是在两年前，民女在地里遇到了王大鹏，王大鹏对我……对我……"

裴全一愣，祠堂上下又齐齐怔住了。

王三爷难以置信地看了一眼王月瑛。

曹氏面色一变，立刻不要命地尖叫出声："你放屁！"

王月瑛自顾自地垂着眼继续说："从那之后，王大鹏就经常来找我，捂着我的嘴，不让我说出去。我、我害怕，娘说女儿家的名誉最重要，我、我不敢说。"

韩招娣此刻已经泪流满面。

王月瑛说到这儿，却说不下去了。

宁桃看了一眼王月瑛，走上前，替她说了："王大鹏看她不敢说，胆子越来越大，也越来越猖狂，趁着韩婶婶不在，堂而皇之地闯进去，又对王月瑛多番凌虐。"

裴全心里一震，一方面是震动于王大鹏做的这种事儿，另一方面又是震动于这小姑娘竟然如此直言不讳。

"每次凌虐完王月瑛，都给她几个铜子儿，叫她去买糖。"

裴全脖颈微微转动，看向了曹氏。

这就叫王大鹏喜欢王月瑛，平常总会给她几个闲钱去买糖？！

曹氏被几个衙役架着，吓得面色惨白，两股战战，说不出话来，王又辉与赵玉刚两家也都变了脸色。

看到曹氏他们这副表情，裴全都快气笑了，压抑住脾气，沉着脸："继续说。"

宁桃："再后来，王月瑛碰到了王桂林，这是她与王桂林第一次见面，当时正值冬天，王月瑛被王大鹏凌虐后心里难受，又不敢说，只好出去走走，没想到正好撞见了王桂林在她家菜地里偷菜。王月瑛并未声张。又过了几日，王大鹏欺负王月瑛的时候，被王桂林撞见了——告诉她，下次他们几个再来，就来找他，他拿锄头敲死他们几个小兔崽子。"

王月瑛犹豫了一下，小声地说："他们都说我是活该。"

那王桂林明显怒极了，破口大骂，骂得很脏，嗓音粗粝，什么腌臜词都往外飞："放屁，你个女娃子懂个屁！他们才是活该！"

这是没有血缘关系的爷孙俩的相依为命。

"王大鹏他们被王桂林教训之后，有些忌惮，没有再敢来。大概是在这之后又过了半个多月，王月瑛外出的时候又撞上了这三个人。这三个人按捺不住，想要再度欺负王月瑛。王桂林及时赶来，与这三人起了争执。争执中王桂林叫王月瑛跑，王月瑛跑走后，王桂林被这三人拳打脚踢。这还不够……"桃桃深吸了一口气，"王大鹏叫王桂林起来逃跑，三人往王桂林身上丢石头，王桂林一路跑，快跑回家的时候，被王大鹏几人赶上，用石头砸死了，砸死他的那块石头正中他脑门。当初山洪冲下来的那具尸骨就是王桂林的遗骨。"

宁桃的言语简洁利落，十分有条理，人心都是肉长的，祠堂外渐渐传来了人们压抑的哭声，不少妇女都已经红了眼眶。

王三爷橘皮老脸肌肉微颤，也红了眼眶，啪嗒啪嗒地直掉眼泪。

他虽说在王家村积威甚严，但大体上还算是个慈祥的长辈，年轻的时候与王桂林也算有几分交情。

他活了这一辈子，却做梦也没想到在自己的村头地界竟然发生了这种事，又是羞愧，又是愤怒，猛地站起身，大踏步地走上前，上去一脚就踹倒了王大鹏他爹。

"老子踹死你！好啊！你教出来的崽子！还好意思血口喷人！诬陷月瑛丫头！"

王大鹏他爹王广利被踹得鼻青脸肿，又不敢反抗，哀声求饶："小爹，小爹，我错了！这事儿也不能听信一个外人的一面之词！鹏哥儿他还小啊，他年轻气盛犯了错，得了教训，死得这般不体面，就已经够可怜了。再说，再说，一个巴掌拍不响……后来王月瑛那丫头是收了钱的啊。"

宁桃被这堂而皇之的羞辱气得心狂跳，想都没想就伸手丢出去一团掌心雷，电光呼啸着擦着王广利的头顶砸了出去，在地上砸出个焦黑的大坑，又是"呼啦"一声，火苗立刻就燎着了王广利的头发。

自己脑袋上着了火，王广利惊惧得面孔扭曲，抱着脑袋，哀号着在地上打滚。

"救……救命！烧死人了！"

曹氏连连往后退了几步，正要尖叫，常清静手疾眼快，一声沉喝："泽字诀，水！"

一团流动的水花从天而降，又把王广利和曹氏浇了个透彻。

这回，女人是真的快被气得头冒白烟，又气又怕，连头发也不顾，跌倒在地上，拍着大腿号啕大哭起来："你……你……你们……没天理啦！你们欺负人。"

曹氏这哭，本来就有撒泼的意思，可是余光一瞥，宁桃、常清静就算了，就连裴全也是冷冷的，当下拍着大腿的手一僵，有些下不来台。

王三爷被王广利这话说得微微一愣，缓过神来之后，顿时暴跳如雷，拐杖打得更狠了，如雨点般噼噼啪啪砸在王家夫妇身上。

"人一个丫头懂啥！你好意思吗！你好意思吗？！人一个丫头被人欺负了，还给钱？！"

王广利哭道："小爹，就凭这两个丫头一面之词，我不信啊。"

裴全一言不发地听着，面沉如水。

正欲开口间，突然人群中走上来了个一身道袍、漂亮如雪的少年，少年不卑不亢地行了一礼："县太爷，草民常清静，是蜀山剑派的弟子，有要事禀报。"

裴全惊讶地看了眼面前的少年。

蜀山剑派他也是听说过的，却没想到这小村里竟然有个蜀山剑派的弟子，看到少年神清骨秀，行为有礼，已经信了几分。

面前这白玉神仙般的小道士，眼神平静："蜀山剑派有一样独门秘法，能回溯亡灵生前记忆，只要县太爷允许草民将王月瑛姑娘生前记忆调出，自然就会真相大白。"

能回溯亡灵生前的记忆那当然再好不过，裴全沉着脸："你能保证？"

常清静不假思索："若有半点妄言，愿受县太爷责罚。"

顾忌到这生前记忆不好公布于众，便自己起身同常清静进了祠堂里屋，叫上了王月瑛一道儿。

宁桃攥紧了王月瑛的手，目光灼灼："别怕。"

王月瑛怯生生地"嗯"了一声。

目睹着王月瑛和常清静走了进去，桃桃实在有点儿不放心，又追上去嘱咐了常清静一句。

"小、小青椒，你到时候，一定要照顾一点儿。"

常清静："好。"

常清静三人走进去之后，宁桃忧心忡忡地等了好一会儿，裴全和常清静这才终于出来。

宁桃一看没有王月瑛的身影，忍不住冲上前去问常清静："王……王姑娘呢？"她其实是真的怕，怕王月瑛被常清静给捉了。

但还好是她以小人之心度君子之腹了，常清静微微颔首："你放心，我已经把她收在了这个瓶子里。"说着从袖子里摸出个细颈的收妖瓶。

宁桃盯着这瓶子看了一会儿，忍不住敲敲瓶身，小声地问："王姑娘？"

"宁姑娘。"一个细细的，有些怯弱的嗓音响起。

和王月瑛稍微交谈了两句之后，宁桃扭头去问常清静："你……你不会收了那王姑娘吧？"

和常清静这半年来的相处，宁桃知道常清静虽然很好说话，但在碰到正事的时候，责任感尤其强，尤其一丝不苟，不可能装作什么都不知道，总要亲手接管这事给个说法的。

常清静稍微整理了一下措辞，直言："各界有各界的法度，王月瑛的审判不归人间的衙门管，我方才同县老爷说明了原委，已将这案子移交给了罚罪司。"

还有这种衙门？宁桃茫然地想，但王月瑛毕竟杀了三个人，还是残忍地虐杀，又忍不住为她担忧起来。

"那你、你觉得罚罪司会怎么判决？"

常清静顿了顿："抱歉，桃桃，我不知道。"

宁桃垮了脸，这咋办？

裴全一出来，王广利等三家人抖如筛糠，却不敢多言，祠堂门口的众人，一个个伸长了脖子，竖起了耳朵。

裴县令目光落在三家人身上，笑了一笑，这一笑三家人面色更白了一层。

王广利硬着头皮，张张嘴："县太爷，真相……"

"真相？"裴全笑道，"真相究竟怎么样，你们几个心里难道还不清楚吗？！"到后半句的时候，脸上已经全无笑意。

裴全拂袖，冷声怒喝："按我朝律法，你们这三个好儿子，定当判处斩立决！可惜，可惜，倒是便宜了他们仨，让他们仨早死了。"

"至于你们，"裴全为人清高，看着这三家人的眼里露出了点儿厌恶之意，恨声说，"扰乱公堂，颠倒是非黑白，耽误办案！给我统统拖下去杖一百。"

裴全还要继续往下说，却不料一声怒喝响起，王三爷上前走了半步。

"县太爷请慢！"

裴全一愣，脸色不由得有几分难看："你是要替这几人求情？"

王三爷拄着拐杖颤巍巍地行了一礼："县太爷，这是我们王家庵的家事，请允许草民处置这几个不肖子孙。"

王三爷稳稳心神，嘴角耷拉着，狠狠抽动了两下，怒喝道："王广利，你们两家好啊，做出这种事，教不好儿子，还往女娃娃身上推，丢尽了我们王家的脸。

"我不管其他人容不容得了你们，反正我是容不了你们，从今天起，你们两家也别住这儿了，另找个地方搬出去得了。"

又是杖责一百，又是赶出王家庵的，王广利如遭雷击，唇瓣一阵哆嗦，骇然地问："小……小爹？！"

王三爷却不再看他们一眼，又看向了韩招娣。

"你可怜，但月瑛是你女儿，更可怜。月瑛是我王家的姑娘、王家的血脉，你这么对她，王家也容不下你了，你自个儿回韩家去吧，我们不拦着你。"

韩招娣泪流满面地俯下身磕了一个头。

王三爷朝裴全行了个礼，又退了回去。他这么做，自然有肃清族风的意思在这里面。

当然嘛——老头儿人精，还有打算在县太爷面前表现表现的意思。他活了这么多年，早就看出来裴全对这两家人的厌恶，要是能笼络上县太爷，将来这王家庵和赵家村地头上的那些事儿就好办多喽。

宁桃冷眼看着这哭天抢地喊冤的三家人，内心默默地升起了一股酣畅淋漓的快意。

她·点儿都不同情这几家人。

裴全这才像是想到了什么，朝宁桃招招手，眼神软化了点儿，语气和蔼："小娃娃，你上来。"

宁桃又蒙了："县太爷有什么事要吩咐吗？"

王三爷站在一边，心里"咯噔"了一下，几乎就以为裴全是要处置宁桃她擅闯公堂的事儿了！

"你叫宁桃？"裴县令和蔼地问。

宁桃一头雾水，差点儿咬到自己的舌头："是！"

裴县令眼里含着点儿笑意，看着宁桃的眼里带了几分赞赏："好孩子。"

裴全自己都没想到，这王家庵里还有胆子这么大的姑娘，敢站在他面前看着他眼睛说话，态度不卑不亢，从容得体。

"读过书没？"

"读过一点儿。"

裴全点点头，简直越看面前这小姑娘越喜欢，听到她读过书，忍不住更喜欢了："哦，那难怪。"

要是没读过书，说不出这么有条理的话来，宁桃刚刚这一席话，简直是"振聋发聩"。

裴全随口问了她两句，可没忘那位蜀山弟子，又笑着看向常清静，看着这白衣如雪、神情冷冽的少年，夸赞了两句。

"这王家庵我也是第一次来，宁姑娘，"裴全挺高兴地说，"你和这位小道士，能带我四处逛逛吗？"

宁桃虽然有点儿蒙，但立刻就利索地答了："好啊，但是我想先和王姑娘说几句话。"

说是四处逛逛，其实还是走访调查。王月瑛这事儿在裴全心里留了一根刺，这地方不比京城，地处偏僻，难保没有其他类似于王月瑛这事儿，宁桃和常清静这两个人是外人，不至于顾及血脉亲缘包庇王家庵的村人。

但宁桃竟然陪着县太爷逛村子，这事儿传到其他人耳朵里，桃桃在村里又出了名，而且这回是出了大名啦，远近几个村都晓得了，这可了不得！县太爷赏识她这个姑娘，夸她有出息，请她做导游嘞，听说这一路上，县太爷不知道夸了宁桃多少次！

等到裴全登轿离开前，又没忘夸赞宁桃和常清静一番。

这件事最终算解决了，没几天就有几位蜀山剑派的道士、常清静的同门带走了王月瑛的玉瓶。

这几位同门个个长得一副好样貌，穿着和常清静制式统一的衣服，鹤翅一般的大袖，黑色的腰封。最重要的是，他们分别是骑鹤和御剑而来的！

第一次见到这种交通工具，宁桃觉得既激动又新奇。这几位同门也把宁桃上上下下打量了一遍。

其中有两个少年与常清静关系最好，一个叫玉真，另一个叫玉琼。

叫玉真的少年长得俊朗，笑意盈盈地夸她勇敢。他身边叫玉琼的少年，样貌儒雅，高挑秀气。玉琼也莞尔说，他们感动于这小姑娘和老人的情义，会做法事超度他们俩，将来定能投个好胎，他们下辈子还会有血脉缘分。

至于韩招娣，自觉对女儿有愧，默默搬离了王家庵。

常清静想带她即刻动身去找洗露圆荷花，但宁桃想再待几天。

虽说王大鹏家里人很可恶没错，可是王二叔、王三爷他们都很好，她舍不得大家，舍不得在王家庵生活的日子。

王月瑛这事结案之后，晚上，宁桃、苏甜甜、小虎子三人又照常围在一块儿跟小常老师学习术法。

围着张小桌子，四个人却各怀心思。

一想到自己之前那句话，又想到宁桃之前那次舍命相救，小虎子咬牙，脸上火辣辣的，忍不住看向宁桃，想道歉却不好意思开口，宁桃却没看他。

宁桃已经算是将掌心雷运用得十分得心应手了，如今正在一门心思地和常清静新教的"金字，不动山岳"死磕。

倒是苏甜甜看着宁桃发了会儿呆，又看了常清静发了会儿呆，不知道在想什么，顿了一会儿，这才犹豫地开口问。

"你们这就要走了吗？小牛鼻子，你们什么时候走？"

常清静不疑有他："后天，我和桃桃准备后天起程。"

得到这个回答，苏甜甜眼神有些游离，目光忍不住又落在了宁桃身上。

平常她学得最快，但今天晚上学了半天，宁桃那儿已经能支出个薄薄的光膜结界了，偏偏自己一点儿效果都没。

常清静垂下眼，两扇纤长的眼睫毛微颤，脸色有点儿不自在地夸她："桃桃，你学得很快。"

宁桃坐的距离故意离常清静远远的，也根本不敢和他多对视。少年那冰冷的神情一直在她脑子里回荡，宁桃没出息地，或者说识相地故意避开了和常清静的接触。

常清静看了她一眼，又抿紧了唇，脸色微变，心里微妙地有些不舒服，就像是有针细细密密地扎在了心里，又当是自己想多了，一把将这细微的心情变化给压了下去。

出乎意料的是，苏甜甜一直一声不吭，就在常清静话音刚落的刹那，突然松开掐着法诀的手印，一转身冲出了门外。

常清静和宁桃微微一愣。

小虎子茫然地站起来："甜甜！"

苏甜甜却头也没回，快步消失在了黑夜中。

少女这突然的爆发，弄蒙了宁桃和常清静。

小虎子有些焦急："甜甜怎么了？怎么突然跑出去了？"

"这外面指不定有恶妖呢！"一想到前几天渔妇那事儿，小虎子还心有余悸，忍不住看向了常清静。

"清静，你看。"

常清静或许也是觉得小虎子这话说得有道理，站起身，蹙眉正色："我去看看。"

和常清静与小虎子不一样，女生对女生之间一般比较敏感，宁桃愣愣地收回掐着法诀的手势。

宁桃想……她好像明白苏甜甜为什么要冲出去了。

主要是因为之前一直都是苏甜甜学习进度远超她一头，如今她学得比她快，掌心雷也惊艳了一把王家庵。苏甜甜那儿却一直未见成效。再加上常清静一直在教她，村里人这几天也喜欢她喜欢得紧，忽略了苏甜甜，她可能是因为这个生了闷气了。

第26章

想通这一点之后，宁桃也没再追出去。

她觉得，她追出去对苏甜甜而言肯定又是个打击，但想到常清静，又有些失落和不安。

想想毕竟有些不放心，宁桃将手里的东西一放，站起身，挺胸收腹："我去看看！"

小虎子："唉！"

正想追出去，却又硬生生刹住了。

不是错觉，桃桃最近和他生分了不少。

想到这点，小虎子有些懊恼。

他也知道他那天的话讲得有些过分了，少女虽然就像个水灵灵的桃子，但实际上脾气又倔又硬。

宁桃是很记仇的，至少在被这么羞辱过之后，绝不可能像没事人一样靦着脸继续和小虎子玩。

她端着个灯烛走出去，在黑黢黢的村口走了两步。

宁桃蓦然停下了脚步。

她在村口看到了苏甜甜。苏甜甜在哭，趴在常清静怀里哭。

少年有些僵硬，手都不知道该往哪儿放，却没有拒绝这个痛哭流涕凄惶不安的少女。

宁桃手里那团昏黄的光芒勾勒出少年秀气紧绷的下颌，看着这一幕，宁桃心里一阵翻涌，茫然地举着灯台，愣愣地想：宁桃，你来得真不是时候。

"可是，我……我不想离开你们啊！"苏甜甜抽噎着抬起眼，赌气地叫了一声。

"小牛鼻子，你带上我一道儿好不好？"

苏甜甜拽起常清静的袖子，擦了擦脸上的眼泪，低下了平日里那一直活跃灵动的嗓音，那乌黑瞳仁里的光也暗了下去。

"我不想离开你们……"

"苏姑娘，"祠堂一役，常清静对苏甜甜的态度已经软化了不少，低声说，"天南海北，总有再相见的那一日。"

"可是！"苏甜甜惶急地抬起眼，"我是小狐狸，我的嗅觉可灵敏了！我也能帮桃桃找解药，而且我会术法，不会拖你们后腿的！我真的，真的不想和你们分开。"

少女哭得抽抽搭搭、哼哼唧唧的，眼角挂着泪，大哭道：

"最重要的是，最重要的是，我喜欢你啊，小牛鼻子！"

常清静正准备挣脱的手就这么僵在了半空。

隔了好一会儿，才传来常清静僵硬疏离的嗓音："苏姑娘，慎言。"

苏甜甜推了常清静一把，抬起眼，哭得润润的眸子一眨不眨地直视着面前这僵硬的小道士。

"我不，我不！我真的喜欢你！我们妖精才不像你们人那样虚伪呢，我们妖精都是直来直去，爱得坦坦荡荡的，我就是喜欢你！我不想和你分开！"

少女眼神漆亮，蛮不讲理地盯着常清静。这直白又鲜明的爱意，让常清静有些手足无措，一抹显而易见的慌乱掠过常清静的眼里，脸上已经晕出了点儿薄红。

这时候快入夏了，他穿着一件薄薄的白色绢衣，只觉得口干舌燥，汗水细细密密地从鼻尖冒了出来。降真香被这汗意一蒸，更加浓郁了不少。

少年身上的冷硬好像在此刻被打碎了，露出柔软慌乱的十五岁少年特有的幼稚来。

苏甜甜趁机又挤入了常清静怀里，把眼泪都涂在了他的衣服上："小牛鼻子，我喜欢你，你长得好看。"

道家尚黑，但离开蜀山后，常清静也就没再多穿蜀山的弟子服，只穿了件白衣，白衣束冠，乌发半披半挽，盘在脑后的长发被夏天的汗水热湿了，紧贴着白皙的脖颈，颊侧长发散乱，披散在肩头。

他眉眼细长，泛着点儿冷意，唇瓣、鼻尖与眼角又含着些淡淡的胭脂般的粉，多情又冷清。

他嘴唇淡色的，好看。

他皮肤白得像冷玉，触手细腻微凉。

他鼻子秀挺。

他眉毛也好看。

尤其是他那一本正经、冷淡矜持的模样，眉眼真是秀拔出群。

宁桃站在黑暗的角落里，啪嗒啪嗒地迈开步子茫然地匆忙跑开，脑子里简直是一团乱麻。

一会儿想到苏甜甜，一会儿又想到小青椒，纠结得心都快要缠绕在一起了。

"桃桃？"一个迟疑的男声突然响起。

宁桃抬头一看，竟然是王锦辉。

王锦辉提着个灯笼，惊讶又探究地看着她："桃桃，这么晚了，你不回去，在这儿干吗？"

宁桃立刻绷直了身子，讪笑了两声："我、我出去逛逛。"

青年温柔地笑了笑，不疑有他："那也该回去了，晚上危险。这样，"说着王锦辉就走上前，"我送你回去吧，正好顺路。"

宁桃有些惶然地往后倒退了两步，颇有点儿被"撞见"的窘迫，脸上火辣辣地摆摆手："不、不用了！锦辉哥哥，你先回家去吧。"

王锦辉看着像有点儿失落，故作玩笑地说："怎么了？不放心锦辉哥哥呀。"

宁桃脑子里正发昏呢，顺坡就驴般点头如捣蒜："这……这……锦辉哥哥，你送我回去的话，说不定有……有闲话！"

话音刚落，宁桃就后悔了，因为她清楚地看到王锦辉脸红了。

这青年在王家庵怎么也是个明珠般的男神人物，年纪轻轻就考上了秀才，将来前途无量。

王锦辉一脸红，宁桃脸也红了，懊悔得恨不得内心给自己两个耳光。

宁桃，你乱说什么呢？！

两个人大眼瞪小眼地站了半天，王锦辉轻咳一声，轻轻移开视线："其实……其实我倒不在意这些……"

宁桃茫然地"啊"了一声。

王锦辉提着灯笼看着她，那张如玉的脸更红了："桃桃，我……"

青年个子秀挺，看着面前这才到自己胸口的小姑娘，支支吾吾地嗫嚅道。

"我……我……"

宁桃眨眨眼，脑子里灵光一现，突然想明白了："对了！锦辉哥哥你不是，你不是喜欢甜甜吗？！要是别人误会了，影响不好。"

王锦辉倏忽僵在了原地，脸色有点儿白了。

他的确喜欢过苏甜甜。像苏甜甜那样的姑娘，谁见到不倾心？他是个读书人，平常也爱看点儿话本，自然不能免俗。

可是宁桃不一样，他也说不上来她哪里不一样，但是她身上有种苏甜甜，甚至说整个王家庵、整个水云乡姑娘身上都没有的独特的气质。

"唉。"王锦辉无奈地长长叹了口气，苦笑了一声，"算了。"

"走吧，我送你回去吧，没事儿，没人说闲话。"

王锦辉坚持，宁桃也不好意思再推辞了，小心翼翼地站在离王锦辉两步之外，跟着王锦辉回到了家里。

回到家里的时候，月亮已经升得很高了，但是常清静依然没有回来。

……

常清静缓缓转动了一下脖颈，沉默了良久，拂开了苏甜甜的手，挪开了少许的距离。

苏甜甜赶紧抓住他的手说："虽然你现在不喜欢我，但我知道你早晚会喜欢我的！"

"苏姑娘。"常清静觉得更热了，不大舒服地皱紧了眉，动了动嘴唇，从唇间挤出几个低哑的字，乌黑的发垂落在颊侧。

"抱歉。"

他又冷淡地把苏甜甜的手拿了出去。

苏甜甜不服，趁机又用小拇指在少年汗涔涔的手掌心勾了一下。

常清静触电般浑身一个哆嗦，睁大了眼。

苏甜甜张了张红润润的唇，尖尖的狐狸耳朵动了动，笑嘻嘻地说："你一定会喜欢上我的！小牛鼻子，明天继续教我掌心雷吧！"

说完，也不等常清静是什么反应，跳着笑着跑开了，只留下了清糯的笑声，在闷热的夏夜里，被草木风一吹，蒸腾在了微醺的空气中。

叁

偃月城

第 27 章

第二天，桃桃就察觉到了常清静有点儿奇怪。

他们已经着手收拾行李了，下一站的目的地是偃月城，地点在西南。常清静说今年妖市就设在偃月城，那儿说不定会有洗露圆荷花的消息。虽然已经定了下来，但常清静这两天好像总有点儿魂不守舍的，尤其是在碰上苏甜甜的时候，常清静常常会转身就走，很多时候更是直发愣。

然而还没等宁桃想明白，就已经到了她和常清静离开王家庵的日子。

宁桃知道苏甜甜想跟着他们，离村前没看到少女的身影有点儿惊讶："甜甜不一起吗？"

小虎子纳闷："没看到啊，我今天早上就没看到她了。"

宁桃本来是不想再搭理小虎子的，小虎子也察觉出来了她的冷淡。宁桃和小虎子之间没有爆发战争，却微妙地冷战了起来。

可是临到走，宁桃反倒犹豫了，想了想，又从书包的铅笔袋里翻出一只草编的蚂蚱。

待在王家庵的这段日子里，确实是小虎子带着她东跑西跑地到处去玩，带着她融入了王家村。

"这个给你。"

小虎子愣愣地看着手里的蚂蚱，受宠若惊地张大了嘴："给我的？"

王二婶看看桃桃，又看看小虎子，没好气地催促："愣着干啥，还不快点儿收起来？"

这蚂蚱还是小虎子之前教她编的，她后来把自己编得最好的一个放在了铅笔袋里，一直保存到现在。

宁桃往他手里一塞，抿着唇，跑到前面大喊："狗！狗！"

前面，一只温厚的大黄狗正慢悠悠地走来。

这是王家庵村口养的狗，没名字，王家庵里的人都叫它狗。

宁桃觉得"狗"这个称呼十分傻，也跟着叫狗，但又觉得"狗"这个称呼不大尊重，大部分时候都叫大黄。

大黄是条母狗，村里不少狗都是它的崽，它上了年纪了，脾气很温驯，脖子上夹杂了一圈儿黑毛，脚上又戴了"白手套"，看人的时候眼神湿漉漉的像葡萄。

"狗狗狗！大黄！"

宁桃蹲下身给了大黄一个拥抱。

小虎子小心翼翼地捏着蚂蚱，又觉得宁桃真奇怪。

这十里八乡的，就没有一个姑娘像她这样把一只狗当自己的朋友，狗就是狗，就是畜生，畜生怎么能做朋友？就算是苏甜甜也不那样啊。

但宁桃偏偏说狗通人性，它们有自己交流和沟通的方式。

白日渐长，天上的云往西边飘去了。

来送宁桃他们的村民很多，王锦辉眼神微黯，站在小虎子身边儿，张了张嘴，喃喃地说："桃桃是个贴心的好姑娘。"

她穿着件小脚的青蓝色裤子，滚了道花边，像个暖烘烘的小太阳。

宁桃长得不如甜甜好看，给人的感觉就像田埂上随处可见的灯笼草。但宁桃和他们又都不一样，她好像有甚至超出苏甜甜和常清静许多的大见识、大想法。

只可惜，等到王锦辉意识到的时候已经晚了。青年想开口，又羞于开口，叹了口气，纠结了半天，终于忍不住磕磕绊绊地说："桃……桃，我等你回来。"

王锦辉眼神晶亮，原本出神的常清静，闻言不由得一怔，有些古怪地看了眼宁桃和王锦辉。

宁桃不疑有他，有些惆怅，又扬起眉头，笑了一下："好啊！锦辉哥哥，我们以后再见！"

少女的眼睛像是葡萄一样，在太阳下闪闪发光，王锦辉不由得也笑了起来。

常清静默默垂下了眼，神思终于从苏甜甜身上挣脱回来，不知不觉走到了宁桃身边儿："桃桃，走了。"

看着手上这只草编的蚂蚱，小虎子闭上了嘴，感到了一阵浓烈的羞愧。这蚂蚱好像给了他两个耳光，扇得他这个"重色轻友"的叛徒脸上火辣辣的，可他已经来不及挽回了。

等到宁桃和常清静并肩越走越远，小虎子终于鼓起勇气大喊了一声："喂——"

"喂——"

这声音传出去很远，好像一直飘上了西边的云头。

"以后记得回来玩啊！桃桃，我等你！"

宁桃停下脚步，看着远处那个黑点，用力挥挥手："拜拜！"

"拜拜？"常清静脚步稍顿，奇怪地问。

宁桃弯着眼，欢实地笑："就是再见的意思。"

……

她和常清静赶了几天路，很快就察觉出来了点儿端倪。起先是隐藏在树林里那杏色的身影，紧跟着又是地上散落的仿佛礼物一般的果子。

自从出了王家庵，苏甜甜一直在偷偷地跟着他们。

少女跟踪的技术有点儿拙劣，每每常清静目光微微一扫，苏甜甜就好像被惊到的松鼠一样，飞一般地溜到树上去了。

常清静却好像当作没看到一样。

宁桃心里也煎熬，想问，又有个声音在小声地说：别问了，别问了。就她和常清静两个人难道不好吗？说不定过一会儿苏甜甜就走了。

可是，她又真的没办法冷心冷肺地装作没看到苏甜甜。

心里摇摆不定，宁桃干脆站起身，磕磕绊绊地说："我！我去捡点儿树枝！"

走进林子里才没一会儿，突然身后传来了一声少女的尖叫。

这声音是苏甜甜！

宁桃手里的树枝"哗啦"一声散落了一地，想都没想，快步循着原路冲了回去。

回到原地的时候，那道如同桃花春水般清冽惊艳的剑意才散去。苏甜甜跌坐在地上，杏色的裙摆如同花瓣一样铺展，俏脸泛白，眼神凄惶不安地在常清静脸上扫来扫去。

常清静沉默地收剑入鞘，冷着脸微微侧目，而在常清静脚下倒着一头已经断了气的野猪。

宁桃看了一眼这头野猪，恍然大悟。

看来是苏甜甜偷偷跟着他俩的时候，被这头不知道从哪儿冲出来的野猪袭击了。野猪的攻击力是很高的，苏甜甜看样子也被吓得不轻。

常清静冷淡疏离的神情，在与苏甜甜目光相撞的那一刻，微微松动了两秒。半响，他动了动唇，漠然的目光一动，冷冷地道："苏姑娘，你何必如此？"

这几天来苏甜甜的默默跟随常清静不是不知道，也正因为如此，越发觉得不安。

"因为，因为我喜欢小牛鼻子你啊。"苏甜甜嘟着嘴，眼睛熠熠发光，"我说过，在你喜欢我之前我是绝不会放弃的！"

苏甜甜的视线太灼热，少年与她对峙了两秒，终于屈服了，不自在地半蹲下身，故作镇静地垂下眼去查看她的伤势。

苏甜甜受宠若惊地立刻把裙子往上掀了点儿。

"小牛鼻子，脚，我脚好像扭到了！"

少女明媚又娇气，这直白的爱慕之意宛如浪潮一般，一时间打得常清静有些招架不住，只好故作镇静地沉声让苏甜甜把鞋子脱下来。

苏甜甜将鞋子一甩，却死活不愿意再自己脱了，非要常清静帮她把袜子脱下来。

常清静犹豫了半秒。

长老、师兄们曾经教导他，斩妖除魔是修道之人的本分，有时候男女大防反倒没这么重要了。

"苏姑娘，失礼了。"

苏甜甜眨眨眼，露出个标准的狐狸一样的笑，突然伸出脚丫子轻轻一蹬，蹬在了常清静怀里。

少女小巧的脚在自己怀里乱踢，踹得常清静大脑一片空白，蒙在了原地。

旋即，他脸色僵硬地往后倒退了几步，面色冷若寒霜，抽身厉喝："苏姑娘自重。"

苏甜甜在后面喊："小牛鼻子，脸红红！"

这下，苏甜甜好像终于看到了宁桃，开心地朝宁桃招招手："桃桃！"

于是，宁桃摇摇头，赶紧将这些小气巴拉的念头抛在脑后，飞快地冲了上去。

这一幕很眼熟，宁桃冲上前的时候，猛然想到了之前常清静帮她查探伤势的那一次。

有时候，她会将这些细节拿出来，翻来覆去地回味，但现在一对比，宁桃茫然地想，那些她窃喜的小细节，好像也没什么值得回味的。对于常清静而言，她并没有什么不同。

宁桃小心翼翼地想，可能只是因为她和小青椒认识得更早一点儿，这才占了点儿便宜，和常清静亲近不少。

宁桃不愿意让自己表现得太奇怪，也开开心心地招呼苏甜甜。

苏甜甜抓住她的手兴高采烈地问东问西。

"桃桃，你去捡树枝了吗？"

"不用啦，我捡了好多呢！我都给你呀！"

"啊，对了，我这儿还有果子。"

女孩子间的感情就是这么奇妙，存在着忌妒、羡慕、攀比，各式各样的小心眼儿、小心思，可是分别了又会想念，即使有忌妒攀比这些小心思出现，大多数女孩子也都飞快地将它们压下来了。

宁桃也是如此。她抛开那些令她自己都脸红不齿的忌妒，问道："你脚踝痛不痛，我帮你揉揉。"

将苏甜甜那白皙小巧的小脚捧在怀里，宁桃注意着力道，小心翼翼地揉了揉红肿的部位。

面对常清静的时候还能算得上个娇媚灵巧的小狐妖，但这个时候，苏甜甜反倒害羞了，不好意思地别开了眼："不痛啦。"

不管怎么说，苏甜甜留了下来。

宁桃深刻地觉得，苏甜甜与常清静相处的时候，有种奇妙的张力和氛围。

怎么说呢，这就很男女主啊！

小青椒这么外冷内热、克制有礼的小道士，在对上苏甜甜的时候会微妙地冷淡不少。这种小狐狸勾引小道士欢喜冤家的剧情实在太眼熟了，好吗？！

有苏甜甜在场，常清静便从那克己复礼、冷淡有礼的小道士，变成了个冒失又急躁的少年，两人一直吵架吵个不停。有时候哪怕是为了鸡毛蒜皮的小事也能互相你一言我一句，互不相让地吵上一整天。

"臭牛鼻子！"

"闭嘴。"

"臭牛鼻子，臭牛鼻子，臭牛鼻子！"

"闭嘴！"

他们之间这种容不下旁人的张力，反倒让宁桃显得有些格格不入。好几次常清静与苏甜甜一边走一边吵，而桃桃被他们落下了很远。每次，桃桃只能摸摸书包上挂着的凯蒂猫，费了老大力气按住书包肩带，不让它掉下去，鼓起脸飞快地跟上他们的脚步。

第28章

宁桃说不上来这是种什么感觉，就觉得"炮灰"和"电灯泡"这几个字已经写在了自己脸上了。为了让自己平静下来，宁桃开始每天抱着书勤勤恳恳地背书。

时间过得真快啊，她竟然已经在这个世界待了快一年。直到现在，桃桃依然没有放弃回家的愿望，万一等她再回去的时候同学都大学毕业了，她还得考学……

作为学生的压力很快冲淡了这些情情爱爱的东西。

是，她一点儿都不在意。

晚上，宁桃将书摁在胸口，一边大声背着政治题，一边看着篝火前绕着常清静撒娇卖痴的苏甜甜。

她一点儿都不在意，至于为什么背这么大声，大概就是那种微妙的、不满的、又想要引起人注意的情绪吧。

紧赶慢赶了半个月，宁桃一行人终于赶到了偃月城。

偃月城是依山势而建的，家家户户都设有吊脚楼，下面是河，上面是石头筑的墙，房子就搭在这一块一块石墙上，伴随着青山绿水，远处是雾霭蒙蒙，桃花深处就是人家了。

晨光落在静静的河水上，河面上薄雾四起，泛起淡淡的旖旎的紫。

虽然地处偏僻，但这座小城却十分忙碌，过河的人很多，有抱着母鸡的、有挑着菜担子的，还有一户人家的迎亲队伍，吹着喇叭唢呐，挑着担子，担子里装着新被褥和红鸡蛋。

下了船，一到镇上就更热闹了。此时下了点儿雨，吊脚楼上已经上了灯，街上传来饭菜的香气。有人家在楼上炒菜，一把滴水的青菜放进油锅里，"吱"地跳出好大一捧白气，热锅和铲子翻炒出诱人的油香。

宁桃和常清静、苏甜甜走在路上的时候，冷不防听到身后有人在喊。

"桃子！常清静！"

这嗓音十分熟悉，宁桃和常清静都停下了脚步。

苏甜甜好奇地伸着脖子看："这是谁呀？"

宁桃大脑蒙了半秒，"桃子"这个称呼——

脑子里下意识地浮现出个戴着长命锁的少年，一转身的工夫果然就看到身后追来个气喘吁吁的少年。

少年站定了，笑吟吟的。他穿着件皂衣，腰束蹀躞带，足踏长靴，腰间别着把玉笛，宛如个移动的人形牲口，风度翩翩，温润如玉，人模狗样。

这一身绫罗绸缎，脖子上挂着个长命锁，这除了吴芳咏还能有谁？！

"吴吴吴郎君！"桃桃睁大了眼，内心惊叹了一下，"你怎么在这儿？！"

"吴郎君？"常清静也愣住了。少年有一瞬间的惊喜，但常年克制的生活，让他迅速就压下了这抹属于少年跳脱的喜悦，又恢复了之前那波澜不惊、冷淡矜持的神情来。

"我老远就看到你们俩了，光看背影我还不大确定是不是你们两个。"吴芳咏跑得有点儿急了，脸色泛着点儿白。

压下这满肚子疑惑和高兴，宁桃扶着吴芳咏赶紧坐下，这才神采飞扬地问："你怎么在这儿？"

老实说，她对古代的交通和通信方式没抱多大信心，当初离开吴府的时候，宁桃就做好了这是今生最后一面的准备了。

坐了一会儿，吴芳咏脸色好多了，少年粲然一笑："多亏了清静走之前留下的药方，我身子已经大好了。这回跟着我表哥来偃月城玩儿呢。你们呢，你们来偃月城做什么？"

吴芳咏目光一转，落在捧着脸、笑吟吟看他的苏甜甜身上时，神情立刻有一瞬间的震荡。

宁桃眼睁睁地看着吴芳咏眼睛瞪大了，脸色也红了。

"这位姑娘是？"吴芳咏干咳了一声，暗搓搓戳了常清静脊梁骨一下。

常清静脊梁骨被戳这一下，戳得身形一晃，不动声色地又站直了，沉声道："这是苏甜甜，苏姑娘。"

苏甜甜露出个甜美的笑："你好呀，你是清静和桃桃的朋友吗？"

少女大眼睛眨眨，那眸子黑亮亮的，通红的耳根，剥皮了的鸡蛋般白嫩的脸，漂亮灵动得像个林间的麂子。这美好像说什么沉鱼落雁，闭月羞花，都是俗气了。这美清透得像山涧里的溪水，朦胧得像林间的薄雾，饱满得像溪水下一颗颗浑圆干净的鹅卵石。

朴素，清丽，动人。

吴芳咏受惊一般跳起来，立刻一边拽着宁桃悄悄走出去，一边偷眼乜了一眼苏甜甜。

"哇，桃子，你从哪儿认识的这么漂亮的姑娘？"

论关系，和常清静相比，吴芳咏的关系跟宁桃更好点儿。

宁桃了然地"哦"一声："路上遇到的。"又表示鄙视，"你克制点儿，克服一下。"

吴芳咏没出息地红着脸："这姑娘长得也太好看了吧，我我这不是……害羞吗？"

故人重逢第一面，吴芳咏拉着她说的第一句话竟然是这个，宁桃觉得一瞬间的扎心："那我呢？！"

吴芳咏笑眯眯地揉了揉桃桃的脑袋："桃子也好看啊！这么久没见，桃子想不想你芳咏哥哥？"

哼，见色忘友的家伙。

宁桃已经适应了所有男人见到苏甜甜都要被震一下，没好气地推了吴芳咏一把。

克制的吴芳咏又拉着宁桃回去了。

其实单看吴芳咏的脸，很有一副魏晋时期小郎君的风流秀美，如果是有意去撩，还是能糊弄不少小姑娘的。

吴芳咏和苏甜甜两个都是自来熟，没一会儿就说到了一起，并且开始以"芳咏哥哥"和"甜甜妹子"相称。得知宁桃他们专门是为"妖市"来的，吴芳咏大感好奇的同时自告奋勇也要帮着他们一块儿打听。

这偃月城怎么看都是座平平无奇的小镇，四人在镇子里逛了一圈儿都没打听到什么妖市的消息，最终决定两两分组，分头行动，这样效率也高点儿。

古代不流行什么男女搭配干活不累，分组结果是常清静和吴芳咏一组，宁桃和苏甜甜一组。

吴芳咏拍了拍手掌，朝苏甜甜挤眉弄眼："好！那我们就出发吧！桃子！你们一路小心。"

苏甜甜捂着肚子，小声地呜咽了一声："知道啦，我好饿。"

赶了半天路，宁桃也有点儿饿了，立刻关切地问："要先去吃点儿东西吗？"

苏甜甜摇摇头："不了不了，等办完事儿大家一起吃吧。"

这时候吊脚楼上已上了灯，河里漂着零星的渔火，街上有几个汉子在吃酒聊天，宁桃问了半天都没问出个所以然。

苏甜甜过去问的时候，其中一个黑皮肤汉子看了她一眼，兴许是看她长得漂亮，很是温和地笑了一下。

"妖市？你们不是普通人吧？"

好不容易捉到点儿线头，宁桃彬彬有礼地说出了自己的来意，那黑皮肤的汉子倒也豪爽："那你们算是问对了人了。妖市就在山上呢，好像就是后天太阳落山的时候开，听说到时候山上有不少妖怪。"

苏甜甜惊喜地笑起来："大叔，多谢你。"

黑皮汉子很是受用地摆摆手。

总算不是一无所获，等到了约定的接头地点，不只苏甜甜饿了，宁桃也饿得前胸贴后背。站在接头地点等了一会儿，远远就看见常清静和吴芳咏分别从两个方向走了过来，令人惊讶的是这两人手里都提着个油布包，一看到宁桃和苏甜甜，几乎是不约而同地开了口。

吴芳咏："甜甜妹子——"

常清静："苏姑——"

吴芳咏一顿，惊诧地看了眼常清静手里的东西，叫道："清静，你也买了吃的？！"

常清静面色有点儿僵硬，缓缓点了点头，垂下眼，打开了油纸包，油纸包一开，里面露出了几个绿色的、圆圆的饼。

宁桃几乎一眼就认出了这是蒿子粑粑！

来到平行时空前，每到清明的时候，她奶奶总会做这个，没想到偃月城竟然也有蒿子粑粑卖。一想到这满口清香甜糯的感觉，宁桃就忍不住咽了口口水，刚准备伸出手兴高采烈地接过蒿子粑粑和常清静道谢——

然而宁桃袖口下的手指刚刚一动，面前的少年却将这蒿子粑粑不偏不倚地递到了苏甜甜面前。常清静冷声道："给。"

吴芳咏呆滞了半秒，根本没想到竟然会被常清静抢先了半步，面色有点儿发绿，立刻忙不迭地将手里的酥油饼也使劲塞到了苏甜甜手里："甜甜妹子，你和桃子也吃这个。"

苏甜甜抿着嘴唇，惊喜地眨眨眼，看了看蒿子粑粑，又看了看常清静，眼里是藏不住的欢喜，受宠若惊地问："这个，是给我的吗？"

这就很尴尬了。

常清静将蒿子粑粑递给苏甜甜后，走到另一边去。吴芳咏赶紧将酥油饼往苏甜甜手里一塞，立刻追了上去，与常清静勾肩搭背地站到了一块儿。

想了想，吴芳咏不好意思地问常清静："哎，清静，你是不是对甜甜妹子有那个意思啊？"

"什么？"常清静有些没反应过来。

"嗐，就那个。"

吴芳咏轻轻捣了小道士一胳膊肘，朝着苏甜甜的方向努努嘴，羞赧地笑了："甜甜妹子长那么好看，虽说你是个道士，但有这种想法也挺正常的。"

常清静这时候才反应过来吴芳咏是什么意思，微皱起了眉，断然道："我对苏姑娘并无此意。"

吴芳咏狐疑地问:"真的?"

常清静默不作声地看了一眼身后的少女。

他与苏甜甜之间的恩怨如今不方便在这儿和吴芳咏细说。在得知苏甜甜对自己的心意之后,常清静几乎被这直白又热烈的感情灼烧了,想到之前的冷眼,不免有些愧疚,一愧疚,在不久之前听到苏甜甜随口提了一句"好饿啊"的时候,稍微上心了而已。

苏甜甜怀里捧着这两个油纸包,眼睛依旧眨巴眨巴的。

宁桃呆呆地看着常清静和吴芳咏一前一后把东西全塞在了苏甜甜怀里,空着两只手愣在原地。

她……她也挺想吃的,只是没想到两人都将吃的递到了苏甜甜面前,现在反倒不好意思再开口说自己饿了。

苏甜甜脸色微红,拿起蒿子粑粑刚咬了一口,突然就听到宁桃肚子"咕"的一声响了。

宁桃立刻红了脸,羞窘得恨不得找个地缝钻进去。

苏甜甜惊讶地看着她,甜蜜又羞怯地将手上的油纸包转了个方向,递到了宁桃手里,招呼道:"桃桃,给。你也吃啊。"

"哦。"

宁桃愣愣地接过苏甜甜递来的蒿子粑粑,又愣愣地送进了嘴里,咬了一口,看向了吊脚楼上昏黄温馨的灯。

第29章

吃完蒿子粑粑,天很快就黑了下来,晚上找了个客栈寄宿。为了省钱,宁桃和苏甜甜一间,吴芳咏厚着脸皮去和常清静挤了一间。

睡觉的时候,苏甜甜翻来覆去地睡不着,一屁股坐起来,长发滑落,眼睛炯炯有神地看向宁桃。

"桃桃,我们出去逛逛吧。我……我有话对你说……"

宁桃有些困倦,又有些茫然地睁大了眼:"好……好?"

晚上的偃月城静悄悄的,吊脚楼上的灯落了,天际露出些黑与蓝的沉酣,薄雾朦胧在水面,河上的船灯与鹭鸶都睡着了。

苏甜甜眼神又清又亮。她抿了抿,停下脚步:"桃桃,你和小牛鼻子相处了这么长时间了，你说小牛鼻子喜欢什么呀？"

宁桃的瞌睡立刻清醒了一大半，再一看苏甜甜的神情，玉容含羞，目光软得像桃花春水一样，这不正是少女怀春时的表现吗？！

宁桃愣了愣，认真地回想了一下："我……我也不知道。"

她这倒没骗苏甜甜，她是真不知道常清静喜欢什么，常清静很少表露出对什么东西的偏爱或是厌恶。但话是这么说，苏甜甜却并未露出什么失望的神情来。

宁桃终于明白过来，甜甜根本不在意她回答了什么，只是睡不着想找个借口出来散散心，抒发抒发少女情怀。

鉴于自己对小青椒这微妙的感受，宁桃说不出安慰的话来，想走，又仿佛自虐一般地任由苏甜甜拉着坐在了河畔。

将脚伸到河里，有一下没一下地拨弄着河里的水，看着这月色下飞溅的水花，苏甜甜眼睛亮得像河里的月亮，有一搭没一搭地说着常清静。

"桃桃，你说小牛鼻子会不会也对我有些好感呀？"

宁桃不知道怎么回答，只能含糊地"嗯"了一声，目光落在少女小巧白皙的足弓上。

几乎又想到了苏甜甜一脚蹬在常清静怀里时的模样，少女欢快的笑声好像从记忆中传来，伴随着水波将月亮击碎了，碎成了飞珠溅玉，落在了面前的乌篷船上。

她多羡慕甜甜啊。宁桃出神地想。

甜甜胆子大。

就像她刚发育那会儿，含胸驼背地羡慕能抬着头、青春靓丽的女孩子一样。

就在这时，河面上那艘乌篷船突然摇晃了一下，从里面走出个提着灯盏的黑皮汉子来。

"唉！"黑皮汉子将灯一转，看见坐在河畔的两个小姑娘，立刻笑道，"是你们？！"

宁桃定睛一看。

这不是之前告诉她们妖市信息的那大哥吗？

苏甜甜惊喜地站起身："大叔！"

黑皮汉子站在船头笑问："你们俩姑娘家半夜不睡觉出来晃悠做什么？这儿半夜人少，危险得很，快回去睡觉。"

苏甜甜这时候半点儿都不困了，好奇地牵着桃桃，盯着船上的鹭鸶看："大叔，你船上这是什么东西？这鸟我能摸摸看吗？"

黑皮汉子犹豫了一下，提着灯让开了一步："这是抓鱼的。"

苏甜甜牵着宁桃小心翼翼地踩上了船，蹲在船头，聚精会神地看着面前这只鹭鸶。

除了在课本上、在网上，宁桃也是第一次看到鹭鸶。

好轻盈的鸟，一双大长腿伫立在船头，威风凛凛的，而宁桃竟然觉得这鸟有点儿帅！看这大长腿，这天鹅颈。宁桃悲哀地想，这可能就是单身久了，看只鸟都眉清目秀吧。

那黑皮汉子提着灯，叫她俩去船舱里坐坐，苏甜甜正欲迈步走进去，宁桃不动声色地拽住了她，心中警铃大响。

受微博上那些社会新闻影响，在这方面，宁桃还算有点儿警惕心，就算这位大哥表现得很亲切，可是大半夜进到船舱里，总归有点儿潜在的危险。

"甜甜。"宁桃轻声说，"要不我们回去吧，我困了。"

苏甜甜纳闷地说："你困了？"

黑皮汉子笑道："困了，就回去睡吧，啊，对了——"

许是看到宁桃面色不大好，黑皮汉子关切地说："要不我倒杯水给你俩暖暖身子，你俩再回吧。"

没等宁桃张嘴拒绝，苏甜甜已经高高兴兴、体面大方地应下了。

"多谢大叔！"

趁着那黑皮汉子倒水的工夫，苏甜甜问："大叔，你怎么称呼呀，我姓苏，叫甜甜。这是我朋友，宁桃，桃桃。"

黑皮汉子笑道："我？我姓林，你们不如叫我声林大哥吧。"

苏甜甜抿起唇角笑了一下："林大哥。"

漂亮的小姑娘喊自己大哥，黑皮汉子仿佛很是受用的模样，将水先是递给了苏甜甜，紧跟着又是宁桃。

在外面不喝陌生人给的水那是常识，宁桃攥着水杯，刚想阻止，就眼睁睁地看着苏甜甜毫无防备之心，一口喝了个干干净净，喝完又将杯子递了回去，脆生生地说："多谢林大哥。"

黑皮汉子有些羞怯："不谢不谢，这算啥啊，一杯水而已。"

她是不是过于被害妄想症了？

宁桃看着手里的茶杯纠结地想。

或许古人就真的比较纯朴？

不过想了想，宁桃还是没打算喝这杯茶，如果待会儿出了差错，她和苏甜甜，总有一个要保持清醒的，到时候她还得带甜甜回去。

就算很渴了，宁桃还是礼貌地把这水杯又递了回去，不好意思地说，"对不起，林大哥，我不渴，我晚上吃多了，出来消消食的，胃里实在塞不下了……"

黑皮汉子愣了一下："哦……哦，没事儿没事儿。"转身回到船舱放杯子去了。

苏甜甜拉着宁桃向对方告了别，将身子一扭，蹦蹦跳跳地下了船。

一跳下船，苏甜甜却一个踉跄，双膝一软，差点儿扑倒在了平常妇人们捶洗衣服的大石头上。

"桃……桃……"苏甜甜晕乎乎地、茫然地说，"我……我怎么觉得这么晕啊，腿也好软。"

软？！

宁桃脑子里嗡的一声，几乎电光石火般地闪过了两个字。

不好！

察觉出来不对劲，宁桃一把抓住苏甜甜的手就要往前跑！然而，还没跑出两三步远，脑后却突然传来一阵剧痛。

失去意识前的最后一秒，宁桃看到的是晚风中明明灭灭的船灯与那粼粼的波光，紧跟着口鼻渐渐被冰冷的河水浸没了。

宁桃从黑暗中醒来。

醒来的时候，身下躺着的是软和的撒花锦被，入目是青纱帐子，四肢却隐隐有些酸痛发软，摸了摸后脑勺，鼓出一个大包来。

宁桃起先是蒙了半秒，旋即回忆如同潮水般涌来……乌篷船、黑皮汉子、水……

捂着脑袋，桃桃一骨碌从床上惊起，警惕地看了一圈四周的环境。

她想起来了！她们被绑架了！

等等，首先要冷静——

目光在屋里环顾了一圈儿，勉强能看出来这是个阁楼，屋里装饰得很是富丽堂皇，榆木灯散发着柔和的光晕。

毕竟是个小姑娘，碰上这种事儿，宁桃立刻慌了神。就算她跟着常清静一路斩妖除魔，但还是第一次遭遇绑架。不过，在这世界磨炼了这么久，也算磨炼出了个强大无比的心脏，更何况她还会掌心雷和不动山岳呢。

宁桃蒙了半秒，突然想起了苏甜甜，于是赶紧掉头去找苏甜甜。

一瞥眼，苏甜甜正安静地躺在她身边，呼吸绵长，眼睫微颤，宛如温驯的白兔。

宁桃稍微安心了点儿，费力地抬起手，想先把苏甜甜摇醒。

"甜甜……甜甜……"

摇了半天，苏甜甜这才"嗯"了一声，缓缓地睁开了眼。

以防万一，宁桃手疾眼快地立刻捂住了苏甜甜的嘴，神色沉重，语速飞快地交代："甜甜，我们好像被那'林大哥'绑架了，我待会儿松开你，你……你别叫。"

苏甜甜那灵动的眼瞪大了些，十分上道儿地闭上嘴，使劲儿点点头，伸手比画了一下。

宁桃一松开手，苏甜甜眼里立刻浮现出惊慌和愧疚："桃桃，我——都是我的错，对不——"

看出苏甜甜想要道歉，宁桃赶紧伸手打断了她："别急，我们先看看情况，能不能联系到小青椒他们。"

宁桃合拢五指，虚虚地握了个拳头，这结果让她心里一沉，随即心急如焚。

根本使不出力气来，那黑皮汉子肯定给她俩喂药了，药劲儿还没散去，她握个拳头都累得气喘吁吁的。就是不知道对方的目的是什么了。是因为妖市？宁桃昏昏沉沉地想着，艰难地翻了个身，想翻下床。

苏甜甜反应很快，赶紧搀住了她胳膊，两个小姑娘彼此做着对方的拐杖，颤巍巍地翻下了床，爬到了窗户边上，往外看了一眼。

下面是亭台水榭，抄手的游廊，廊下的灯笼散发着妖冶的红芒，底下有不少人走来走去，隐隐又传来些靡靡的笙箫曲调。

对方这么多人，自己这边又只有她和甜甜两个，她这掌心雷和不动山岳水得很。收回视线，宁桃一颗心直直地沉了下去。

只是爬到窗户边往下看了一眼，宁桃已经累得满头大汗，气喘吁吁了，却也不敢多休息。

偏偏就在这时，门突然"吱呀"一声开了。

宁桃和苏甜甜齐齐一个哆嗦，彼此攥紧了对方的手掌，十指相扣，仿佛将温暖连同力量与信任一起传到了对方心里。

进来的那人正是昨天晚上的黑脸汉子！

黑脸汉子一进门，一眼就看到了倒在地上的宁桃与苏甜甜。他愣了一下，倒也没露出任何不悦的神色来，反倒是转身闩上了门。

这一闩门，宁桃和苏甜甜都忍不住打了个寒战，宁桃分出心神，又把苏甜甜的手攥得紧了点儿。

那黑脸汉子走到两人面前笑了一下，柔声道："别怕，林大哥不会害你们的。"

宁桃鼓起勇气问："你要干吗？你的目的是啥？"

没想到面前这其貌不扬的小姑娘竟然敢和自己对话，林游滨微微一诧，但目光没在宁桃身上多作停留，而是落在了苏甜甜身上，那目光里有赞叹，有欣赏，有垂涎。

"真好看。这次肯定能在拍卖会上卖出个好价钱的。"

一直以来都娇生惯养，被宠着长大的苏甜甜哪里直面过这么赤裸露骨的眼神。苏甜甜咬紧了唇，又打了个寒战，显而易见地慌了神，眼圈微微一红。宁桃见状，拉着苏甜甜的手把她护在了自己的身后。苏甜甜小心翼翼地牵了牵宁桃的袖子。

将这一切尽收眼底，林游滨又笑了："你俩看上去关系真不错嘛。"

"放心，我现在，至少现在，还不会碰你的朋友的。"接着又恋恋不舍地看了一眼苏甜甜，林游滨鼻翼狠狠抽动了一下，转身走出了屋，门"哐"的一声关上。

男人转身一走，宁桃和苏甜甜不约而同地松了口气。

宁桃重重地松了口气，冷汗涔涔而落。

注意到了林游滨只提到了"苏甜甜"，明白自己在男人眼里只是个顺带的之后，宁桃自觉肩负起了保护苏甜甜的重任。每次门口送饭，都是她去门口把饭盒端进来，尽量隔绝苏甜甜和林游滨及其他人的相处。

甜甜的样貌太招人了，就算林游滨说了暂时不动她俩，宁桃都有点儿不放心。这饭宁桃和苏甜甜也不敢吃，谁知道这里面有没有加什么其他的佐料。为了保险起见，两人这几天里一滴水都没喝，一粒饭都没吃，只想着怎样才能跑出去。

这地方人又多，她俩住的屋子里好像一枕一褥都含着点儿奇特的异香，宁桃想这些家具可能含了那种让她俩没力气的香料，便拉着苏甜甜睡在地上，不挨那床半分。不过即便是这样，宁桃心里总还是有种不祥的预感，那个林游滨明显是垂涎苏甜甜的美色，又因为"拍卖会"这件事而迟迟不敢动手。如果他哪天想亲亲摸摸占点儿便宜呢？

想到这儿，宁桃赶紧去抓住苏甜甜的肩膀，严肃地叮嘱，叫她一定保护好自己。

俗话说，好的不灵，坏的灵。宁桃这乌鸦嘴很快就应验了，她俩这几天不吃饭不喝水已经惊动了林游滨。

某天下午，林游滨大踏步地走了进来，脸色阴沉地看了眼宁桃，又看了眼苏甜甜，一上来，就踹翻了门口的花瓶："不吃东西？！老子好吃好喝地供养着你们，你们别给脸不要脸！"

被关了这么多天，苏甜甜也豁出去了，迎着他目光，咬紧了唇，恶狠狠地盯着他看："你放了我们！不然我们就饿死在这儿！"

面前这小美人被磋磨了这么多天，非但风姿未减，反倒是多了点儿憔悴堪怜的风情，本来是带着怒气而来的林游滨呼吸一顿，忍不住走上前，提起了苏甜甜的衣领，仔细地看了一眼苏甜甜的脸，目光微微一闪。

宁桃心里"咯噔"一下，见势不妙，立刻大叫了一声："甜甜！"

话音刚落，苏甜甜就宛如一只无力反抗的小鸡仔一样被男人提在了手里。

或许是做梦也没想到林游滨竟然敢这么干，苏甜甜吓得浑身一僵，俏脸泛白，满脸泪水地奋力挣扎："放开我，你放开我！你知道我是谁吗？！你竟敢这样对我？！"

林游滨狞笑道："我管你是谁，来到妖市就别想跑了！"

苏甜甜大哭，拼命伸手去推："凤陵仙家不会放过你的！"

桃桃大脑一片空白，跌跌撞撞地扑到了林游滨面前："你不是说要把她卖个好价钱吗？！你这样做……"

没等她说完，林游滨就不耐烦地一脚将宁桃踹了出去："滚！"

苏甜甜抖似筛糠，仰头看着天，眼里有泪流下来，迷迷蒙蒙间仿佛看到了个温柔的少年，正冲她莞尔微笑。

溅雪……

溅雪……

两行泪水从小巧的下颌滑落，苏甜甜号啕大哭。

林游滨这一脚，踹得宁桃飞出去二丈远，脊背重重撞上了柜子，疼得桃桃倒吸了一口冷气。但这时候宁桃不敢耽搁，立即又手脚并用地拖着软弱无力的身躯爬了上去，硬生生挤在了两人中间，趴在了苏甜甜身上，抱着她不放。

这一切，桃桃都不知道自己是怎么做下来的。

苏甜甜本来几乎绝望了，然而有乌黑的发丝落在了自己颈窝，紧跟着是一具温暖却僵硬的身躯，这具温暖的身躯和自己一样吓得抖如筛糠，却以保护的姿态趴在了自己身上。

宁桃哆哆嗦嗦地伸出手，摩挲着紧紧扣住了苏甜甜的五指，豁出一口气，扭头冲林游滨大声说："你打好了，无论如何我都不会放手的！"

兴致一而再，再而三地被打断，林游滨确实杀了宁桃的心都有了，然而目光落在宁桃身上又是一瞬的犹豫，面前这小姑娘容貌虽远不如这小狐狸，但胜在青春，这具身体亦是青涩。他既然不敢对这小狐狸下手，难道还不敢对这添头下手吗？想到这儿，林游滨反怒为笑："好啊，我不碰你这朋友。那就请你代你朋友受过怎么样？"

宁桃脑子里"轰"的一声，还没反应过来，林游滨已经将她一把扯了过去。

刚刚拼死去护着苏甜甜，不过是仗着自己是个添头的一腔孤勇，如今被林游滨反压在身下，已经是宁桃她这个年纪不能应付的局面。宁桃害怕得牙关直打战，却固执地睁着眼，不让眼泪掉下来。

有办法的，一定有办法的，宁桃乱发披散，眼里却像在燃烧着一团疯狂的火。

苏甜甜的尖叫声猛然乍响："你敢碰桃桃我就死给你看！"

林游滨一顿，循声看去。

就这会儿工夫，苏甜甜泪流满面，不知何时已经手脚并用爬到了窗户边，靠着窗户眼神决绝。

"你不是想把我卖出个好价钱吗？"苏甜甜咬着红唇，和宁桃一样狼狈，一样乱发披散，眼里燃烧着火一样的疯狂，"你要敢碰桃桃，我这就跳下去！"

"你现在敢碰她，我就去撞墙！"苏甜甜恶狠狠地威胁，"把自己撞成个嘴歪眼斜的丑八怪，看你还怎么把我卖出去！"说着竟然就要决绝地一头冲窗棂磕过去。

这小妞竟然是认真的！林游滨勃然变色，顿时急了眼，手忙脚乱地从宁桃身上爬了下来："慢！"

从宁桃身上爬下来之后，林游滨脸色难看极了，阴沉的视线在宁桃和苏甜甜脸上来回扫："算你们有种，今天就放过你们这俩小婊子！"说完，哐当合上门走了。

苏甜甜又立即冲到了宁桃面前，与宁桃紧紧相拥，两个人抱成了一团，眼泪全流进了对方的衣领里。

"桃桃，桃桃你没事吧？"苏甜甜强忍着惧意伸手去摸宁桃的脸，眼泪直往下掉，"对不起，都是我不好。"

宁桃刚刚实在是被吓到了，愣了好一会儿，一颗心终于慢慢地回落，反手抱紧了苏甜甜，将头埋在了少女的肩侧，轻声说："我没事。"

"甜甜，谢谢你。"

然而经过这一茬之后，林游滨算是长了心眼儿，第二天就拽着宁桃给她换了个屋。

苏甜甜不依不饶，如同发了狠的小兽，故技重演继续威胁。

林游滨狞笑："你威胁啊，你要是敢死，我这就回去杀了你这好朋友，叫你们俩黄泉路上也好做个伴。"

好在，林游滨也歇了心思，直到妖市那天都没碰过宁桃与苏甜甜。

与此同时，偃月城的河岸。

"没有，没有！"

崩溃得一屁股坐在河畔，吴芳咏咬牙："甜甜妹子和桃子究竟哪儿去了？！这都几天了？！"

就在他们到偃月城的当晚，宁桃和苏甜甜就一块儿失踪了，就算吴家小少爷再傻白甜，也不至于认为宁桃和苏甜甜是一块儿出走了。

扫了一眼河中撑船的那黑脸汉子之后，吴芳咏又收回视线，忍不住看向一旁的常清静。

自从前几天早上他俩发现苏甜甜和宁桃不见了之后，常清静就是这副面若寒霜的表情。

这时候的常清静宛如一张拉到了极致的弓，神经紧绷，寒光烁烁，那把"行不得哥哥"好像随时都要出鞘取人性命。

这几天时间里，吴芳咏和常清静几乎找遍了所有地方，却还是一无所获。眼看着妖市就要在今天开启了，常清静将目光放在了远处雾霭蒙蒙的山，脸绷得特紧。

常清静心里当然也乱，但越是这个时候越只能强作镇静。捺下纷乱的心思，常清静冷声："妖市今日开启，我们去看看，拍卖会上说不定会有什么线索。"

第30章

入夜，远处的青山雾气横生。

常清静与吴芳咏行走在山道上，崎岖的山径两侧竖立着高大挺拔的树桩子，树桩子上摆着一列列骇人的人头火把，火光自眼眶烧出，烧得远处山色通红，墨色与翠微交相辉映。

常清静在这之前只从师兄口中听说过"妖市"，但听说是一回事，亲自来又是一回事了。

往前走，雾气深处，火光烧出烟雾缭绕的仙宫，奇秀深杳，幽微难测。

再往前走，这才隐约传来了点儿笙箫乐声，紧跟着这些乐声越来越大，也越来越清晰。

原来那仙宫门前竟然是个灯市！有长千余尺的赤龙，吐着火，身躯绵延，上下翻飞，远处云霞间更有仙鹤朝天而舞。

人群熙熙攘攘中，不少绮罗朱颜的佳人，长裙逶迤，鬓间花胜雪柳争辉，眉眼装扮竟然有点儿唐时风采，鬓角别着牡丹花，脸颊涂得红通通的，豆豆眉有些张扬的可爱，或是一个哈欠，朱唇不小心咧到了耳根，或是裙子太长不小心踩到了自己的尾巴。

吴芳咏紧紧掐住了常清静手臂，吓得两股战战，胆战心惊地问："这……这就是妖市？"

可怜的吴家小少爷默默捂住胸口，努力忽视这一路上的佳人们。

佳人生得美，盯着他，眼波流转，有些羞涩地掩唇一笑，一龇牙，嘴里那通红的芯子忘记收了，旋即羞怯地捂脸。

目睹这一幕，吴芳咏整个人都不好了。

阴年阴月阴日阴时生的吴家小少爷，在一众妖精眼里看来，的确是一口美味，看得各色美女佳人们蠢蠢欲动，垂涎欲滴，就是碍于这普通少年身旁的蜀山小道士，不敢轻举妄动。

当然也有想要调戏这漂亮矜淡的小道士的，尾巴尖儿轻轻在常清静雪白的靴面上一勾，常清静目不斜视，微蹙着眉，径直走过。

不过在这一干妖精之中，倒也有不少修道人士，穿着个道袍，背着把剑，行色匆匆的。

这一路走，终于走到了两人此行的目的地。

抬眼一看，是个多层宝塔，楼阁峥嵘白云中，灯火辉煌，笑语盈盈，琉璃宫灯悬挂在一层层塔楼檐下，飞檐前云起雾涌，气象万千。

这就是这次妖市的重点"多宝行"。

……

宁桃被人用力地推出了房间，来人并不是林游滨，而是另外一群浓妆艳抹的女人，这些女人的目光肆无忌惮地在她身上游移。

"就这个？"其中一个老女人嫌弃地皱眉。

"普普通通的人能卖多少钱？"

"别这么说，"另一个笑着朝宁桃招招手，"小姑娘过来。"

宁桃犹豫了半秒，走了过去。

那个温和点儿的女人，帮她理了理头发，同情地看了她一眼："你只能祈祷自己不被那些凶兽买走了，若是被他们买走了，你这小身板倒禁不起他们那番虐杀。"

毕竟这普通人没啥可贵的，不过当个奴仆满足他们虐杀的血腥欲望罢了。

宁桃心里"扑通扑通"直跳，面色有点儿发白，只能任由这两个女人把她摁进浴桶里洗了个澡，又换上了件十分暴露的衣服，稍微拾掇了一下。

那苏甜甜呢？将脸埋在水里，冷静了半秒，宁桃心急如焚。

甜甜在哪儿呢？

想到这儿，宁桃从水里探出个头，抿抿唇，小声问那看起来温和的女人。

"请问，你看到我的朋友了吗？"

那女人微微一愣。

倒是那瘦点儿的，眼一瞪，手上的澡巾恶狠狠地在宁桃背上搓出了几道血痕子："闭嘴，这是你该问的吗？！"

宁桃疼得龇牙咧嘴，不看这瘦女人，只是看那胖女人，固执地说："那是我朋友，麻烦您了，我想知道她下落。"

那胖女人想了想："你朋友？是不是那只狐狸？你放心，你朋友长得比你好看得多，林大哥准要把她卖出个好价钱的，与其担心她，倒不如担心你自己。"

胖女人叹了口气："你这样的普通姑娘，我见多了。"要不就是被剥皮拆骨炼药，要不就是被挖走眼睛脏器成了什么收藏装饰品。

洗完澡之后，两人又硬生生拿走了宁桃的眼镜，往她身上熏了点儿香，这才推着她走了出去。

瘦女人在前，胖女人在后，宁桃跟跟跄跄地走在中间，扭头看着四周这一片灯火通明几乎急出了一身冷汗。

这一路上，宁桃一直都没放弃逃跑的欲望，但之前嫌弃她的那女人，背后却好像长了眼睛一样，不耐烦地从袖中抽出个软鞭，抽了她一鞭子。

"老实点儿，再不老实当心我一口吃了你。"

不知道林游滨给她喂的是什么药，桃桃焦急地想，她掌心雷根本运用不出来，更别提，这一路走来，她看到了不少人。

这两个女人将她推到了个马车里，就拉下了车帘。

宁桃站稳了，一下就和马车里十几双眼睛撞个正着，这些都是和她差不多年纪的普通姑娘。

这些女孩眼角挂着泪，木然地看了她一眼，就扭过了头，在这种情况下显然是没兴致和她交谈了。

知道自己即将面临的是什么，桃桃神情也格外肃穆，不愿意在这时候放弃。

常清静肯定在找她们，打死她都不可能放弃的！

怕外面的人听到，宁桃悄悄拉过了身边一个小姑娘的手，小姑娘睁大了眼，没有反抗，任由宁桃在她手上写了两笔。

可是这小姑娘却露出个茫然又窘迫的眼神。

没听懂吗？宁桃又耐着性子继续写了两笔。

可是小姑娘却推开了她的手，摇摇头。

宁桃仔细看了一眼对方的神色，这才猛然回神，顿时骂自己是猪的心情都有了！

对方不认识字！更别提简体字了！

那怎么办？宁桃垮了脸。

虽然她想逃出去，但大家明显都已经放弃了！

桃桃绝望了一秒之后，努力打起了精神。不行不行，多一个人多份力量，大家一起的话，总有办法能跑出去的。

又努力冷静下来，越过面前的姑娘，继续去找其他人。

虽然面前这个妹子不认字，但她相信总有妹子是认字的。

……

和桃桃一样，苏甜甜也被两个女人带了出去，但和作为"添头"的桃桃不一样的是，这两个侍女在对待苏甜甜时表现得就格外慎重了点儿。

两人捧着一套雪白的纱裙走了进来，洗完澡，让苏甜甜换上。

这纱裙分了抹胸和下裙两件，胸前是两条白布条交缠着，缠住丰满的胸脯。往下，露出纤细的腰身和浅浅的肚脐眼儿。雪白的六幅纱裙如冰縠鲛绡，在腰上，脚踝，手腕，系着金玲，又在肚脐眼儿上贴了花钿。

将少女摁在了梳妆台前，仔细涂抹，蛾眉轻扫。

苏甜甜一瞬慌乱："桃桃呢？你们知道宁桃在哪儿吗？"

这两个侍女却如同锯嘴的葫芦一般一句话也不说。

苏甜甜没法了，只能茫然地被塞进了轿子里，这是一辆独属于她的轿子，轿子里铺设着柔软的垫子。

常清静与吴芳咏入场的时候，拍卖会已经开始了。

这大殿装饰得也十分阔气，当中是个正方形的主位，四面都是栏杆，放眼望去竟然有十多层高，每一层栏杆上都坐着妖精修士，几乎吵作了一团。往上一看，竟然一时看不到头，那些妖精竟然宛如寺庙壁画上的诸天神佛一般，笑吟吟地俯瞰着人间。

在主位上负责拍卖的是只山猫妖，穿着件紫色的襦裙，黄褐色的云鬟半绾，啼妆蹙眉，容貌艳丽，嘴角一直咧到了耳根。

山猫妖扭着腰身，学着人的步伐，走到那蒙着红布的圆桌面前，掀开桌布，笑道："接下来拍卖的宝贝是太芝回元仙丹，喵。"

"这宝贝想必不需要十娘来介绍了。"山猫妖舔了舔爪子，似乎察觉到当着众人面不太矜持，尴尬地弯了弯眉眼，嘿嘿地假笑了两下，"这太芝回元仙丹，只要人没死，不论受多重的伤都能立即救回来，活蹦乱跳的，喵！这颗仙丹的底价是十五万颗上品灵石。"

话音刚落，立刻就有人举了牌。

"二十万。"

"二十五万。"

"四十万。"

……

太芝回元仙丹，很快就以"六十万颗上品灵石"的价格成交，接下来叫卖的都是些法器草药什么的。

虽说吴芳咏和常清静是来找人的，但看着这群魔乱舞，花钱如流水的架势，吴芳咏还是忍不住微微咂舌。

就在这时，又一样东西被推上了主位。

"这支洗露圆荷花的底价是八万颗上品灵石，喵。"

洗露圆荷花？

吴芳咏一愣，目不转睛地看向了主位。

那玉瓶里插着的是支滴露菡苕，岂不就是常清静和宁桃这回要来找的药？！

"清静。"伴随着这价格一路攀升，吴芳咏低声问，"你不拍吗？"

常清静微微动摇，复定定攥紧了手，眉峰半敛。

"我们带的钱不够。"

他们带的钱不够。这些钱还是这两天他和吴芳咏四处凑借来的。如果桃桃与苏甜甜正在这儿的话——

常清静忧心忡忡，摇头轻声解答："倘若桃桃与苏姑娘真在这儿，救人要紧。"说完，又定定心神继续留意着接下来的拍品。

在这地方待了快一个时辰，常清静的脸色一直有点儿冷，这周围灯光迷离，声色犬马，调笑声声。

常清静有些不太适应地微微抿唇。

他不适应这些风月场所。这十五年来，他接触到的是蜀山皑皑白雪，苍劲青松，是道止长老养的仙鹤，是道观前的瘦梅。

少年默默摁住了"行不得哥哥"，冰凉的桃花纹路让常清静心下稍定。

这周围本来妖怪就多，他和吴芳咏两个嫩生生的少年出现在这儿，更加引人注目。

常清静坐姿端正，一看就是个小道士，身后一个女蛇妖"掀唇"微笑："小道士，你到这儿来干什么呢？"

就在这时，主位上的山猫妖，突然妩媚地往前走了几步，掀开了面前这新推出来的拍品红布。

偎月城妖市的拍卖，终于从拍物进展到了拍人。

桃桃在迷迷糊糊之中被推到了台前，睁开眼，四周是嘈杂的议论声。

宁桃混沌的大脑吃力地转动了一下，刚刚发生了什么来着？

她好像……好像在找盟友想办法逃出去，就在她找到了个认字的姑娘，她俩分头行动比画着终于说动了其他少女之后，突然车停了，轿子被掀开了。有几个牛头马面一样的妖精摁住了她们，给她们喂了一颗红通通的丹药。

之后，她就成这样了。

宁桃一个哆嗦，猛然清醒！

她被推上了拍卖会！

眼睛一扫，面前坐着的都是人模人样的妖怪，那妖怪宛如诸天神佛一般，坐在层层高塔上，居高临下又肆无忌惮地打量着她。

圆脸的小姑娘，穿着件单薄性感的纱裙，薄薄的纱裙几乎遮挡不住少女的肌肤，胳膊裸露在外，纱裙几乎只到大腿根，肚脐眼儿上贴了个妖娆的花钿。

作为一个"运动少女"，桃桃的皮肤算不上太白，但胜在健康细腻有光泽，每一寸肌肤好像都闪烁着青春的活力。

在"专业人士"的拾掇之下，相貌清秀的桃桃，也硬生生地被折腾出点儿风姿来。

明明来到这个世界前，她就去海边、水上乐园玩过，穿的泳衣比现在更暴露，但宁桃此时却觉得格外羞耻。被众人肆无忌惮地，像品评猪肉一样打量着，宁桃羞耻地闭上眼，几乎要哭了。

旁边的山猫妖正在倾情推销她："诸位，这是今日拍卖会上拍的第一个人！看看这女子，风雷双系，容貌清丽，虽未有倾国倾城之貌，但亦如豆蔻般青涩动人，喵，像果子一般酸酸甜甜青青涩涩的，连喵喵都心动了，喵。这位女子的底价是六万颗上品灵石！"

或许是觉得贵了，宁桃眼睁睁看着面前的妖怪们交头接耳了一阵，却没有人主动出钱。

虽然说现在这情况想这些有点儿不合时宜，但宁桃略感悲催。

没有人竞价这也太悲惨了点儿吧。

不过眼下最重要的问题是……

桃桃定了定心神，努力抛弃了羞耻心，冷汗涔涔地环顾了一圈，她要怎么逃出去。

这里都是妖怪，在这儿跑显然不大现实，除非有妖怪拍下了她，她趁交接的时候拼一把说不定倒能跑出去。

就在这时，宁桃的目光一顿，全身血液几乎倒冲头顶，看着台下坐着的那两个眼熟的少年，桃桃差点哭了出来。

那不是……那不是吴芳咏和小青椒吗？！

看到宁桃被推出来之后，吴芳咏更急了："桃子！"

常清静目光一顿，脸色却陡然白了，少年直挺挺地僵在了位子上，目光落在宁桃裸露的肌肤上，眼好像立刻就被火燎痛了一般。他额间朱砂黑雾缭绕，几乎在瞬间就僵硬地探入了袖口，摸出了一沓符箓，另一只手按上了身侧的"行不得哥哥"。

一股淡而凛冽的杀意环绕在常清静身侧，宛如冷冷清清的风雪，身侧的桃花几乎迫不及待地要掣开风雪一扫妖氛。然而，理智终于还是压住了这杀意，常清静又硬生生地恢复了镇定，面色极其难看，看着这主位上的山猫妖。

第31章

吴芳咏何其聪明，看常清静脸色不对，心念电转间也白了一张俏脸。

一个严峻的现实摆在了两人面前。

他们带的钱不够，吴家小少爷虽说是个土豪，但横行霸道的范围仅限于人世，他俩拼拼凑凑只凑出来了个三万。如果宁桃在这儿的话，就代表着苏甜甜也在这儿，但他们这几天七拼八凑凑来的钱根本不足够买下两个人的。

那么问题来了，是拍，还是不拍？

台下犹豫了半响之后，终于有人开始出价了。

"六万五千颗上品灵石！"

"六万八千颗上品灵石！"

中间不乏交头接耳的。

被当作货物一样打量还价，吹毛求疵，汗水顺着鬓角滑落，宁桃抿紧了唇，几乎又要哭了。

她能察觉到小青椒落在她身上的视线。

一方面是因为羞耻，羞耻于猝不及防地将自己浑身上下的缺点暴露在了常清静面前。她的胳膊肘、膝盖有黑色素沉淀，肚子也不是那种非常苗条的杨柳细腰，这让桃桃既觉得自卑，又觉得不安。

常清静虽然在看着她，却一直没有出价。

最终一个猪脸妖怪出了"八万颗上品灵石"。

山猫妖左顾右盼："八万颗上品灵石一次，八万颗上品灵石两次——"

眼看着就要落锤了，台下的常清静与吴芳咏依然没有动静。

宁桃目不转睛地盯着台下那清冷出尘的少年，欲哭无泪，小青椒怎么还不出价呢？！再不出价她就要被买走了，小青椒在想什么啊？！

吴芳咏也急得快冒汗了："清静！"

这都什么时候了？！胡诌一个也行啊！

常清静目光微冷，眼里是冷静到极点的冷酷："再等等。"

他们钱不够，无法同时拍下宁桃和苏甜甜两个人，修为又不足以支撑他们两个在群妖环伺的情况下剑走偏锋，大闹拍卖会。

妖市的拍卖会是当场拍下当场结账，胡诌自己有钱倒是能胡诌个数目，只是眼下胡诌个数目待会儿结账拿不出钱，不等苏甜甜被拍卖，他们就会暴露。

这猪脸妖怪修为低劣，桃桃被它拍下，他完全有办法等它离开拍卖会后，将桃桃抢过来，如此一来，拍不拍都显得不重要了。

任由那"八万颗上品灵石三次"落下，常清静缓缓垂下眼睑。

成交。

山猫妖笑眯眯地说："恭喜这位猪道友抱得美人归，现在请这位猪道友去一边结账哦。"

常清静他们……没有拍？

隔着拥挤的人潮，宁桃愣愣地又被一把推回了后台，目光这一转，却看到少年的视线不是看向这里的。

宁桃闭上眼睛，有些慌乱地安慰自己。小青椒他们没有拍，肯定有他们的想法，她要相信她的朋友。

紧跟着又有不少和她一样的少女，被推出去，分别拍了些价钱。

直到——

拍卖台上突然爆发出了一阵激烈的议论声。

宁桃身旁的姑娘迷迷糊糊地问："拍卖不是已经结束了吗？这又是谁？"

"好像是只小狐狸？"

小狐狸？难道是甜甜吗？宁桃犹豫了一下，趁着其他人不注意，悄悄探出头看了一眼这拍卖会上的情景。

主位上的山猫妖掀开了最后一件拍品的红布，红布一掀开，竟然露出个装饰精美的金笼子来！

金笼子里跌坐着个少女，少女柔弱无骨地趴在这层层的锦绣堆中，轻轻喘息。

轻薄如蝉翼般的白纱几乎遮挡不住少女如雪的肌肤，露出绣着碗口大小牡丹的抹胸来，那抹胸短而薄，胸脯肉好像都兜不住。那裙子更是开衩到了大腿，少女乌黑的长发垂落。白的肤，黑的发，交织出惊心动魄的美艳来。

大殿里安静了半秒之后，"轰"的一声沸腾了，那诸天的妖魔嬉笑叫嚷个不停。

在这少女被推出来的刹那，常清静瞳孔骤缩。

山猫妖笑道："诸位客官仔细看看啊，这狐狸精可是极品，你们看这容貌，这身段，还有这身皮肉。"

山猫妖说着轻轻在苏甜甜胳膊上搓了两下，就这两下，少女嫩白如玉的肌肤上竟然留下了两个红色的指印子。

"这皮肉娇嫩得简直可以掐出水来啊。"山猫妖露出个心照不宣的笑容。

还没等山猫妖开始叫价，塔里的群妖已经开始争相出价了。

"二十万颗上品灵石！"

"五十万！"

比刚刚介绍宁桃时更加露骨的污言秽语在耳畔层出不穷，吴芳咏脸色一僵，咬牙："可恶！"

下面争吵不休，妖怪们都性情暴虐，正有人准备直接上台去抢，却立刻被守在一边的护卫给拦住。

山猫妖娇笑："诸位客官别急啊，这本来便是非卖品，只是诸位客官实在喜欢得紧，喵喵这才不得已……从现在开始叫价……底价两百万！"

伴随着价格一路走高，就在这时，大殿中突然响起个清冷又熟悉的嗓音。

"三百万颗上品灵石。"

宁桃循着声音看上去，对上了熟悉的清冷的眸子。

在这万众瞩目中，小道士缓缓站起，微微蹙眉，面色微冷。

山猫妖瞠目结舌："这位……这位蜀山的小剑侠出三百万上品灵石，请问还有哪位客官要加价吗？"

吴芳咏表情都快崩裂了，他们哪儿来的钱？！

"三百万一次，三百万两次，三百万三次！"

"成交！"

四周的欢呼声如海浪般几乎掀翻塔顶，一波一波冲击着宁桃的鼓膜，那些迷离纷乱的烛光，那些空气中隐约的椒香，好像是一场五光十色的梦。

一个小道士竟然拍下了只狐狸精，这事儿在一众妖精看来也新鲜极了。

"小道士拍狐狸精？"

"这小道士难不成也被狐狸精迷花了眼不成？"

山猫妖眼睛一转："那就恭喜这位小剑侠抱得美人归啦。"

说着笼门一开，无数的小精怪尖笑着推着苏甜甜，将苏甜甜直直推入了常清静怀里。

"抱一个！"

"抱一个！"

苏甜甜是哭累的，隐约间好像听到了个熟悉的嗓音。

"苏姑娘？"

这嗓音仿佛含着点儿冷冷的降真香气，如同一个邈远的梦。

苏甜甜迷蒙地睁开眼。

少年衣着玄色道袍，水苍玉为冠，乌发高拢在脑后，肌肤如明雪，恍若霜雪初霁，寒意透彻，在这声色犬马之地，如竹瘦松坚，裁冰剪雪，精神如谪仙。

"小……小牛鼻子。"

那些精怪将她推到常清静怀里，苏甜甜愣了一下，就不由得皱起了鼻头。

一时间委屈、心酸、羞耻纷纷涌上了心头，少女忍不住义无反顾地，裙角飞扬，如倦鸟归林，如落花般扑向了常清静怀里，号啕大哭了起来。

常清静往后倒退了几步，定定地接住了，手无所适从地扶在了苏甜甜腰侧。

"小牛鼻子，你……你怎么才来啊？"

那些精怪尖声笑："哟，小狐狸迫不及待了。"

"这是要洞房啊。"

"小道士，小狐狸，倒也算天生一对！"

"天生一对！"

烛光如散星，落在少年与少女身侧。

苏甜甜裸露在外的肌肤紧紧贴在常清静道袍前，触手是少女纤细的腰肢，那肚脐眼上贴着的红宝石花钿倒映着艳丽的光，常清静僵硬了半刻，察觉到胸前迅速被水渍氤湿了。

那厢，那些小妖怪还在笑。

"小狐狸配小道士，天生一对。"

"天生一对！"

……

宁桃是被人狠狠拽回来的。

"看什么看？！"

一转头，却正好对上了张不满的猪脸。

这是那之前拍下她的猪妖！宁桃惊得往后蹦了一步，差点儿尖叫出声。

哎呀妈呀！

那猪妖眼里闪过了一丝戾气和不满，瞥了眼众人环绕着的那对小狐狸和小道士，嗤笑一声："羡慕不成？！"

"羡慕人家有人一掷千金，你也得有这个命！"

宁桃咽了口唾沫，战战兢兢地问："你……你来带我走的吗？这……这么快？！不走个流程什么的？！"

猪脸妖冷笑："走个屁流程！老子干急事儿呢，让道君等久了不宰了我？知道还不快点。"说完，伸手一提，直接将宁桃提溜了起来。

"等等！等等！"桃桃倒退了一步，举手抗议，"先让我戴上眼镜！"

戴上眼镜后世界终于清晰了不少，宁桃还想奋力挣扎，正准备开口再争取一下，却没想到这猪脸妖十分干脆利落，举起手往她脑后一敲。

宁桃无力地睁大了眼，迅速瘫软下去。昏迷前最后一个想法是，这叫什么啊，她也太悲惨了点儿吧。

看着倒在地上的宁桃，猪脸妖伸脚踢了一下："喊，要不是风雷双系的，我至于花这大价钱？”

等宁桃再醒来的时候，拍卖会上那纸醉金迷已经离她远去了。

她是被猪脸妖踹醒的。

宁桃茫然地看了一眼天。

天还没亮，天上挂着弯冷月，夜色如墨，四周雾气弥漫。

她又看了眼自己的身体。

脚上和手上都套着脚铐和手铐，那猪脸妖走在前面，没好气地催促她快点儿走。

宁桃愣着的这一秒，猪脸妖就不客气地从袖中抽出条软鞭，狠狠地抽了她一鞭。

这一鞭不偏不倚，正抽在桃桃脊背上，宁桃一个趔趄，跪倒在地，脊背上火辣辣地疼。

又一鞭子顺势抽了下来。

“耳朵聋了？！听不懂话？”

宁桃赶紧手脚并用地爬起来，见情况不对，心里憋着火，脸上却讨好地笑了笑：“这位猪大哥见谅，我戴着手铐和脚链呢。”

没想到那猪脸妖反倒更生气了，又一鞭子抽了她肩窝，留下一道血痕。

“这么说给你戴这个倒是老子的错了？”

宁桃连杀了这猪妖的心思都有了，心想，这不就是你的错吗？

但这回她不敢再说话了，只能乖乖地跟在这猪妖身后，伺机寻找着逃脱的办法。

猪脸妖嘲笑道：“快点儿走，还惦念着那道士不成？”

本来想着好汉不吃眼前亏，但猪脸妖这一说，宁桃反倒有些委屈地红了眼，撇撇嘴不甘心地轻声说：“他是我朋友！”

说好的，好朋友的！

猪脸妖乐了：“这小道士是你好朋友，不拍下你，反倒拍下那只小狐狸？”

桃桃眼泪在眼眶里打转了一圈，不说话了。

这一路，走得她脚底板又酸又疼，稍微慢了一步，猪脸妖的鞭子就像雨点一样“啪啪啪”落下来。

脊背，肩膀，脸颊……

宁桃被抽得遍体鳞伤，一瞬间，她几乎动摇了，相信了这猪脸妖说的话，但马上又赶紧摇摇头，把这个念头抛之脑后。

不行不行，她要相信小青椒和吴芳咏。她都和小青椒相处了半年多了。

宁桃盯着自己的脚尖，一瘸一拐地往前走，定定地想。

常清静这么做肯定有他的道理，作为朋友，她要相信小青椒。

"亲一个亲一个！"

"一拜天地，二拜高堂，夫妻对拜……"

妖怪们嬉笑着，学着人拔高了嗓音，看到那小道士被逼急了，泛红的耳根，骤然冷下来的眼，又装模作样地喊道："送入洞房！"

台下的吴芳咏盯着台上看了一会儿，一咬牙，趁着其他妖精不注意，赶紧拽住了那山猫妖问。

"这位……这位猫娘子……请问那个普通少女，"第一次和妖精拉手，吴芳咏俏脸泛白，硬着头皮问，"就那个风雷双系，圆脸的，拍了八万的姑娘，你知道哪儿去了吗？"

山猫妖歪着脑袋打量着他："那你就来迟了喵，客官，你不拍，那姑娘已经被猪妖带走了，喵。"

带走了？！这……这么快？！

吴芳咏只觉得一阵天旋地转。

周围起哄的声音实在太大，吴芳咏差点儿以为自己听错了，忍不住又拔高语调，重复了一遍："你说她被带走了？！"

四周的小妖精又伸出手，将苏甜甜使劲儿往常清静怀里一推。

苏甜甜红透了脸，面露慌乱："啊！"

少年修长的指节微微一动，却在这瞬间冷不防听见了吴芳咏的叫声。

"你说她被带走了？！"

遽然间，常清静扶着苏甜甜腰肢的手一顿，几乎是不假思索，一把就将怀中的苏甜甜推了出去。

常清静面色如雪，如遭雷击，错愕地怔愣在原地。

桃桃……被带走了？

肆

扃月牢

第 32 章

常清静快步冲到了后台，吴芳咏气喘吁吁地追上，着急地问："怎么样？"

然而常清静却没开口，宛如被钉在了原地，目光死死地落在了地上那一摊血和血里的星星手链上。

地上这一摊鲜血宛如凭空一个巴掌，响亮地打在了常清静脸上！

常清静两扇纤长的眼睫微动，脸色煞白，猫眼儿圆睁，目光落在了后台的幕布上。

刚刚，宁桃是站在这儿。

这个念头如一把重锤狠狠地砸在了心上，又像是一耳光扇得他脸上火辣辣的，无地自容。

常清静努力捺下纷乱的心绪，闭上了眼。

而他，被一帮妖怪搅乱了心神，竟然没有分出半道目光投向这儿，哪怕只有一眼。

看到这宁桃从不离身的星星手链，吴芳咏脸色也白了："……桃……桃子。"

他们，他们都想错了，本以为能拍下甜甜妹子，却没想到宁桃被人带走了！

常清静默不作声地弯腰捡起了那星星手链，牢牢地攥在了手心，又突然反手从袖子里摸出了一沓符箓，往吴芳咏手中一塞，传音入密："待会儿我用遁术送你带着苏甜甜先走，这里由我殿后，出去之后，去追那猪妖，这些符箓足够你用来对付那只猪妖。"

这也是他之前就想好的办法。

现在去追，或许还不晚。

吴芳咏看向面前的少年，少年目光冰凉，仿佛倒映着决绝的剑光，不由得一愣："清静！清静！等等！"

光常清静一个人，怎么可能杀得出来！

"我是蜀山小师叔，"常清静皱眉沉声，"我师尊是蜀山张掌教，看在师尊薄面上，我或许会吃些苦头，但不至于送了性命，你不必忧心。"

"等等！"就在两人传音入密的时候，苏甜甜呆在了原地，丈二和尚摸不着头脑，睁大了眼，"你们、你们没钱吗？"

吴芳咏、常清静：……

苏甜甜缓缓张大了嘴。

毕竟常清静之前喊得这么笃定，这么霸气，她还以为他有钱来着！

苏甜甜讶然地张大了红唇，顿了顿，飞快地走到了常清静面前："其实不用这么麻烦，我是凤陵仙家的弟子，待会儿只要将这三百万记在凤陵仙家的账上就行了。之前那人不信我出自凤陵，我身上又无令信，小牛鼻子，你身上有没有蜀山的令信？我再想想办法，蜀山令信或许能凑合着用上。"

凤陵仙家作为三大仙门世家之一，是当之无愧的土豪世家，比蜀山那一门穷道士阔气了简直数倍不止。

既然有凤陵仙家出钱就好多了，吴芳咏带着苏甜甜去交钱，常清静则直接追了出去。

少年是披着白霜，到早上才踏着熹微的晨光回来的。

一看到常清静又臭又硬的神色、抿紧泛白的唇，吴芳咏立刻就明白了追出去的结果，然而比起宁桃，眼下却有一件更加棘手和迫在眉睫的事。

吴芳咏："是……是甜甜……"

一想到苏甜甜的情况，吴家小少爷整张脸都红了。

常清静嗓音沙哑，耐着性子问："什么事？"

吴芳咏无奈地让开一步："你自己看吧，我和甜甜妹子交完钱出来之后，才察觉出来不对，也不知道他们给甜甜妹子吃了什么，这一晚上……"

目光触及吴芳咏身后，常清静瞳孔猛地缩成了针尖儿大小。

常清静手里的"行不得哥哥"差点儿没拿稳，那清凌凌的眸子里立时浮现出错愕与尴尬，瞳术加成，一眼就看出来了这是毒药发作的迹象。

苏甜甜似乎也察觉出来了自己不对劲，望着常清静的目光中又含了点儿撒娇哀求，她哭道："小……小牛鼻子……"

常清静神情定住了，手里的剑攥紧了又松开，努力按下宁桃的事儿，这才垂下眼，耐着性子走到了苏甜甜身前，犹豫了半刻，将她扶起来。

"苏姑娘，麻烦你坐好，我替你化解这药劲。"

苏甜甜懵懵懂懂地睁开眼，只觉得常清静离自己好近，好近，从未有这般近啊。

他与她相对而坐，伸出手，替她运功。平常这小牛鼻子就像天上白玉神仙，格外清冷，但现在她甚至能看到他脸上那细小的茸毛。

于是，苏甜甜情不自禁地露出个绵软的依赖性的笑：“好，我都听你的。”

从常清静掌心流出的那一股纯阳沛劲，顺着她丹田在她体内游走运行。恍若有温厚宽大的手掌在缓缓摩挲着她的肌肤。而常清静又如同冰雕成的，透着股凉意。

苏甜甜脑子里乱成了一团糨糊，忍不住贴近了点儿，伸出光洁赤裸的双臂，轻轻环住了常清静的脖颈，像猫儿一样蹭着他。

苏甜甜这时候神志不清醒，常清静身形一僵，流露出一瞬的慌乱来，却没有大动作，强自稳定了心神，继续专心致志地输送着灵气。

这一瞬的慌乱在苏甜甜的眼里，反倒格外可爱。

她觉得这时候的常清静真可爱，怎么都可爱，忍不住噘着红润润的嘴又贴近了点儿，鼻尖轻轻在少年秀挺的鼻梁上蹭了两下，又去亲少年乌黑的鬓角。

常清静那乌黑的鬓角，渐渐有汗滑落下来。

感受到温软细腻的身躯紧贴着自己，常清静手上的动作一顿，脑子里一转，却是后台那一摊鲜血。

那么近的距离，桃桃肯定看到了，她将台上的一切都尽收眼底，而他被妖精围着闹洞房。

常清静张了张嘴，心好像被只大手攥紧了，嘴唇紧抿，额角汗水滴滴答答地往下落。

一股强烈的自我厌恶之感油然而生，几乎是在传送完灵气的刹那间，就霍然站起身，这一动直接将苏甜甜撞翻在了地上。

宁桃走啊走，走得脚底都磨出了水泡，忍不住又问。

“猪大哥，我们这是要去哪儿啊？”

“去哪儿？”猪脸妖头也不回，“去个好地方。”

眼看着他们都已经走出了偃月城的地界了，宁桃心里更焦急了。

常清静再不来，说不定她真的就回不去了。

然而，等到太阳再次落山的时候，宁桃终于死心了。

她重新冷静了下来，不肯放弃，“孜孜不倦”地继续自救大业。

比如说："猪大哥，我想上厕所。"

"憋着。"

宁桃涨红了脸："憋……憋不住了要拉在裙子里了。"

猪脸妖冷笑："那就拉呗。"

"猪大哥，走这么远了，你不停下来歇歇吗？"

眼看这些都不成，宁桃又觍着脸企图和猪脸妖攀交情，然而还没等她和猪脸妖培养出感情来，他们的目的地到了。

这是一处山洞，一处看起来平平无奇的山洞。

猪脸妖粗暴地一把将宁桃推进了山洞里："进去。"

宁桃一个趔趄，赶紧站稳了，伸长脖子去看，心好像被一根细线高高吊起。

猪脸妖将她推进了山洞里之后却没有跟来，只在门口喊："道君，我将新的血食送来了。"

"血食"这两个血淋淋的字让宁桃忍不住打了个寒战，一看面前这幽深黑暗的山洞，想都没想，掉头就跑！扑向洞口的那一刹那，洞口前却"嗡嗡"亮起了水波纹般的光膜，将出口牢牢地封死！

察觉到宁桃想跑的动作，猪脸妖在洞口冷笑："这山洞只能进不能出，别折腾了。"

说完，竟然一转身，就走了！

走了！

宁桃哆嗦了一下，不可置信地跳起来："喂！大哥！猪大哥！猪大哥等等我！"

然而"猪大哥"却十分残忍，头也没回，甚至走得更快，好像在担心"道君"突然出现追上他一样。

独留宁桃和这道结界大眼瞪小眼半天。

"血食"这俩字听上去太恐怖，"道君"这个名字听上去正气，但《西游记》里不是有不少妖怪名字都挺正气的吗？宁桃脊背上迅速爬上了一层寒意，一刻也待不下去，硬着头皮赶紧检查自己的丹田。

正巧赶了一晚上的路，猪妖走后她体内的药效渐渐散去，宁桃惊喜地发现，她又能运用掌心雷了，于是赶紧忙不迭地搓出雷球，企图砸碎面前这道结界。

可惜，她明显低估了这道结界的坚固，砸了半天，直到她灵力都耗空了都没砸开。

这一天，宁桃也不敢往前走，是蜷缩在洞口睡的。

宁桃一连砸了三天，终于绝望了。垂头丧气地靠着结界坐下，宁桃绝望地捂住了胃，认清了一个残酷的现实。

在砸开结界前她很有可能先把自己饿死。

山洞里倒是有滴水，这几天她就一直靠喝岩壁上的水为生。但吃的却近乎没有，除了那些倒吊着的蝙蝠。为了自己的生命安全着想，宁桃想：就算饿死我都不可能吃这个的！

眼看这样下去不是办法，桃桃内心挣扎了一会儿，将目光缓缓投向了山洞深处。

她还没忘记那猪脸妖临走前说了什么。猪脸妖说，这里面有个"道君"要吃"血食"，而她很悲催的就是这猪脸妖买下来送给"道君"的"血食"。

如果她往前只走一段路去找吃的，不往深处去呢？

在饥饿的促使下，怀揣这样的想法，宁桃舔舔干涩的唇角，扶着岩壁，一瘸一拐地往前走。

越走，桃桃的心就越凉。

这山洞里除了蝙蝠就只有蛇。她刚刚看到蛇，一颗心立即提到了嗓子眼儿里，差点儿叫成了只惨叫鸡，又顾忌那位深处的"道君"，只能悲惨地硬生生憋住。

她现在这身体状况，走了那么久无疑是天大的消耗，不甘心就这样两手空空地回去，便小心翼翼地又往前摸了一段路。

直到一个暗哑、威严又阴冷的声音响起。

"畏首畏尾这么多天，小娃儿，你终于敢出来见人了？"

这一声如天崩地裂，眨眼之间，山洞内地动山摇，从四面八方传来一阵轻响，山洞里竟然蹿出了明亮的火光，清楚地照出了她四周的环境！

刚刚黑暗遮蔽了一切，此时火光一亮，宁桃这才猛然发觉，原来不知不觉中她已经走到了山洞深处。

面前是层层叠叠斑驳的石阶，石阶被滴水经年累月地穿透，留下坑坑洼洼的伤痕。

这数百层石阶一路往上铺设，两侧火把高擎，竟然通向了一个宏伟的石台，但见附近的石壁内嵌着两尊怒目圆睁的披坚执锐、描金涂彩的神像，一人执斧头，一人执宝剑，拱卫着石台，只是或许因为时间久远，这神像身上的金箔也剥落了。

月光从顶部照落在石台中央。位于石台正中央的，是个类似于神龛的东西。

宁桃如遭雷击般怔愣在原地。

在这山洞深处，神龛中央竟然缚着一个披头散发的老者！

老者脖子上被金锁拴住，锁上连着的铁链，深深地嵌入神龛中的玉柱子里，他琵琶骨、肩骨、膝骨被一指宽的铁链洞穿，长长的铁链拖曳在地。

他须发皆白，从那乱糟糟、毛蓬蓬的白胡子里抬起头。

峨冠博带，白发如霜。

宁桃从来没见过这样的人。

他的年纪可能五六十了，也可能更大，胡子很长。

他虽然狼狈邋遢，目光却如风雷般烁烁，身姿清越，容貌冷峻。

他虽然被铁链束缚在这山洞深处，却如同踏马万里江山的战将，依然威势逼人。

第33章

宁桃几乎被这扑面而来的气势震住了，心跳立刻飙上二百，战战兢兢地问："道道道君……"

完蛋了，要被吃了！

心念电转间，宁桃几乎立刻跪了下来："请不要吃我！"

老者愣了一下，仿佛听到了一个什么惊天的笑话一样，又笑起来，这笑声震天动地，山洞如颠簸，碎石扑簌簌而落。

老者笑完了，嗓音微哑："小娃儿，送上来的血食我岂有不吃的道理？"

话是这样说的，没错。

可能看出面前的老者并没有打算立即吃自己，还有闲情大笑和自己打趣，宁桃又立刻趴低了点儿，咬牙乞求道："道君，恳请您放过我吧。"

"放过你，"老者收敛了笑，沉沉地说，"你有什么值得我放过你的吗？"

宁桃只觉得脊背立刻就被汗水浸湿了，尤其目光在触及石阶前那一堆散落的白骨时，更加头晕目眩，紧张到几乎呕吐。

那些散落的白骨，或许都是和她一样被上供给这位道君的血食。

刚出狼窝，又入虎口，宁桃都快哭了："我我我……"

鬼使神差地，宁桃脱口而出："我会讲故事。"

就像一千零一夜那样……

说出来宁桃就后悔了，她是猪吧！但就算这样，桃桃也依然坚强不屈地弱弱地企图补救。

"道君若不嫌弃，我能为道君讲故事，替道君解闷。我、我会很多故事的！

那种虐的、甜的、打脸的、逆袭的、回家的诱惑之类的，我都会！包君满意，一定不会让道君感到无聊！"

"哈哈哈，小娃儿，说你是小娃儿你还真是天真得可笑。我在此地待了数百年，从未有一日觉得无趣。"

不、不无聊？

目光落在宁桃呆愣的表情上，老者复大笑："因为恨啊。"

这一笑，似乎扯动了身上的锁链，鲜血汩汩而出。老者身躯微微颤抖，喘着粗气，抬起眼，眼里爆发出灼热的光。

"因为恨，因为恨啊，啊啊啊。"

"恨，恨阆邱那些老东西怎么还不死，哈哈哈，岭梅仙君，该死，该死，蜀山该死。"

"小娃儿，过来，到我这儿来，献祭给我的畜生就应该被我吸收消化。来，每多吃一人我这功力就更上一层，等我摆脱了这局月牢，就是他们的死期。"

糟了！

眼看对方又是笑又是长啸，一副癫狂之态，宁桃心里"咯噔"一下，不假思索，立刻拔腿就跑！

"跑？"老头儿喉咙里又"嘀嘀哈哈"地笑出声，沉沉地说，"你又能跑到哪儿去呢？"

就在宁桃动的同时，老者几乎也动了，一覆手的工夫，一阵强烈的气劲自山洞中荡开！狂风如注，霎时吹得宁桃迈不开步子，被这庞大的气劲所裹挟，拉回了老者面前！

对方伸出枯瘦的两根手指，扼住了她的咽喉。

宁桃痛苦得皱紧了眉，脸蛋因为缺氧迅速涨红。

好难受，感觉快喘不上气来了。

老者眼神冷而矍铄，根本没有因为她的痛苦而放松力道，钳制着桃桃颈骨的力道反倒越来越大。

他淡淡地说："小娃儿，遇见我是你的不幸，下次，投个好胎吧。"

宁桃已经失踪五天了。

这五天时间里，吴芳咏和常清静几乎找遍了整个偃月城却毫无宁桃的踪迹。

一如宁桃背着个古怪的大行囊突然出现一样，少女又突然消失了。

这几天，吴芳咏和常清静几乎昼夜颠倒地去找，累得两人下颌都生出了点儿淡青色的胡楂。

这是报应，吴芳咏忍不住想。

他俩放弃了桃子，选择了甜甜妹子，而现在，宁桃不见了，哪怕常清静把这偃月城几乎翻了个遍，都没找到桃桃。

其实，有一个想法不约而同地浮现在众人心里。

宁桃可能已经没了。

这个想法甫一冒出脑海，常清静浑身上下就忍不住颤抖起来，一股更加强烈的罪恶感和自厌感几乎吞没了他。

这是他第一次，有这种无法掌控的无力感。在蜀山的时候不是这样的，在蜀山的时候，他是人人尊敬的小师叔，能将一切都牢牢把握在手中，安排得很好。

而下了山，常清静这才难堪地发现所谓的天之骄子、蜀山小师叔其实不值一提。

他心中虽是想以刀剑双绝的度厄道君楚昊苍作为目标，风雷剑法却到现在还没学成。

夜半，篝火将熄未熄，吴芳咏已经和衣沉沉睡去，但常清静却还没睡，他一人坐下，坐姿端正、笔直，像经过了丈量，静静地坐在了崖边。

风从崖前吹过，崖下黑洞洞的。

常清静身姿清越，玄黑的道袍垂落在地上，黑色的长靴支在地上，风吹动袖口，一如鹤翅。少年情不自禁地垂下头，隔着黑色的手套，摩挲着道袍上的纹路。

微凉，寒意透过布料，丝丝缕缕地渗入了指尖。

桃桃还没回来。

想到这一点，常清静眼露茫然，忍不住打了个哆嗦。

面前好像又浮现出宁桃的笑。

他在蜀山长大，蜀山被另外两家戏称为"一门臭男人"，桃桃是他接触的第一个女孩子。她笑起来很暖，笑容也很灿烂，碰到什么好笑的事了，经常捂着肚子笑得直打滚，这个世界上没有哪个女孩子会这么笑的。

她眼睛很亮，黑眼珠很大，黑黝黝的像葡萄。

她是他见过的为数不多的女孩子里最奇怪的，温暖又明亮，像个无拘无束的太阳，字写得很好看，那些想法，那些见识，甚至让和她走在一起的自己感到一阵自卑。

遇到宁桃之后，他就有点儿奇怪，那股无法掌控的脱离感就更深，或许是有意或许是无意，他一边想着与桃桃接触想亲手触碰她口中那个美好的世界，想亲手触碰她周遭那些星星点点绚烂的文明，却又像是畏惧与明月争辉的萤火，总是想要躲她远一点儿。

而如今，宁桃真的失踪了。

突然，常清静感觉到一阵寒意，他沉默地坐在崖边，看着这漫天星斗在旋转，星光一点点地黯淡，好像有寒意透过了肌肤，他血液也结了冰。

师父告诉他，人能常清静，天地悉皆归。一想到宁桃，常清静就感觉心口好像被什么东西狠狠地撞了一下，好像有无数冰锥刺入了血脉中，刺得他全身上下一片寒冷。

身后传来了脚步声。

苏甜甜蹑手蹑脚地走近，少年微微侧目，余光一瞥，苏甜甜立刻涨红了脸。

"小……小牛鼻子，你这样坐在这儿会冷的。"

说着，把手里的披风递给了他。

常清静微微一动，这才猛然意识到，自己坐了太久，已经坐到星河渐渐暗淡，天际泛起了幽蓝，而篝火的余烬在寒风中明明灭灭。

少年甫一转身，苏甜甜就忍不住微微一愣。

常清静的眼是乌黑的，眼里落了点儿淡蓝的天光，明亮又清冷到了骨子里，像一朵冷焰。

苏甜甜想了想，干脆拎起裙角，在常清静身旁并肩坐了下来。

"桃桃一定能回来的。"她犹豫着碰了碰常清静的胳膊。

好冰。

悬崖前的风很大，但她靠在他身旁时，常清静微微一愣，垂下眼，出乎意料地没有拒绝。

"苏姑娘，多谢你。"

苏甜甜这几天忙着找桃桃也有点儿憔悴，闻言动了动干裂的唇瓣，不好意思地笑了笑："叫苏姑娘多见外呀，叫我甜甜好了。"

常清静看了她一眼，移开了视线，嘴唇微微一动："苏姑娘。"

不。

她不想死。

听到这句话的刹那，宁桃的眼泪立刻喷涌而出，她奋力地、胡乱地蹬着腿，四处一阵扑腾。

她还要回家，她不想死。

或许是上天终于听到了她的祈求，就在颈骨即将断裂的那一瞬间，掐着她脖子的力道却陡然一松，老者浑身一个哆嗦，突然弯下腰，剧烈地咳嗽起来。

宁桃顺势滑落在地上，捂着脖子，咳得眼泪、鼻涕都飞成了一团，宛如一个蜷缩着的虾子，几乎把肺都咳了出来。

惊魂未定间，宁桃看向前方。

那老者的状况没比她好到哪儿去，不过比宁桃更触目惊心的是，他咳得几乎满地是血。

汩汩的鲜血顺着他的嘴角流出，又迅速没入了白花花的胡子里。而老头这一动，又牵扯了身上的锁链，洞穿了琵琶骨、肩胛骨各处的旧伤。

见状，宁桃痛苦地皱紧眉，又忙不迭地滚远了点儿，一直滚到了她认为还算安全的距离。

老者或许是留意到了她的动作，却一直没空管她。

就这样，宁桃和他保持着一个相对安全的距离，警惕又犹豫地观察着他。

他看上去十分憔悴，瘦骨嶙峋，白花花的胡子几乎垂到了膝盖。

这让宁桃几乎不忍心再看下去了，天知道她每次放学回家，在路上看到那些乞讨的老人的时候有多容易心软。

尤其像老者这样，骨瘦如柴的，让她忍不住想到自己的爷爷……

一想到这儿，宁桃就猛地摇了摇头。

宁桃，你清醒一点！面前这老头儿是要吃人的那种！这么凶残的老头儿能和寻常人相比吗？！

但是，但是……看着这老者痛苦的模样，桃桃再度动摇了。

反正她靠自己也出不去了，不如趁机和这位道君培养培养感情，请他放自己出去呢。

宁桃犹豫了一下，重新爬了起来，一点一点往前挪了两步："你还好吗？"

老者根本没空回答她，他垂着脑袋，喉咙里发出"喓喓嗬嗬"的气音。

宁桃鼓起勇气，咬着牙，轻轻绕到了老者身后，颤巍巍地伸出手轻轻地拍了拍对方的脊背。

察觉到老者并没有反应，又或者是没空反应之后，宁桃大着胆子，又拍了一下，两下。

虽然她这动作收效甚微，但好歹也是能帮忙顺顺气的。

拍了两下之后，宁桃想想，又去岩壁前接了点儿水，递到了老者面前。

"喝点儿水吧。"

老头儿终于抽空抬起眼，看了她一眼，沉下脸，用力一挥。

"拿开。我不喝！我不需要任何人的怜悯！拿开！"

她小心翼翼捧着的水，被老头儿这么一挥，全泼在了地上，宁桃忍不住皱紧了眉。

老头儿已经喘稳了气儿，冷笑："小娃儿，你就不怕我趁机吃了你恢复力气吗？"

"狗咬吕洞宾，不识好人心。"宁桃其实有点儿生气的，但这个时候她看了一眼这老头儿，出乎意料地已经完全不气了。

桃桃干脆一屁股坐了下来："反正我也出不去，死在这儿和死在你手上也没多大区别，除非你能保证……"

老头儿喜怒莫辨，淡淡地问："保证什么？"

"保证杀我的时候干净利落，不让我感到任何痛苦，我很怕疼的。"宁桃小声地说。

这话，其实倒符合她的真情实意。

老者又大笑起来，笑完，合上了眼，闭目养神，却好像没打算理她了。

宁桃摸了摸脖子，这脖子上有两个鲜红的指印。

比起死，她还是更想活。

老者却好像长了眼睛一样，冷笑道："放心，我如今旧伤复发，功体不稳，就算吃了你也克化不了。"

宁桃松开手，试探着问："那道君你能不能放我离开，反正，我如今对您……您也没什么用处，只要道君您愿意放我离开，我什么都能做。"

"你以为我不了解你打什么算盘？小娃儿，你说你什么都愿意做？我若真要你做事，你承担不起。"

宁桃涨红了脸，梗着脖子："只要不是那种让我杀了谁谁、超出我能力、道德，我做不到的事，我都能做。"

老头儿微微侧目，张狂地大笑了三声，"那从今天起，我要你侍奉我，何时侍奉得我满意了，我就放你离开。"

宁桃脸色"唰"地就白了："侍、侍奉你？"

是哪个侍奉？丫鬟的侍奉，包暖床的吗？！古人说话一般都比较委婉，是她想的那个侍奉吗？可是对方都这么老了。桃桃浑身一震，忍不住胡思乱想。

不过被关在这地方这么多年，生理欲望无法排解倒也是正常的……

老头儿眯起眼："你在想什么？"

宁桃也拿不准对方是不是这个意思，只好吞吞吐吐、含蓄委婉地嗫嚅道："侍、侍奉可以，但其他的，不行。"

老头儿愣了一下，脸色也沉了下来，大喝了一声："蠢！蠢货！我那儿子如今年纪都能做你爹了！我要你侍奉我？！我要你做我的丫鬟、我的奴隶、我的狗，照顾我日常起居！"

宁桃脸色也涨红了，但好歹是松了口气，又想到对方如今吃不了她，忍不住大着胆子辩驳道："那……那都是因为道君你说话说得不清楚。"

老头儿勃然变色，看起来想站起来教训她，却又扯动旧伤，剧烈地咳嗽起来。

宁桃赶紧上前，又拍着他脊背，替他捋顺了两口气。

好不容易气息稍定，老头儿还没忘扭头冷哼嘲讽她："说你是狗，你倒是有自知之明，觍着脸巴巴地就凑了上来。"

宁桃叹了口气："那是因为我想出去啊，人在屋檐下，不得不低头嘛。"

"这其实是我俩之间的等价交换罢了。"桃桃坦坦荡荡地表示，"没啥可羞愧的。"

这一晚上，宁桃是蜷缩在石阶上睡着的。

说是要她做他的丫鬟，老头儿还真的不客气。

桃桃一晚上都没睡好。这石阶又硬又硌人，四周寒气冷飕飕的，山洞里潮湿阴暗，她挨到后半夜，好不容易迷迷糊糊地睡着，一大早就被颗石头砸醒了。

宁桃艰难地睁开眼，白胡子老头儿大喝："愚蠢！还不起来侍奉我？"

宁桃忍气吞声地问："道君需要我做什么？"

又一颗石子"啪"砸在了她身上，白胡子老头儿冷喝："连这点儿眼力见儿都没有，我就该吃了你。我渴了，要喝水，你还不快为我奉上？"

明明昨天给他接的水还被打翻了。

宁桃认命地起身，在这神龛中翻翻找找，找到个瓦片，走到了岩壁下，小心翼翼地又接了一捧水，递到了老头儿面前："道君请用。"

等到老头儿喝完了水，宁桃又回到原地，用这水抹了把脸。

洗了把脸之后，这困意才总算消解了不少，宁桃精神奕奕地跑回来，主动开口问道："道君，要我给你梳头吗？！"

老头儿没有拒绝，宁桃就权当他同意了。

没有梳子，姑且用手做梳子。老头儿不知道在这儿被关了多久，头发都打结了，很难梳通，宁桃干脆又接了一瓦片的水，沾着水打湿了，慢慢捋顺。

这是个艰巨的工程，不过眼下又没什么打发时间的事儿可干，宁桃苦中作乐，干脆把老头儿当作了小时候玩的那种芭比娃娃，一边哼着歌儿一边替他梳头。

最后再将瓦片伸到了老头儿面前，示意他看水中的倒影。

之前对方那副样子实在有点儿像金毛狮王，现在头发理顺了，颇有点儿帅爷爷的意思。

目光触及瓦片中的倒影，老者沉默了半晌，良久才移开视线，又像是被突然惹怒，粗声粗气地冷喝："拿开！"

桃桃愣了一下："不好看吗？"

"我叫你拿开，聋了？"

宁桃默默地移开了瓦片，这下终于有点儿忍无可忍了。但她还没生气呢，老头儿反倒生气了，不等她反应，又踹了她小腿骨一脚，叫她去收拾神龛里的碎石。

这是故意的！宁桃悲愤地想。

他自己在这儿待了指不定有百八十年了，都没想着收拾自己这居住地，偏偏支使她去收拾，更可恨的是，她还不敢反抗，只好老老实实地去搬动这些石头，将神龛重新收拾得整洁。

做完这一切之后，桃桃累得一根手指都不想动了，就算老头儿勃然大怒支使她，她也懒得再动一下，像条咸鱼一样趴在地上，默默把头埋在臂弯下，装作已经累得睡着了一样。

接下来这几天，老头儿更是变着法地奴役她，就算没事儿也要找出点儿事来。

而宁桃是真的没有力气了，她快饿死了，而老头儿明明看出来她饿得要死，却还是冷眼相待。

在山洞里待了这么长时间，她就光靠常清静教她的那些灵气撑着。

再不吃饭她就要死了。

"起来。"老头儿冷哼。

"不起不起。"宁桃痛苦地捂住胃，在地上翻滚，"我好饿，道君，你把我杀了吧。"

宁桃自暴自弃道："或许杀了我，我就不饿了。"

"好饿，好饿，"蹬着腿，桃桃绝望地滚来滚去，"我真的好饿。"

老头儿忍无可忍："闭嘴！我叫你闭嘴！吵死了，蠢货。"

"好饿好饿好饿我真的好饿！"

"那就去吃这些蝙蝠和蛇！"

吃那些蝙蝠和蛇不如让她去死，一想到这蛇皮肤下的寄生虫，宁桃就一个哆嗦。

"绦虫、蛔虫、线虫这些虫子谁爱吃谁吃，有毒的！"桃桃振臂抗议，"病毒！"

眼看宁桃死皮赖脸地就是不肯起来，老头儿终于屈服了，不耐烦地喝骂道："起来，我说你蠢，你真蠢得无可救药，明明是风雷双系，却连辟谷都做不到。"

辟谷？

宁桃脑子里当当当作响，一个鲤鱼打挺，立即坐起来，期待地问："道君，你要教我辟谷吗？"

"教你辟谷？别说得这么好听，我只是不想少个侍奉我的奴隶。"虽然这么说，老头儿还是丢了块石头，正中桃桃膝盖。

"坐下！"

宁桃揉了揉膝盖，干巴巴地反驳："其实，其实我也不蠢的。"

"好啊，那你就去做，让我看看你是不是真的蠢得无可救药。要是你死了那正好！反正我也厌倦了你这个蠢货！"

这个世界的"辟谷"就是靠吸纳灵气，运转灵力来提供每天活动所需要的能量。

和老头儿学了辟谷之后，宁桃终于感觉好受了不少，丹田里有灵气运转，饱满、暖洋洋的，令人餍足，不再像之前那样，饿得前胸贴后背。心情大好的宁桃看着老头儿都觉得可爱了不少。

或许是真怕她饿死了，老头儿出乎意料地今天没再支使她，桃桃一个人蹲在岩壁前，顺着缝隙去摘岩壁上黄色的不知名的小花。

这些黄花生长在阴暗潮湿的岩缝中却还开得很灿烂。

接下来这几天，宁桃开始试着用石头垒出个桌子、椅子，又垒出张床、枕头，并且还在枕头边上摆了朵黄色的小花。

老头儿对她这行为表示不屑一顾。

宁桃本来都已经双手交叉，放在肚子上，安详幸福地躺了下来，听到老头儿的冷嘲热讽，又一屁股坐起来，认真且一本正经地说："生活要有仪式感。要知道，生活不只有眼前的苟且，还有诗与远方。"

对于她的鸡汤，老头儿哼了一声，翻了个白眼作为回应。

帮老头儿梳了这几天头发，再之后几天，宁桃兴致勃勃地对老头儿的胡子发动了攻势，一边梳，一边继续哼歌。

从那些抖音神曲，一直唱到了《红日》，这可是她的经典保留曲目。

"命运就算颠沛流离，命运就算曲折离奇，命运就算恐吓着你，做人没趣味。"

老头儿本来是沉默的，后来突然出声："唱的什么？"

桃桃给这白花花的胡子编了个精致的小麻花辫："这叫《红日》。"

老头儿断然命令道："再唱一遍。"

宁桃勤勤恳恳地继续编小辫子，一边编，一边唱。

> 一生之中兜兜转转哪会看清楚，
> 彷徨时我也试过，
> 独坐一角像是没协助
> 在某年那幼小的我，
> 跌倒过几多几多落泪在雨夜滂沱……

老头儿沉默地听了一遍之后，又突然像是被激怒，哈哈大笑。

"哈哈哈，唱得好，唱得好，这词写得好！"

"但这世上，是黑白不辨，是是非非不分，就算母亲也能对自己儿子下手，就算兄弟也能亲手杀了自己哥哥，就算至交好友，也能为利反目成仇。律法算什么？是对弱者的践踏，对权贵的庇护。卑贱者，辛勤半生被欺辱被冷眼，出身高贵者，就算蠢钝如猪都有资格傲慢轻视旁人！这世上没有黑白，没有是非，到处是压迫欺凌，鞭笞嘲弄！这世上哪有老天，不过是旁人掌握你的命运！这歌也不过唱给自欺欺人之人聊以慰藉罢了！"

宁桃几乎已经习惯了他这间歇性大笑抽风，老头儿明显受过什么背叛伤害，有过一段惨痛的过往，有时候说话就和莎剧一样。

说不好奇那是假的，但桃桃虽然好奇，却也不想打听别人惨痛的过往来满足自己的好奇心。

于是，宁桃装作没听见一样，镇定自若地编完了这一排麻花辫又往这胡子上别了几朵小黄花。

老头儿笑完了才意识到宁桃究竟干了什么。

宁桃伸出瓦片给他看："道君，您看好看吗？"

老头儿立刻变了脸色，勃然大怒："你想死？解开，给我解开！你若想死，我现在就成全你！"

宁桃松开手退后了几步，举起手，明智地准备开溜："我去给道君接水喝！"

"给我滚回来！现在怕了？怕了也晚了！从今日起，你别想再踏出此地半步！"

奈何四肢被铁链牢牢束缚，老头儿气得面色铁青却毫无办法，最终只发出了一道剑气，一剑削下了自己这耻辱的胡子。

宁桃刚一转身，立刻就怔住了。

"道……道君？"

妈呀！面前这美大叔是谁？！这还是之前那像她爷爷的老头儿吗？

宁桃震惊地看着美大叔。

那白花花的几乎曳地的胡子被削得还挺仔细，只在下颌和唇前留了短短的胡楂。

美大叔长发披散，冷冷地看着她，眉眼是风刀霜剑雕刻出的沧桑，薄唇剑眉，英挺俊美，眼里轻狂傲慢，浑身上下张扬霸气，散发着一股睥睨天下的气势，只是眼角的细纹暴露了对方的年龄。

老爷爷秒变美大叔什么的！

不怪宁桃之前看不出对方的真实年龄，之前对方胡子乱蓬蓬的，头发散乱，几乎遮挡住了五官。

"来啊，过来！不是想死吗？！"美大叔怒气横生，长啸一声，"我成全你！来！"

苏甜甜一直陪着常清静到下半夜。

等到下半夜的时候，常清静袖中的传信玉符突然亮了起来，随即又响起个欣喜的嗓音。

常清静一顿，将这玉符抛到半空之中，半空中，即刻幻化出了两个少年的音容样貌。

都是黑手套，黑腰封，黑长靴，乌发束冠的打扮，一样的俊俏禁欲。

"小师叔！"这是之前在王家庵时见到的玉真和玉琼两人。

玉真和玉琼本姓孟，其实是一对兄弟。

瞥见了常清静身旁的苏甜甜，玉真惊讶道："苏姑娘！"

苏甜甜抿唇甜甜地笑了："好久不见啦。"

玉琼微微一笑："苏姑娘，好久不见。"

说着说着，孟玉琼好像突然想到了什么，目光越过了苏甜甜，微微一顿，颇有些惊讶地睁大了眼："宁姑娘呢？"

"对了。"孟玉真也一脸疑惑地挤了过来，"宁姑娘呢？"

话音刚落，传音玉符前那两个少年就明显察觉出来气氛有点儿不对劲。

常清静倏然僵立在了原地，眼睫像是覆了层霜雪般微冷。

"宁姑娘怎么没陪在小师叔你身侧？"孟玉琼惊讶地问，"反倒成了这个苏姑娘了？"

老实说，孟玉真和孟玉琼对常清静身边儿的宁桃颇有几分好感的。

少女样貌清秀，又见多识广，性子乖巧，心地善良，有礼貌又懂进退。

蜀山剑派对门下弟子找道侣这事儿规矩不严。

小师叔有个宁桃陪伴在身边，将来结为道侣，他们也是乐见其成的。

闻言，苏甜甜目光黯淡，脸色立刻有点儿尴尬。

"这、这其实是我的错。"

苏甜甜又愧疚又无地自容，磕磕绊绊，涨红了脸解释："都是我不好……我……"

从苏甜甜这颠三倒四的语句中，终于还原了事情的本来面目。两个少年面面相觑地对视了一眼。

孟玉真一愣，脸上立刻有点儿一言难尽。

心地善良、单纯虽然是好事儿，但这毫无防备之心，未免就有点儿害人害己了。

但两个少年倒也不好指责什么，只是心里对这位苏姑娘的好感不动声色地降了几分。孟玉琼无奈地笑了一下，话到嘴边，只稍微提点了两句："苏姑娘，下次行事可万不能如此莽撞了，否则，终将害人害己，不可收场。"

苏甜甜面色苍白，神情立刻有些尴尬，但也知道这一切的确是因自己而起，抿紧了唇，没多说话了。

"我、我知道了。"

孟玉琼说完，移开了视线，不再看苏甜甜，又看常清静兀自懵懵懂懂的模样，心里更是叹了口气。

他们这位小师叔什么都好，就是亲人去得早，被张掌教一手抚养长大，小小年纪就是受人尊敬的小师叔，被架得太高，脚不沾地，自然就不通人情世故。说来说去，只能说是教养得礼，看着能糊弄人，接触久了，日子一长，这榆木脑袋的性格，一大堆臭毛病就暴露无遗了。

按下这些乱七八糟的想法，孟玉琼关切地问："那小师叔近日可有什么眉目了？"

常清静俊美的面容僵硬，顿了顿，这才轻轻摇头："并无。"

他又收拢衣袖，蹙眉问："你们半夜找我做什么？"

蜀山清规森严，蜀山弟子行为举止俱克制守礼。传信玉符那头的少年立刻严肃了神情。

玉琼："小师叔，我听说你最近在偃月城？"

"实不相瞒，我们两个来找小师叔，实际上是和那位道君有关。"

第 34 章

孟玉真面露为难之色："小师叔，你也知道那位道君被关押在扃月牢中，那扃月牢离偃月城不远，前几天，岭梅仙君察觉到扃月牢附近有异动，准备差人去看看。"

孟玉真愣了半秒，又像是被突然惊醒了，恍然大悟："怪不得小师叔送信回蜀山找天机阁的刘师兄帮忙呢？原来是查那只猪妖的下落？"

玉琼不好意思地抿唇笑了一下："我们俩被师门差遣，心里着实有点儿忐忑。又听刘师兄说小师叔就在附近，这才想找小师叔帮忙，请小师叔陪我们走一趟。"

常清静沉默了片刻："我能追踪到那猪妖一直未曾离开偃月城，但恰逢妖市人多气味繁杂，再想往下深入却没有办法了。"

"道君？"苏甜甜杏子眼睁得溜圆，好奇地问，"什么道君？"

孟玉琼顿了一顿，微微蹙眉，好脾气地解释："苏姑娘，你有所不知，是那位度厄道君。"

眼看苏甜甜犹是懵懵懂懂的样子，想到这位狐狸姑娘不通这人间的事也实属正常，他便耐着性子继续说："度厄道君，本名楚吴苍，曾经是阆邱剑派首座，是个惊才绝艳的道君剑仙。"

"扃月牢？他被关押在扃月牢中吗？"

玉琼微微颔首："是，度厄道君行差踏错，犯下滔天罪孽，便由岭梅仙君亲自捉了，镇压在这扃月牢中。前几天，岭梅仙君察觉到扃月牢附近有异动，下令几家弟子去周遭查探。"

常清静沉声问："除了蜀山还有谁？"

玉真忙道："除了咱们蜀山，还有阆邱的，凤陵的，其他各家各派也都派了不少弟子过去。"

苏甜甜咂舌："这位度厄道君这么厉害？竟然需要这么多人去？"

玉琼苦笑："度厄道君性情暴虐，未踏上歧途前，是个刚正不阿、疾恶如仇的君子。绝杀榜上不知有多少人都是他一剑枭首，他割下的人头数不胜数。"

"他修习的风雷双系，本就是些罡正凶猛的招式。小师叔的风雷剑法也是学自度厄道君的，虽说他声名狼藉，但是不可否认的是，他为这世间功法做出了不少贡献。如今，有大半修士的功法都是学自于他。"

这位度厄道君，不只天资过人，更兼之身材高大、容貌俊美，常穿一身玄色的飞鱼纹曳撒，黑色描金云龙纹长靴，器宇轩昂，曾经是不少女修，甚至男修的梦中情人。

人人都猜测，或许是楚昊苍练的这罡正暴烈的九天震雷刀法，练到走火入魔，反噬了自身。又或者是他造了太多杀孽，冤魂缠身，最后走火入魔，神志不清。

不过度厄道君楚昊苍带给三大仙门的恐惧，至今尚未消散。

一听说要去扃月牢附近查探，玉真心里就直打鼓，就连一向沉稳温和的玉琼也有些担心，这才想到了他们这位小师叔常清静。

他们这位小师叔常清静，虽然还未及加冠，但隐约已有了当年度厄道君的风采。为人严肃清冷，谦恭清素，虽说不苟言笑了点儿，但一颗赤子之心，仗义任侠，自下山起救助过不少普通人，人人称道，是个怀珠韫玉、光彩耀人、高高在上的小剑仙。尤其风雷剑法，更是惊才绝艳，不过这风雷剑法里第三式"六合归元"，常清静一直没学成，还在和这一招死磕。

想到宁桃，孟玉真有点儿忧心忡忡："我觉得说不定宁姑娘的失踪和那位道君也有关系！"

"苏姑娘不是说，买走宁姑娘的是个猪脸妖怪吗？！"孟玉真有些激动，"我听说，最近这几年，一直有个猪脸妖怪在扃月牢中出没。"

常清静瞳孔骤缩。

另一个嗓音从背后，几乎和他异口同声地说出来。

"此话当真？！"

吴芳咏不知道什么时候醒了，瞪圆了眼，扯着常清静袖口，一向苍白的面色激动得有点儿泛红。

"此话当真？有桃子消息了？"

常清静抿紧了唇，如今没有桃桃的头绪，倒不如跟着玉真、玉琼去扃月牢看看，说不定，路上能打听到桃桃的消息。

苏甜甜自然是没有异议的，顾及吴家小少爷没有修为，常清静本意是先送吴芳咏离开。

没想到少年揉着脑袋，苦笑了一下："桃子不见了，也有我的错在里面，现在让我走，我可不走。"

常清静皱眉，并不赞同："你是普通人，并无灵力傍身。"

瞥见常清静不苟言笑、少年老成的模样，吴芳咏满不在乎道："嗐，我这从小到大碰到多少妖怪了，再说不是有那么多人都去吗？还有你保护我，我正好还能问问其他门派收不收弟子。"

常清静本来就不擅言辞，说话的一向都是桃桃和苏甜甜，如今宁桃一走，拗不过吴芳咏，只好任由他去了，只是这一路上，多留了个心眼儿。

少年总是看一眼看一眼的，看得吴芳咏毛骨悚然："你别看我，怪变态的。"

常清静面色立刻一红，眼角抽了抽，微窘。

这回"探查小队"的集合地点安排在距离偃月城不远的一家客栈里，等常清静他们赶到的时候，客栈里已经聚集了不少三家子弟。

"大致就是这样了。"主导这次行动的凤陵仙家师姐——金桂芝，柔柔一笑，"大家今日早点儿歇息，等人齐了我们一道儿去偃月牢。"

吴芳咏新奇地看着这一圈儿世家少年少女。

道家崇黑，那打扮得像黑颈鹤的少年们是蜀山剑派的，黑金二色，背负剑匣，臂弯里搭着把拂尘，肩宽腿长。

那一身白，乌发高束的，是阆邱仙府的，阆邱山多雪，阆邱剑派的弟子穿得也暖和点儿，帅气疏朗，个个皮肤极白，白得发光。

至于那凤陵仙家的弟子，都穿杏色，鬓角攀附着些桃花，清丽又柔和，颇有些世家弟子的仙气飘飘。

见到小师叔常清静，蜀山剑派的弟子都很高兴，虽说在蜀山大家关系不算好，但如今出门在外，自家人总要抱团。这些少年长腿一跨，像叽叽喳喳的鹤："小师叔！"

"小师叔！"

又看到提着裙子走进来的苏甜甜，一众世家少年不由得微微红了脸，推推搡搡的，说不出话来。

苏甜甜看了一眼金桂芝，冲金桂芝甜甜一笑。

金桂芝莞尔，走上前来，轻声低斥道："你偷偷溜出来这事儿，家主已经知道了，想好之后怎么和家主解释了吗？"

苏甜甜脸色立刻就变了，耳朵也耷拉了下来："我、我……"

看她"我"了半天没"我"出个所以然，金桂芝叹息了一声，又看了眼不远处的常清静："这蜀山的小道士是怎么回事？你和溅雪之间？"

苏甜甜腾地红了脸，吞吞吐吐："我……"

金桂芝面色微微一变，杵着苏甜甜的脑门，沉下嗓音："你年纪小，控制不了自己的魅惑之术倒也正常，但可不能胡乱招惹人家小道士。"

魅惑之术，属于狐妖一族的天赋技能，算是个神识类型的法术，简单来说，能让人甫一照面，就情不自禁地对狐妖这一族生出淡淡的好感与倾慕之意。

不过这门法术有作用范围，像隔着传信玉符那种的自然就不起作用了。它也没那么玄乎，到不了任意动摇更改人心神的地步。

苏甜甜年纪小又贪玩，控制不好这门术法，金桂芝一直为这发愁。这门术法说好也好，说危险也危险。

"我都听蜀山的说了，这小道士本来身边就跟着个普通姑娘，你喜欢溅雪就老老实实喜欢，别去做插足人家之间的事儿知道吗？到时候让楚沧陵知道，可抽不死你。"

一提起"楚沧陵"这三个字，脑子里浮现出男人那阴沉的模样，苏甜甜便不由得打了个哆嗦："楚沧陵一直不喜欢我，师姐你、你又不是不知道。"

"总而言之，桃桃这事儿的确是我做得不对，"苏甜甜咬咬牙，一想到宁桃既愧疚又自责，眼泪都快掉下来了，"我、我一定会负责的。"

金桂芝轻轻叹了口气。

她性格要强又直爽，和苏甜甜本来不是一路人，对苏甜甜也没多少感情，只是身为师姐总要照拂小师妹一点儿，看她这样，也不忍心再说了。

金桂芝走后，苏甜甜撑着下巴，忍不住多看了一眼常清静。

自打和自己的同门会面之后，小牛鼻子就更加沉默清冷了，一举一动，一言一行，既守礼又死板。

等到常清静走进了卧房，苏甜甜在卧房门口绕了一圈，敲了敲门。

"小牛鼻子，我能进来吗？"

卧房内，一盏青灯如豆。

常清静如今心情纷乱，腰杆挺得笔直，垂着眼在抄《清静经》。

和桃桃接触的那段时间里，常清静几乎又回归了少年的本性。

而如今，见到了其他蜀山同门，自觉要肩负起作为小师叔的模范作用，少年又成了那清冷的、"装在套子里"的小剑仙。

听到门口的动静和那脆生生的嗓音，常清静顿了半秒。

是苏甜甜。

这么一想，反倒觉得坐姿愈加局促。

他不知该如何面对苏甜甜……

少女天真可爱，又霸道娇气，将他几乎打了个落花流水，措手不及。

常清静微微皱眉，思量再三。

不开门到底还是失礼。

于是他搁下了笔，打开了门。

一开门，苏甜甜就宛如个炮弹一样冲了进来，笑容灿烂。

“小牛鼻子！”

少年看了一眼门外，将门大开，礼貌地问：“苏姑娘深夜来这儿，是有何事？”

苏甜甜提着裙子，闻言不满地噘嘴：“我来看看你啊！”

“怎么，我就不能来吗？”

她轻巧地越过了桌案，熟稔地坐在了常清静的位子上。

常清静原地站了一会儿，在她对面坐了下来。

少女已经拿起了桌上的字帖，惊讶地说：“小牛鼻子，这是你写的字呀！真好看！”

常清静神色莫名地垂下眼，轻声说：“不如桃桃。”

的确不如桃桃。

自小师长便称赞他的字，但桃桃的字写得比他更好。

提到宁桃，苏甜甜眼神微黯，忍不住安慰：“别担心，我们一定能找到桃桃的。”

常清静继续抄书，苏甜甜便撑着下巴，聚精会神地看着他。

苏甜甜看着他颀长挺直的身影，伸出手比画了一下。

就像青松一样。

“小牛鼻子，你不无聊吗？”她问，“你在蜀山平日里都做些什么呀？”

常清静搁下笔，思忖了半刻：“练剑，学经，做些杂务。”

苏甜甜掰着手指头说：“你们蜀山也太无聊了，不像我，我每天就是去爬树摘果子，到春天，山里的那些山莓啊、桃子啊、杏子啊都熟透了。最讨厌的就是蛇妖了，还有那些山猫，总是偷我的果子，还说我是妹妹，应该让给他们。”

常清静听着听着，笔势便不由得又是一顿，听得有些入神了。他几乎能想象出少女在山野间赤足奔跑的模样，就像是乘赤豹兮从文狸的山鬼。

这些山野间琐碎的趣事仿佛一阵风吹入了耳畔。

常清静一顿，听得也不禁入了迷，心里生出了点儿向往之意，他的生活和苏甜甜相比，确实古板乏味了点儿。

说着说着，苏甜甜便闭上了嘴。

少年的肌肤在灯光下泛着皎洁的光，细腻白皙。平常和他们在一块儿的时候，常清静都鲜少束冠的，只是梳个简单利落的、高高的马尾。

如今束冠，更显得禁欲不近人情。

嘴唇是淡色的，有些薄。

听说薄唇的人薄情，小道士他一心向道，肯定是个薄情的人。

在灯光下，少年的唇可真好看啊，就像是山莓。

苏甜甜忍不住将身体往前倾了些。

她原本是双手托腮的，两只眼睛睁得大大的，兴致勃勃地看着常清静。

这个时候，苏甜甜忍不住凑近了点儿，眼里波光潋滟。

"小牛鼻子。"

少女乌黑的瞳仁里雾蒙蒙的，像喝醉了酒一样，白皙的肌肤上也漫起了薄红。

常清静微微一愣，下意识地往后倒退了半步，喉口发涩。

苏甜甜聚精会神地看着他，打量着他的神色，忍不住提起裙摆，像蝴蝶一样落在了少年身边。

她挽住少年僵硬的手臂，试探性地去亲他，一个带着山莓味道的吻将要落在他唇角。

常清静瞳孔骤然收缩，眼前几乎浮现出了那穿着蓝白色"运动服"，背着大书包的少女。

头倏然一偏。

束在道冠中的乌发滑落，那个吻就落了空。

空气中一时有些微妙的尴尬，苏甜甜僵在了原地。

常清静却没有看出她的尴尬，缓慢地闭上了眼。

这山莓的微醺让他觉得不安，比起这山莓的微醺，那股甜甜的乳香更让他觉得安心自在和放松。

只是一直萦绕在鼻尖的那淡淡的乳香再也找不着了。

吻落偏了，苏甜甜仿佛被人扇了一耳光，僵在原地，脸色青一阵白一阵。

犹豫了半刻，苏甜甜又鼓起勇气，咬咬下唇，小心翼翼地伸出手在少年冰凉白皙的颊侧摩挲了两下。

少年脸上这稀疏的细小的茸毛显得温软。

常清静猛然惊醒，惊弓之鸟一般，突然握住了她的手，手上用了很大的力气，紧紧皱眉看着她，眼神骤冷，语气比之前都更为严厉和不客气。

"苏姑娘！"

苏甜甜立刻退后了半步，眼里泛起了雾气。

"小牛鼻子，"她可怜巴巴地看着他，"你生气了？"

"对不起，我忍不住。"苏甜甜抬起脸看他，"小牛鼻子，你的皮肤真白，又干净，就像凉糕一样，冰冰凉凉的，我看着就想咬一口。"

浑然不知自己这天真的话会带给情窦初开的少年多大的震撼，常清静浑身一震，移开了视线，艰难地吐出几个字。

"苏姑娘，回去吧。"

"小牛鼻子，"苏甜甜咬了咬下唇，含着泪看着他，"你难道就没喜欢的人吗？没有爱人吗？"

常清静垂眼，没有答复。

但这态度无疑已经给了回答。

苏甜甜又问："你谁都不爱吗？那桃桃呢？"

桃桃？

常清静皱紧了眉，微微一怔，想了想，又说："我并无爱人。"

他能看出来苏甜甜对他的接近，她大胆妄为，在她身上，他好像看到了那个憧憬自由的自己。

在苏甜甜步步逼近之下，就算不讨厌，也难免觉得窘迫和不安。无事献殷勤，非奸即盗。常清静并不认为自己有什么值得她接近，她喜欢的地方。

至于宁桃。

他只是，把他最好的朋友弄丢了，他想把她找回来。

第35章

少女那杏子大眼痴痴地看着他，眼里的雾气旋开即合，苏甜甜勉强地笑了笑，眼里却有眼泪掉下来。

见到女孩子在自己面前掉眼泪，常清静僵硬了身子。

苏甜甜胡乱擦了两把泪水，提着裙子，冲出了客舍。她跑到门前时，却又侧过了身子，哭着道："可我喜欢你啊，小牛鼻子，我最喜欢你了。"

等常清静再回到桌案前时，面前的字帖不论如何都写不下去了。

常清静握紧了笔，侧眼看了一眼竹挂幔，夜风徐来。

似乎是要下雨了。

到后半夜，果然下了雨。夜雨淅淅沥沥地落在了客舍的竹屋檐上，竹制的风灯明灭未定。

相传蔡邕用"柯亭"第十六根竹制笛，便是这般清凉清透的音色。

雨拍屋竹。

常清静静静地躺在竹席上，忽而又闭着眼皱紧了眉，翻来覆去地一直未能入睡，脑子里一个疑问一直在反复回荡。

苏甜甜当真喜欢他，他当真值得人喜欢？

"小牛鼻子，你是不是生我气了？"

心里却好像下起了夜雨，淅淅沥沥到天明。

苏甜甜刚冲出屋门，转身就和孟玉琼撞了个正着！

两人各自一愣，都怔在了原地。

孟玉琼："苏姑娘？"

目光越过苏甜甜往前一看，脑子一转，玉琼立刻就明白了点儿什么，脸色微妙，有些难看。

"苏姑娘，男女授受不亲，你半夜去小师叔屋里，让别人看到了难免说些闲话。"

这话说得有点儿重了。

不过这还是孟玉琼性格温柔，不爱和人吵架，顾及这是个姑娘，故意软化了嗓音劝慰般地提点。

但这淡淡的一句话，又仿佛在苏甜甜脸上扇了一巴掌，简直比杀了她还让她难受。

苏甜甜狼狈地避开了孟玉琼的视线："我……我……我对小牛鼻子是真的……"

孟玉琼目光落在苏甜甜微湿的眼睫上，面上不显，心里却更加失望："小师叔他性子古板，不通人情世故，苏姑娘如果不是真心的，就别去招惹他了。小师叔人很好，但性子又冷又直，不合群。苏姑娘你知道吗？无论去斋堂吃饭，还是练剑，小师叔都是独来独往的。"

一开始玉真也不喜欢常清静，总是对他抱怨常清静这人做作虚伪，有什么了不起的。直到有一次长老课上，玉真没带书，常清静将自己的书借给了他。

玉真虽然性子大大咧咧的，但内心却十分敏感。

少年抿着唇，面色依然是冷的，但神情却透出了点儿紧张，好像在担心他愿不愿意接受和他共看这一本书。

等到玉真一句"谢了"的时候，常清静这才微不可察地松了口气，神情软化了点儿，僵直的脊背放松了下来。

那天回去之后，玉真就告诉了玉琼。

"小师叔很可怜。他没有朋友。"

从那天之后，孟玉琼、孟玉真和常清静三人就走近了点儿，走近了之后，孟玉琼才发现，这少年虽然冷淡，但对他们两个都十分重视关切，在冰冷的外表下燃烧着的是一捧近乎多情的正义热血。

很快，孟玉真就被常清静这极高的天资和修为给攻略了，甚至把自己的佩剑也送去了剑阁，改造成和"行不得哥哥"差不多的款式。

后来常清静下山历练，从寄回来的书信中，孟玉琼错愕地发现，常清静好像变了一点儿，比之前那副小古董的样子，变得更加有"少年气"和有"人情味儿"了，而这一切似乎是那个叫宁桃的姑娘带来的。

宁桃算得上常清静第一个朋友，第一个主动接近他、喜欢他、照顾他的好朋友。

孟玉琼刚刚特地去凤陵仙家那儿打探了一番，苏甜甜明明就有个名唤谢溅雪的青梅竹马，两人情投意合。如果这事儿是真的，那常清静又算什么。

孟玉琼静静地看着苏甜甜，淡淡地说："不论姑娘是出自什么目的，欺骗人感情，于情于理，都是件下作之事。"

"来啊，过来！不是想死吗？！"美大叔怒气横生，长啸一声，"我成全你！来！"

宁桃手疾眼快地蹲下身，另一道剑气就贴着她头皮擦了过去。

然而这还没完，一道又一道的剑气，纵横交织，逼得宁桃滚来滚去，纵高跳低。

从地上爬起来，宁桃晕头转向，气喘吁吁地看着这近在咫尺的剑气，急得大叫。

"停停停！！道君，我错了！"

这根本就是故意的！宁桃郁闷地鼓起脸！如果老头儿真打算杀了她，凭她这拙劣的反应能力，根本躲不过去，他就是故意让她狼狈地东躲西藏。

老头儿冷哼了一声。

那道剑气立刻悬停在了她脖颈前。

宁桃胆战心惊地伸出两根手指，小心翼翼地将这道剑气推到了一边，飞快跑到了老头儿身前："道君，我错了，你累了吗？我帮你做个马杀——我帮你捏捏肩！"

说着，不待美大叔反应，就已经摆好了手势捏了下去。

桃桃早就知道老头儿，不，这位美大叔根本不会杀了她，虽然老头儿经常间歇性抽风大笑，但她觉得，他其实本性并不坏，所以才敢这么"肆无忌惮"。

经过她刻意这么一打岔，美大叔终于不再沉溺于往事了，冷冷地哼哼唧唧，面色阴沉，算是接受她的"马杀鸡"。

在"马杀鸡"这方面，宁桃还算是有经验的。宁妈平常就爱让她捏肩膀，还不乐意让宁爸捏，说宁爸的手像"钉耙"，捏得她疼死了。

宁桃一边捏，一边说："道君，你不觉得这样很不公平吗？你武功这么高强，我什么都不会，你杀了我一点儿成就感都没有。"

"哼，我想杀就杀谁。"

顿了半刻，美大叔突然冷喝道："停下。"

宁桃不明所以地松开了手。

这是又要做什么？

余光瞥见宁桃发蒙的表情，美大叔怒道："你不是说不公平吗？我不欺负不会武功的女娃娃，既然你有心，那我就教你几招，等你学成了我就杀了你！"

"照我说的去做，去那边坐下。"见宁桃迟迟没有反应，美大叔把铁链晃得当啷响，森然道，"怎么，耳朵聋了吗？叫我这样请你过去？"

桃桃完全是被一个惊喜给砸蒙了，砸得晕头转向，半天都没缓过神来，好不容易反应过来，立刻以百米冲刺般的速度，直冲向了老头儿指着的方向，立正，昂首挺胸。

"道君，我准备好了！"

天知道，她太想变强了！

经过这么一遭之后，她想变得强一点，至少有自保的能力。

就和上次指导她怎么辟谷，怎么运转灵气一样，这一次老头儿教她的是蹑罡履斗，天罡七星步。

老头儿嫌弃得直皱眉："你身上这灵气隐约可见蜀山那群牛鼻子的痕迹，我便先教你这个。"

听这称呼首先排除了面前的老头儿是蜀山剑派弟子的可能，宁桃好奇地问："道君师从哪里呢？"

老头儿明显不愿多谈："哪里不都一样？各家各派功法我无一不通，无一不晓，难不成我还教不了你了？！"

宁桃瞬间被震了一下。

这就是大佬的底气吗？！

于是，宁桃便开始兢兢业业地学踏阵法，背口诀。

等到把这天罡七星步都练熟了，老头儿便开始教她刀法，"刀"是用剑气削尖的石头凑合用的，主要教的是九天震雷刀法中的其中一式，名叫"六合归元"。

"六合归元刀法，由气牵引，倘若你学得好了，指哪打哪儿，百发百中，绝无虚发，故名'归元'。"

宁桃有些茫然，举手认真地询问："呃……等等，是那种百分之百砍中的意思吗？"

老头儿皱眉："百分之百砍中？你要这么理解倒也可以。"

宁桃睁大了眼。

百分之百砍中，那这简直就是作弊神器吧！

老头儿看出她的激动，毫不客气地往她脑袋上兜头泼了盆冷水。

"就算能百分之百砍中，绝无落空，你也必须有足够的实力，抓住机会，破开对方防御，而这一刀究竟能伤对方几分，就看你修为造化了。"

"如果对方实力足够强，"老头儿嘴角扯出个嘲讽的笑，"那你这招就是百分之百给人挠痒痒。"

宁桃："……"

秉承着"从实践中学习"的教学态度，美大叔教她的方式十分简单粗暴，就是发出剑气，让她挥舞着"刀"——打回来，打不回来就去死。

这让宁桃倍感绝望，她只是想自保而已，而不是像现在这样，成为一只每天都游走在生死边缘的惨叫鸡。

"啊啊啊啊啊！道君饶命啊！要死了，呜呜，要死了！"

然而老头儿教学态度十分严厉，一丝不苟，简直就像是打算让她考清华！

在这样的教学强度下，她难免受了点儿伤，但伤着伤着就习惯了。

比起这个，更让宁桃挫败的是，她的学习进度。

好难，她学不会。

而且老头儿明显就是个天才，一个天才来教她，常常被她气得面色铁青。

宁桃好几次想小声辩驳，她就是普通人啊。只是在天才看来，她这种普通人就成了十分悲催的蠢材了。

在老头儿的鞭策之下，宁桃越发用功，起早贪黑，兢兢业业地练习。

好几次蹲在水洼前，用水做镜子，看着镜子里这头发乱蓬蓬、脸蛋儿灰扑扑的、衣衫褴褛的少女，宁桃自己都有些脸红。

可是有老头儿这样的天才尽心尽力地教自己，她不认真点儿都说不过去了，只好赶紧沾着水随便拨弄了两下，继续灰头土脸地埋头和剑招死磕。

三二一。

夜半，星光自山洞顶部的洞口洒落，落在了那两尊披坚执锐，描金涂彩的神像上。

美大叔猛一晃铁链，长啸一声："去！"

剑气如虹，披着星光，夹着极尖锐的破空哨声，朝着宁桃飞去。

不远处的石台上，宁桃双手持握刀柄，目光灼灼，不敢有任何疏忽。

剑气迎面冲击，稍有不慎，就是毁容的风险。

桃桃瞳仁近乎缩成了针尖儿大小，倒映出这道越来越近的剑气。

剑气逼至眼前时，宁桃脚下往后踏出半步，抡起石刀，照着这剑气往下砍去！

"喝——哈！"

在逼近喉口前，剑气霎时间四分五裂，贴着脸颊擦过，没入了身后的石壁中！

少女颊侧乌黑的长发撩起，又落下。

竟然没一根头发丝儿被这剑气砍断。

老头儿："去！"

"喝——哈！"宁桃全神贯注地大喝了一声，又一旋身的工夫，石刀在半空划开一道银芒。

刀气乍起。

惊才绝艳。

伴随着剑气纷至沓来，宁桃的动作也越来越利落。

星光洒落在少女肩上，小姑娘眼里好像也荡起了耿耿的星河，脏兮兮的褴褛的裙摆一扬一舞，流畅有力，简洁明快。

等到这一波剑气过去之后，桃桃不可置信地张大了嘴，目光灼灼地看向老头儿，激动得差点儿跳起来。

"老头——阿不！道君！你看我学会了！"

在她没日没夜地努力之下，她终于勉勉强强学会了"六合归元"的刀法了！进步可谓一日千里，实在是可喜可贺。

桃桃眉开眼笑，抱着石刀激动地挥来挥去。

看到宁桃在石阶下认真比画的模样，老头儿反倒又怒了，睨了她一眼，冷声嘲笑。

"怎么？做我的奴隶，做我的狗很不甘愿吗？就这么急着想杀我泄愤？"

宁桃一顿，心里无奈地叹了口气，放下手中的"刀"，抬起眼，目光灼灼，又认真地说：

"如果真学成了，我想把道君您放出来。"

她这话是认真的。

这几天，她常常会想到小青椒，想到吴芳咏，想到苏甜甜。

但是她很庆幸能碰到道君。

小姑娘目光灼灼，眼里闪动着认真的光芒，山洞顶部洒落了些日光，日光为她的虹膜打上了一圈金色的光。

那是他被关押在这里的数百年来，鲜少见到的阳光的颜色。

老头儿像是被这目光烫到了，猛然噎住，半晌，这才移开视线，又是重重地哼了一声。

"那就去做啊，不过，等我挣脱出来了，我第一个吃了你恢复功体，到时候你就算后悔，就算痛哭流涕跪着求我，我也不会放过你。"

晃了晃手腕上的铁链，老头儿闭上了嘴。

宁桃不知道的是，六合归元刀法之艰深，宁桃能在这短短几天之内就学了个五六分，已经是十分难得，足够碾压秒杀不少人。

甚至包括——

天赋极高，心高气傲，一直在和这刀法死磕的常清静。

她并不是蠢，只是来自异世的身体暂且无法适应这个世界的灵力，体内杂芜太多，又兼之没有接受过系统的理论教育，踏入修行的大门要比旁人艰难不少。

但如果能坚持不懈，长久地修行下去，洗髓伐骨，等把体内的杂芜洗干净，将那些基础的理论知识学透彻，迟早必有成就。

至于这件事儿，他是绝不可能直说的，和当初年轻的他相比，这女娃娃实在蠢得他不忍直视！

第36章

苏甜甜脸色僵硬地站在原地，嗫嚅道："我、我没有这个意思。"

孟玉琼静静地看着她，也不说话，但这眼神却极具有压迫性。

被孟玉琼这么一看，就好像所有的小心思都在这目光下暴露无遗了。

苏甜甜眼眶红了："我不知道孟道友你为何对我有这么大敌意，但我、我确实不是那个意思。"

可能是自己也觉得这话说得心虚，没说服力，咬咬牙，苏甜甜一跺脚，推开孟玉琼转身噔噔噔地跑下了楼。

只留下孟玉琼站在原地，看着苏甜甜的背影，叹了口气。

"好朋友"下落未明，还有余力挖"朋友"的墙脚，这假闺密也不带这么假的，这位凤陵仙家的小狐狸，看着虽然单纯，但那些小心眼儿绝对不少。

等到两个人都离开后，吴芳咏这才硬着头皮从楼梯拐角里走了出来。

要说吴家小少爷内心的震惊那可是绝对不少的！

他大晚上本来打算去找常清静商量一下桃子的事儿，结果正好就撞到了苏甜甜哭着从常清静屋里跑出来和孟玉琼撞了个正着。

然后就半被动半主动地听完了全程。

看着苏甜甜离去的方向，吴芳咏张了张嘴，眼神有点儿闪烁，心里更加复杂。

老实说，他对这位甜甜妹子挺有好感的，不，不是挺有，那是十分有好感。

但是根本没想到，看上去这么天真单纯的甜甜妹子，实际上有那么多心眼儿。

站在原地，吴芳咏默默摇摆了一会儿，轻轻握拳给了自己脑袋一拳。

顿时有点儿女神破灭的沮丧感。

或许是昨天孟玉琼这番话让苏甜甜有点儿下不来台，第二天苏甜甜特地避着蜀山的弟子起了个大早。

吴芳咏刚下楼，就看到了苏甜甜正坐在桌前，和那些阆邱、凤陵弟子说说笑笑的。

少女一眼看到他，脸上一喜，立刻高高举起手打招呼。

"芳咏哥哥！你醒啦！"

吴芳咏脚步立刻刹住了，不知怎么的，对上这杏子眼竟然有点儿别扭。

"嗯嗯啊啊"地含糊地笑了一下，硬着头皮走了过去坐下。

苏甜甜长得好看，笑起来又乖又甜的，算是这一帮小分队里最好看的姑娘，不少世家少年看着她都有点儿脸红，对她态度也亲切。

或许是刚刚和大家伙儿说说笑笑聊了会儿天，又被夸了几句，苏甜甜已经全然不见昨天那尴尬委屈的模样了，笑嘻嘻地弯着眉眼。

"芳咏哥哥坐呀。"

"啊——哦。"原本还在走神儿的吴芳咏立刻一个激灵，惊醒了，看着苏甜甜的目光又添了几分复杂。

老实说，对上甜甜妹子这么甜的笑容，他实在想不出来苏甜甜有这么多心眼儿！或许，或许是那位蜀山小道士想多了也说不定？

吴芳咏五味杂陈间，不远处的客栈大门前却突然传来一阵沉稳的脚步声，紧跟着拐出个男人来。

吴芳咏微微一愣，下意识地往门前看了一眼。

歇在客栈还不到一天的工夫，就有不少三家弟子陆陆续续地赶来，进来的这个男人，明显也是刚赶来的。

男人年近三十，容貌清俊冷漠，身量极高，阆邱仙府的打扮，乌发墨鬓，皮肤极白，眉心纹很重。

这人一进门就没再往前走了，而是站在门槛前，目光在大堂里扫了一圈儿，尤其在阆邱弟子身上停顿了好几秒，随后立刻沉下了脸。

那人面色不快，森然道："吵吵闹闹的成何体统？！"

那些还在说说笑笑的阆邱仙府的少年，立刻露出了被雷劈了的表情，震惊地循声抬眼看去。

目光和这男人相撞的刹那间，纷纷打个哆嗦，大气都不敢再出。

而苏甜甜脸色也"唰"地立刻就白了，仿佛血液倒冲进了大脑，唇瓣哆哆嗦嗦地盯着面前这男人说不出话来。

"师叔！"

"楚师叔！！"

男人眼神倨傲，目光冷冷，居高临下地在阆邱弟子们身上环视了一圈，不出意料地也看到了坐在这一帮弟子之中的苏甜甜。

他眼里露出了显而易见的鄙夷与厌恶之色，眯起了一双凤眸，扯着唇角冷冷地笑了。

"我叫你们好好在这儿守着，留意扃月牢的动静，你们就在这儿和女人说说笑笑？和这种杂七杂八的人待在一起，当心自己哪天功力一落千丈也不知道是怎么回事！"

说完，他却没再继续说什么，抬脚走了。

苏甜甜绞着手指，面色青一阵白一阵。

剩下那几个阆邱仙府的少年面面相觑，你看看我，我看看你。到底是这位师叔积威甚重，他们不敢造次，乖乖地跟在男人身后，上了楼。

这一路上去，竟然没弄出半点儿动静。

阆邱仙府的一走，客栈里立即响起了窸窸窣窣的议论声。

蜀山的弟子好奇地问金桂芝："师姐，这是谁？"

金桂芝解释："这便是那位楚前辈。"

蜀山剑派的都惊讶了一秒，交头接耳。

"度厄道君的儿子？"

"那个楚沧陵？被谢迢之前辈抚养长大的那个？"

吴芳咏微讶。

这就是那个度厄道君的儿子？

看上去脾气倒不是很好，不过，如果换作是他，他爹亲手杀了他娘，他估计也没什么好脾气。

听着众人的议论声，苏甜甜有点儿坐立不安。

终于有个蜀山弟子面色古怪地问出来："这位楚前辈，是与苏姑娘有什么恩怨吗？"

闻言，金桂芝看了一眼苏甜甜。

其实哪有什么恩怨。

度厄道君叛逃之后，压根就没管过自己这个儿子，连半个眼神都没施予过，最后还是谢迢之亲自把楚沧陵抱了过来，抚养在凤陵仙家。

楚沧陵后来拜入阆邱，但和凤陵关系一直不错，也承担着帮谢迢之教授凤陵弟子的责任。

楚沧陵是个严谨认真的性子，苏甜甜贪玩爱躲懒，一开始楚沧陵对苏甜甜还算不错，但久而久之，楚沧陵就看不上她这好吃懒做的性格了。

只是这话却不好说出口，金桂芝只好苦笑了一下。

"哪有什么恩怨，只是前段时间吵架了，如今正闹别扭呢。"

苏甜甜也讪讪地跟着笑了笑。

在大堂里待着无聊，又坐了一会儿，吴芳咏站起身在客栈里四处逛了逛。

等到人终于齐了，一行人这才整装出发，赶往屃月牢。

吴家小少爷甚至还敏锐地意识到，从那天晚上开始，苏甜甜便不再理常清静了。

往常，她就像个蝴蝶一样围绕在常清静四周，一口一个小牛鼻子，笑容灿烂，像是恨不得把遇到的什么新鲜事都讲给常清静听。而现在，却和其他两家弟子走得更近。

那位楚沧陵当然也在，就是一路脸色都不大好，常常变着花样地支使阆邱剑派的弟子，冷声呼喝。

就这样一路来到了屃月牢，楚沧陵率先在山洞前停下了脚步，摁住腰侧的佩剑"蒿里"，面色阴沉道："等着，我先进去探探路。"

金桂芝微微一愣："楚道友，我们同行吧。"

楚沧陵眯起眼，面露不屑："怎么？你们是怕我把他放出来吗？"

金桂芝无奈："我不是这个意思。"谁人不知道楚沧陵对楚昊苍恨之入骨。

吴芳咏愣愣地眨眨眼："这地方没有……没有守卫吗？"

金桂芝看了他一眼，无奈解释："此前倒是有守卫的，但度厄道君为人暴虐，不少守卫都死在了他手上，无奈之下，谢前辈只能调走了其他守卫，远远监视不叫其他人闯进来。这山洞若非持有谢前辈玉牌，只能进不能出，也算是限制他的一种手段。"

争执之中，孟玉真忍不住看了常清静一眼："小师叔？"

少年却压根没看向金桂芝与楚沧陵，循着常清静目光看去，玉真一怔。

那位一直跟在小师叔身边的苏姑娘，这个时候正坐在树下休息。

而常清静正垂着眼睑看苏甜甜，脸上如覆寒霜，凉意瘆人。

日头太晒，那边争执不下，不少弟子都在树下休整，队伍里姑娘本来就少，大半都是情窦初开的少年郎，苏甜甜生得光彩照人，一路以来颇得照拂。

此时，少女抱着膝盖，接过了一个阆邱弟子递来的水囊，昂起小脸，冲他笑。

日光透过枝丫，细碎的光晕如同蝴蝶一般落在她脸上。

这一笑，这些世家少年纷纷红了脸，推推搡搡的，说不出话来。

有意无意地，苏甜甜抬眼正好和常清静的视线撞了个正着，少女握着水囊顿了顿，又平静地移开了视线，继续冲那阆邱弟子笑。

这一眼，可不就是明晃晃地故意和阆邱弟子说笑，刺激小师叔呢！

谁不知道这位小师叔鲜少和姑娘接触，冷面冷心冷情，如今看到常清静看着苏甜甜，玉真心里浮现出个大胆的想法，但这想法甫一冒出头，孟玉真脸上表情顿时裂了，赶紧摇摇头，又压了下去。

不可能不可能。

应该就是苏姑娘和小师叔闹别扭了，小师叔这时候正不知道如何是好呢！

等到他再仔细端详常清静时，少年已经移开了目光。

少年换上了蜀山剑派黑、金二色的道袍，庄严又肃穆，瞳仁在日光的照耀下近乎琉璃色，显得疏离又冷肃，犹如矜傲冷淡的黑颈鹤。

那厢，楚沧陵最终还是僵着脸先退让了半步，让大家伙儿一道进去，再点出一部分人守着洞口以防不测。

此时此刻，宁桃铆足了劲儿还在练刀。

这几乎已经成了广播体操一般的，她每日必做项目。这山洞里太无聊，老头儿每天打发时间的消遣就是看她练刀，顺便再嘲讽她一顿。

然而今天，等到她气喘吁吁地撂下"刀"，老头儿却出乎意料地没有嘲讽她，目光却看向那黑黢黢的洞口，笑起来。

"哼，我早知道有不怕死的会找进来。"

宁桃刚练完刀，鼻尖、额头豆大的汗水往下掉，脸红扑扑的，刚听到这话还没有反应过来。

"什么？"

老头儿眯起眼，猖狂大笑，将铁链晃得当啷响："好啊，好！也不掂量自己几斤几两，既然来送死，我就成全他们！"

反手一震，冲天的刀气自他身侧飞旋而出，由内向外层层荡开，一路砍向了四周的石壁。

"死吧！死吧！都给我死！"

刀气不停，将这洞壁上的岩石尽数砍下。

老头儿一抬手的工夫，这地上散落的碎岩又纷纷浮空而起，被刀气挟裹如漫天箭雨般直射而出。

伴随着老头儿的动作，黑黢黢的山洞中立刻传来了惊叫声。

"师兄！"

"张师弟！"

"快跑！有变！"

"小师叔！"

此起彼伏的呼喝声响起，刹那间，又是一阵术法伴随符箓乱飞，狭窄幽深的山洞中彩光交织。

宁桃愣了半秒，旋即喜上眉梢，差点儿一蹦而起，想都没想，拔步冲了出去。

是人声！有人来了！

冲到一半，想到后面还有个大活人呢，又硬生生刹住脚步。回头看了老头儿一眼，桃桃心里陷入了一阵动摇和纠结。

在这地方待了这么多天，吃也吃不好，睡也睡不好，她实在太想出去了，可是，一想到老头儿她又犹豫了。

说是斯德哥尔摩综合征也好，她舍不得老头儿。

那个教她如何辟谷，如何用刀，间歇性抽风冷哼大笑的老头儿，被关在这儿一定很辛苦。

"看什么？"老头儿对上她目光，愤然冷笑，"不是想出去吗？去啊，你不是一直想出去？我拦着你了吗？"

"要走快走！"

宁桃眼巴巴地看了眼洞口的方向，又看了眼老头儿，鬼使神差地一咬牙，提着裙子又跑了回去，在石阶上坐下。

"我……我先不走，反正要走什么时候都能走。

"我说过的，等我学成了，我就想办法救你出去。"

说完这话，宁桃自己都后悔了，既脸红，又窘迫，恨不得自己扇自己一个大耳光。

她真的好想出去，她好想洗头洗澡。

宁桃欲哭无泪。

老头儿面无表情地盯着她看了半晌，突然又笑了。

"小娃儿，你骗得了别人骗不了我，不是想出去吗？我这就送你出去。出去吧，在这陪我这糟老头子也够久了。"

"欸！等等——"

宁桃仿佛意识到了什么，慌乱地站起身，睁大了眼，眼睁睁地看着老头儿手指微微一动。

紧接着，一阵沛然的气流猛然朝她拍来！

这气流推着她脊背，"轰隆"将她直推出了神龛，这还没完，将她推出神龛之后，气流速度未减，宁桃就像被绑在炮弹上等待发射，"咻"的一声，手忙脚乱地就被发射了出去。

"等等！我不走！我是认真的！"

……

那厢常清静他们刚摸进了洞，立刻就被石箭雨给兜头打了个措手不及。

这石箭雨来得迅疾而猛烈，众人手忙脚乱了一瞬之后，纷纷运功招架。

"这一定是度厄道君！"慌乱中有人伸长了脖子大叫了一声。

楚沧陵目光灼灼，冷哼一声，大步跨出，掣出腰侧佩刀"蒿里"，暴烈刚猛的刀气将这石箭尽数打落在了地上，而他自己竟然看都没往后看一眼，迎着这箭雨，按着"蒿里"大踏步地蹿入了山洞深处！

只是，其他少年就没他这么深厚的功力了，这些石箭里蕴含的气劲将这些世家少年逼得步步倒退，直被这气流掀飞出去了大半。

度厄道君，果真名不虚传。

吴芳咏十分没出息地抱着头蹲下，心里一个咯噔。

这还没见面呢，光这石头雨就恐怖成这样！更别说这位道君貌似还是被拴着的状态。

这些世家少年不说是各家各派的佼佼者吧，但至少也算有头有脸，一个个心高气傲，此刻灰头土脸，抱头狂奔，不免觉得脸上无光，面色泛白。

眼见着一个阆邱的小师弟撤退时慢了一步，一根尖锐的石箭已迫近喉口，苏甜甜急得站起身："何其！"

那正是之前给她水的少年。

危急时刻，常清静面色微微一变，放出"行不得哥哥"快准狠地拦住了这根差点儿要了对方命的石箭。

当！

石箭撞上剑身，攻速未减，气劲挟裹石箭如同陀螺般抵着剑身高速旋转起来，星火飞溅。

何其面色煞白往后退了一步，瞠目结舌地看着这距离自己不过一尺之遥的利刃和石箭。

又一抬眼的工夫，常清静面色不变，嗓音果决又沉稳："快走！"

何其差点儿当场就给跪了。

这是何等可怕的定力，能说不愧是蜀山的小师叔吗？！

然而这一波还没完，立刻又有无数道箭雨齐发。那道桃花春水般的飞剑一折身的工夫，又突入了石箭雨之中，果决狠厉地一绞。

原本铺天盖地的石箭登时被绞碎了大半，冰雹般地啪啪砸在人身上。

伫立在石箭雨中的那少年，脊背挺直，袍袖猎猎，面色沉静。

一眨眼的工夫，常清静疾言厉色，难得冷着脸怒吼了一声。

"愣着干什么？！还不快撤？！"

被困的三家弟子们面色几度变化，就算是之前再不喜欢常清静的也不得不承认——

这时候的常清静确实男人到爆了。

何其似有所觉地一愣，下意识地往常清静身上多看了一眼，只见一片血色从少年单薄的脊背上渗出来，洇湿了大半的道袍。

原来常清静脊背几乎被石箭戳烂了。

他这微微侧目的工夫，脊背破烂的道袍下面露出血肉模糊的一片，隐约可见森森白骨。偏偏常清静的侧脸依然冷峻如冰，眼皮都没跳一下，好像受伤的不是他一样。

何其喉口一滚，正欲往后撤，突然又瞪大了眼。

"后面！苏姑娘！"

原来，又一波箭雨袭来，其中一支石箭眼看就要朝苏甜甜光洁白皙的脖颈削去。

听到何其的呼喝，苏甜甜怔愣抬眼。

石箭射来，她几乎避无可避！

那一瞬间，苏甜甜闭上了眼，想，自己可能要死了。

她……她还没来得及救溅雪。

然而，预想之中的疼痛却未来到。

血液滴答——

滴答——

有什么温热的东西落在了自己身上，苏甜甜惶然地睁开了眼，愣愣地看着眼前这一幕，霎时间，喉咙仿佛被什么东西堵住了。

常清静挡在了她面前，徒手紧紧攥住了那石箭。然而人力岂能和这石箭抗衡，这石箭洞穿了常清静的手掌。

常清静面色惨白，偏偏紧抿着唇，连哼都没哼一声，只垂着眼去看被他护在胸膛前的苏甜甜。

苏甜甜手抵着他胸膛，昂起脸，嗓音微微有些发颤："小……小牛鼻子？"

吴芳咏的呼喝声倏然又炸响！

"清静！当心背后！"

背……背后？

苏甜甜想都没想，一把抱住少年纤瘦的腰身，带着常清静掉转了个方向。

那道石箭不偏不倚，正好深深地扎进了苏甜甜纤弱单薄的脊背中。

这回换作常清静愣住了。

苏甜甜趴在他怀里，露出个小脑袋，冲他虚弱地微笑。

"小牛鼻子，你救我一命，我救你一命，这回我们算是扯平啦。"

她的裙摆被气流吹得上下翻飞，宛如一朵飘摇的杏花。

常清静心里一紧，手指微微一动。这个笑如当头棒喝，砸在了常清静脑袋上，将他砸得怔在原地，血脉末梢好像都伴随着心寸寸收紧，他说不上来话了。

桃桃就是在这个时候出现的。

"我不走！等等！"

轰隆——

一道凶猛的气柱推着桃桃飞出了神龛，轰轰烈烈地一路往前撞，在一众世家少年惊悚的目光中，恰恰撞进了常清静怀里！

这道声音是？

常清静眉心一跳，面色遽然一变。

感觉到自己一头撞上了什么温暖又坚硬的东西，宁桃蒙了半秒。

晕头转向，灰头土脸地抬起脸，正好撞进了一个黑白分明的眼。

那眼里如春日初融的冰雪般冷澈，眼里既错愕又惊讶。

苏甜甜被她撞倒在地，跌坐在地上，惊呼："桃桃！"

宁桃愣愣地扶住对方的胳膊："小……小青椒？！"

万万没想到自己竟然撞进了常清静怀里，宁桃灰头土脸地赶紧爬起来，立刻又对上了一群世家少年少女炯炯有神的目光。

在这一干人中，吴芳咏最先回神："桃桃，你怎么在这儿？！"

话音未落，第四波石箭雨又至。

桃桃面色倏忽一变，一把推开了常清静，想都没想，抢过了某个倒霉少年的佩刀，转身迎向了这铺天盖地的箭雨。

"喝——哈！"

一刀。

惊艳。

第 37 章

没有语言能描述这一刀带给众人的无与伦比的震撼。

这突如其来的衣衫褴褛、头发乱蓬蓬的小姑娘，竟然抢了刀就上。

作为被抢刀的倒霉蛋——何其瞪大了眼，刚想喊出声，叫这姑娘别莽撞，却在目光触及这刀光的时候，老老实实地闭上了嘴。

这一刀是如此简单利落，又如此刚正勇猛。

干净到极致，不花哨，就是种大音希声、大象无形、大道至简的漂亮。

然而这还没完！

宁桃黝黑的眼里清楚地倒映出这漫天的箭雨，动作快而利落，穿梭在这箭雨中，几个旋身的工夫，将这就近的石箭统统斩落于地。

刀气既出，毫无虚发。

一时间，山洞里一片安静，三家弟子瞠目结舌，常清静震在原地，吴芳咏更是张了张嘴。

这漂亮的刀法是怎么回事？！

才几天没见的工夫，宁桃身上发生了什么？！

苏甜甜小脸呆滞，也愣在原地，半晌，这才又闭上嘴，心里十分复杂。

一是见到宁桃安然无恙而松了口气，为宁桃感到高兴。

另一个原因就比较微妙了。

这才几天没见，小姐妹如此惊艳亮相，要知道这一路上宁桃都是作为配角的存在，这就跟红花陪衬绿叶一样。如今绿叶还是绿叶，却坚韧不拔又明亮动人，苏甜甜自尊心立刻就被打击到了。

苏甜甜心里有忌妒有不安，面上微有失态。

也就在这时，楚沧陵扶着"蒿里"，突然从山洞里走了出来。

一眼就看到了这漂亮而不花哨的刀法，男人目光一紧，心神微微一震，正打算开口问个究竟，这山洞里倏忽地动山摇，脚下地面晃动如颠簸。一干人纷纷回神！

不好！看样子山洞是要塌了！

金桂芝也猛然惊醒了，扶着洞壁，面色立变，低喝道："这地方要塌了！"

这洞口本来就狭窄，再经过他们这些愣头青一番折腾，山洞受不住这磋磨，眼看着洞顶与岩壁的岩石寸寸崩裂，滚石四落。

金桂芝咬紧了牙，当机立断，抽身急退："走！"

却见楚沧陵根本没有要走的意思，反而加快了脚步，大步流星地朝着宁桃走了过去，金桂芝手疾眼快地拉了他一把，厉喝："走！你想死在这儿也别拉其他人陪葬！"

楚沧陵不甘心地往深处看了一眼，又暗沉沉地瞥了一眼宁桃，一咬牙，总算回身撤出。

然而这一耽搁，碎石却已经如同落雷一般，密密匝匝地砸了下来。

众人这才猛然回神，大叫了一声"跑"，进而慌不择路地纷纷撒丫子狂奔。

刚刚被宁桃这么一撞，苏甜甜不巧，正扭到了脚脖子，刚一站起身，脚踝一阵钻心地疼，又跌坐了回去。

宁桃想都没想，立刻伸手就去拉苏甜甜。

"甜甜！"

偏偏就在这时，头顶一块巨石冲着三人轰然下落。

桃桃睁大了眼，正打算出剑，然而这巨石下坠的速度太快，根本容不得她有任何反应，情急之下，常清静瞳孔骤缩，下意识地捞住宁桃腰身，一回身避了出去。

再往后看苏甜甜时，却是慢了半步，苏甜甜已经落了单。

常清静怔怔地看着那道巨石轰然落下。

尘烟四起间，落了单的苏甜甜朝他露出个似哭似笑的表情，她看了眼被常清静护在怀里的桃桃，扬起唇角，乌发狼狈地披散了下来，浑身伤痕累累。

乱石彻底将苏甜甜掩埋在了崩塌的山洞中，而少女的身形也眨眼消失在尘烟里。

"我不，我不！我真的喜欢你！我们妖精才不像你们人那样虚伪呢，我们妖精都是直来直去，爱得坦坦荡荡的，我就是喜欢你！"

"我不想和你分开！"

"因为，因为我喜欢小牛鼻子你啊。"少女嘟着嘴，眼睛熠熠发光，"我说过，在你喜欢我之前我是绝不会放弃的！"

……

眼前仿佛有无数画面分崩离析，最后却成了那日在客舍，少女胡乱擦了两把泪水，提着裙子，冲出了房门

跑到门前时，却又侧过了身子，她哭着道："可我喜欢你啊，小牛鼻子，我

最喜欢你了。"

目前这情况根本容不得他多想，又有不少碎石轰然落下。

常清静死死地抿紧了唇，额角青筋暴起，眼珠血红，犹如一尊披血的修罗，鼓足了一口气，护着宁桃就地一滚。

他手牢牢垫着宁桃的后脑勺，自己却冷不防一头磕上了乱石，昏死了过去。

这一切发生得太快了，等那落雷般的动静渐渐远去，宁桃灰头土脸地、慌乱地从地上爬起来，一眼就看到了昏倒在她身边的常清静。

少年的狼狈简直不下于她，如白玉般的肌肤上灰尘血迹斑斑，紧闭着眼，眼睫在眼下打下了淡色的阴影，嘴唇失了血色。

宁桃心里一个咯噔，试探性地推了一把常清静："小青椒。"

少年毫无反应，慌乱中，宁桃目光一顿，赶紧俯身去拨开常清静额际的乌发。

在这乌发掩映下，额角一道寸深的血口子触目惊心。

宁桃呼吸急促，冷汗涔涔，努力让自己冷静下来，想着之前老头儿教她的法子，运作灵力开始帮常清静疗伤。

奈何宁桃刚踏入修行大门没多久，灵力本来就少，刚刚几乎用了个一干二净，丹田里基本所剩无几。

没办法，桃桃只能硬着头皮努力挤牙膏，挤出了点儿残存的可怜巴巴的灵力，灵气如光点般散开，落在少年额角，少顷，又一点一点没入了肌理。

就这样，一次又一次，常清静额头的伤口这才渐渐止住了血，桃桃也因为精神高度紧张，累得几乎虚脱了。

刚刚她连汗都不敢擦，豆大的汗水进了眼睛里，火辣辣地疼。宁桃擦了把汗，刚想站起来活动身子，腿上却一阵钻心地疼，低头一看，差点儿没倒吸一口凉气。

她这左腿刚刚或许是被碎石压到了，血肉模糊的一片，隐约可见森白的骨骼，宁桃一个哆嗦，差点儿吓哭了，根本不敢看，只敢胡乱运功对付了几下。

做完这一切，宁桃又拖着条废腿，气喘吁吁地把常清静拉起来，换个姿势，靠着石头坐下。

这样可能舒服点儿。

看着不省人事的少年，宁桃坐在地上，抱紧了膝盖，怔怔出神。

环视一圈，她和小青椒的出路退路都已经被封死了。刚刚她做梦也没想到，在这危急时刻，常清静竟然会选择她。

可是她却一点儿都不高兴。

或许是因为她的灵气起了点儿成效，少年眉头紧皱，嘴里胡乱地吐出几个字来。

"苏姑娘。"

他对苏甜甜虽无男女之情，然而苏甜甜待他至真，未能救下她的愧疚如火烧心，反复炙烤着他。

宁桃愣在了原地，看着常清静口中喃喃地念出那三个字，足足蒙了半秒，心里又酸又涩。

好像在她失踪的那段时间里，小青椒和苏甜甜关系更近了一步。

桃桃眼前浮现出了刚刚那一幕。

常清静救了她，却没来得及救苏甜甜，救他喜欢的苏姑娘。他们两个人只能隔着碎石遥遥相望。

明明被常清静护在怀里，她却觉得她好像离他很远很远，她占据了那个本来不属于她的怀抱，就像是偷走了苏甜甜获救机会的小偷，脸上火辣辣的，局促又不安。

她无能为力，只能和小青椒渐行渐远了。

本来以为自己还有希望的，没想到早就出局了，好像不论怎么做也没办法占据常清静看苏甜甜的目光。桃桃抽了抽鼻子，抱着膝盖坐了一会儿。

眼下根本不是愧疚的时候，小青椒已经昏过去了，她必须得自己想办法逃出生天才行。

给自己打足了气儿，稍微休息了一会儿，恢复了点儿精神之后，宁桃一瘸一拐地走到那一堆碎石前开始刨坑，刚刚为了给常清静止血，宁桃基本上用光了所有的灵力，只能纯手动将这些大石头一块儿块儿地搬走。

搬了不知道多久，搬到她手上血迹斑斑，几乎麻木了，这才终于清理出个通道来。

看着眼前这通道，宁桃几乎喜极而泣，努力将眼泪又憋回去，宁桃用力地拍拍自己的脸，让自己清醒点儿，折回去艰难地把常清静背上了背，开始一瘸一拐地往前蹭。

桃桃知道她刚刚做的紧急处理，对常清静的伤势而言无异于杯水车薪，她必须快点儿走出这山洞找人求救才行。

少年的重量压在宁桃身上压得她几乎吐血，桃桃咬紧了牙，踉踉跄跄地往前走，心里焦急地不断重复。

"小……小青椒，你等等，一定要坚持住。"

少年的重量全压在桃桃身上，她的腿伤口又深可见骨，走了半天，不过才走了几步路，好几次，宁桃腿窝一个哆嗦，扑倒在地上，崩溃地大哭了出来。

一是因为生理上的疼，二是因为心理上的绝望。

可是哭完了，又只能擦干眼泪将常清静重新背在背上，继续往前。

汗水流进了眼里，宁桃也不敢擦，只想着，再坚持坚持，再坚持坚持就好了。

坚持不下去了，宁桃就颤着嗓子给自己唱歌打气。

"命运就算颠沛流离，命运就算曲折离奇，命运就算恐吓着你做人没趣味……"

"别流泪心酸，更不应舍弃，我愿用一生永远陪伴你。"

是谁在哭？

常清静昏昏沉沉地想。

少年想睁开眼，眼皮就却重若千钧，他费力地掀开了一条缝。

面前是个上上下下、起起伏伏的模糊的娇小的身影，她在哭，又在哆哆嗦嗦地唱着歌。

是桃桃吗？

还是——

还是苏甜甜？

女孩走得很慢，一瘸一拐地吃力地背着他，少年两条修长的腿拖在地上，拖拽出一道鲜明的血痕。

她走两步，一个趔趄，扑倒在地上，又咬紧牙，泪如雨下地爬起来。

摔倒，又爬起来，摔倒又爬起来。

手掌被碎石划得鲜血淋漓。

常清静迷迷糊糊地想睁开眼，他尽力去看，却只能看到女孩白皙的肌肤，头发遮住了她的脸，她冷汗涔涔，乌发黏在肌肤上。

她单薄纤瘦的脊背承受着他的重量，咬牙，硬生生背起了他。

虽然看不清对方的脸，但在这一刻，常清静几乎被这股顽强的意志力所震动了。

他的心猛地收紧，心里一阵翻涌。

她的泪水滴滴答答地落在他的指尖，他指尖微微一动。这些泪水好像化作了一根根钢针刺入了他血脉里，疼得常清静的神经末梢都好像跟着蜷缩了起来，又好像淌进了他心里，有什么呼啸着的，恍若云气一般的东西，汹涌地全都逼进了他胸膛。

他茫然地看着她的侧脸，看着她薄薄的耳垂。

就在这刹那间，心剧烈地跳动起来，又酸又胀，就好像有什么东西极欲破土而出。

……

不知道走了多久，前面终于隐隐有光传来。

宁桃这回真的喜极而泣了，跌跌撞撞地扑了过去，前面立刻响起了一迭声的动静。

"桃桃！"这是吴芳咏。

"小师叔？"孟玉琼和孟玉真两兄弟急忙冲上去。

"常道友！"

山洞崩塌得太过迅急，这一干世家少年慌乱之中冲出去才发现少了三个人。

这时看到宁桃与常清静，不由得欣喜若狂地上去相迎。

吴芳咏俊俏的脸上伤痕累累，眼看着桃桃背着常清静出来，忍不住往前走了几步，焦急地问："甜甜呢？！"

对啊，苏姑娘呢？

周遭的世家少年纷纷靠拢了上来，目光落在宁桃这位陌生的圆脸姑娘身上时不由得微微一愣。

"这位……姑娘？"

"苏姑娘呢……"

迎向众人复杂的目光，宁桃缓缓抿紧了唇，舌根一阵发苦。

不论是之前放弃了她，还是这次选择了她，她都觉得不好受。

这一次更像是小偷被提溜到了人前示众一样，这感觉有点儿像那种言情小说中，男主为了救女配放弃了女主，而作为被救的那个，她已经明白了小青椒的心意。

眼镜镜片下有雾气蔓延，宁桃忍不住呜咽了一声，觉得尴尬茫然又愧疚无措。

第38章

这些世家少年面面相觑了一会儿，最终走上了几个人拍着她肩膀，柔声安慰。

"没事，宁姑娘，这与你无关。"

话虽这么说，但一想到那天真活泼的姑娘，一众少年情绪难免有些低落。

"不知苏姑娘如何了，唉……"

"苏姑娘吉人自有天相，自然会没事的。"

这感觉就像被丢入了油锅里反复煎炸，"我不杀伯仁，伯仁却因我而死。"宁桃一个人坐在树下，局促不安，又恍若和不远处这些世家少年割裂开，有种格格不入的感觉。

就在这时，一双长靴突然停在了她面前。

来人身材高大，轻袍缓带，眉眼细长，有种冷戾薄情之感。

楚沧陵居高临下地看着她，紧皱着眉，毫不客气道："你之前一直在这扃月牢里？"

宁桃一眼就认出来，这是之前那个和老头儿长得很像的男人！

想到老头儿曾说他儿子都能做她爹了，宁桃睁大了眼。

这是老头儿的儿子？？

"啊……是！"桃桃一个激灵，立刻绷直了脊背。

楚沧陵面色阴沉地打量了她一眼："那你一定见过他了？"

这儿的动静吸引了众人的注意，众人纷纷往这儿多看了一眼。

宁桃心里打起了鼓，就算再蠢也明白绝对不能让面前这些少年知道她和老头儿一直待在一起！

桃桃内心一时间无比复杂，努力睁着眼睛说瞎话："我……我之前远远地看到了个白胡子的老头儿，不知道是不是你说的那位度厄道君。"

结果刚说完，就看到了面前一众少男少女齐刷刷呆滞的表情。

完全没想到她这话究竟带给了其他人多大震撼，宁桃有些糊涂了。

她不是没说她认识老头儿吗？

何其花了半天时间才合上了下巴，从震惊中缓过神来。

白胡子老头儿？不就是度厄道君吗？这姑娘见到了楚昊苍竟然没死？

不是说度厄道君失心疯之后，性情暴虐，凡是靠近他的人，无不被他徒手撕碎了吗？他们甫一靠近那扃月牢，便察觉到了一股冲天的怨气。而这灰头土脸，普普通通的圆脸姑娘竟然没死？这得是哪路神仙保佑？

就连何其和金桂芝看着宁桃的目光也不由得带了点儿探究和惊讶之色。

楚沧陵眼一眯，手已经摁上了佩刀，森然问："他在哪儿？！在哪儿？！他还没死？"

就算宁桃再傻，也能敏锐地察觉到这人情绪不正常。

想到这儿，宁桃咬牙别过头，做出一副慌乱害怕的样子："我……我不知道，我被人作为祭祀牲畜送到了这儿，只远远看到过他一眼，就不敢再靠近了。"

"你一个普通人，若无他相助，怎么可能活到现在？还有你刚刚在山洞里使出的那一招。"楚沧陵冷喝，太阳穴高高鼓起，"蒿里"大有出鞘的冲动。

吴芳咏连爬带滚地赶紧拦在了宁桃面前。

"楚前辈！你让桃子慢慢说！"

这气氛剑拔弩张，一触即发，几个阆邱弟子也慌了神，赶紧上前去拦："师叔！师叔息怒！"

楚沧陵慢慢放下了手，眼神依旧冷戾："说！"

宁桃舔了舔干涩的唇角，一口咬定："小青椒之前教过我怎么用灵力，也教过我几招，这几天我……我很害怕，一直有意隐蔽自己的气息，这才……这才挨到你们来这儿。"

反正常清静目前是昏迷不醒的状态，桃桃脸不红心不跳一口气把锅甩到了常清静身上。

楚沧陵恶狠狠地瞪了她一眼，明显不相信她这鬼话："我不信他就发现不了你！"

宁桃斟酌了一会儿语句，斩钉截铁地说："他，他或许是发现了，但他身体好像不大好，或许因为这个，才懒得管我。"

楚沧陵微微一愣："他身体不好？"

男人拉下脸，大笑了两声："他要死了？死得好！好人不长命，祸害遗千年，他这祸害活了这么久，今日总该死了！"

这话说得宁桃心里有些不舒服，抿紧了唇，收声不说话了。

不过幸好楚沧陵没再为难她，自己扶着"蒿里"走到一边儿去了，倒是其他少年又安慰了她两句。

金桂芝看着她，露出个有点儿复杂的浅笑，抬手摸了摸宁桃脑袋："辛苦你了，这几天一定很难熬吧，没事儿了，都过去了。"

他们没有怀疑她与老头儿的关系。这么想倒也正常，一个普普通通的人就算能逃出生天那也是侥幸，怎么可能与那度厄道君有牵扯呢。

但宁桃坐了一会儿，却始终放心不下。

就在这时，原本在照顾常清静的玉真却突然惊讶地大叫了一声。

"欸，小师叔的剑呢？"

少年身侧空荡荡的，那把从不离身的"行不得哥哥"不知何处去了。

又转身在自己腰间一摸，孟玉真："唉，我的剑呢？我的剑也不见了！"

玉琼脸上带着诧色："或许是刚刚跑得太急，遗落在里面了吧？"

这可就麻烦了。

蜀山弟子们脸色纷纷有些不好，这本命剑一向是要随身佩带的，剑，就是蜀山剑修们的半身，尤其是常清静这种于剑道上天赋造诣极高的。

玉真脸色微变："我的剑倒不要紧，如今小师叔的剑失踪，不论如何得赶紧找回来才是。"

他年纪小，还没去剑阁寻剑，这剑也是仿的常清静的，丢了就丢了，但常清静的"行不得哥哥"乃是本命剑，丢了这就玩大了。

桃桃煎熬地在地上坐了半晌，脑子里像糨糊一样乱作了一团。

她本来就放心不下老头儿与甜甜。山洞崩塌得那么快，那么猛，老头儿又被铁链拴着，万一、哪怕万一出不去了，受伤了，没人照顾……

常清静救了她，放弃了甜甜，甜甜怎么也算受她牵连。

那厢，又说常清静的"行不得哥哥"失踪了。

不行。

咬咬牙，桃桃霍然站起身，她得再进去看看！

于是便趁着这帮世家少年焦头烂额，没空留意她的时候，宁桃攥紧了掌心，满头大汗地又悄悄摸进了山洞里。

洞里如今是一片断壁残垣的废墟，乱石堆积。

一进山洞，宁桃定了定心神，先循着记忆中的方向，奔向了那座神龛。

一走到神龛那儿，宁桃瞬间就愣了。

方才山洞崩塌牵连到了神龛，石阶破裂，柱子崩开，连那两座神像都断了胳膊，掉了脑袋。丈宽的大脑袋落在她脚边，眉眼摔了个粉碎。

而在神龛中央，原本是重重铁链束缚之处，只剩下了几截拇指大小的铁链，这里面的人已经不见了！

难道老头儿趁乱已经跑了？

宁桃胸口起伏未定，呆呆地想，想明白之后，反而有些庆幸地松了口气。

她担心那些人是来抓老头的。

人都是会偏私的，就算是桃桃也不例外，她私心里希望老头儿能跑得越远越好。

虽然心里有些空落落的，像是失去了一个朋友，但桃桃又忙整定心神，长吁了一口气，发自内心地为老头儿高兴起来。

来不及休息，宁桃提着裙子，越过了这一地狼藉，去寻找苏甜甜的身影。

她这腿被潦草地包扎过，不能支撑她走太快，宁桃一边走，一边喊，偶尔要停下来揉着腿休息休息。

只是走了一大圈儿，废墟下面依然没传来什么动静。

这一路，桃桃精神高度紧张，豆大的汗顺着鼻尖往下掉，又打起精神，强撑着往前走了几步，突然感受到了一阵隐隐的灵力波动。

经过老头儿这几日的调教，桃桃如今对这些灵力波动十分敏锐。

忙不迭地冲上前，宁桃定睛一看，顿时喜上眉梢。

这不是小青椒失踪的佩剑吗？！

那把如桃花春水般，淬炼了人间烟火的"行不得哥哥"就插在岩石裂缝中，被乱石掩埋，如同被尘埃掩埋的佳人。

宁桃扑倒在乱石前，气喘吁吁地搬走了其他碎石，伸手想去拔剑。只不过这剑是倒竖着的，剑柄朝下，剑身往上。

看着面前这胭脂色的春水般动人的剑身，桃桃犹豫了半晌，鼓起勇气，往手上附着了些灵力，就开始拔剑。

手指刚一碰上剑身，宁桃立即就被烫了个哆嗦。

好烫！

这简直就像徒手端热盘子一样，烫得宁桃眉头都紧紧地皱起来了。

小青椒曾经把"行不得哥哥"给她把玩过，她记得"行不得哥哥"非但不烫，反而入手有些沁凉。

只是刚刚情势这么危急，或许"行不得哥哥"被什么符箓打中受到了什么影响也说不定。更重要的是，她不能再耽搁下去了，再耽搁下去外面那些少年说不定就会发现她悄悄跑走了。

宁桃眨眨眼，使出了吃奶的力气，继续拔剑。

这剑死死地卡在了岩缝中，剑刃又是异铁打造的，锋锐无比，察觉到剑身松动的同时，宁桃也听到了"咔咔"——手上的灵力保护膜崩裂的动静。

一不做，二不休，桃桃将心一横，不去管手上的保护膜。

那股烫意迅速穿透了破碎的保护膜，探入掌心，伴随着剑刃割破掌心的疼，宁桃大汗淋漓地大叫了一声，一鼓作气将这剑从岩缝中用力地拔了出来！

"当啷"一声，剑身落地。

宁桃也疼得眼泪掉了下来，伸出手一看，更是内心的悲伤逆流成河。

她的掌心被剑刃割开了个寸深的血口子，除此之外，还被烫出了好几个水泡。

桃桃虚虚地攥了攥手指，疼得心好像都抽紧了。

只是看着这地上的剑，拔都拔出来了，又不能不带回去。桃桃只好强忍疼痛，又攥住剑柄，拿着剑，一手扶着腿，一瘸一拐地往回走。

走到洞口时，隐约有争执声传来。

"人呢！人去哪儿了？"

"要我说那宁姑娘也真是的，"一道声音埋怨道，"这才一转身就没了人影，现在好了，本来我们照顾常少侠与苏姑娘就分身乏术了，如今又要回头找她。"

又是一道愤愤不平的声音。

"倘若不是她不知道从哪儿撞来的，苏姑娘也不至于伤得这么严重。"

"唉，你这是乱迁怒于人，就少说两句吧。"

桃桃脚步顿住了，有些出神地看着不远处的山花，红的、白的、粉的，山野繁花似锦，异常鲜艳。

这是她第一次看到山花开得如此烂漫。

这些喧闹声忽然安静了下来，原来是有个少年看到她了。

"宁姑娘？"

"宁姑娘回来了？"

宁桃下意识地将手和手里的剑往背后一藏。

吴芳咏跑得最快，冲到宁桃面前，神情看上去也有些动怒了："桃子，你乱跑什么？！你不知道大家都很担心你吗？！"

"对不起，"宁桃飞快摇摇头，咬了咬唇，有些心不在焉地说，"我只是想去看看能不能找到甜甜。"

见她这么说，那原本略有怨言的几个世家少年，反倒有些不好意思地齐齐垂下了头。

"宁姑娘，甜甜姑娘已经回来了。"一个凤陵仙家的弟子红着脸说。

几个人一边说一边走，脸上露出夸赞之色。

"苏姑娘不仅一人脱了险，还将常道友的剑找回来了呢。"

第39章

宁桃惊讶地看去。

循着几人的视线，果然看到了苏甜甜与常清静，此刻正坐在桃树下休息。

苏甜甜受了伤，面色惨白，正小口小口地喝着水，肌肤在日光的照耀下近乎透明，格外令人心疼。

常清静没醒，双目紧闭，眉头皱得紧紧的。

宁桃悄悄地走到一边，魂不守舍地想，虽然不知道她千辛万苦拔出来的这把剑为什么和小青椒那把长得一模一样，但它应该是假的，毕竟这剑发烫，而"行不得哥哥"剑身入手极凉，甜甜带回来的那把才是真的，真的已经回到了常清静身边了。

就在宁桃绞尽脑汁地想着要如何尴尬而不失礼貌地处置这把剑的时候，孟玉琼突然抬头看了她一眼，四目相撞的刹那间，愣了一下，敏锐的目光快、准、狠地一个下移。

宁桃下意识地又把剑往身后藏了藏，孟玉琼却面带惊讶地走了过来。

呃，藏失败了。

桃桃苦着脸看着走来的孟玉琼。

"宁姑娘？你这剑？"

宁桃忙不迭地把这剑拿出来，硬着头皮说："我在山洞里看到的，以为是常清静的剑，就带出来了，但是刚刚听你们说甜甜回来了，带回了小青椒的剑，这可能……"

桃桃故作轻松地顿了顿："可能是假的吧？"

孟玉琼接过她手里的剑，盯着看了一会儿，摇摇头："这不是假的。"

孟玉真也走了过来，极为惊喜："这不是我的剑吗？！"

"你的？！"宁桃睁大了眼，愣愣地问。

"对对对！"少年格外高兴地看着她，"宁姑娘，这就是我的剑！我属火，这剑烫一点儿，是我当初仿照小师叔的'行不得哥哥'打造的。"

孟玉真神采飞扬，看着她眼神几乎温柔出水了！

"宁姑娘！多谢你！"

宁桃震惊地看着孟玉真喜不自胜地接过剑往腰上一别，拍了拍剑身。

仿造"行不得哥哥"打造的……桃桃心情复杂地想，这难道就是古代版的追星男孩儿吗？！

"宁姑娘，你渴不渴？"孟玉琼莞尔浅笑，关切地问，"要不要喝点儿水休息一下？"

桃桃本来是想摇头的，但是对上孟玉琼的视线，不知道为什么轻轻松了口气，也笑起来："好啊！"

稍做休整之后，接下来，那位楚沧陵又带着人进了一趟山洞，出来的时候脸色很不好，想来也是看到了宁桃看到的那空无一人的神龛。

"度厄道君不见了？"刚接过宁桃还回来的水囊，就得到了这个消息，一向沉稳的孟玉琼手上一抖，泼出了点儿水来。

盯着地面，孟玉琼缓缓地皱紧了眉。

众人面色微变，面面相觑，不由得打了个哆嗦。

这位度厄道君走火入魔，恨透了世人，出来后第一件事，岂不是要去报仇？

当初把这位送进去的，大多是在场众人的师长。

这些世家少年面色骤变，纷纷走到一边联系师门去了。

"这件事得赶紧回禀谢前辈。"孟玉琼神情严肃，"劳烦金道友联系谢前辈了。"

金桂芝忧心忡忡抛出了传信双鱼符："我这就去，诸位道友少安毋躁。"

这双鱼符被抛向半空，忽而鱼尾一摆，化作了两条在半空中摇曳的鲤鱼，霎时间金光流泻。金光散去后，半空中隐隐勾勒出一道清越的身姿，随之响起一道如破冰碎玉般冷澈的嗓音。

只闻其声，不见其人。

只看到个清越的身姿盘坐在石台上，身后壁苔绣合，石罅崖隙藤蔓垂条，瘦竹三两。

看不到人，只看到个下半身，一袭白裳，外罩绣梅花纹的黑纱袍，朴素又冷清，露出的骨节如梅骨般瘦长。

这就是如今大名鼎鼎的岭梅仙君，罚罪司司主谢迢之了。

在座的少年纷纷面露好奇，使劲儿盯着这半身看，恨不得盯出个洞来。

谢迢之在三十年前就已经闭关，他们年纪都不大，这位岭梅仙君闭关之时，大多还没出生，自然也没亲眼见过谢迢之的真容。

"空了？"

那位岭梅仙君谢迢之好像并不惊讶，淡淡地说："那就回来，我自然会安排人对付此事。"

"谢前辈。"楚沧陵毫不客气地打断，定定地说，"有没有我们能帮得上忙的？"

谢迢之反而比楚沧陵更不客气："光凭你们几个小的，对付不了他。"

话音未落，这传讯符就被那头干净利落地掐断了。

虽然被明晃晃地鄙视了，但大多数少年缓过神来之后，心里都安定了不少。

当初带人把度厄道君关在这儿的是谢迢之，谢前辈既然说不用他们操心，那想来是有解决办法的。

只是楚沧陵面色一直不是很好看，盯着手中的"蒿里"，面色阴沉。

稍做休整之后，众人便撤离了扃月牢，一路上互相搀扶着伤员往城镇的方向去。苏甜甜又是扶又是背常清静的，当有人问起，就仰着头笑着说不必帮忙。

千里迢迢地赶过来，非但连度厄道君的脸都没看到，还把自己弄得灰头土脸的，这些一向心高气傲的世家少年都有些脸上无光。

等到傍晚回到客栈的时候，常清静终于醒转了。

第一眼就和苏甜甜撞了个正着，苏甜甜移开了视线。

正巧吴芳咏在这儿坐了下来，叹了口气，递了只水囊给苏甜甜，絮絮叨叨地说："甜甜妹子，你出来也就算了，何苦自己拔剑，你看看你这手。"

苏甜甜有些羞怯，昂起小脸，嘻嘻地笑起来："那是因为这是小牛鼻子最重要的剑嘛！"

她笑起来自然又明媚，就像是之前那个似哭似笑的表情并不存在一样，又像只靓丽活泼的蝴蝶，惹得一众世家少年纷纷大笑起来。

"常道友，"这些唯恐天下不乱的少年，笑得十分荡漾，"这一路都是苏姑娘背你的，我们让她歇歇她都不肯。"

"因为，"苏甜甜也不羞，大大方方，理直气壮地说，"因为我喜欢小牛鼻子啊！"

她喝完水，把水囊还给了常清静。

少女这一笑倒映入小道士的眼里，常清静微微一怔，猛地一颤，水囊洒出了点儿水，落在他白皙的指尖。

常清静有些茫然，有些怔愣地缓缓攥紧了手指，看向了苏甜甜的耳垂。

薄薄的，白皙的，通红的耳垂。

心几乎疯了一般地剧烈跳动起来，又渐渐收紧了，紧到他呼吸骤然急促。

跟跟跄跄的步伐，坚韧又好像蕴含了力量的单薄脊背。

这一幕一直在眼前来来去去，常清静皱紧了眉，眼神微闪，努力平复了心神，不再作他想。

苏甜甜摊开手的时候，能清楚地看到她的手肿得高高的，手上满是斑驳的血痕，一众多情的少年心疼极了，争先恐后地拿出伤药。

常清静目光微微一动，垂下了眼。

宁桃拉低袖子，悄悄挡住了手掌心，也不知道是为什么，心虚地移开了视线，就是不太想让人看到她自己手上也有伤，总感觉被看到了会很尴尬，就好像故意争宠一样。

可惜天不遂人愿，这一路上，不知道为什么孟玉琼格外关注她。

少年眼睛尖，目光一顿就皱起了眉："宁姑娘，你受伤了？"

桃桃往后缩的手僵在了半空，迎向了一众少年炯炯有神的大眼睛，冷汗都要掉下来了。

"小……小伤——"

"我看看。"

手腕被人攫住，桃桃愣愣地看着突然扳过了她手的常清静。

常清静离她很近，皱着眉认真地看着她的掌心。

老实说，她掌心比苏甜甜弄得还凄惨一点儿。

太近了。

近到她甚至能看清楚常清静那纤长的睫毛，闻到他身上的气息。

是梅花、降真香、乌金剑鞘、黑色的皮革手套、血和尘烟的味道。

他冰凉的手指握在她手腕上，手上戴着的那黑皮手套，皮革冰凉，就像一块儿焐不热的寒冰。

孟玉真怔了一下，懊恼地捶了一下脑袋："我怎么把这事儿忘记了！

"宁姑娘，你没事吧？我这剑认主，别人碰肯定要被燎几个大泡出来。"

苏甜甜的目光在此刻好像也顿住了。

但隔着一众少年，宁桃有点儿看不清楚她的反应。

手腕被拽着，宁桃浑身都不自在起来，默默却坚定地把手腕从常清静手里抽出来，干笑："还……还好！"

常清静好像没有留意到苏甜甜的视线，眼睫一颤："我去给你拿伤药。"

常清静一走，众人这才凑上来看，一看这掌心纷纷皱眉，七嘴八舌地感叹。

"嘶，怎么烫成这个样子！"

一众养尊处优的世家少年，不约而同地投来了钦佩的目光。

"宁姑娘，你一个姑娘这也太能忍了吧。"

"刚刚怎么没说啊，来，我这儿也有伤药。"

被一众围观群众包围，宁桃微窘迫地动了动手指，就算是真疼，在这种情况下也不好意思说疼了。

没一会儿工夫，怀抱里就被塞了一堆乱七八糟、红红白白黄黄的小药瓶子。

刚才情况紧急，没来得及多留意宁桃这姑娘，如今回到客栈，一众少年这才正眼细细地端详了宁桃。

嗯，圆脸，长得不算多美，但样貌清秀，眼睛像葡萄一样黝黑漂亮，骨肉匀称，有股和其他姑娘家都不一样的特殊气质。

一个年纪不大，刚刚踏上修行大门的小姑娘，竟然能在肩月牢这么险恶的环境中活下来。

又想到之前她头发乱蓬蓬，衣衫褴褛地突然冲出来，那惊艳的一刀。

日光落在宁桃身上，就连这样貌清秀的小姑娘也闪闪发光了起来。

仙门世家美人太多，像这种普通小姑娘倒别有一番意趣。

"唉，宁姑娘，之前你那一刀，当真是六合归元刀法吗？常道友都没学会，你竟然这几天工夫就学会了？"

桃桃当然死不承认这是因为老师教得好，认真地说："可能是因为时间紧迫吧，人面临危险的时候都会爆发出巨大的潜能嘛。"

这话说得既有道理又谦逊，听着就舒服。

于是，众人又大笑起来。

想到之前宁桃失踪后他们还抱怨了几句，那几个抱怨的世家弟子面色微红。这姑娘受伤这么重也不哼一声，看来的确是个不矫情性格坚韧的。

"宁姑娘，那你下次教教我呗。"孟玉真挤进来，"我要是学会了，小师叔得对我刮目相看。"

宁桃没有藏私的意思，老头儿的风雷刀法和剑法本来就在仙门世家广为流传，孟玉真愿意学，她也愿意教。

"好啊，"桃桃挠挠头，不好意思地小声说，"但是我不能保证我的经验有没有用。"

金桂芝笑了笑，也发自内心地有点儿喜欢这姑娘了。

不矫情，不骄傲，宽容大方，心地又好。这些品性虽然普通，但能做到着实难能可贵。

看着眼前这一幕，苏甜甜眼神有些黯然，委屈地咬了咬唇。

想了想，她猛地站起身，推开了面前的桌子。

金桂芝留意到了苏甜甜这边儿的动静，惊讶地问："甜甜，你不继续坐会儿？"

苏甜甜勉强笑了笑："我……我想上去休息休息，有点儿累了。"

"哦，"金桂芝不疑有他，体贴地点点头，"那你好好休息。"又笑盈盈地看向了宁桃这边儿。

苏甜甜不上不下地僵在原地，张了张嘴。

她也知道这样不好，她不应该忌妒桃桃。

苏甜甜失魂落魄地想，她只是、只是适应不了这个落差。

苏甜甜头脑发昏，胸膛里堵着一口气，飞也似的跑上了楼。

片刻之后，"哐当"一声巨响突然从楼上传来。

宁桃和一众少年齐齐一愣，惊讶地看着苏甜甜擦着眼泪，哭着从楼上跑了下来。

跟在苏甜甜身后的竟然是楚沧陵！

楚沧陵扶着"蒿里"站在楼梯口，看向苏甜甜的眼神轻慢，仿佛看到了什么极为可笑的东西。

"你也配学这六合归元刀法？"

男人眯起眼冷笑："你算个什么东西，也不掂量掂量自己几斤几两！你当这是多么好学的吗？！"

第 40 章

苏甜甜嘤了一声，哭得更厉害了，扯着嗓子不甘示弱地回了过去。

"别人能学，我怎么学不了了。"

楚沧陵森然道："你以为你是谁？懒成这样，真当动动嘴皮子你就能学得了的？"

苏甜甜哪里被人在人前直骂过懒，尤其是在这一帮俊俏的世家少年面前，眼看着这些少年都愣愣地看向这里，苏甜甜或许是觉得丢脸，捂住脸，又哭了起来，哭得撕心裂肺。

这一哭，哭得一众少年都有点儿尴尬，不好再干看着了，忙七嘴八舌地凑上前安慰。

"苏姑娘，你别哭了。"

至于楚沧陵，也不会在乎别人会怎么想他欺负个小姑娘，冷哼一声，又摁着腰侧的"蒿里"，转身扬长而去。

可惜这帮少年安慰人的功力实在有点儿不够到家。

桃桃目瞪口呆地看着，这帮少年从这一开始埋怨楚沧陵太凶，又成了"楚前辈说得也对"。

"这六合归元剑式与刀式哪有这么容易学得呢！"

"这仙门世家学不会的人多了去了，楚前辈也是担心你，怕你以后做无用功。"

"对对对，金师姐不是说苏姑娘你平日里最喜欢去晒太阳扑蝴蝶了吗？这刀法哪有扑蝴蝶好玩儿，苏姑娘，你是不知道，练剑什么的最累了。"

宁桃整个人都有点儿不好了。

哪有这么安慰人的！没看到苏甜甜整个人都僵硬了，膝盖都快被戳烂了吗？这话简直明晃晃地在说苏甜甜确实学不好，不如老老实实地晒太阳去。

苏甜甜青青白白的脸，完美地诠释了一个什么叫"膝盖中枪"。

虽然知道这时候笑话苏甜甜很不好，但是苏甜甜这脸色实在太滑稽了点儿，偏偏又不能再耍性子继续哭，否则这不就成了狗咬吕洞宾，不识好人心了吗！

眼看苏甜甜只能巴巴地站在原地，脸色变化精彩。

孟玉真还是忍不住"扑哧"一声笑了出来，惹得孟玉琼十分无奈。

楚沧陵走后，楼梯上突然传来了一阵长靴轻叩楼梯的脚步声，回去拿药的常清静去而复返，手里握着个药瓶，顿在了楼梯上，看到楼下这一幕，微微皱紧了眉。

苏甜甜似有所觉地抬起头幽怨又委屈地看了常清静一眼。

常清静收回了视线，一言不发地朝着宁桃走去，垂着眼冷声道："药。"

宁桃这才回神，慌忙地接过了药："啊！多谢！谢谢你！小青椒！"

常清静抿着唇，站到一边，不再说话了。

他皮肤细腻如薄雪，眸色浅淡，光是站在这儿，就给人以莫大的压迫感。

眼看着常清静受伤也不轻，宁桃拔开木塞，没着急往自己手上抹，而是朝常清静招招手："小青椒，你过来点儿，低点儿头。"

常清静不疑有他地走过去，照着宁桃说的微微地低下了头，下一秒，额角上沾上的沁凉的药膏，就让常清静猛地绷直了脊背。

宁桃踮着脚，指尖沾了一大团药膏，十分认真仔细地在他额角轻轻揉开。

常清静："……"

常清静几乎下意识地又看向了苏甜甜的方向。

苏甜甜咬着唇，呆呆地看着眼前这一幕，好像都忘了哭。

"好啦。"宁桃拍拍手，长舒了一口气。

这一拍又忘了自己手上有伤，疼得"咝"了一口，然而这一抬眼的工夫，苏甜甜突然提着裙子，擦着泪，飞一般地也冲出了人群。

"苏姑娘！"

"苏姑娘？！"

众人错愕地看着这姑娘哭着跑了。

常清静闭了闭眼，纤长的眼睫遮住了眼里雪霁般的浮光。

浑然不觉自己已经无意中被当作掩护和枪使的桃桃，更加茫然和发蒙了。

刚刚……这又是发生了什么？苏甜甜怎么跑了？

说实话，大家毕竟刚认识没多久，安慰也安慰过了，叫这些少年再没脸没皮地追上去继续安慰苏甜甜也不合适。

忍不住感叹了一声这姑娘的确娇气又矫情之后，众人也没了谈兴，相继散开。

回到客舍之后，桃桃也确实有些累了，一沾床立刻就昏沉沉地睡了过去。其实在洞里的那几天，她一直在想，要是再碰到小青椒和吴芳咏他们，她要做什么反应。

宁桃郁闷地想。

她又不好意思唾弃他们放弃了自己，毕竟这样一来，就好像她逼得他们放弃甜甜选自己一样。

可宁桃扪心自问，她并不是多么天真、善良、无私的人，她也有自己的私心，被好朋友放弃她心里的确有点儿难受。

没想到第二天早上，吴芳咏便磨磨蹭蹭地进来了，神情忸怩："桃子，你醒了。"

"对不起。"少年认真地说，"我和清静没带够钱，没、没能买下你。当时情况比较危急，有人想买了甜甜妹子做那种事，而那只猪妖修为平平。"

吴芳咏主动道歉，桃桃反而有些不好意思，她脾气其实很好，或者说就算心里再气愤也不至于和人吵架，再说这几天都过去了，有再多气这个时候也消得差不多了。听到吴芳咏这么说，桃桃摇摇头，小声地说："我不怪你们。"

她就是觉得自己略悲催。

吴芳咏仔细觑着她的脸色，又小心翼翼地安慰了几句，这才磨磨蹭蹭地出去。

出去之后，孟玉真和孟玉琼突然又进来了。

孟玉真是特地来给她送伤药的，顺便探望她病情。

一进门，少年就特别自来熟，大大咧咧地往床沿上一坐，乐不可支。

"桃子，你是不知道，刚刚苏大小姐又和楚沧陵吵起来了。楚沧陵气得脸色都青了，啧啧。苏小姐哭得呀，梨花带雨的。"

这几天工夫，已经足够让一众少年少女对苏甜甜的好感度几经沉浮，上上下下，保持在了一个比较微妙的数值上，尤其是从金桂芝歉疚的语句中得知自己竟然不知不觉会受到这神识的影响，众人就更加警惕了。

心里有意识地避着点儿，这滤镜淡化了不少，之后又经过这几天吵吵闹闹，众人这才意识到自己与这位苏姑娘不是一路人。

这位苏姑娘性子太娇气，眼高手低。俗话说，有几分能力做几分的事儿，这不是净添乱吗！

这种态度的改变主要体现在"苏大小姐"这个存了几分揶揄意味的称呼上。

如今，再看楚沧陵把苏甜甜气得直哭，都有几分吃瓜看好戏的意思。

回到客栈之后，金桂芝忙着回复谢遨之，先行回了凤陵仙府。众人在客栈里休整了两三天之后，就有些坐不住，便开始笑着说要去逛逛，总不能白来一趟不是。

据说在这偃月城的山上有一片桃花林，桃花开得非常好，每到春天，镇子里的人就会穿过这片桃花林去山的那边采茶叶，而在桃林深处则修筑了个月老祠，祠前种着一棵枝干虬结，最为年长的桃树，枝丫上挂满了各色的签文护身符。

传说这棵桃树与这片桃花林是位仙人亲手种下的，桃花四季不败，这都快入秋了，也没看桃花有任何衰败的迹象。

于是，第二天，一众少年就兴奋地赶往月老祠去了，说是要求姻缘。

辛辛苦苦地爬上山之后，果然看到了一片芳菲的桃林，如云霞般弥漫点缀在山腰上。

落红四坠，如绛雪乱飞，漫天桃花被风吹得在空中直打转。枝丫间果然挂满了通红的小木牌子，层层叠叠，千条万条覆压垂下来，像是累累的果实。

月老祠就修筑在这重重的桃林中，隐隐能看到这其中的碧瓦朱甍。

不过偃月城的月老祠虽然没有其他地方修筑得漂亮，甚至说有点儿潦草，香火却还是挺旺盛的。

第一次随众来这种地方，常清静耳根也有些微微发烫，一众少年装作满不在乎的样子，左看看右看看，却都忍不住去拿了许愿符许愿。

楚沧陵对这种活动轻蔑，不屑一顾，冷着脸，目光冷峻，懒得参与。苏甜甜兴奋得满脸通红，小脸儿红扑扑地跑来，手里捧着个许愿符："桃桃，你也要许愿吗？"

她这个时候已经浑然没有了之前在客栈的委屈和不满，好像已经将那天的争执抛在了脑后。

就连宁桃也不得不承认，这样的苏甜甜真的又灵动又讨人喜欢。

宁桃下意识地拒绝："不、不了吧？"

苏甜甜笑嘻嘻地往她手里塞了几张许愿符："写嘛写嘛。"

桃桃睁着眼，看着手里这许愿符突然有点儿紧张，心怦怦直跳。

想写，又有些难为情。

但看到大家都在兴致勃勃地挂许愿符之后，桃桃鼓起勇气，拿起笔，想了想，端端正正地在这木板子上写下了一行大字。

希望大家能永远幸福快乐地在一起，希望我能回家。

又写道，

希望楚前辈能平平安安。

或许是因为这种地方难免会勾动少女绮思，就连宁桃也不例外，写完这张，宁桃看着手里剩下的那一张许愿符，和它"大眼瞪小眼"了半天，又忍不住看了一眼常清静，脑子里一片混乱。

一会儿是山洞里那一幕，一会儿又是常清静皱着眉猛地拽住了她手腕给她拿伤药。

都说这世上第一大错觉是，我以为他／她对我也有好感。

少年也在写着些什么。他乌发墨鬓，鬓角的长发垂落，神情平静又温和，一笔一画，端端正正，眉眼肃然。

桃花间希微的薄光落在他脸上，他的眉眼毓秀，像是冰上盛开的花，天山雪莲般高洁动人。

宁桃有些煎熬地反复回想着之前和常清静的相处。

不管了不管了！

颇有些破罐子破摔的意味，宁桃胡乱抓起了许愿符，攥在手心里，有点儿口干舌燥，做贼心虚，正准备踮起脚尖努力把它挂上去的时候，身后突然传来了常清静的嗓音。

"桃桃。"

"啊，在！在！"宁桃浑身一颤，立正站好，猛一回头，差点儿撞上了常清静秀挺的鼻子。常清静离她很近，他的胸膛贴着她的脊背，这个姿势就好像她被他圈在了怀里一样。

宁桃愣愣地看着常清静，突然发现，小青椒长得好快。

少年的个头蹿得很快，几乎一眨眼的工夫，就已经比她高出一个头了，下巴能轻而易举地抵在她头发上。

"桃桃。"宁桃好像能感觉到少年胸口嗡嗡的震动声，他的嗓音还是有些微冷的，"我来帮你挂。"

还是梅花、降真香、黑色皮革手套、乌金剑鞘的味道。

冰冷的香。

宁桃浑身一个哆嗦，羞耻得从头到脚都红了个透，连忙摆手拒绝："不用了，我自己来就行。"

但少年已经拿走了她手里的许愿符，宁桃只好小心翼翼地移开了半步。

常清静当然不会看她写的什么东西啦，常清静甚至刻意地避开了视线，郑重地伸出手，越过了她头顶，帮她把许愿符挂到了桃树上。

桃桃有点儿晕乎乎的，突然有种不真切的感觉。

怀揣着点儿微妙的小心思，桃桃涨红着脸，轻轻、轻轻地别了别耳畔的发丝，指尖小心翼翼地落在耳畔，像蝴蝶落在一朵花上，蝶翅微颤般轻柔。

从月老祠出来之后，绕过山道，是一条山溪，溪水淙淙，落英芳菲，美不胜收，大家伙儿在这儿歇脚。

苏甜甜脱了鞋袜，提着裙子，踩在了溪水里。少女的脚踝细而白，肤若凝脂，脚趾如玉，圆润小巧可爱。

左脚大拇指有颗红痣，在粼粼波光中，红得惊心动魄，越加玉雪可爱。

偏偏苏甜甜还恍若未觉般地踢着水，一个劲儿地将这溪水往常清静道袍上撩。

常清静这几天一直都没睡好，一闭眼，满脑子都是苏甜甜。

苏甜甜笑的，苏甜甜哭的，还有那道单薄纤瘦的背影。

他们说，苏甜甜背了他一路，号啕大哭，又咬紧牙爬起来。

桃桃这个时候有点儿心不在焉，愁眉苦脸的。

经过这几天勤勤恳恳的照顾，她掌心已经结了痂，现在总是痒痒，尤其是手指侧边的，挠又不好挠，还总手贱地想去抠。

忍不住挠了两下，看着这冰冰凉凉的溪水，宁桃有些心动，于是把手伸进了溪水里。冰凉的溪水洗过伤口的结痂处，宁桃这才舒服地长叹了一口气。

水花飞溅上衣衫，常清静眼睫微颤，闭上了眼，走开了，不顾浑身湿透。

苏甜甜看到了，不依不饶地提裙追了上去："小牛鼻子，你在躲着我是不是？"

常清静避开了视线。

苏甜甜盯着他眼睛看："刚刚，刚刚在月老祠那里你也是故意的对不对？！"

常清静唇瓣微微一动，哪怕不知道苏甜甜指的"故意"究竟是什么意思，却还是故作镇定，冷淡地和她划清了界限："是。"

觉得心里很乱，常清静脸绷得铁紧。

他不可能喜欢上一个妖，哪怕这妖是他的同伴，哪怕他为了那一个背影而心动。

苏甜甜有些恶狠狠地盯着他，几乎红了眼眶："你、你挨桃桃挨得那么近，就是故意的！你看着我，我知道，我知道你已经喜欢上我了，那你还躲什么呢？！你以为，你以为你对桃桃好，我就会吃醋吗？"

……

"桃桃，你又跑到哪儿去了？！"

一声熟悉的嗓音几乎惊醒了宁桃。

吴芳咏惊讶地看着她："你躲在那儿干什么——"

他顺着桃桃的视线一看，瞪大了秀美的眼："你在看清静和甜甜妹子？！"

宁桃赶紧一把抓住了吴芳咏的手腕，用另一只手摁住他的头，往下压了压："别说话。"

吴芳咏蒙圈地看了宁桃一眼，结果看到宁桃快哭了，顿时头皮好像都多开了。

"桃……桃桃？！"

"我傻吧？"宁桃盯着常清静和苏甜甜的方向喃喃自语地说。

是，他说是。

刚刚她看到了常清静移开视线，唇瓣微动，顿了半秒之后，回答说，是。

他故意走近了她，就是为了躲避苏甜甜。

宁桃呆呆地站在原地，身形猛地一颤，手指用力地握紧了点儿，脑子里一片空白，耳畔嗡嗡直响。

好像有一把重锤砸在了心上，砸得她好疼。

疼得心一寸寸收紧了，呼吸也好像收缩起来，又像是夏天的气泡水咕嘟嘟地泛着气泡。

可能这就是，传说中的自作多情。

她几乎为这自恋的、莽撞的自己而窘迫到要哭了。刚刚那小心翼翼地整理头发的小心思，就好像鞭子一样噼里啪啦地抽在了桃桃脸上。

她为常清静的接近而感到不安，而辗转反侧，没想到原来自己只是那种"男主"用来气"女主"的工具人啊。

宁桃似懂非懂地露出个比哭还难看的笑。

吴芳咏叹了口气，不知道想明白了什么，一只手搭在了宁桃肩膀上，颇有点儿同病相怜的意味。

这一向颇有点儿屁巴巴没出息又跳脱的吴家小少爷，眼神竟然有些专注，有些黯然。

宁桃愣了半秒之后，也安慰似的拍了拍吴芳咏的肩膀，拉着他坐了下来。

"来玩这个。"宁桃干脆伸出两只手，各比了个"1"字。

吴芳咏愣愣道："这是什么？"

"你伸手，和我一样。"

吴芳咏不明所以地伸出手，面前圆脸姑娘突然伸出那根手指轻轻地碰了一下他的手指。

然后，那只手就比了个"2"。

"很简单的。"宁桃信心满满地讲解，"就是做加法，谁先加到10就收一只手，两只手都收回去了就赢啦。"

常清静固执地，或者说报复性地脊背挺得更直。

意识到喜欢这一点，让他狼狈又难堪，慌乱又无措，心里像有个声音一直在说，他不可能喜欢上一个妖，是妖残害了他爹娘，他不可能喜欢上一个妖。

然而，这几天，山洞那个号啕大哭跌跌撞撞的背影，一直在他眼前反复。

"这一路都是苏姑娘背你的，我们让她歇歇她都不肯。"

"因为我喜欢小牛鼻子啊！"

他在蜀山待了太久，年幼丧亲，性子一向又寡淡冷彻。

这也是第一次，第一次除父母，除舅舅，除师尊之外，有人毫无理由地这么对待他。他被这狼狈的背影中蕴含的力量所震撼。

那个背影中透露出来的真情与坚忍，像火一样朝他烧来，令他动容。

那个狼狈的身影，这几天几乎占据了他全部的身心。

他逃无可逃。

宁桃的确很久没玩过这个了，或许是有意，或许是无意，将对常清静的感情统统抛在了脑后。

玩过这个之后，又和吴芳咏一道儿玩打手心，看谁抽得快。

经过老头儿，或者说度厄道君楚昊苍调教过之后的桃桃，手眼协调能力简直有了质一般的飞跃。

吴芳咏被她打得苦不堪言，自暴自弃地一把抓住了她的掌心，咬牙耍赖："不行不行，该换我了。"

宁桃冷静地问："你是不是玩不起？"

吴芳咏：……

行，他就是玩不起！行了吧！

不过他俩这两条失恋的败犬在抱团取暖的过程中，心情反倒舒畅了不少。

就在这时，常清静突然走了过来："桃桃。"

他或许是和苏甜甜谈完了，面色很难看，但对上宁桃的时候，却收敛了这股冷意，态度依然能称得上温和。

宁桃往后倒退了几步，退到了吴芳咏怀里。

吴芳咏和常清静都是一愣。

扶住了宁桃的胳膊，吴芳咏茫然："桃子？你怎么——"

桃桃却轻轻推开了他胳膊："抱歉。"

飞一般地往前走了。

常清静不明所以，皱了一下眉，快步追了上去。

"桃桃？"

一想到刚才那一幕，宁桃气得眼眶通红，心狂跳。

大脑发昏间，胡乱地走进了桃林里。

就算常清静情商再低，再迟钝，也猛地意识到，宁桃可能是生气了。

不明所以地轻轻拢起眉头，脚步一转，踏出了蜀山的北斗天罡步法，常清静拦在了宁桃面前，彻底挡住了她的去路。

"别过来！"

桃桃大脑"嗡"的一声，想都没想，大叫了一声。

"桃桃？"常清静错愕。

宁桃眼睁睁看着常清静往前逼近了两步，目光落在他修长笔直的小腿上，长靴一尘不染。

嗓音因为愤怒有点儿尖厉，脸色也泛着愤怒的红，眼里好像有两团火苗。

"桃桃，你生气了？"

常清静茫然地问。

宁桃用力地推他，常清静被推得一个踉跄，犹豫了一下，又伸出手，挡住了她的去路。

他几乎不用费多大的力气，就能轻而易举地将她逼退，禁锢在一个小小的区域内。

宁桃去无可去，退无可退，仰起头，冷笑了一下，眼里既失望又愤怒："小青——不，常清静，你真自私。自大又蠢，除了脸一无是处，令我作呕。我把你当朋友，你把我当什么？促进你和苏甜甜之间感情的工具人吗？"

第 41 章

宁桃觉得伤心又愤怒，张了张嘴，明明憋了一肚子的话，可是对上常清静目光的刹那，鼻子一酸，忍不住就要掉眼泪了。

这种一生气，刚一吵架就控制不住要哭的体质，气势上就先输了一大截，那一肚子话怎么都说不出口，气得宁桃使劲儿跺了跺脚，又去推常清静。

不论如何都不能让他看到自己要哭了。

这、这也太丢脸了。

常清静皱了一下眉，抓住了她的手，几乎是强硬地把桃桃的胳膊掰了过来。

然而一对上宁桃这张脸，常清静怔了一下，紧紧攥着她手腕的力道缓缓松了不少。

宁桃她在哭。

少女瞪着眼，眼皮红肿，眼泪直在眼眶里打转，却还是昂着头死死地盯着他看，想不让那眼泪落下来。

可顺着眼睫落下的泪水是落在溪水中的桃花，一瓣一瓣落在了心上。

虽然不知道宁桃是为什么动怒，常清静喉口却微涩，呼吸一滞，下意识地避开了视线：

"桃桃，对不起。"

他不大适应主动低头这事儿，眉头又拢紧了点儿，嗓音僵硬："但我没有这个意思。"

他绝不会爱上一只妖，更不会为了一只妖利用自己的朋友。

主动认错，对于常清静而言，已经是破天荒的第一次。

他连她为什么生气都不知道！

看着常清静这张脸，宁桃说不失望是假的，她甚至怀疑自己究竟是看上他什么了。

越相处，越发现，常清静除了脸一无是处。

可是更可气的是——

她还是喜欢他。

宁桃气得浑身直打战，眼泪夺眶而出，恨不得左右开弓给自己两个耳光。

就像《面纱》里面那知名的一段话一样：

> 我对你根本没抱幻想。我知道你愚蠢、轻佻、头脑空虚，然而我爱你。我知道你的企图、你的理想，你势利、庸俗，然而我爱你。我知道你是个二流货色，然而我爱你。

她还是喜欢常清静。

对于常清静的脑子里究竟装了些什么，宁桃彻底绝望了，这回她终于一把推开了他，还故意将脚步踩得很大声，"噔噔噔"地冲了出去。

月老祠前的许愿符被风吹起，成千上万的许愿符哗啦啦齐响，其中一个露出了一行娟秀的小楷："喜欢小青椒，想嫁给小青椒做新娘子。"

春风吹着那许愿符打了个旋儿，又藏进如云霞的桃林中去，再也找不到了。

宁桃回去前，先是恶狠狠地擦了擦眼泪，又洗了把脸，对着溪水看了一会儿，确定看不出什么异常之后，这才回到了人群中。

众人在山上待了好半天，这才相携下山。

没想到半路上却撞到个少女在哭，手里还攥着那许愿符。少女生得秀丽，虽说没苏甜甜好看，但也算是小家碧玉，清甜可爱。

一众世家少年面面相觑了半晌。

在场的都是秉承着要仗义除恶信念的年轻少年，此刻见个姑娘哭得这么凄惨，吴芳咏忍不住上前问道："这位姑娘，你哭什么？可是有什么难处？"

少女抬起眼，眼皮红肿："我……我……"还没说到一半又开始哭了。

桃桃这个时候心情正乱，咬咬牙将常清静那些破事抛到了脑后，提着裙子坐到她身边儿小声安慰她，其他少年则无奈地先走远了。

"姑娘，你别哭啦，擦擦眼泪吧。"宁桃从袖子里摸出个手帕递给了少女，拍拍胸脯说，"你有什么难处，不妨说出来。你别小看这些少年，他们都是蜀山、阆邱和凤陵弟子。你知道修士吗？三大仙门世家？"

桃桃安慰人有一手，她长得本来就清秀无害。少女起初看到这么多异性围着她还有点儿紧张，此刻只剩下了苏甜甜和宁桃，便上气不接下气地吐露了原因。

"我……我实在是没办法了，一想到过两天我就要嫁给……嫁给那人，我就想死。可是我连死都不敢死，死了反倒更遂他们的意了。"

少女名叫杜香露，此刻捂着脸凄然泪下。

据杜香露说，她前两个月被一户姓焦的人家看上，要给他家小儿子焦英逸说亲。这焦姓是城中的大姓，家族势力大，在这城里几乎是一手遮天。能嫁给焦家的小儿子本来也是件好事。

可偏偏他家小儿子焦英逸一个月前突发恶疾死了。按理说新郎都死了，这门亲事就做不成了，可没想到焦家的人一口咬紧不愿退亲，说杜香露生辰八字和焦英逸是天造地设的一对，询问了风水先生之后，非要把杜香露嫁给焦英逸。

杜香露无奈之下，这才来到月老祠前，想许愿摆脱这门亲事，可是越想越觉得绝望，便忍不住坐在路边号啕大哭了起来。

宁桃听得忍不住打了个哆嗦，之前那点儿愤怒和难过也立刻消失了个无影无踪。

就像之前的王姑娘一样，这个世界尚存许多丑恶的事，有许多更痛苦的人。

宁桃抿了抿唇，认真地给了杜香露一个拥抱，铿锵有力地承诺：

"别怕！我们一定会帮你的！"

这种事儿她只在新闻报纸上看到过，说是有些省份，会给死去的未婚少年少女配婚。

问出原委之后，宁桃回到了常清静身边，惦记着刚刚吵架的事儿，桃桃不肯放下身段，他面无表情地、冷冷地说："我知道了。"

常清静的神情十分冷淡，整个人冰冷得像白玉和雪雕成的，紧蹙着的眉头看上去戾气十足。

桃桃愣了一下。

她好像从来没看到常清静这么冷过，浑身上下都在嗖嗖地往外放着冷气。

可是，转念一想，他戾气重和她又有什么关系。

桃桃磨了磨牙，恶狠狠地想，她还没这么无差别地放冷气呢。

失恋了她虽然难受，但这难受就像针一样细细密密的，扯得人呼吸都痛，不过却影响不了她日常的生活。

毕竟这世上也没暗恋失败后就要死要活的，对不对？她更伤心愤怒的是自己的自尊被践踏得一文不值。

或许她喜欢常清静，就是因为他这冰山美人的气质十分有吸引力，特别像宁桃的男神慕容紫英。

呸呸呸！有辱紫英了！

桃桃拼命摇摇头，狠狠地唾弃了自己一番。

除了天赋高，根本就是冰山草包美人！

桃桃不敢再想，害怕越想越气，到时候耽误了正事。

这时候还是说正事要紧，她便严肃了神情，吐字飞快，语速流利地把这事儿交代了一遍。

桃桃交代完，就走到了吴芳咏身边。

被迫做了了解事情经过，传达信息的工具人，常清静眼睫猛地一颤。

比起想不明白自己为什么喜欢上一只妖这事儿，更搅乱他心神的是这样的宁桃。

发觉自己对个妖精动心就已经够让常清静无法容忍自己了，如今发觉自己总是忍不住关注宁桃之后，心里反而又微不可察地松了口气。

至少，他并非是一心沉迷于情爱的，至少，朋友于他而言，比这些情情爱爱更加重要。

目光一扫，瞥见宁桃和吴芳咏站在一块儿说说笑笑的，他眼前又浮现出两个人玩游戏的时候，吴芳咏紧紧攥住了宁桃的指尖，哭丧着脸的模样。

常清静硬生生地别过了脸，侧脸的线条冷峻，抿了抿唇，不知为什么，觉得格外烦闷，因为烦闷，脸色就会更加难看、更加阴郁。

话音未落，面前这一众少年顿时气得连连咬牙。

"这不是欺负人吗？"

"岂有此理！"说完他们又连忙安慰，"这位杜姑娘，你别怕，我们是仙门世家的弟子，他这一个小小的焦府奈何不了我们的。"

看着面前众人如此自信的模样，杜香露眼里的神采终于一点一点焕发，抽泣着连忙叩首拜谢。

"杜姑娘，情况危急，现在我们就跟你回家看看！"

杜香露家就在山下，小小的两三间泥土房子，一众肩宽腿长的世家弟子挤进去，屋里就站不下了。

杜家人也正在发愁呢，一个个面色灰败。

如今见到杜香露带着一众小仙长上门，不由得眼露希冀之色，连忙带着宁桃他们去看焦家送来的聘礼。

日落时分，太阳已经落了山。

那些聘礼就摆在门后面，血红的妆奁箱子，金银绸缎，龙凤喜饼，花髻，盖头……嫁娶的彩礼在这儿都一应俱全。

吴芳咏刚走到门后面，顿时就被吓了一大跳，"啊"地大叫了一声。

紧跟着，走在吴芳咏身边的玉真也大叫了一声。

"啊！"

"怎么了？！"众人心里"咯噔"一下，立时手忙脚乱。

"有妖怪？！"

吴芳咏面色煞白："这门后面……有……有人！"

常清静快步绕到门后一看，登时愣住。

宁桃也看到了那两个"人"。

好像有一股寒气从脚底板直蹿上了天灵盖，宁桃心里发凉。

这哪里是人。

这分明是一对纸扎的男女，面色惨白，眉毛又黑又浓，男纸人刻意画出吊梢眼、悬胆鼻。

女纸人刻意画出笑盈盈的芙蓉面、柳叶眉。

两个纸人的眼睛仿佛在盯着人看，脸颊涂得红红的。在落日余晖的映照下，显得十分诡异。

两个纸人就放在门后面，这也是焦家一并送来的。

一众世家少年哪里见过这个，玉琼蹙眉："这东西好邪气。"

阆邱弟子忍不住道："你们蜀山的，不是最擅长对付这玩意儿了吗？"

玉琼问："小师叔，你怎么看？"

常清静眉梢冷冷的，言简意赅："有怨气。"

"小师叔？"

少年平铺直叙，拧眉冷冷地说："焦英逸的怨气。"

这要是一件单纯的配婚的事倒还好说，大不了他们找到焦府，威逼利诱，利用三大仙门世家的名望给焦府施压。然而，这焦英逸死后还有怨气，这件事就难办了。

这表示，他们的业务又多了捉鬼超度这一项。

听得桃桃眉角直抽抽，心里忍不住吐槽，这焦英逸还真是下流无耻，非得娶老婆。

他们在屋里商讨这件事儿的时候，杜家人悄悄地送了茶水进来。

宁桃接过茶杯，礼貌又感激地说："谢谢。"

惹得其他人奇怪地看了她一眼。

宁桃喝了口茶，想到，好像这个世界的人确实没有随口说谢谢的习惯，尤其这些世家少年平常被服侍惯了，更不可能买个东西啊，接个茶水啊，事事都要说谢谢。

宁桃想，那只能说明她被教育得好，她是 21 世纪的新一辈，是早上的太阳。

捧着茶杯，宁桃问："杜叔，这些彩礼是什么时候送来的？"

提到这个杜大叔就忍不住唉声叹气："这些是今早送来的，那……那焦英逸的尸骨如今也送到村口了。"

这是宁桃第一次接触这样的配婚，目光落在那两个纸人上时，忍不住又是一个寒战。

"焦家，还送来了这套嫁衣。"

杜大娘示意桃桃去看。

这套嫁衣绣得十分精美，上面缝缀了不少流光溢彩的珠子，描金的凤纹在日光的映照下，浮动着淡淡的光晕，嫁衣通红如血，被夕阳映照得凄艳，还有一双尖头的绣花鞋。

"绣花鞋"在桃桃的印象里，就是阴森恐怖的代名词。

苏甜甜也觉得恐怖，打了个哆嗦，鼻子都皱起来了："桃桃快拿开，快拿开，我觉得不舒服。"

"不知道为什么，就是觉得有点儿阴冷。"苏甜甜面色都白了。

她是狐狸，本来就对这些东西比较敏感。见苏甜甜不舒服，桃桃强忍住寒意，捧着这嫁衣往远处放了放。

那厢，还没争出个所以然来。

"要我说，就该直接找上焦家去，他们不服，就把他们打服！"

偏偏就在这时，门口突然传来了个笑吟吟的声音。

有人抻着脖子，站在门口，掩唇吃吃地笑，一边笑一边喊："杜大哥在家吗？"

听到这声音，杜大叔脸色微变，应道："在、在。"

宁桃扭头一看。

门前不知何时站了个妇女，看上去像是个媒人。

桃桃对配婚还算有些了解，之前学校上自习的时候，班里曾经漫天地传那种一小本的奇异故事，里面有很多配婚题材的，宁桃也看了不少。

察觉到身边的杜香露吓得直打哆嗦，桃桃手疾眼快地赶紧握住杜香露的手，轻轻地说了声"别怕，有我们在"，悄悄把杜香露推到了屋子里，杜香露感激地看了她一眼。

桃桃立刻关上了门，脊背紧紧地顶着门板，堵在了门口。

"欸。"那媒人一踏进家门，立刻被这挤得满满当当的人给震住了。

"杜大哥，你家有客人啊。"

杜大叔又不好意思说这一屋子人是干什么来的，只好支支吾吾，含混不清地应了。

媒人走进了屋，目光却忍不住被屋里的苏甜甜给吸引了，目光在苏甜甜脸上直打转。

杜大娘奉上了茶，让媒人坐下歇歇脚，又忍不住小心地问："大娘，这些聘礼能不能，能不能先送回去？"

媒人立刻捂着唇笑起来："大嫂啊，这东西都送来了，新郎官儿都到村口准备迎亲了，哪有现在把聘礼还回去的道理呢。"

杜大娘焦急地想要争辩："可是、可是——"

可是这聘礼明明是一大早焦府派人硬塞进家里的！

"哪有可是，"媒人不紧不慢地喝了口茶，"能和焦家结亲可是你们的福分。"

这话听得众人怒目而视。

"你这媒人，有你这么说话的吗？！"

阎邱派的弟子大多比较凶残，怒道："哪有把活人嫁给死人的道理？！我告诉你，今天这门亲事作废了，杜姑娘不嫁了！"

媒人闻言立刻变了脸色，冷冷地搁下了茶杯："杜大哥，你这些是亲戚呢，还是专门找来的打手呢？"

常清静紧皱着眉，心里一沉，几乎也动了怒。

纤长的眉睫微微一颤，冷声厉喝："我们就是来打人的，打的就是你。"

媒人被气得一个倒仰，推翻了桌前的茶杯，霍然站起了身！

常清静面无表情地看着她，琉璃般浅淡的眸子平静无波，目光略微一扫，上下唇一碰："滚。"

媒人气得面色又红又紫，但确实是被这少年的眼神吓得一个寒战。

常清静本来就生得冷峻，这个时候压着眉头，杀气和戾气冲天，像是绝顶峰攒雪剑，险峻高寒。

杜大叔赶紧上前打圆场。

"不是不是！大娘见谅！实在是我们家香露还没准备好。"

媒人目光在众人脸上走了一圈儿，又在苏甜甜身上多停留了半刻，冷哼一声拂袖走了。

杜大叔和杜大娘茫然地看了一眼。

往常每每说到这事儿的时候，媒人都不会给他俩好脸色，怎么今天走得这么轻易？

然而，就在媒人走后不久，焦家人就另差遣了个媒人来了。

那媒人带着更加丰盛的彩礼，笑意盈盈的。

而这一次，要提亲的对象却不是杜香露，而是苏甜甜！

这位媒人脸上涂得红扑扑的，笑容滑稽又诡谲："说来实在抱歉，我们家主说了，既然杜姑娘不愿再嫁，我们也不勉强。就是不知道这位姑娘愿不愿意？"

媒人肆无忌惮地打量着苏甜甜。

阆邱、凤陵和蜀山的少年们立刻被这媒人的无耻给惊呆了。

那媒人还笑着一口一个："我们焦家家大业大，嫁过去了一定不会亏待这位姑娘，保管这位姑娘……"

宁桃皱紧眉伸着胳膊站出来："不是还没纳采问名吗？"

她都被这操作惊呆了。

不问生辰八字直接娶，这、这配婚这么草率的吗？！还是那位新郎这么着急？

马上都要结婚了，这新娘还能说换就换的？？

凤陵弟子更是气得咬牙切齿，当场出剑！

"等等！"

常清静眉心一跳，赶紧伸着胳膊上前去挡。

金桂芝和楚沧陵离开之后，这些世家少年就隐隐以常清静为首。

见状，凤陵弟子气得直瞪眼告状："常道友！"

常清静眼里落了点儿夕阳的光芒，眼角被余晖一勾，冷得彻骨。

"出去。"

这话没头没尾，凤陵弟子愣了半晌。

常清静："出去。"

媒人面色大变。

这话是对她说的！！

媒人不服气，还想再骂，然而一道飞旋的剑光，正好一剑抽中了她膝盖。疼得她惨叫了一声，"扑通"一声当即跪倒在了地上，冷汗涔涔地看着近在咫尺的这胭脂水色般的剑光！

像做她这种生意的，都有一个优点，那就是识趣。

就算再不服气，也畏惧这少年通身的寒意，媒人扶着膝盖，咬着牙忍气吞声地退了出去。

"常道友，你这是什么意思？还不把这些不知好歹的打了出去？"

孟玉琼无奈："他们放弃了杜香露，转娶苏姑娘，这未尝不是个除妖的好时机。"

吴芳咏脑子一转："玉琼道友，你的意思是，我们在嫁娶的时候动手脚？"

"可是，可是苏大——"几个凤陵少年忍不住道，"可是苏姑娘又没什么护身的能力！"

苏甜甜听明白了这其中的关窍，忍不住自告奋勇："我没事儿的，让我来吧，要我如何配合，我都行。"

"苏姑娘，你——"

搞不明白这位苏大小姐究竟又要作啥妖，众人急得冷汗都要冒出来了。

就差求爷爷告奶奶，当众给这位大小姐下跪。

"可是你并无保护自己的能力，我们这些大老爷们儿怎么好让你一个人上？"

苏甜甜满不在乎地撇撇嘴："这又怎么啦，不是还有大家，还有小牛鼻子保护我吗？"

"让、让我来吧。让我去替嫁吧！"

在这争论不休的时候，桃桃抿抿唇，缓缓地、坚定地举起了手。

于是屋里众人齐齐一愣，全都怔在了当场。

安静了。

第42章

他们人太多，一拥而上，难免打草惊蛇。

到时候要是让这姓焦的跑了那就难办了。

就在宁桃话音刚落的刹那，常清静想都没想，眉头紧锁，脱口而出："不行！"

"不行！"常清静抿紧了唇，不赞同地拧紧了眉，"你不能去！"

他定定地看了她一眼，又挪开了视线。

他这时候心情纷乱，很多事情根本想不明白，但唯有一件事心里很清楚，那就是宁桃不能去。

宁桃立刻有点儿来气，拉下了脸。

她也不是非要逞能，她被老头儿教过，应该能对付得了。

如今，这儿只有她和苏甜甜两个女孩子，虽然甜甜是她的朋友，但宁桃心里清楚，他们把苏甜甜叫作苏大小姐不是没有原因的，苏甜甜太娇气，她不一定能应付得来眼下这个情况。

"你忘了我之前对付渔妇了吗？你教过我掌心雷和不动山岳，我还会六合归元刀法，我能应付得了。"

桃桃怒目，胡言乱语道："况且，我不去，甜甜不去，难不成你要穿上女装坐花轿吗？"

众人：……

饶是时机不对，听到宁桃这话，一众少年还是忍不住"噗"地齐齐喷了。

"别说，"玉真细细地看了常清静一眼，"小师叔要换上女装指不定多合适呢。"

少年皮肤白，乌发披散，眉眼毓秀。这要是换上嫁衣可不是个活脱脱的新娘子吗？

常清静下颌绷得紧紧的。

前脚刚吵过架，他当然不肯承认这是因为担心。

憋了半天，这才硬邦邦地低声憋出几个字：

"危险。"

宁桃愣了一下，看了眼常清静。

常清静半垂着眼，纤长的眼睫微微一颤，依然还是皱着眉的，但头不自觉地偏向了一边，像是在躲避她的视线。

突然宁桃就想到了万妖窟初见那一次。

那是她第一次见到常清静，小心翼翼地抱着常清静的大腿，生怕这位高冷的小剑仙丢下自己。

那时候，常清静话不多，不论她说什么，他总是低低地"嗯"，却将她保护得很好。

没想到经历了这么多，她竟然都能指着鼻子骂他了，两个人还吵成了这个样子。

宁桃气着气着，差点儿笑起来，这一肚子的火气在这一刻尽数消散了，实在没有办法了，咬咬牙，叹了口气："你相信我，我们都经历过这么多次冒险了。"

就算没有王家庵、偃月城、扃月牢这几次，她和常清静在那半年时间也经历过不少，也曾同生共死，也曾被他以命相护。

她有什么立场去指责他？

说白了，只是因为她喜欢常清静、而他不喜欢她的恼羞成怒和不甘心罢了。

桃桃勉强地笑了一下，眼睛几乎又要发酸，想掉金豆豆。

这一路上，常清静对她的确够讲义气的了，这一来二去也算是扯平了。

"不是说要相信朋友吗？"努力抽抽鼻子，把金豆豆憋回去，宁桃说了个让她自己都有点儿羞耻的台词，"朋友，就是互相信任的啊。"

常清静紧皱的眉头渐渐地松开了。

少年想找到话来反驳宁桃，但宁桃噼里啪啦，说话如连珠炮似的列举出来一大堆例子，他这才发现自己找不到。

宁桃清楚地看到常清静的表情松动了，赶快又补上一句："我相信，有你们在，会没事的。"

眼看常清静还有犹疑，宁桃一咬牙，使出了撒手锏："清静、清静哥哥，求你了！"

"清静哥哥"是他们很久之前待在王家庵的时候，她偶尔才会喊的称呼。

她年纪比常清静大几个月，一个十五，一个十六。

常清静不愿喊她桃桃姐，每次宁桃叉着腰提起这事儿的时候，常清静总是冷脸，别扭地好半天都不搭理她。

没有办法，当时宁桃只能主动喊"常哥哥、清静哥哥"把小弟弟哄回来。

而常清静却猛地僵硬了，目光冷厉，反手扣住了她手腕，看着她，耳根是红的，吞吞吐吐地说："别、别喊。"

从那之后，宁桃就明白了，这个称呼是常清静的死穴，只要一喊，他准破功。

果然，常清静脸上那冷峻肃杀，犹如玉山覆雪般寒冷的表情就彻底破功了，少年眼睫颤了颤，一字一顿地嘱咐："好，桃桃我答应你，但你切记，一定要小心。"

他担心桃桃，但是也信任她。他俩在这将近一年的相处中，培养了难得的友谊、默契与信任。

说服了常清静之后接下来就方便多了，这边叫人向焦家传话，说是答应了把苏甜甜嫁过去，但聘礼必须高。

媒人有些不屑，却还是送来了整整一箱金银。

桃桃钻进了屋里，火速换上了行头，穿上一身嫁衣，盖上了盖头，等着迎亲队伍把她接去。

太阳快下山，有迎亲队伍抬着花轿，敲锣打鼓地停在了杜家门口。

夕阳如血，这迎亲队伍除了有花烛、裙箱、衣服匣，也有一队高大的纸人，骑着高大的纸马。

这迎亲队伍像是被劈成了两半，一半是送丧的，一半才是"迎亲"的。

这时候不少村人也挤得远远地看。杜香露害怕又愧疚极了，和苏甜甜一道儿忧心忡忡地握着桃桃的手。

吴芳咏："桃子，你别怕，到时候有什么不对，就喊我们。"

其他少年也往她袖子里塞了一沓传音符："宁姑娘，这个给你。"

宁桃笑了一下："好啊！到时候我一定喊你们。"

这一笑，阆邱、蜀山和凤陵弟子都齐齐一愣。

这位宁姑娘，虽然样貌普通，却也是个有胆识、令人敬佩的姑娘，众人看宁桃的目光都忍不住更柔和、更怜悯了点儿。

宁桃虽然这么说，心里也是有点儿害怕的。

我不入地狱，谁入地狱。

一闭眼，鼓起勇气，宁桃利落地提着嫁衣裙摆，钻进了花轿子里。

伴随着外面响起那些作乐催妆、互念诗词等一系列烦琐的仪式之后，花轿子被抬起，摇摇晃晃地往村头去了。

新郎的骨殖就装在棺材里安放在村头，特地来亲迎新娘子。

宁桃坐在轿子里，口干舌燥，紧紧地攥住了嫁衣裙摆，心里伴随这颠簸的轿子，一上一下，一上一下。

宁桃脑子一转，猛地察觉到好像哪里又有点儿不对劲。

她这样，算是和常清静和好了吗？！

太阳已经完全落下了，杜家也都点上了灯，红烛高烧。

农村的那种酒席，堂屋里几大桌摆开，吴芳咏他们都坐在酒席上吃酒。

不过这酒席吃得很沉默，大多数人脸上没笑意，村里嫌不吉利也没人愿意来吃酒。

另一间房子充作厨房用，杜大娘和几个关系好的妇女蹲在洗澡的木盆子前洗碗。

吴家小少爷是第一次吃这种酒席，坐立不安，满脑子都惦记着宁桃。其他世家少年也没心思吃酒。倒是焦家来人个个满面笑容的，劝着常清静吃点儿。

"小道士，这大喜的日子，吃点儿酒吧，吃点儿。"

常清静少年老成，板着张棺材脸，碰到人劝酒只是皱眉说："蜀山弟子戒酒。"

苏甜甜已经和宁桃换了身衣服，穿着件鹅黄色的齐胸襦裙，头戴帷帽，轻声安慰："小牛鼻子，你别担心，桃桃一定没事的。"

但常清静却看了她一眼，挪开了视线。

常清静对她就是这个态度，苏甜甜笑容有些黯然。

她其实是羡慕过宁桃的，常清静对待宁桃的时候，和对待她那冷冷的、拒人于千里之外的态度几乎有天壤之别。

而这几天，她好几次都发现小牛鼻子在盯着她看，却在她察觉的时候，又神情复杂地移开了视线。

吃着吃着，玉真晕乎乎地搁下了筷子："我、我怎么好像有点儿晕啊。"

玉琼一愣："晕？"

常清静立时察觉出来不对劲，面色微微一变，伸出筷子，在杯子里沾了点儿酒液。

不是酒。

眉梢一压，又夹了几筷子的菜。

一一尝了，也不是这菜里有毒。

然而，就这两三筷子的工夫，常清静也突然感到了一阵微妙的眩晕感。

鼻翼微微一动，却是闻到了股淡淡的、腥臭的香烛油的味道。

在即将被拉入幻境前的最后一秒，常清静冷着脸，果断地将手中筷子一掷而出，打翻了桌上那通红的喜烛。

如果他没猜错，这味道是尸油，这喜烛是尸油融制的，而烛芯是人的头发一缕缕编成，怨气极大。

可是已经来不及了，就在这眨眼之间，席间的人全都被拖入了幻境中。

隆冬腊月的天，北风呼呼地刮着，卷着冰碴子就往人身上拍。

男孩儿裹紧了身上单薄的袄子，冻得脸色发红，直打哆嗦，体内躁动的妖气和瘴气更是几欲破体而出，疼得男孩儿说不出一个字来。

就算再冷，他都不能后退，他要到蜀山去，去蜀山拜师，去斩妖除魔，去报仇。

五岁的时候，他的娘亲撒手人寰；八岁的时候，父亲病逝。自那时候起，他就跟着舅舅一家一起生活。

舅舅与舅母待他很好，舅舅虽说只是个普通的县令，但常常抱他在怀里教授他经史子集。

后来，舅舅一家全被妖怪吃了，就剩他一人侥幸苟活。

目睹这大雪封山、天寒地冻的一幕，常清静微微一怔，缓缓攥住了手里的"行不得哥哥"。

那个男孩儿是他。

他早慧，在舅舅一家被妖怪咬死后，匆忙收拾了点儿银子上路。大锭的银子收在了袖子里，碎银子就塞在了脚踝那儿，袜子里套着。

男孩儿冻得弯腰摸了把鞋面，鞋面上结了一层薄冰，脚指头冻得已经没了知觉，手一掰，就能掰断。

下了雪的山路难走，男孩儿一个打滑，整个人就磕在了路面上。

大雪把路上的石子都冻得又锋利了一层，摔的时候双手往地上一撑，手掌都磨破了皮，鲜血霎时间便渗了出来。

男孩儿咬咬牙，扯下身上一块布，扯成布条，缠在手上裹了裹，将眼里的泪憋了回去，继续走。

一路上，他提心吊胆，生怕有妖怪追来，一脚踩到雪堆里，就很难拔出来，好不容易拔出来了，又马上陷进更深的雪里。鞋子干了又湿，湿了又干。呼呼的风雪吹花了常清静的眼。

他却不能停，一停准就冻成了个冰棍儿。

就是这般坚韧的意志，支撑着他一个八岁的男孩儿走到了蜀山，等他走到蜀山的时候，也差点儿冻死在了山门前。

由于没有了亲朋好友，孑然一身，倒也不需要拜别俗亲。蜀山掌教张浩清看他可怜，将他收入了门下，又在眉间蘸了点儿朱砂，帮他压制妖力，更换衣服、鞋袜，着履系裙披道服，梳头戴冠。

在蜀山这些年里，当初那个被风雪冻得直哆嗦的男孩儿，长成了不苟言笑，衣领都束到最高，凌厉的执剑小师叔。

再然后，他下山历练，碰到了桃桃。

桃桃和他见过的任何一个姑娘都不一样。那是常清静第一次和一个同龄的姑娘接触，难免手忙脚乱。

两个小孩跌跌撞撞，经常在除妖的道路上摔得头破血流。

宁桃不会杀鸡，每次只能苦着脸拜托他。

常清静杀妖杀得比较多，杀鸡还是大姑娘上花轿，头一回。他将鸡脖子一拽，割开喉管，而宁桃就跑得远远的，嘴里还念念有词。

"小鸡小鸡你别怪，你是人间一道菜，今年早点儿去，明年早点儿来。"

"我爸妈杀鸡的时候，我妈总是这么念。"宁桃欲哭无泪地说，又看到了常清静脸颊上沾着的鸡血，赶紧踮起脚尖，举起袖子帮他擦了擦。

擦到一半，又顿住了，往后倒退了一步，举起手在半空中比画了一下。

"小青椒，你是不是长高了？"

常清静觉得不解。

明明是他长高了，她却比他还激动，拉着他走到墙角，扶着他肩膀。

"站好，我看看。"

拿起木炭用力地画了一道。

"你现在有一米七啦，再长长说不定能长到一米八的！"

宁桃就像是对"一米八"这个她们世界的度量方式有执念一样，总是安慰他一定能长到一米八的。

幻境中的画面都是变化不定的，随着画面一切都变了。

王家庵不见了，取而代之的，是蜀山。

天地一片缟素，苍松覆雪，滴水成冰。

常清静先是一愣，随后猛然意识到，自己身上的穿着打扮都变了。

他穿的好像是通红的喜服？

再抬眼一看，少年面色大变，立刻变得极其难看，心差点儿跳出了嗓子眼儿。

他看到了个新娘子，正提着裙子朝他跑来。

好像，好像是桃桃。

常清静茫然地看了眼袖口，忽而觉得口干舌燥，心跳如擂鼓。

但等到跑得越来越近了，他这才猛然惊觉那是苏甜甜。

这些天来一直困扰着他的苏甜甜，光彩照人，穿着嫁衣，正朝他跑来。

"小牛鼻子！"

常清静如遭雷击，心跳好像也慢慢停止了，心几乎收缩成了一团。

他大脑空白，面色难看，死死地盯着她："你怎么在这儿？"

苏甜甜神情自然地伸出手，摸了摸他的额头。

少年却慌乱地往后倒退了一步，划开了道不近人情的距离，苏甜甜奇怪地笑着："你忘啦，今天是我们成亲的日子啊。"

说完，就上前牵着他的手。

不可能！

常清静浑身猛地一颤，断然甩开了苏甜甜的手。

他绝不可能喜欢上个妖精。

他如遭雷击，面色几经变化，摇摇欲坠，可是手好像违抗了主人的意志，和苏甜甜握得紧紧的，他想用力甩开，却怎么也甩不开。

甚至，他觉得很暖和，暖和得不想让人甩开。

苏甜甜牵着他走啊走。

他看到师尊坐在高堂的位置，其他长老都欣慰地看着他。

蜀山，是不计较弟子成亲的。

原本冷清严肃的蜀山，这个时候被装点得喜气洋洋的。

常清静也慢慢愣住了，眼露茫然，眼角微微漫上了点儿绯红，他鬼使神差地握紧了身旁少女的手，鬼使神差地侧眼去看她。看她小巧秀丽的琼鼻，红润润的丰盈的唇，潋滟的眸子。

司仪高声唱道——

花轿终于在村口停了下来，宁桃原本是歪在花轿里的，眼见到了村口，心中警铃当当当地响，立刻绷直了身子，坐直了，悄悄打起帘子看了一眼。

一眼就看到了那厚重的棺材，宁桃表示：我还是把帘子放下来吧。

两队队伍会合之后，就抬着新郎的棺材和新娘的花轿子往坟墓的方向走了。一直走到墓前，轿子外面才传来司仪的声音。

礼节和凡间的礼节没什么两样。

到这时候，宁桃终于觉得害怕了。

宁桃咕咚咽了口口水，匆匆忙忙发了一道传音符给常清静，心里默默祈祷。

这一次常清静一定要来啊！毕竟，毕竟她心里也没底不是。

要是他能顺利赶来，她就勉为其难地原谅他了！

可能是眼见轿子里一直没动静，外面的人等得烦了，笑道："新娘还不下轿吗？"

"新娘子害羞了呢，嘻嘻！"

"新娘子，害羞啦，羞羞！"

"快去请新娘子下轿！"

宁桃无声的尖叫堵在了嗓子眼儿里。

两个纸人突然钻进轿，一左一右，强硬地架住桃桃，把她拽了下来。

"新娘子出来啦！"

外面掌声雷动，欢呼声几乎响成了一团。

那两个纸人，虽然是纸剪出来的，但力气却诡异地大。宁桃挣扎了一下，没挣扎开，就被架着走上了青锦褥，跨过了马鞍、秤，一直到拜堂。

透过盖头的缝隙，桃桃只看了一眼，一股寒意几乎就贯穿了头顶。

这大概就是她的"丈夫"，焦英逸吧。

宁桃浑身冰凉，被熏得捂着胃干呕了一声，差点儿吐出来。

一方面是怕这个东西，另一方面是怕被人看出她不是苏甜甜。

司仪高声唱："一拜天地——"

眼看着就要拜堂了，宁桃心急如焚。

传音符她已经发出去了，怎么小青椒他们还没来呢？！

在这光景下，桃桃忍不住胡思乱想。

不等她考虑，她身旁的纸人却已经拽住了她胳膊，将她一把摁了下去！

"一拜天地。"

——"一拜天地。"

伴随着司仪的声音高高响起，又落下。

常清静的目光终于柔和了下来。少年乌发墨鬓，容貌毓秀动人，缓缓攥紧的指节松开。

苏甜甜脸颊微红。

少年少女，佳偶天成，朝天地叩首。

杜家村内。

杯盘狼藉。

喜烛的香气对于这一众世家少年来说，其实算不上什么厉害的幻境。

主要是刚开始没防备，这才不小心中了招。

眼下，早已纷纷转醒。

然而——

看着面前双眼紧闭的常清静与苏甜甜，吴芳咏急得几乎嘴生燎泡。

"我都醒了，清静和甜甜妹子怎么还没醒呢？"

玉真和玉琼面色微变："这不会出啥事儿了吧？"

玉琼心里一沉。

他此前听金桂芝师姐说，苏甜甜身具狐媚之功，该不会是这狐媚之功又深入幻境，对两人产生了影响？

"二拜高堂。"

还没等桃桃爬起来，纸人又用很大的力气，拽着桃桃换了个方向，冲着焦老爷和焦夫人的纸人跪了下来。

看来这焦家人也害怕，自己儿子的婚礼，这两位都没进墓室受礼。

宁桃心里又急又怕，胡思乱想道。

——"二拜高堂。"

少年趴在地上的脊背缓缓挺直了，又携手身旁的少女，恭恭敬敬地朝着师长的方向行了一礼。

"夫妻对拜。"

宁桃惶急得都快哭了，眼看着这都进行到夫妻对拜了，忍不住用力地挣扎起来。

可还是被摁着行了个夫妻礼。

——"夫妻对拜。"

在起身的刹那间，苏甜甜悄悄拉着他衣袖，咬着耳朵，轻声说："小牛鼻子，我喜欢你。"

"送入洞房！"

桃桃面色煞白，唇瓣抿得紧紧的，忍不住扭头往外看。越过那纸人宾客们，她只看到了乌黑的夜色，红得像鬼婴眼睛一样的灯火，并没有看到常清静的身影。

宁桃用力地攥紧了嫁衣，咬牙走进了洞房。

她想好了，她再等常清静他们一会儿，要是他们还不来的话，她就自己动手。

叽叽喳喳地闹了半刻之后，她的盖头被掀开了。

一掀开，眼前撞入新郎那张脸，宁桃倒吸了一口冷气。

焦英逸掀开盖头，握着秤杆面无表情地、冷冷地看着她。

宁桃心里猛地一紧。

"不是。"

焦英逸冷冷地说："不是。"

几乎就在眨眼之间，原本还在笑着闹着的洞房陡然安静了下来！

四周死一般地寂静，烛火"扑扑扑"尽数熄灭，那些围绕在她身边的纸人全都面无表情地、死死地又冷冷地看着她。

宁桃率先弓直了脊背，反手一把夺过了新郎手里的秤杆，冲了出去！

然而，焦英逸明明已经死了，动作却很敏捷，竟然一脚将她踹了出去。

这一脚力气极大，像铁锤砸在心口。

宁桃立刻被踹出去二丈远，狠狠地砸在了棺材板上，喷出一口血来。

——"送入洞房！"

苏甜甜胆子大，直接掀开了盖头，等到人走了，这才悄悄附耳在常清静身旁。

"小牛鼻子，我想亲亲你。"

她离得他这样近。

常清静微微一怔，脸色有些僵硬，想冷脸拒绝，可又像前几次那样，身体动弹不得，话也像卡在了嗓子眼儿里。

那山莓的味道轻轻地落了下来，覆盖了下来。

第43章

扶着棺材板，宁桃觉得大脑都在嗡嗡作响，脑子里的血液好像瞬间都空了，紧跟着又汹涌地倒灌了起来。她的眼泪也特没出息地跟着一道儿啪嗒啪嗒地掉了下来，委屈又愤怒。

不是说是朋友的吗？这次怎么又不来帮帮她？

宁桃抬手揩了把额头上的鲜血，又盯着自己血糊糊的掌心看了半秒，心里好像被重锤狠狠砸了一下，砸清醒了。

宁桃缓缓地攥紧了手掌。

她现在明白了，不管常清静他们出了什么事，她现在能依靠的只有自己。

于是，桃桃强忍痛苦爬了起来，捡了地上的秤杆，当作刀冲了上去！

她一个小姑娘，哪里用过真刀。就算之前有楚昊苍的调教，正面对敌的时候，宁桃还是紧张得手心冒汗，头晕目眩。

没事的，没事的。

桃桃一边在心里给自己打气，一边疯狂运转力气，扑了上去！

"雷字，雷惊电绕！"

附着了雷光的秤杆，重重地敲在了焦英逸身上，他可能没想到她还会反抗，踉跄了几步，站定了，又冷冷地看着她。

那些纸人纷纷动了，咯咯直笑，如一阵飓风般争先恐后地卷了过来！

宁桃挥动秤杆，劈、砍、斫、扫，硬生生将这把秤杆挥舞得大开大合。

这些纸人蛾眉微扬，惊诧地看着这身穿嫁衣，哭得晕妆的小姑娘，看她动作凌厉又敏捷，手中的秤杆，如同苍山压覆，含着点儿森然的戾气，伴随着雷光，凶猛地横切过来！

霸道，暴烈至极。

这些纸人慌忙地在半空中调转了身形，鹞子翻身，落了地。

宁桃就像一头凶猛的小狮子，伴随着每一次挥舞秤杆，心里的底气好像就跃升了点儿，突然就有了豁出去了的天不怕地不怕的气势。

桃桃咬着牙大吼。

砍死你们，砍死你们，砍死你们，砍死你们，砍死你们，砍死你们，砍死你们，砍死你们，砍死你们，砍死你们，砍死你们，砍死你们！

然而这毕竟不是刀，只是秤杆。像楚昊苍这样的人物，当然能聚集灵气让这秤杆变成开刃的神兵利器。

不过宁桃年纪太小了，还不能自如地掌控灵力，再加上对面的又都是些不怕击打的纸人。

这些纸人一拥而上，齐齐动手将宁桃手里的秤杆夺了下来。

宁桃急得红了眼，大叫，努力往回拔！

这些纸人一甩衣袖，原本平整的袖口，却突然变成了平整又锋利的纸刃，割得宁桃脸上、手上，全是深浅不一的血口子。

宁桃几乎又要哭了。

疼死了，好疼啊。

她别过头，喘着粗气，用力地抽搐了两下。

焦英逸在纸人们的簇拥下，朝着宁桃再次冲来！

一看自己这空空如也的掌心，宁桃大脑里嗡的一声，也不知道哪儿来的勇气，首先用"不动山岳"保护好自己，紧跟着不要命地拦腰冲了上去，一头撞在了焦英逸的肚子上。

桃桃趁着焦英逸被撞翻在地的空当，手忙脚乱地爬了上去。

这个时候，桃桃也不在乎身下是什么了，两条腿骑在他脖子上，抡起拳头就开始砸。

苏甜甜去亲他的眼皮。

常清静不自觉地又侧过了头，喉头滚了滚，想立刻夺路而逃。

她咬着他耳朵，轻声说："小牛鼻子，你耳朵红了，好红好红，像红豆糕，嘻嘻。"

少年正值发育期，大红的喜袍端端正正穿在身上，喜袍之下的身躯宽肩窄臀，修长纤细。常清静的皮肤白，是那种冷玉般的白，又像是覆着层细腻的薄雪，肌肉微微偾起，极为精瘦流畅，有两条性感的线条，顺着踝蹼玉带，一路深入裤腰下。

两缕乌发垂落在他脸侧，剑眉很浓，斜飞入鬓，这让他看起来比同龄人更加不好相处，更像个小古董，虽然是少年，但隐隐已经长出了点成熟严肃的味道，偏偏眉眼依然是青涩的，唇薄得有些凉意。

他以后一定会长成个人人仰慕，高高在上的仙君。

常清静冷淡的眼里微微失焦，心里好像被无数蚂蚁在啃噬一样，热血上涌的同时，又好像有一个声音在发自内心地抗拒。

"小青椒——"

这是少女求救的声音，急得似乎快哭了，邈远得又好像从天际传来。

就在少女俯身亲下去的那一瞬间，常清静陡然变了脸色，冷汗涔涔，一把推开了她！

"小牛鼻子？！"

常清静冷汗如雨，大口喘息着，狼狈地从喜床上站起身。

与此同时，屋里的喜烛摇曳了两下，火光灭了。

吴芳咏惊喜地叫道："醒了！醒了！！"

常清静头疼欲裂地睁开眼。

吴芳咏长舒了口气："清静，你终于醒了！"

"小师叔！"玉真、玉琼也慌忙拥了上去。

"甜——苏姑娘！"

"苏姑娘也醒了！"

一阵手忙脚乱之后，常清静那琉璃般的眼珠转了一转，终于缓缓回神。

苏甜甜扶着脑袋，目光落在常清静身上时，却不知道想到了什么，"啊"地叫了一声，脸色涨得通红，看着常清静，欲言又止，眼里水光潋滟。

常清静有些惶急地移开了视线。

他推开苏甜甜不是因为厌恶她，而是因为厌恶自己，甚至为了逃避她，他竟然在幻境中看到了桃桃。光是这个想法，就让常清静几乎惊出了一身冷汗，面色煞白。

少年无法忍受，自己竟然把朋友拉入这个肮脏污秽的幻境中来。

"这个喜烛里面有古怪。"一众少年七嘴八舌地说，"还好这幻境不算什么厉害的幻境，拿来对付我们？也不看看，仙门三大世家这名头是怎么来的。"

吵闹之中，不知道是谁说了一声。

"那宁姑娘呢？"

原本还在吵吵嚷嚷的屋子里顿时安静了下来。

宁姑娘，宁桃。

对，宁桃呢？！

"小青椒——"

幻境中那个邈远的声音好像跨越平行空间再度响起，

常清静缓过劲来，眉目一转，脸色立刻变得十分难看了起来。

在这期间，焦英逸当然有反抗，他使劲儿蹬腿踹她，又翻身重重给了宁桃一耳光，这一耳光打得宁桃眼冒金星，鼻血差点儿都出来，半张脸高高地肿起。

咬牙将嘴巴里的血水咽了进去，宁桃大脑发热，胡乱地去蹬对方下半身。

虽然不知道有没有用，反正就姑且这么踹着吧。

她的动作好像终于惹恼了焦英逸，他面无表情地看着她，手挥向她的肩膀，在她肩膀上留下了个深深的血洞，白骨茬子都露了出来，趁着宁桃疼得没有防备，突然伸出那两只手用力地掐住了宁桃的脖子。

宁桃被掐得涨红了脸，涕泗横流。

喘、喘不上来气了，要、要死了！

桃桃用力地、痛苦地胡乱扑腾着，眼泪如决堤的洪水般喷涌而出，用尽最后的力气摸索上焦英逸的手，用力去一根一根掰他的手指。

她就是这样的，不到最后，她才不要放弃。

等到常清静和吴芳咏等人赶到墓室的时候，看到的就是被高高掐着脖子，举在了半空中的宁桃。

宁桃眼泪和鼻涕一道流了下来，嫁衣如同脆弱的花铺散开，眼珠血红，用力地去掰对方的手指。

常清静、苏甜甜、孟玉琼、吴芳咏……众人的脸色一时间都变得十分难看，根本没想到这才耽搁了一会儿，宁桃竟然落得这么凄惨。

苏甜甜更是站在人群中，如竖着的靶子，泪盈于睫，摇摇欲坠。如果不是她在幻境中又无法控制狐媚术的力量，宁桃也不至于如此。

常清静瞳孔骤缩，猫眼睁大了点儿，袖中指节微微一动，胭脂水色的长剑正欲出鞘间！

却有一道呼啸着的雷光快不及眼地滑过。

这雷光先他一步，所过之处，所有纸人突然齐声痛苦地尖啸起来，"呼啦"一声烧成了灰烬。

但这还没完，在所有人的视线下，这道暴虐的雷光在半空中虚虚地凝结成了两根手指的模样。

一根食指，一根中指。

这两根手指迅速又狠厉地卡住了焦英逸的脖颈，用力一扭。

咔。

直接扼断了对方的喉骨。

常清静怔愣愣地微微睁大了眼，看着身子骤然瘫软，跌坐在地上鼻青脸肿的桃桃。

少女脸上青青紫紫，脸颊高高肿起，脸上全是斑驳的瘀血印子，早就看不出原来清秀的模样。

在常清静的目光之下，宁桃愣愣地摸了摸脖子上的红印，脖颈一凉，看也没看常清静和苏甜甜一眼，昂起脸似有所觉地看向这半空中未散的雷光。

那道雷光暴烈凶猛，戾气透骨，又是以食指和中指捏断对方的喉骨，在场稍微有点儿见识的世家少年们，纷纷变了脸色。

这一招纵观整个仙门世家，也只有一个人能使出来。

果不其然。

紧跟这道雷光而来的是一阵沛然癫狂的哈哈大笑声。

焦英逸软绵绵地倒了下去，宁桃鼻子下面流出了道鼻血，愣愣地抬起手擦了，呆呆地看着面前这突然出现的老头儿！

"老……老头儿？！"

宁桃做梦也没想到，扃月牢坍塌之后，早就不见了踪影的老头儿，竟然出现在这墓室之中。

男人却没有看她，他收了手，垂袖冷冷地站着。出来后明显是稍微打扮了一下，他是很注重自己仪表的，微卷的长发披散在肩头，侧脸眉眼冷峻。

刀凿斧刻般的脸，胡楂短短的，风刀霜剑雕刻的眉眼修长，傲慢又轻狂，丹凤眼里寒意瘆人，仿佛又和仙门世家传言中凤凰台大比上那个张扬的少年的身形相重合。

看清这来者的容貌之后，孟玉琼整个脑子都是麻的，大脑里呼之欲出了几个字。

度厄道君，楚昊苍。

这个仙门世家的传奇，不少修士如今的噩梦。

他竟然就这样戏剧化地主动现身，出现在了他们面前？

"是度厄道君！"不知道是谁语含惊恐地喊了一声，指出了来者的名姓。

苏甜甜惊讶地看着面前这个中年男人。

这就是……大名鼎鼎的度厄道君？

常清静僵立在原地，猫眼圆睁，看着眼前的男人，浑身都忍不住细细地颤抖起来。

这是他第一次真正意义上见到楚昊苍。不只常清静，这也是在场众人第一次见到楚昊苍，见到这个仙门世家的传奇。

在前往扃月牢前他们就已经做好了十足的准备，没想到连根头发丝儿都无缘得见的人，却在今天这个地方相见了。

这本该活在传说中的人物，如今傲立在自己面前，一众小年轻立刻就慌了，手忙脚乱，又警惕地想要拔出武器迎敌。

"度厄道君！"

"度厄道君，你怎么在这儿？！你到这儿来做什么？！"

看到这些少年如临大敌、色厉内荏的模样，老头儿，或者说楚昊苍反倒转身大笑起来。

"哼！收起你们这难看的脸色和这些刀剑来吧。小娃儿，就算你们一齐上，也不过是找死的命运。"

众人本来就自诩是三大仙门世家的弟子，一向心高气傲，这是第一次下山历练，就被人这么轻视，偏偏轻视他们的人是这位度厄道君，这位仙门世家的战力天花板。顿时，这一个个少年憋得脸都红了。

不反驳好像也说不过去，总得意思意思放个狠话啥的。

"楚昊苍，你休要猖狂！你之前跑了也就算了，今天既然出现在这儿，就别想活着离开！"

楚昊苍又大笑起来，他一笑，沛然气劲寸寸爆裂开，掀动墓室砖块四散，划在人脸上血花飞溅。"好啊，想找死，那我成全你们，来啊！"楚昊苍负手站着，冷笑连连，"来啊，你们谁敢上前！"

度厄道君楚昊苍，是仙门世家出了名的身材修长高大，多年囚禁生活，让他脸色苍白，身形微微佝偻，但身量依然八尺有余。

他负手站在这儿，袍袖被气劲激荡得四处乱飞，使得这墓室更加阴森恐怖。

最终，一个蜀山弟子受不得这刺激，提刀便上，却在这紧要关头，被斜刺里伸出来的剑给挡住了。

胭脂色的剑光在半空中一切，挑飞了对方的刀。常清静回身，牢牢地握住了手中的细剑，厉喝道："退下！"

那蜀山弟子还想说些什么，没想到常清静头也没回，手指一动，眉目冷峻地又发出了一道剑气，正正抽在那蜀山弟子的膝盖，抽得他"扑通"一声跪倒在地上，通红了眼，怒道："小师叔！"

"嗯？"楚昊苍终于将目光转了回来，落在了常清静身上，眯眼冷笑，"小子，你要找死？"

楚昊苍本来就是说一不二的暴戾个性，正准备一掌击碎不知死活的少年天灵盖的时候，没想到宁桃挥舞着胳膊，喘息连连跳了出来。

"等！等等！"

眼看着宁桃不知从哪个地方蹦了出来，玉真一颗心几乎跳出了嗓子眼儿："宁姑娘！"

玉琼眉心一跳："宁姑娘回来！"

众人也根本没想到宁桃会在这个时候跳出来，急得都快冒汗了，修养再好都快忍不住骂句脏话。

常清静是蜀山执剑弟子，又是蜀山掌教的亲传弟子。常清静上前，并不是找死，他们这几个人里，碰上楚昊苍，也只有常清静能接他几招，但宁桃这时候添什么乱！那一瞬间，一众少年看着宁桃的神情凝重，又气又急，无异于是在看一个死去的人。

苏甜甜和吴芳咏急得面色煞白，在原地团团转："桃、桃，过来。"

孟玉琼几乎不忍去看宁桃被一掌拍碎脑袋的画面，狼狈地移开了视线。

眼睁睁看到宁桃突然跳出来挡在自己面前，常清静面色骤变，苍白的唇瓣颤抖："走！"

和楚昊苍这种敌人对阵，最忌讳的就是轻举妄动。

在这一刻，他几乎想都没想，眼睛眨也没眨，旋身上前，把宁桃挡在了身后。

因为紧张，后背的脊柱沟牢牢绷紧了。

没想到宁桃不依不饶，愣是从少年挺拔的脊背后面探出个脑袋："请，请道君手下留情。"

话音刚落，墓室里一片死一般的寂静。

常清静错愕。

众少年也纷纷仁慈地闭眼，不敢相信宁桃竟然不自量力成了这样。

对度厄道君这种人求情有个屁用啊！

然而，让众人世界观差点儿崩裂的事就在这时候发生了，没想到这位以暴戾著称，被关了几百年后更像是疯了的度厄道君，却没立刻动手，目光幽深地盯着这圆脸姑娘看了半秒，鼻子里重重出气，哼哼唧唧了一会儿。

"我现在就要杀他又如何？"

孟玉琼一愣，还没等想明白楚昊苍怎么就大发慈悲废话了一句的时候，宁桃下一句话，又让在场所有人差点儿傻了。

宁桃哆哆嗦嗦，嗓音却响亮："您、您不能杀他，他是我朋友，恳请道君不要计较，饶他一命。"

"哈哈哈，不自量力，你以为你求情我就不杀他了吗？你以为你是谁？向我求情？你有什么资格向我求情？别以为我看不出你在想什么？你以为我会看在你的面子上放过他？你哪儿来的这自信？"

宁桃白了脸。

她确实想着老头儿会看在她的面子上放了常清静来着，没想到人家直接点明了，他根本不在意山洞里那几天的相处，她压根就没那么重要。

宁桃一个哆嗦，但事到如今又不可能这么轻言放弃，干脆梗着脖子，目光灼灼地对上了老头儿的视线，一鼓作气地趴在地上，磕了个响头，行了个大礼，礼貌诚恳地说："求道君开恩。"

少女穿着身嫁衣，妆全花了，左一块儿，右一块儿，浑身泪水和血渍晕作了一团，眼里依然闪着无畏的光。

常清静眼睁睁看着宁桃因为他跪了下去，大脑一片空白，喉口好像也随之收紧，苍白的面色倏然浮上了层薄红，心乱如麻到手中的剑几乎握不住。

宁桃却没想那么多，反正她又不是正儿八经的古代人，不在乎节操不节操的。

"蠢货！"楚昊苍突然闭上眼，冷喝一声，重重拂袖，暴跳如雷，"没想到你竟然是这么软弱的废物！"

楚昊苍冷笑着，往前走了几步，一转身，在"高堂"的位置上坐了下来，途中没忘抬脚踢飞了几具挡路的纸人。

在众人警惕的视线中，楚昊苍一只手撑着额头，靠在椅背上，若无其事地扫了常清静一眼，好整以暇地冷笑："哼，你们这些废物根本不值得我出手，杀了你们无异于捏死一只蚂蚁。你们回去告诉谢迢之，告诉他，等着我取他的狗命。"

说着说着男人又笑起来，笑得越来越猖狂，全身上下剧烈地抖动着，或许是牵动旧伤，又"嗝嗝"地垂着头弓着腰，大口地喘起粗气来。

看到老头儿喘得这么厉害，宁桃心里又着急。

楚昊苍瞪了她一眼，突然在众人瞠目结舌的目光中，一掌把宁桃推出了墓室，抄起宁桃把她拎了出去。

苏甜甜惊叫了一声："桃桃！"

苏甜甜一跺脚，变成了只火红狐狸想冲上前去咬楚昊苍一口，却被楚昊苍给一巴掌打飞了出去，冷笑："你是个什么东西，也配挨我的袍角。"

呃……

饶是场合不对，孟玉真眼角还是忍不住一抽。

这熟悉的说话方式，能说楚昊苍和楚沧陵不愧是亲生父子吗？！

宁桃一愣，天旋地转间已经被楚昊苍带走了。

脚刚一沾地，宁桃就想往回跑，一道冷喝喊住了她。

"滚回来！那狐狸没事儿！"

宁桃脚步一顿："真、真的？"

楚昊苍瞪眼："我骗你这女娃娃做什么？！还是说你嫌弃我拍得太轻了？哼！我现在就去把她拍死，你看怎么样？"

第 44 章

宁桃吓得冷汗都冒出来了："我不是这个意思。"

不过楚昊苍这么说，宁桃终于略松了口气。

她相信老头儿，他说放水就肯定是放了水的。

看到老头儿冷冷地睨着她，宁桃三两步冲上前，探着身子伸出手给对方拍拍背、顺顺气。

眼看对方没什么反应之后，宁桃放心大胆地继续拍了。

她是真的担心老头儿。

不是说他不自量力，他被关了这么长时间，身体虚弱，这几百年的光阴哪是这么容易就逾越的。

那个谢迢之一听起来就是个牛兮兮的大人物，她担心老头儿找他报仇会死在那儿。可是宁桃想想也知道，她没有资格和立场劝人放下仇恨，尤其是这种牵扯数百年的仇恨。

等喘匀了气儿，楚昊苍却重重地咳嗽了一声，拂开了她的手："滚开！"

宁桃被拍得往后倒退了两三步，也有些火大。

这倔老头儿。

然而下一秒，被老头儿拍到的地方，却好像有一股暖流钻入了肺腑，这股暖流在全身上下四处游走，身上的伤痛顿时为之一轻，被揍肿了的脸神奇地消了肿，肩膀的血洞也愈合了不少，宁桃愣了一下，想都不用想，立刻明白了这是谁的手笔。

楚昊苍气喘吁吁，冷眼看着她："呼——呼——"

宁桃无奈地拎起嫁衣，坐了下来，伸出手又小心翼翼地拍了两下："道君。"

"哼。"

"那、那真是我的朋友。"

"你朋友又不是我朋友，与我何干。"楚昊苍哼哼唧唧，"说是朋友，我看你看那小子的眼神却缠绵得很！"

"没有！你看错了！"宁桃下意识地狡辩。

"小娃儿，我吃过的盐比你吃过的米还多，在我面前狡辩没意思。"

眼看老头儿终于不喘了，桃桃伸展四肢，终于也放松了下来。

她的表现真的有这么明显吗？宁桃愁苦地想。

还好吧，虽然她喜欢常清静，但也没有很卑微、很痛苦、很明显吧。

只是每次想到小青椒，每次看到小青椒与苏甜甜互动，就好像心被揪了一下，自卑又低落。

楚昊苍看不下去她那副矫情的小女儿作态，这老直男沉下了脸："喜欢就去直说。"

反正已经被看穿了，在楚昊苍面前，宁桃懒得再掩饰了，自暴自弃得理直气壮，捂脸说："我、我不敢。"

"不敢那就憋着。你若说出来，还能尽早解决这痛苦，从这段可笑的感情中走出来。你若不说，那你这日后的痛苦，你这辗转反侧，都是你自找的。"

宁桃本来是有些失落的，一听楚昊苍的话，反倒忍不住"噗"笑出来。

楚昊苍沉下脸："你笑什么？"

主要是老头儿长得特别帅，有那种金戈铁马王爷的气势，银灰色的长发卷曲，五官深邃。但说话有时候和话剧似的，说起这种情情爱爱一套又一套。

宁桃当然不敢说，赶紧摆摆手，诚恳地拍马屁："我觉得道君说得特别有道理。"

她喜欢常清静，可是这两次，让宁桃慢慢地明白了一个比较难堪的事实。她和常清静虽然认识得更早，但在常清静心里，她或许比不上苏甜甜。这没什么，宁桃告诉自己，苏甜甜长得漂亮，娇憨灵动，这种女孩一向很受异性的欢迎。

而且她还要回家。

有句话说得很有道理，人少年时要是遇到一个很优秀的异性，就很难再喜欢上别人了。

如果她回了家，常清静应该会和苏甜甜在一起吧。

宁桃懵懵懂懂地想，而她可能会继续上学，考个大学，在大学里或是工作后，要么是相亲，认识个普普通通的男朋友，结婚生子，为还贷、为孩子上学、为父母养老发愁。

清醒的同时，她心里又好像存了一点儿侥幸。

说不定常清静也对她有一点点感觉，她说出来了，告白了，说不定爱情也会降临在她身上呢。这些侥幸与冰冷的现实相交织，如同一把刀子一样搅得宁桃鲜血淋漓的。

说出来就轻松了，说出来了就算常清静拒绝了她，她伤心一段时间之后，或许就能走出来了。

就像所有普通的姑娘一样，宁桃诚实地摇摆不定。

她想坦坦荡荡地说出来，想告白，又畏惧说出来的后果，到时候或许连朋友都做不成了，见到对方只剩下了相看两无言的尴尬。

天色渐渐转亮了，天际泛起了一阵苍蓝，枯草瑟瑟，天河渐没，红日将起。

宁桃穿着一身嫁衣，坐在这衰败的枯草间，忍不住掰着自己的手指头想。

要不就鼓起勇气说出来吧，向常清静告白，就算被拒绝了也没关系，或许等她哪天终于回家了，某天下班疲倦地走在霓虹灯下，想到少年时的冒险，再想起这些回忆时，只会觉得美好。

楚昊苍显然没心情多照顾她的少女情怀，多说这两句已经仁至义尽了。

察觉到楚昊苍要离开，宁桃有些不舍，手忙脚乱地站起来，试探性地问："道君，你不再多坐坐？"

"哼，陪你坐在这衰草枯叶间喂蚊子吗？"

虽然话是这么说没错，但直接说出来也太扎人心窝子了！

宁桃默默举手抗议："道君，你这样是很容易失去别人的爱的！"

对方的回复更加狂放："哈哈哈哈，我不需要别人敬我、爱我，我只需要他们怕我、厌恶我，一提到我就是深入骨髓的恐惧！"

宁桃吐槽欲差点儿没憋住，然而目光落在楚昊苍的身上又愣住了。

虽然说着狂放的话，但男人的身影寂寥又萧瑟，仿佛英雄末路般的荒凉，好像被幽蓝的天光拉成了一道惨白的细影，没入荒草枯叶间。

宁桃一时无言。

目送楚昊苍离开之后，桃桃静静地在原地站了会儿，双手合十闭上眼默默祈祷了半秒。

不管怎么样，希望楚前辈能好好的！她自己也好好的！

给自己加油打了个气，桃桃一瘸一拐地重新往墓室的方向走去。

回到墓室的时候，立刻就迎上了众人或担忧，或错愕，或探究的目光。

在这一众目光中，宁桃看也没看其他人，立刻去检查了一下苏甜甜的伤势，她正被一群少年围在中间。

牵着苏甜甜的手，桃桃仔仔细细地检查了一圈儿，确定她真的没事儿之后，这才松了口气，抬起眼，鼓起勇气地看向常清静："常清静，你能来一下吗？我有话要对你说。"

常清静不解其意，却还是顺从地来了，拧着眉头，正要开口问她，没想到宁桃率先张口，打断了他还没问出口的话。

"常清静，我有话要对你说。"

身后就是墓室，旷野寂寥的风呼啸着倾倒入墓室，站在这风口，宁桃身上的嫁衣被风吹得猎猎作响。

情不自禁地攥紧了嫁衣袖摆，宁桃顿了顿，紧张到神经末梢都好像卷曲了。

她怔怔地看着常清静，身形修长，眉眼是冰雪一样的凉薄。

身上那股戾气使得他眉眼英挺。

那是她来到平行世界前，绝不会碰到的男孩子。

桃桃鼻尖有些微涩，张张嘴，脑子因为接下来要说的话微感眩晕。

"我……我，我对你……"

常清静不明所以，两条剑眉拧得紧紧的，微感疑惑地沉声说："你受伤了，让我替你疗伤。"

"我对你——我——"

不行，说不出口。

她好想说，我喜欢你！我喜欢你！我喜欢你！我特别喜欢你！是想做你新娘子的那种喜欢！

"我喜——"

"桃桃。"常清静没等她说完就打断了她。

"让我替你疗伤，此地不宜久留，有什么话等伤好离开这里之后再说。"

他实在没有心情去听这些话。

那幻境里的一切如同梦魇一样深深地纠缠着他。

苏甜甜的身影在他脑子里交织，忽而是哭的，忽而又是笑的，像只喜滋滋的蝴蝶一样。

常清静心思纷乱，狼狈又隐忍地低下了头。

这让他即使愧疚也无暇分心多留意宁桃想说什么。他确认自己该是不喜欢苏甜甜的，对于苏甜甜，他心中并无悸动，也无法回应她的感情，可是他们说她背了他一路，而他偏偏又在幻境中看到了她。

他对苏甜甜的观感虽无悸动，却混乱又复杂，她是这世上第一个对他说喜欢他的人，或是厌恶或是愧疚或是微不可察的对异性的好感，种种交织在一处。

"小牛鼻子！"

就在这时，一道熟悉、清糯的嗓音猝不及防地从斜刺里插入。

苏甜甜站在离两个人几步远的地方，清楚地看到宁桃和常清静站在一块儿后，张张嘴，脸上露出了点儿犹豫之色："你，你能不能来一下？"

常清静就好像被什么东西戳了一下，僵在了原地，僵了半秒之后，朝宁桃礼貌地微微示意，抬脚走了。

苏甜甜提着裙子，没忘记小心翼翼地看了她一眼："桃桃，你没事吧？"

宁桃仿佛漏了气的气球一样，勇气迅速欠费，甚至有种撬墙脚的羞愧感。

苏甜甜刚刚甚至为了救她被打了一掌，这个时候，她连忌妒甜甜和常清净亲近的资格都没有。

宁桃一个人站在原地站了很久，站到双腿都发麻了，寒气深入骨髓。

其实答案不用常清静亲口去说，她已经知道了。

等到宁桃回到人群中的时候，果然有人问她和楚昊苍什么关系。

宁桃没心思回答，抱着膝盖闷闷地说："没关系。"

"不可能！你骗人！"事关楚昊苍，此事非同小可，那阆邱弟子想都没想，神情不由得冷厉了几分，断然厉喝道，"没关系，度厄道君特地来救你？他带你走的时候说了什么？"

宁桃闷闷不乐地大声抗议："他没有特地来找我，他是来找你们，叫你们通知谢迢之前辈的。至于我，可能因我是献祭给他的祭品，他不乐意叫别人吃了吧。我和他能有什么关系，度厄道君能为我做什么？我哪来的这么大派头，值得度厄道君为我费心？"

一众世家少年齐齐一愣。

这位宁姑娘怎么看上去眼眶都红了？

毕竟是为了给苏大小姐擦屁股这才主动上阵，差点儿把命丢了的，他们也不好意思太过责备对方，那阆邱弟子也察觉到自己有点儿冒失了，恐怕是伤到这位姑娘了，面色有些尴尬。

其实这话说得倒也对。

和这位宁姑娘接触的这几天里，这宁姑娘明显是个普通得不能再普通的凡间小姑娘，这样的姑娘就算和度厄道君真有点儿牵扯，牵扯也不会太深。

于是，一众少年叹了口气，有人走上来摸了摸她脑袋，没有再多问。

此刻，天已经放亮了，却还是暗沉沉的，看不到太阳。

这事儿解决之后，回到杜家村，杜香露和杜家父母自然是千恩万谢。

或许是受了伤的缘故，这一路走来苏甜甜的脸色有些苍白，止不住地咳嗽，众人赶紧将她扶进了屋里休息。

常清静盯着苏甜甜苍白憔悴的面庞看了一眼，脑子里好像空白了。

他发自内心地厌恶妖怪，但苏甜甜每一次的举动都好像在嘲笑着他的浅薄与狭隘。

在众人没来得及多留意她的时候，宁桃悄悄地回屋，把嫁衣脱了下来。

这时候，众人才发现没了宁桃的身影。

"宁姑娘呢？"

"生气了？一个人回屋了吧？"

早知道当初便不让这姑娘冒险了。

众人叹了口气，看向了窗外暗沉沉的天。

宁桃一个人坐在窗边，拿着匕首犹豫地在自己肩膀上比画了两下。

天色是微青的，暗沉沉的好像要下雨了，瓦灰色的天压得很低，几只青桩擦着稻田斜飞入天际。

她肩膀上的伤虽然被老头儿处理过，但老头临走前给了她一把匕首，告诉她，她身上受鬼气熏染，必须把这些腐肉挖掉。

她不大想找医生，要去找医生肯定又要惊动其他人。

嘴里咬着匕首，桃桃艰难地闭上眼，手哆嗦了两下，用力往肩膀上一戳。

她疼得冷汗如雨，"嗷"的一声直接惨叫了出来。

扎都扎了，只能硬着头皮搅动匕首，使劲儿挖掉这些烂肉。

虽然很疼，但必须自己上手。

好不容易清理干净了，宁桃也差点儿疼得昏死过去，浑身上下就像是从水里捞出来的一样，汗湿了前胸后背。

窗外开始下雨了，淅淅沥沥。

杜大嫂点上了灯，微黄的灯映照着篱笆，雨滴微凉。

宁桃趴在窗户前看了一会儿，伸手接雨。

如果她爸妈在的话，她妈肯定会急得直骂她，然后赶紧带她去医院打破伤风。

她几乎不敢多想了。

没关系，你自己一个人可以的。

没关系，桃桃，你能挺过来的。

半夜，宁桃是被春雨沙沙敲打篱笆的动静惊醒的。

身下的席子摸上去微凉，宁桃冻得起了层鸡皮疙瘩，正打算抱床被子来的时候，突然，好像看到了窗户前停了个黑乎乎的影子。

打开窗一看，才发现是个传音纸鹤。

大晚上谁会给她发传音纸鹤？

纸鹤睁着滴溜溜的眼睛，站在窗户上，被夜雨浇得有些可怜。宁桃抓起它的翅膀把它放在了桌子上。

借着一豆的灯光看到它腿上还绑了个贝壳样的药膏。

解开一看，贝壳里面塞了个小字条，上面一行狂放疏朗、险峻陡峭的大字。

"伤药，用。"

这狂放不羁的命令般的语气……

桃桃眼睛一亮。

是老头儿！

宁桃小心翼翼又很郑重地拿起这蚌壳贴近胸口，心里感觉好像有一股淡淡的暖流淌过。

夜风卷着夜雨打入屋子，她好像也不觉得冷了。

宁桃觉得自己要谢谢这个纸鹤，于是，端正地向这纸鹤说了声谢，又折回去关上了窗子，赶紧抽出纸趴在桌子上琢磨着写回信。

写什么呢？

> 前辈亲启……
>
> 谢谢前辈的药膏，晚辈感激不尽。前辈刚从扁月牢中脱身，一定要保重身体。我和大家正准备去凤陵仙家，前辈一定要当心，如果有消息会随时通知前辈。
>
> 还有就是枇杷能止咳，冰糖雪梨也行，前辈可以买一碗喝，很甜很好喝的。

不知不觉，宁桃就写了一大堆。写完了拍拍纸鹤的小脑袋，又将它放了出去。

第二天，常清静一行人准备启程继续赶往凤陵仙府。

路上，宁桃倒也收到了楚昊苍的回信，楚昊苍觉得她烦，十天半个月才回复她一次，不过每次回信的内容都十分符合他文艺大叔的特性。

比如说去了啥啥寺庙啊，路上碰上了骤雨啊，芭蕉叶倒能拿来遮雨，又去某某渔村喝了酒啊，走入深林看到了乌鹊衔花，前几天看到的烟霞落满了水。

某个村口的大黄狗很让人讨厌。

> 可恶，可恶，可恶！

三个墨渍晕染的狂草的"可恶"，形象生动地表达出了对方的厌恶之心。

宁桃拿到信之后深深地怀疑，老头儿是去四处找仇家杀人的，只是路上偶尔看到了什么美景，文艺心无处发泄，这才给她写上了两笔寄过来。

和老头儿的书信往来，极大地安慰了少女失恋的萧瑟心情。

这一路上，宁桃有意无意地旁敲侧击了不少度厄道君楚昊苍的消息。

常清静琉璃似的眼盯着她看了半秒。

宁桃狼狈地移开视线："我、我就是有点儿好奇。"

常清静想了一想，一字一句斟酌，缓缓地回答了起来。

"度厄道君是阆邱剑派首席大弟子，与谢前辈本来是好友。他出身名门楚家……"

从常清静的话里宁桃渐渐地弄明白了楚昊苍的生平。怪不得老头儿这么文艺，原来老头儿本来就出身名门世族，年轻的时候是个实实在在的世家少爷。

据说他修行的功法比较暴烈，为人处世偏激，走火入魔后杀了他老婆谢眉妩，杀了阆邱同门，又接连杀弟弑母，最终被知交好友谢迢之缉拿。

但宁桃总觉得事情没有这么简单，就凭之前听老头儿在山洞里的那段话，那段"就算母亲也能对自己儿子下手，就算兄弟也能亲手杀了自己的哥哥，就算至交好友，也能为利反目成仇"，她就觉得这事儿肯定另有蹊跷。

"桃桃，你之前想同我说些什么？"

宁桃不知道怎么回答，就含糊地说，"没什么没什么"，又埋头继续写信去了。

握着笔，宁桃忍不住分出半分余光，抿着唇，心里既期待常清静能追问下去，又害怕他追问。

要是常清静追问她的话，桃桃在心里小声地和自己说——

那她就告白。

可是，常清静没有，他只是移开了视线，她不愿意回答就没有再问。

或者说，他目前分不出心思来管她，强烈的负罪感和对温暖的渴慕几乎将常清静自己撕裂成了两半，宁桃能清楚地看到常清静动摇。少年像是第一次有喜欢的姑娘，慌乱局促又动摇，下意识地逃避。苏甜甜不许他逃避，总强迫常清静看她。

"桃桃，我、我也不知道怎么办了。"苏甜甜皱着鼻子，将整个脑袋都压在了宁桃身上，撒娇诉苦。

"桃桃，你能不能帮帮我呀？"

只是说这话的时候，苏甜甜的眼睛是亮的，嘴角也是翘着的，流露出一股甜蜜。

宁桃看得出来，其实苏甜甜根本不在乎她提出什么建议，就是有满腔的高兴想要和人倾诉。每次说是要找她聊天儿，其实就是听她一个人讲。

"那你想要我给你什么建议？"宁桃将苏甜甜稍微推开了点儿，难得以严肃的神色问。

"你和常清静之间，我能给你什么建议？"

苏甜甜第一次看到宁桃这个神情，被问住了，喃喃地说不出话来："其实、其实我也不知道。我感觉，感觉常清静是喜欢我的，但是不知道他为什么总不承认。"

"那你要我帮你去问吗？"桃桃道，"我能帮你这一次，那下次呢？下次你们俩闹矛盾，还是我替你们去解决吗？"

那仿佛葡萄一般黑黝黝的眼睛，一眨不眨，郑重地看向苏甜甜。

苏甜甜心里不自觉打了个突，有点儿心虚地避开了视线："我……我……"

"既然你没决定好，"宁桃叹了口气，认真地纠正，"下次，这种事，别再找我了。这样的谈话毫无效率和意义。"

宁桃当然不傻，能看出来苏甜甜身上那些小毛病，只是想要一个垃圾桶，一个树洞。甜甜并不是真的傻白甜，某种程度上，像是个天真到近乎残忍邪恶的孩子，道德感极其薄弱。她做的一切基本都出自欲望，而且鲜少能克制住。有句话不是说，人和动物最大的区别就在于是不是能克制住欲望吗？苏甜甜身上作为"人"的理性不多，更多的是"动物性"，就像是刚出生的婴儿，不大的孩子。

这是苏甜甜第一次看到宁桃这么明确地表示拒绝，有些尴尬地嘟囔了两句"我不是这个意思"，又提着裙子像个花蝴蝶一样跑到了人群中。

苏甜甜走后，宁桃胡乱地想到，不知道这样算不算"塑料姐妹情"了。

但人与人之间相处就是个磨合的过程，她、苏甜甜和常清静，他们都有大大小小的毛病。

至少，在她遇到危险的时候，甜甜是发自内心地为她焦急，主动去救她的。

宁桃视线微微一偏，就看到了苏甜甜抱着膝盖坐在了常清静身边，而常清静依然冷峻，低着眉眼，不去看她，也没有拒绝。

少年与少女隔着篝火坐在一起，暧昧的火光照耀在两个人脸上。

宁桃心里有些闷闷的，好像旷野的风烧到了她身上。

桃桃移开视线，不知道自己这样算不算走出来了，她给老头儿写信，说是要一起去落梅坡看梅花，去江畔的酒肆喝酒，去芦苇荡里看鹤。

看到常清静与苏甜甜在一起，她会大声说笑，蹦蹦跳跳，疯疯癫癫，和那些撮合他们的人一道儿，更加大声地说笑，她这些故作姿态的自尊，好像将常清静推得越来越远。

只要她不说，常清静就不会发现，她曾经暗恋他，等她哪天不喜欢了，还能维持点儿体面。

为了摆脱常清静对她的影响，宁桃频频地往蜀山、阆邱和凤陵弟子中间钻。一开始大家微有些尴尬，宁桃也尴尬，但熟悉起来之后就好多了。

旷野的风很冷，常清静睡得一直很浅，醒来的时候，篝火的余烬还没灭，远远地就看到了宁桃和一个阆邱弟子坐在一块儿聊天。

就是之前被宁桃抢了佩刀的倒霉蛋——何其。

"欸，桃子，你真的是另一个世界来的啊？"

"对啊，我骗你做什么？"

"你这包里装的是什么？"

宁桃："都是书！"

何其咂舌："这么多东西背着可不重死了？"

"不行，不能丢，万一回家了我还要考试呢。"

"考试？"

"对啊，我们那儿所有孩子都要上学，律法规定的，六岁上学，一直上九年，这九年时间里束脩和书本费都是国家交的。"半夜天冷，宁桃打了个喷嚏继续说，"九年义务教育结束之后，我们那儿的学生大多数都要继续往下念……"

"我今年高一啦。"

"我还没看到哪个姑娘家竟然背这么多书，舍不得丢下呢，就算是那些秀才也没你这么热爱学习吧？"

宁桃脸颊微红，缩了缩脖子，两颗黑葡萄一样的眼睛在星光下闪闪发光："其实也不是……"

她根本算不上多热爱学习，她学习的功利性和目的性可强了。

见到她缩了缩脖子，何其毫不犹豫地脱下了身上的衣服，递给了宁桃："给，桃桃，你穿着。"

宁桃迅速涨红了脸。

看着面前的少年，他束着个高马尾，皮肤白得剔透，将外面那带毛毛的、暖和的大衣大方地递给了她，自己只穿了件蓝色的劲装。

她还没披过男生的外套呢！赶紧低着眼窘迫地推了回去："我不冷，谢谢，你赶紧穿上吧，别冻着。"

何其笑嘻嘻："我们阆邱冷得很，我已经习惯了。你穿吧，你是姑娘，当然要多照顾你啦。再说了，我们不是朋友吗？"

伍

凤
陵
仙
家

相逢

第 45 章

微红的光落在常清静如玉的脸上。

突然地，常清静觉得有些冷，撑着手想要坐起来。但不知道为什么，看到宁桃和何其之后，又犹豫了，垂着眼，悄悄换了个姿势背对着宁桃，脊背僵硬地躺了回去。

眼里倒映着天河的微光，就这样一直到了天亮。

离开杜家村之后，又赶了好多天的路，一行人这才终于来到了凤陵仙家。

凤陵仙家，依山而建。

凤陵山多水，山势像只栖息在水面的凤凰，当年凤陵仙家的老祖见这块地灵气充足，特地选定在这儿落户开府，凤陵本家就居住在群山环抱，云水交接之中，旁边住着不少凤陵的旁支分家。

远远地看去，回廊重叠，云生云灭，青光一片，雾霭蒙蒙，山峦的轮廓就隐约在这水雾之中了。

中间偶有几个穿着凤陵仙家弟子服的凤陵弟子来往。

这些弟子男的俊美，女的漂亮，都穿着一身杏色宫装，鬓角簪着朵桃花。

宁桃与苏甜甜手拉手，小心翼翼地跟着凤陵弟子的脚步往前走。

木屐踩在回廊上，嗒嗒地响，清音悠长。

走到一半，先回到凤陵仙家的金桂芝就来找他们了。金桂芝一看到苏甜甜，叹了口气："甜甜，家主正要找你呢。"

常清静微微侧目。

苏甜甜紧张不安地说："谢前辈没生气吧？"

金桂芝："这我倒没看出来。"

苏甜甜哭丧着脸跟着金桂芝走了，走的时候，没忘一步三回头地看着宁桃、常清静和吴芳咏。

看着苏甜甜，金桂芝有点儿好奇，又有点儿好笑："怎么？不高兴啊。"

苏甜甜嘟着嘴，挽着金桂芝的胳膊撒娇："我怕舅舅不高兴，毕竟我是偷偷跑出来的。"

金桂芝杵了她脑门一下："那见到溅雪呢？"

苏甜甜愣了一下，眼前适时地浮现出少年苍白病弱的微笑。

"甜甜。"

她差点儿跳起来，握着金桂芝的胳膊紧了紧。

金桂芝乐了："你看你，我就知道你喜欢溅雪，刚刚你进门，第一件事竟然不是找溅雪，我还有点儿纳闷。"

苏甜甜却抿紧了唇，心里一阵乱跳。

另一个挺拔的，冷傲的少年的身影渐渐将谢溅雪的身影冲散了。

溅雪，她终于又要见到溅雪了。

可是，她为什么没有之前那么高兴呢。

……

"欸，甜甜妹子没事儿吧？"苏甜甜走后，吴芳咏一脸怀疑。

很快，有个女管事过来把他们这些"外人"接引到了花厅休息。

少年有点儿担心，十分没出息地走走停停看看，眼神十分惆怅，嘴里絮絮叨叨，翻来覆去就是"甜甜妹子会不会被罚""甜甜妹子如何如何"。

正当宁桃叉着腰恨不得翻个白眼的时候，众人又迎面撞上了一人。

女管事停下脚步，惊讶地扬起眉头，赶紧行了一礼："溅雪小少爷！"

宁桃好奇地看了一眼。

面前站着个披着雪白貂裘的少年。少年生得秀美极了，乌墨的发，白皙的肌肤，肌肤白得有点儿不正常，是那种病态的苍白，眉眼俊秀剔透。

少年笑了一下："朱管事。"

然后往后看了一眼，正好对上了桃桃的视线。

桃桃礼貌地往后倒退了一步，心里有个名字立刻呼之欲出。

这个就是苏甜甜的……竹马兄？

这一路上，宁桃偶尔也听苏甜甜提到过自己有个青梅竹马，姓谢。

原来这就是那位竹马谢兄啊，桃桃恍然。

少年愣了愣，朝桃桃莞尔一笑，目光不经意间又落在了常清静身上。

"这位可是……蜀山的常清静道友？"

常清静站在廊下，身量修长，乌发拢在脑后，颇有点儿八风不动的疏淡有礼的意思。行了一礼，常清静沉声问："敢问道友是？"

那少年笑了："我是谢溅雪，甜甜没介绍过我吗？"

常清静的眉头不知不觉地拢了起来，又察觉到自己的失态，缓缓地松开了眉头，一阵沉默。

少年喃喃："看来是没有了。"又抬起脸笑道，"我与甜甜一道儿长大，是甜甜的朋友。"

站在一边儿的宁桃，鼻尖微微一动，敏锐地察觉到了一阵修罗场的气息。

竹马兄虽然很温和，但话里话外好像带了点儿宣示主权的意思——

温和却有锋芒。

一旁的管事问："小仙君怎么到这儿来了？"

廊下吹来一阵风，竹马兄拢了拢貂裘，笑了一下，眼里好像蕴着淡淡的温柔和宠溺："我听说甜甜回来了，便想着来接她。"

女管事了然地笑了："甜甜姑娘已经被家主叫去了呢，小仙君快去吧，甜甜姑娘这时候肯定盼星星盼月亮就盼你去救她于水火了。"

少年，或者说谢溅雪"噗"地笑起来，又朝宁桃和常清静行了一礼，这才抬脚离开。

谢溅雪一走，刚刚一直没出声儿的吴芳咏，忍不住拽住女管事，羞赧地问："嫂嫂，这位溅雪仙君究竟是谁呀？"

"这个啊。"女管事看吴芳咏生得俊俏好看，笑眯眯地说，"这位是谢溅雪小少爷，与苏姑娘一道儿长大的，两人自小关系就好。我们凤陵仙家的就等着吃喜酒呢。"

"喜酒？"

吴芳咏、桃桃和常清静异口同声地大叫了一声，三个脑袋凑在一起，你看看我，我看看你，蒙了半秒。

一般来说，这种事儿，卜人都不好嘴碎嚼舌根，尤其是做到管事这种地位的，更不可能拿没影的事儿乱说来坏了别人清誉。

而现在，这位女管事说起来神态自然，笑眯眯的。

吴芳咏的神情一点一点沉了下来。

吴小少爷虽说没出息了点儿，但好歹也算是金乐镇的大户，心里对这些弯弯绕绕特清楚。

既然这位管事嫂嫂这么说了，那十有八九是有这意思了。

宁桃敏锐地察觉到，这位谢溅雪的突然出现，让常清静和吴芳咏都发生了点儿微妙的改变。

常清静倒还好，只是抿紧了唇，神情像是如释重负又像是有些僵硬和冷淡，吴家小少爷却是显而易见的周身黑气缭绕，无精打采。

至于宁桃。

宁桃就感觉，这就像自己的同桌和朋友都喜欢上了漂亮的班花，就在刚刚，大家惊叹连连地得知班花有个"未婚夫"，于是，两个情窦初开的少年顿时大受打击。

而她就是暗恋其中一个少年的悲催货。

想了想，宁桃只能压下心头闷闷涩涩的感觉，一只手拖着一个，大步往前："走啦走啦！"

到了花厅之后，大家明显都心不在焉的，就在宁桃和吴芳咏、常清静他们喝了几杯茶，百无聊赖的时候，之前接待他们的那个女管事，突然又走了回来。

目光在这一众少年身上游移了片刻，直直地落在了桃桃身上，女管事十分有礼貌地行了一礼："宁姑娘，家主有请。"

常清静和吴芳咏都从苏甜甜和谢溅雪的事中回过神来，闻言一怔。

吴芳咏奇怪道："岭梅仙君找桃子干啥？"

常清静定定地看着那管事，有礼地问："谢前辈可有说所为何事？"

"这倒没说。"

宁桃刚开始也有点儿没缓过神来，但很快就明白了。

"我觉得——"

常清静转头看她。

"我觉得是和度厄道君有关。没关系，"宁桃放下茶杯，忐忑地说，"我去一趟。"

那位岭梅仙君和老头儿不一样，老头儿名头虽然唬人了点儿，但十分接地气，和老头儿相比，这位可是实打实的贵族家主。一想到要见那位岭梅仙君，宁桃紧张得汗湿了手心。

管事带着她在这偌大的凤陵山里七拐八拐，终于拐进了一个长廊，在一间屋子前停下了脚步。

"仙君就在这里面，"管事行礼，"宁姑娘，请。"

宁桃推开了门。

人来到一个陌生的地方都会下意识地打量一眼周遭的环境。

屋子不大，陈设得十分素净雅致，前面挂着幅江雪垂钓图，屋里点着熏香，榻是简简单单的葵草席。一旁的黄杨木桌子上摆了个铜煎炉。

再往前挂着个竹帘，竹帘后面有个男人在结跏趺坐。

"进来。"

那道冷冷清清的嗓音响起，空气中好像漫开了一阵如薄冰浓雾般的气息。

透过竹帘子，宁桃终于看到了这个和老头儿齐名的岭梅仙君的真面目。

这是个看起来比老头儿年轻不少的男人。男人看起来估计有三十好几了，眉间的川字纹很深，清瘦颀长，黑衣白发，面容清俊，身旁摆着个乌黑的剑匣，袍角袖口绣着点儿疏落的白梅。

男人眼神扫过来的时候，目光极冷极冽，这一眼好像就有星汉天河，江河山川。

"你就是宁桃？"

一开口，好像有冰碴子簌簌地直往下掉。

宁桃愣了半秒，立刻恭恭敬敬行了个大礼，诚恳地说："晚辈宁桃拜见谢前辈。"

男人看了她一眼，没有寒暄，或者说懒得也没必要和她这个小辈寒暄，开门见山。

"你和楚昊苍什么关系？"

谢迢之的问题问得十分简单粗暴。

"何时、何地碰见的，当时又是什么情形？"

老实说，这么个冷冰冰的又大权在握的仙君，掀起眼皮，冷冷淡淡地问这些问题，宁桃心理压力的确有点儿大，只能硬着头皮把之前应付常清静的说辞重新说了一遍。

谢迢之也不多话，乌黑的眼静静地看着她。

宁桃压力骤然而生，抿紧了干涩的嘴唇，努力回望。

下一秒，男人却骤然出招！

那乌金的剑匣嗡嗡直响，从剑匣中陡然飞出了一把血色的长剑，梅影纷乱间，剑尖直取宁桃咽喉！

宁桃的心差点儿蹦出了嗓子眼儿，做梦也没想到谢迢之竟然会对她动手，桃桃浑身上下一凛，托老头儿的调教，心念一转间，在杀意到来前，"不动山岳"已然包裹全身。

"谢……谢前辈？！"宁桃失神惊叫。

这是蜀山的招式。谢迢之眉眼凛冽，岿然不动地想，剑尖又往前递进了一寸。

"咔啦。"

细微的动静响起。

宁桃僵硬了，额头的冷汗一滴滴地滑落下来，胆战心惊地看着护体的金光伴随着这动静渐渐崩裂。

她好像知道这位岭梅仙君为什么叫这个名号了。宁桃浑身冒汗。

随着对方身上的威压如水般渐渐铺展开，屋子里的梅影翻飞得愈加多而迅疾，如同一场落红花雨。

谢迢之双唇一碰，冷冷地继续逼问："说，你和楚昊苍，究竟是什么关系？"

屋里的家具经不住男人的威压，花瓶"砰""砰"接二连三地炸开。

剑尖终于击碎了宁桃身前的"不动山岳"，察觉到谢迢之真的是打算杀了她的，宁桃咬着牙，再次祭出了"掌心雷"！

不到万不得已的时候，她是不打算用之前老头儿教她的招式的。

谢迢之毕竟是凤陵仙家的家主，对付她这个小姑娘，根本用不着一个手指头的力气，就能逼得宁桃步步后退，不得已之下，打破了原则，身形一转，用上了九天震雷刀法的招式。

再不出招宁桃真的有理由怀疑自己会死在这儿！

抓起一把椅子，桃桃将灵气注入椅子里，又举起椅子，一气呵成地对上了剑刃！

剑刃刺向椅子，椅子非但没碎，反倒爆发出"当"一声巨响，刚猛霸道的气劲反冲向谢迢之，激荡得竹帘哗啦作响，男人的衣袍飞扬开。

她这一动，谢迢之却突然收手，被气劲鼓动的衣袖宛如一瓣落梅缓缓落下，那血色的长剑重新落入剑匣中。

谢迢之毫无波动地淡淡说："果然。"

宁桃扛着椅子，呆在了原地，心一阵狂跳。

暴露了！

谢迢之凤眸一扬，冷冷看她："说吧，你和楚昊苍到底是什么关系？"

桃桃讪讪地放下了椅子，终于没有办法了。

没想到她才用了一招，谢迢之就看出来了。

只好老老实实地交代道："我……我与楚前辈……"

宁桃说得口干舌燥，把她和楚昊苍如何相遇如何结识的事交代了个一清二楚。

但考虑到这位是亲自把老头儿送进去的，指不定心里盘算着如何把他抓回去，桃桃隐去了一些细节，比如说老头儿身体不好、老咳嗽之类的。

"其实就是这样，我和前辈认识的时间不长，关系平平。"宁桃小心翼翼地补充，"其实，其实我也不知道前辈当初为什么不吃了我。"

她能交代的就只有这些无关痛痒的东西了，毕竟她与老头儿的交情真的不算深厚。

谢迢之睨了她一眼，无动于衷，神色平静，却看出来宁桃没有说谎，或许还有隐瞒的，但刚刚这段话，并没有骗他。

"回去吧。"

宁桃正说着呢，猛然抬起头。

谢迢之又处变不惊地重复了一遍："回去。"

那道竹帘"哗"的一声放下了，似乎懒得再和她多说一句话。

这位谢前辈可真是……高冷啊。

桃桃发出一声发自内心的感叹。

死里逃生，桃桃有些茫然地走出了屋，看了一眼窗外明净的天空。

这位谢前辈看起来是个很高傲冷淡的角色，为什么会和老头儿成为朋友，又为什么会分道扬镳？

桃桃颇有些寂寥，颇有些森森忧郁，慢慢走慢慢想，却看到了个熟悉的娇小的身影，正跪在廊下。

定睛一看，桃桃悚然一惊。

竟然是苏甜甜。

苏甜甜跪在廊下，面色苍白，身形看起来摇摇欲坠。

宁桃："甜甜？"

苏甜甜听到她的声音，转过头来哭丧着脸："桃……桃！"

宁桃一看这光景，顿时什么都明白了，迟疑地问："谢前辈罚你了？"

苏甜甜的耳朵无精打采地耷拉着："谢前辈也太凶了，我不就是，我不就是偷偷跑出去了嘛！"

宁桃犹豫了一下，陪她一道儿，在苏甜甜身边坐了下来。

天气已经渐渐暖和了，可能快下雨了，空气又闷又重。

很快，两人就被热出了一身汗。

苏甜甜白皙的肌肤上泛着一层细密密的汗珠，看了看桃桃，伸手轻轻推了她一把："桃桃，你别陪我了，你先回去吧！"

宁桃摇摇头："没事儿，我是坐着，你是跪着，我又不累。"

虽说是某种程度上的"塑料姐妹情"，但平心而论，苏甜甜对她一直很不错，她看到了不管，那多没义气。

"你偷偷站起来活动活动，我帮你挡着，谢前辈看不到的。"宁桃悄悄怂恿。

苏甜甜坚决摇头："不行，这让谢前辈看到了我就死定了。"

桃桃盯着苏甜甜看了一会儿，见她跪了那么久身体摇摇欲坠，又有些心软和不忍心，关切地低下头伸出手："那要不我给你揉揉腿？"

揉了一会儿，苏甜甜长长地舒了口气，情不自禁地伸着脑袋在桃桃的胳膊上蹭啊蹭地撒娇，那耳朵尖也动来动去的，柔软蓬松的大尾巴勾着她的胳膊："桃桃，你真好。"

宁桃的脸没出息地迅速涨红，心尖儿好像都微微一颤。

好、好可爱！怪不得常清静喜欢甜甜。作为一只小动物，苏甜甜这种萌感是天然的，不是那种戴个猫耳喵喵喵便能模仿出来的。

在心里狠狠唾弃了一番自己的没出息，眼看天际好像要下雨了，桃桃忧心忡忡地扶着膝盖站起来："好像要下雨了，我去拿把雨伞来！"

或许是坐得太久了，起身的时候宁桃一个踉跄，腿麻得她欲哭无泪，赶紧稳住了，三两步冲了出去，向路上的凤陵弟子要了把伞。

春雨来得快，半道上天色就已经黑了，远处乌云翻涌，倾压下来，狂风大作，吹得杏花乱舞。

豆大的雨点，断断续续地砸了下来。

雨下得越来越大。

想到还跪在院子里的苏甜甜，宁桃心里着急，举着雨伞一路顶风狂奔。

刚跑回院子里，举着雨伞就要喊的时候，话却陡然卡在了嗓子眼儿里。

宁桃手顿在半空中，看着面前这一幕，微微睁大了眼。

这是个什么情况？

之前看到的那个少年——谢溅雪不知道什么时候来了，手里撑着一把桐油伞，正扶着苏甜甜站起来。

苏甜甜跪得有点儿久了，双腿直哆嗦。

谢溅雪无奈地微笑。

苏甜甜昂起脸，好像羞怯地笑了一下。

少年少女依偎着慢慢走远了。

问题不在于这个，而在于，就在庭院另一角，宁桃还看到了个熟悉的身影。

她看到了常清静。

少年不知道是怎么找到这儿来的，或许是一踏入院子里就撞见了这一幕，少年静静地站在风雨中，宽大的袖摆垂落，浑身上下被雨打出了许多湿印子。

风吹动了竹帘，又从缝隙间吹动了少年鬓边的长发。

他站在月洞门前，眼皮半垂。

或许是目光被这一幕燎痛了，常清静没有看到她。

他的眼黝黑，倒映着风雨中相携离开的苏甜甜与谢溅雪。

这又是什么熟悉的修罗场？

桃桃叹了口气。

但不可否认的是，心脏的位置好像被什么东西狠狠地撞了一下，握紧了伞柄的手缓缓地松开了。

她和常清静各占据一南一北两个位置，沉默地站着。

风雨呼啸着从庭院中掠过，扫落了一地湿漉漉的桃花。

看着看着，桃桃鬼使神差地想递出手中的伞，一瓣落红缓缓地落在了桐油伞面，微雨顺着桃花"啪嗒"落入了衣襟里，水痕一直滑向了胸口的位置。

桃桃一个寒战，像是被猛然惊醒，赶紧揉了揉通红的、不自觉流下眼泪的眼眶。

太卑微了，卑微到她自己都看不上自己了。

雨来得快，去得也快。

很快，冬青树前夕阳出现，落日的余晖好像还带着些春雨的微凉。

昏黄的落日余晖满洒在大红漆门前，大红漆门前竹叶哗哗轻响。

少年站在那儿，如玉的脸上朦胧着夕阳的余晖，凉得像一尊水玉，仿佛眨眼间千年的时光缓缓淌过了。

宁桃看着那竹叶，任由眼泪吧嗒吧嗒地全流在了这场春雨中，有些恍惚。

再抬起眼时，门前已经没了小道士的身影，只剩下了那轮夕阳。

桃桃的指尖微微一动，腾出一只手胡乱擦了擦眼泪，踩着夕阳落花转身离开。

她的眼泪被风一吹，偷偷打湿了他的袖口，就像雨打湿了落花。

常清静不会知道刚刚她站在那儿，除了刚刚那一襟春雨，没有人知道。

第 46 章

回到廊下，宁桃冻得打了个喷嚏，拎起湿漉漉的袖口，拧了一把水。

她脸上的眼泪已经干了，就是眼角肿得有些发烫。

廊下的屋门开了，从里面走出个清瘦修长的人影来，袖摆被潮湿的暮风吹起。

谢迢之眉眼不动，静静地看着宁桃。

宁桃拧水的动作立刻僵硬在了半空中："谢……前辈？"

她这才意识到自己好像是站在谢迢之门前拧水来着！

看到门槛前那一摊水渍，桃桃脸上火辣辣地疼。

谢迢之淡淡地睨了她一眼，又看向了月洞门的方向。

宁桃顺着谢迢之的视线看去，一个大胆的、尴尬的猜测缓缓浮上心头。

该不会，谢迢之刚刚看到了她和常清静像两个门神一样，一南一北地立在了院子里吧，就像串串香一样，常清静看着苏甜甜，而她看着小青椒。

这是谢迢之的院子，院子里站着两个失意的、失恋的、失魂落魄的小屁孩，他当然能尽收眼底。

一想到这一点，宁桃窘迫地埋下了头，悄悄摸上眼角，绝望地发现：

自己眼皮高高肿起，眼眶微红。

这副失恋少女的样子怎么瞒都瞒不住了。

站在别人家门口失恋又被主人撞到，桃桃尴尬得面红耳赤。

谢迢之毫无波澜地收回了视线，抬脚走进去了。

桃桃微微睁大了眼。

正当她松了口气的刹那间，谢迢之突然又折返，手里拿着块白编绫的布，兜头丢到了她脑袋上。

"擦擦。"

男人开口，嗓音比庭院里的暮风好像还冷上几分。

宁桃握着布，看着谢迢之转身又进去了。

桃桃一咬牙，心狂跳地跟上，局促不安地在门口张望了一会儿，小心翼翼地跨过了门槛："谢前辈……多谢。"

谢迢之侧目，嗓音平静："屋里有热茶，自己倒。"

"屋后面有水池，换洗的衣服我方才叫下人拿来了。"

宁桃倒了两杯茶，一杯给自己，一杯给谢迢之。

至于洗澡，她是没有这个勇气的。

只谢过了对方拿来的干净的衣服，躲到屏风后面换上了。

虽然谢迢之看起来冷淡倨傲了点儿，宁桃出神地想，但实际上也是个好人。

等她换完衣服后，谢迢之也没有赶她走。

男人坐在琴案前，拨弦弹琴。

并不是弹给宁桃听的，她有自知之明。

宁桃坐了一会儿，礼貌地站起身请辞。

琴声一断，谢迢之抬起头："嗯。"

凤陵仙家给宁桃他们都安排了住处，回到屋里之后，宁桃就接到了苏甜甜传来的消息，说是她和谢溅雪走了，让她不要再跑一趟了。

宁桃疲倦地往浴桶里一靠，像咸鱼望天一样，"啊"地张大嘴，吐出一口浊气。

温暖的热水澡泡得她肌肉、经络舒畅，暖洋洋的。等从浴桶里爬起来的时候，宁桃几乎倒头就睡了下去。

一直睡到第二天早上，被凤陵仙家弟子的动静吵醒。

天不亮，凤陵弟子便踏着晨光去上早课了。

凤陵仙家家规森严，宁桃他们因为是"客人"，不受家规拘束，自由自在地玩了两天。

这两天时间里，苏甜甜来找过他们一次，但刚来没多久，就哭丧着脸被拽走去上课。

某天。

宁桃、常清静、吴芳咏，三个好朋友严肃地坐在桌前，觉得这不是个事儿。

宁桃高高举起手："要不，我们也去上课吧！正好能学到点儿知识。"

吴芳咏觉得这提议可行，兴致勃勃地去问常清静。

小道士神情严肃，板着个脸，上下唇一碰，吐出两个字："也好。"

于是，宁桃三人便也跟着去蹭课了。

不蹭课不要紧，一蹭课宁桃惊讶地发现，原来凤陵仙家的家主——谢迢之会亲自授课！

穿上了方便行动的练武衫，站在凤陵仙家的练武场上，宁桃清楚地看到高台上站了个长身玉立的男人。

谢迢之上课的方式和其他人倒没什么不同，讲解，演示，然后让下面的弟子自己练，互相切磋。

"小牛鼻子！桃桃！芳咏哥哥！"一个娇小的身影突然钻出了人群，神采飞扬地朝着宁桃他们跑了过来。

"你们来啦！"

苏甜甜看他们的表情，简直像是在看把她从繁重学习任务中解放出来的救星。

宁桃懵懵懂懂地想，看起来苏甜甜是真的不乐意修炼了。

苏甜甜擦了擦光洁的额头上的汗，噘起嘴，长长地舒了口气。

就在这时，吴芳咏又意识到她身后还站着两个女孩。

"甜甜妹子，这是？"

苏甜甜这才想起了这一茬，忙拉着那两个姑娘的手给宁桃他们介绍。

"这是柳易烟，这是苏妙。"

"这是吴芳咏！"

"这是宁桃，"苏甜甜吐了吐舌头，上前拉着桃桃的胳膊，兴致勃勃地说，"我的好朋友！"

这两个女孩，叫柳易烟的个子高挑，神情冷淡，十分有高贵冷艳的意思，叫苏妙的身形娇俏，样貌清丽。

两个女孩看了一眼宁桃，但都兴味索然的样子，看起来没打算和她做姐妹。

桃桃不傻，敏锐地察觉到这两个女孩对自己没有多少好感，估摸着是气场不和的原因，也不尴尬，更不热络。

别人都没兴趣，她也没必要再巴巴地凑上去，打过招呼，桃桃就移开了视线。

介绍到常清静的时候，苏甜甜明显顿了顿："这……这是常清静。"

那两个女孩子古怪地看了眼常清静，又看了眼宁桃，并没有多说什么。

鉴于前面那几次惨痛的经历，宁桃决心化悲愤为动力，好好修炼。

很快，常清静和吴芳咏都察觉出来了点儿不对劲。

宁桃她身形灵活，剑招上手极快，看上去不像是初学者。

至于常清静，少年本来天资极高，谢迢之便让楚沧陵和他切磋。

练武场上顿时"嗡"的一声吵开了。

"和楚师叔切磋？"

"完了，这小道士肯定要被教训了。"

楚沧陵性格暴躁，切磋起来的时候招式也走得霸道，在场的凤陵仙府弟子面色微微扭曲。

基本上都是被楚沧陵修理了一顿的，看着常清静的目光不由得多了几分同情。

楚沧陵和金桂芝回到凤陵仙家之后就没回阆邱仙府了。男人面色阴郁，显然不是第一次被谢迢之指使着干这种事儿。

彼此互相行礼之后，拉开了距离。

"行不得哥哥"出鞘，犹如一道雷蛇乍起，楚沧陵面色不变，拎着"蒿里"将这一剑反拍了出去。

看得周围的人纷纷屏住了呼吸。

常清静天赋虽然高，但毕竟只是个十五六岁的少年，碰上楚沧陵还是有点儿艰难。

伴随着手上的"行不得哥哥"被楚沧陵的"蒿里"拍飞，楚沧陵哼道："服不服？"

常清静往后急退了两步，沉默半晌，躬身行礼："多谢楚前辈指教。"

楚沧陵微扯嘴角："指教算不上。"

走到另一边去了。

没想到谢迢之却不让他走，反倒沉声说："宁桃，你上来。"

一旁观战的宁桃傻了："啊？"

谢迢之是用剑的，剑法走的是轻灵飘逸一脉，与楚昊苍大开大合的那种很不同。宁桃的刀法和楚昊苍是一个路数，谢迢之也意识到了这一点，仍让楚沧陵继续和她切磋。

她和楚昊苍的事儿，男人或许也听到了一耳朵，拎着那把"蒿里"，紧皱着眉头，一脸窝火地说："我不和她练。"

谢迢之神情淡淡："为什么？"

楚沧陵脸色森然："我怕控制不住杀了她。"

宁桃也怕，闻言忍不住一个哆嗦，把头摇得像拨浪鼓："要不，要不就这么算了！"

谢迢之果断地说："试试。"

楚沧陵面色变了几变。

按照辈分来说，谢迢之是楚沧陵的舅舅，楚昊苍杀了谢眉妩之后没抚养过这个儿子，都是谢迢之将楚沧陵一手养大的。楚沧陵毕竟还是顾忌这个舅舅，提着"蒿里"，冷着脸走上来，面色却极其难看。

宁桃没有办法了，只能咬牙去兵器架那儿挑了把称手的长刀，把礼节做全了："请楚前辈赐教。"

楚沧陵轻轻哼了一声："赐教？你该祈祷我不至于杀了你。"

宁桃悄悄地握紧了刀柄。

她倒是不害怕楚沧陵杀了她，毕竟有这么多人都在看着呢。

常清静有些担心她，皱眉叮嘱："桃桃，量力而行。"

凤陵、阆邱和蜀山的弟子们都略感纳闷。

谢前辈怎么让宁桃和楚沧陵切磋？这差距太大了，妥妥被碾压啊。

楚沧陵的坏脾气几乎和老头儿一模一样，毫无尊老爱幼、女士优先的原则。甫一开战，便提着"蒿里"冲了上去！

剑光如电，直刺宁桃心口。

楚沧陵面色阴沉，眼神却亮得惊人，戾气快从眼尾溢了出来。

宁桃见过那个男人，这圆脸女娃骗他！

这女娃胆敢骗他！还有那男人，哈哈哈，竟然教这女娃娃刀法，笑死人了。

他是怕他死了，没人收尸还是怎么的？当初好好一个度厄道君，如今却落到这个地步，真是活该。

宁桃步步往后退，刀面在半空中横扫，将那一剑快、准、狠地打了回去！

四周骤然响起了一阵惊呼声。

常清静、苏甜甜和吴芳咏齐齐惊呼出声，情不自禁往前迈出了一步："桃桃（桃子）！"

楚沧陵的剑越来越快，宁桃往后退得也越来越快。

常清静微微怔愣间，眼尖地察觉到，桃桃虽然退得快，但是并不乱，步法间竟然暗合了点儿道家阵法，精妙绝伦，变化横生。

宁桃心脏乱跳，心里默念着当初老头儿教她的那些内容。

金桂芝目不转睛地看着，突然愣愣开口："这，这不是九天震雷刀法？"

这是楚昊苍的成名绝技，霸道暴烈，又暗含变化。

九天震雷刀法是以禅门的招式"金刚般若""明炬刀法""圣莲魔解"等为基础，又经楚昊苍改进，结合了他风雷双系以及蜀山剑招任意自然的特点，是个兼具变化，攻守一体，刚猛霸道的武功。

面前这圆脸姑娘，眉头紧拧，目光坚毅，像头小狮子一样。

缓缓地，这张幼稚的脸，和那沧桑又凌厉的脸重合了。

在场三家弟子无不惊呼出声。

他们竟然看到了那位度厄道君楚昊苍的影子！

楚沧陵的剑势如同浩荡的潮水一般，奔涌而出，更兼一股让人不舒服的阴寒之气，仿佛百鬼齐啸。

而宁桃面色沉着，步步后退间终于抓住了空隙，手中大刀横切，这刀法中暗含的风雨雷电之势，逼得楚沧陵往后倒退了一步。

这一步，形势倒转。

宁桃手中长刀如同雷电啸聚，步步紧逼。这刀势简直比方才还凶险，继承了楚昊苍的特性，每一招都沉厚霸道，暗含摧筋断骨的力道，被打中了少不得要丹田破碎。

宁桃刚刚学刀，刀法粗陋，修为浅薄，虽然不至于能击碎人的丹田，但被打中了，也要吃不少的苦。

楚沧陵虽说凶狠了点儿，但说实话，毕竟还是顾念着面前是个小姑娘，放了不少水，此时没想到反被宁桃扳回来一城，不可置信地扬起了眉，一振袖正打算还击之时，突然一剑袭来。

这一剑，如同巍峨的山岳破开了这场雷雨，"日落江湖白，潮来天地青"，气象磅礴。

谢迢之沉声："够了。"

楚沧陵紧紧地盯着谢迢之看了一眼，收起了剑，闷哼一声。

"哐当"一声，宁桃松开了刀，没出息地、气喘吁吁地跌坐在地上。

天知道刚刚她的心紧张得都快爆了！

她虽说是个"运动少女"，但擅长的也仅仅是跑步、跳远、撑竿跳之类温和的体育项目。

宁桃满头大汗，狼狈地冲来扶她的苏甜甜苦笑。

"我……我站不起来了。"

苏甜甜张大了嘴，愣愣地看着她："桃桃，你……你从哪儿学来的这些东西啊？！"

苏甜甜激动得脸都红了，眼里都快冒出了小星星："刚刚小青椒都输给了楚前辈！你竟然扳回来了一城！"

吴芳咏这时候也扑倒在了宁桃面前，一脸崇拜："桃子！你知道你刚刚有多威风吗？！大家都看傻了，你知道吗？！"

就那些，那些个个性子高傲的三家弟子，全都震住了。

宁桃一抬头，正好对上了常清静的目光。

常清静面露错愕，好像也被她狠狠震住了，再看她的眼里就多了几分复杂。

那叫柳易烟和苏妙的两个女孩子，看着她的眼里也微含诧异。

宁桃："……"

这还是她第一次处于众人视线包围之下呢，宁桃不好意思地红了脸，小声说："我……我就跟着练练的啊。"

吴芳咏："……"

吴芳咏："行了，你知道你这话说得有多欠揍吗？"

你这让我们这些一道跟着练练的情何以堪！

宁桃站起身，拍了拍身上的灰。

楚沧陵目光落在她身上，察觉到宁桃的视线，十分傲娇地移开了眼，哼了一声。

"哎，"苏甜甜突然惊叫道，"小牛鼻子呢？"

宁桃一看，少年原先站着的地方不知为何已经空无一人了。

常清静不知道去了哪儿。

"小青椒呢？"宁桃发蒙地问。

吴芳咏脸色几经变化："清静？"

台子上的谢迢之，顿了顿，可能觉得有点儿好笑，淡淡出声："走了。"

"走了？"三个发蒙的小朋友。

楚沧陵森然冷笑："输给了你，这小子心里不服呢。"

宁桃精神有点儿恍惚："啊？啊？"

晚上，桃桃使劲琢磨着楚沧陵这话的意思，一直走到饭堂，排队打菜的时候，宁桃这才缓过神来。

"啊！"她明白了！

她是猪吗？！宁桃捧着餐盘，站在原地，使劲儿跺脚。

小青椒这心态，就跟他们班那些学霸是一样的啊！就那种，害怕别人超过他的那些学霸！常清静从小待在蜀山，又是这一辈中的佼佼者，有这种学霸心态很正常。

捧着餐盘，桃桃魂游天外的时候，耳畔突然响起个熟悉的嗓音。

"桃桃！"

苏甜甜也捧着个餐盘，站在人群中，朝她使劲儿招手。

"这儿呢！"

宁桃眼睛一转，目光聚焦，捧着餐盘艰难地挤了过去。

苏甜甜拉着她坐下："坐这儿！"

"宁姑娘，又见面了。"一道温和的嗓音响起。

桃桃这才猛然察觉到，苏甜甜身旁还坐了个人，就是之前看到的那个——

宁桃恍然："是……是你——"

竹马兄！

谢溅雪莞尔，那笑容十分客气有礼，是属于那种对待陌生人的客气。

宁桃张张嘴，捧着餐盘，小心翼翼地坐了下来。

苏甜甜往嘴里送了一筷子面条，弯起眼睛由衷地夸赞："桃桃，你今天太厉害啦！"

她和谢溅雪吃的都是面。

和很多姑娘一样，苏甜甜不喜欢吃葱姜蒜，少年便温柔地低着眉眼，帮她夹去她碗里那些葱姜蒜。

看着面前的苏甜甜与谢溅雪，桃桃有些迷茫。

甜甜不是喜欢常清静吗？

但想到苏甜甜与谢溅雪毕竟是青梅竹马，宁桃很快又放下了这个念头。

就是这顿饭吃得她一直坐立不安的。

主要是，面前这"虐狗"的气息实在是太明显了，几乎是扑面而来。

尤其是这位竹马兄弟，看着苏甜甜的眼神那叫一个温柔，对待桃桃也十分有礼貌，只是这礼貌显得疏淡，让桃桃意识到自己可能、大概是个"电灯泡"。

她敏锐地察觉到竹马兄可能不乐意看到自己这个"电灯泡"。

在学校里锻炼出来了快速吃饭的本领，宁桃迅速地扒完了饭，搁下筷子，端起餐盘站起来："我……我吃饱了！"

苏甜甜惊讶地抬起眼："桃桃，你这就吃完了？不再多坐坐吗？"

宁桃将头摇得像拨浪鼓："芳咏找我还有事儿呢！我先走了！"

说完，她立刻端起餐盘开溜。

走出饭堂的时候，桃桃犹豫着，忍不住想，常清静知道苏甜甜与谢溅雪的关系吗？

苏甜甜这几天与谢溅雪一直走得很近，而且，自从回到凤陵仙家之后，苏甜甜陪着他们的时间明显变少了许多，大多数时候都与谢溅雪走在一道儿。

桃桃经常看到苏甜甜用依赖的、倾慕的、喜悦的目光看着谢溅雪。而谢溅雪看向苏甜甜的时候，嘴角总噙着一抹温柔的微笑。

吴芳咏曾经就对桃桃大呼："完了！完了，我没机会！清静喜欢甜甜妹子，如今又杀出来个什么青梅竹马。"

这些当然也瞒不了常清静，苏甜甜与谢溅雪的亲密全都落在了少年的眼里。

想到之前听那管事说的话，宁桃总有种不祥的预感，有些坐立不安，下意识地去留意常清静的反应。

常清静可能也留意到了，只是他的反应却有些古怪，并不主动去和竹马兄碰头，反倒还是垂着眼照常做自己的事，与苏甜甜倒没有像之前走得那般近了。

宁桃面色通红地想，老实说，看到甜甜和谢溅雪在一块儿的时候，她无法控制自己心里那点儿庸俗又丑陋的庆幸。

如果甜甜真能和谢溅雪在一块儿的话就好了。

桃桃发现，她和常清静的关系好像突然产生了个微妙的变化。

所谓少男心，海底针。

就算是一向成熟稳重的蜀山小师叔，胜负欲也是很强的。

很快，宁桃就发现了这一点，楚沧陵说得没错。

经过上一次切磋之后，宁桃受到了莫大的鼓舞，天不亮就爬起来，胡乱地擦了把脸，神采奕奕地往练武场的方向去了。

她和常清静、吴芳咏他们住得近，去练武场的时候要经过他俩的宿舍。

怀揣着不可言说的想法，宁桃小心翼翼，屏住呼吸，悄悄走过。

却没想到，面前的门"吱呀"开了！

常清静从门内走了出来，少年乌发披散在肩头，明显是刚睡醒起来撒尿的。那平常冷淡得像霜雪一样的眼，微微困倦。

少年的目光落在宁桃身上，不禁一怔。

"桃桃，你起来了？"

她早上起得一向比较晚，对于古人来说是这样的。

今天起这么早，无怪乎常清静茫然。

宁桃鬼使神差地说："我……我出去走走！！"

少年顿了顿，抿唇，敏锐地问："你去哪儿？"

"练武场。"

"练武场"这三个字，其效力相当于"图书馆"，少年小学霸立刻就不困了，同时尿意全无，犹豫了半晌："我陪你一起去。"

紧跟着转身进屋，飞快洗脸刷牙，穿好练功服，将高马尾一扎："走吧。"

宁桃："……"

桃桃算是发现了，常清静虽然看着冷淡了点儿，但胜负欲十分之强，强到恐怖的那种！

而且这样的常清静，和现代那种大家戏称的"学婊型学霸"，有异曲同工之妙。

当天晚上，宁桃早早地躺下就睡了，就为了早上能起得再早点儿，避开常清静。

天上的月亮还没落，大概凌晨四点的时候，宁桃就睡眼蒙眬，痛苦地爬了起来，洗漱，出门。

经过常清静他们宿舍的时候，宁桃的心狂跳，紧张地看了眼那扇紧闭着的门，正打算悄悄摸过去的时候……

门"吱呀"开了，一个已经洗漱得整洁英俊的少年站在门口，一抬眼，正好和宁桃四目相撞。

常清静："……"

宁桃："……"

空气微妙地沉默了下来。

宁桃举起手："小青椒，好早啊。"

常清静："……嗯。"

两个人微露尴尬地沉默，并肩走在练武场上。

看来大家都想偷偷地不让对方知道，比对方起得更早点儿。

第47章

"桃子，"又一次训练结束后，大伙儿坐在食堂里吃饭，吴芳咏咬了口包子，愁眉苦脸地问，"谢迢之前辈安排的那挥刀一千次的作业你做了吗？"

苏甜甜撑着下巴："还有就是剑道理论归纳总结，谢前辈明日要抽查的。"

此言一出，宁桃敏锐地察觉到，身旁的少年握筷子的手，缓缓地顿了顿。

作为学生，宁桃握着筷子，鬼使神差地说："啊，我一个字还没动，好难啊，做不完了……"

心机用在这种地方，宁桃，你没救了！

话音未落，常清静突然就不饿了，放下了筷子，站起身，行了一礼，眉眼板正："我吃饱了，桃桃，你们慢慢吃。"

苏甜甜惊讶："小牛鼻子？！"

吴芳咏困惑："欸，清静干吗去了？"

桃桃默默喝了口稀饭，十分笃定地说："偷偷去写作业了吧？"

说完这句，突然也觉得食之无味，恨不得立刻搁下筷子赶去练武场。

……

凤陵仙家除了重视练武实践，还重视考核。

桃桃在凤陵仙家学了这几天，很快就迎来了上旬的考校，考核分为理论考核和实践考核。

苏甜甜为这考试急得团团转："完蛋了，要是考不好，前辈肯定又要责骂我了！"

谢溅雪温柔地拍了拍她脑袋："无妨，趁这几天抓紧练练，临时抱佛脚也是有些用处的。"

苏甜甜与谢溅雪说话的时候，常清静身形微僵，挥剑的动作越发一板一眼，汗水几乎浸湿了他上衣下裳，乌黑的发黏在颊侧。

宁桃觉得有些煎熬，这感觉太像修罗场了，就算是她都有点儿遭不住。

常清静就像和谁生闷气一般，一直挥剑练个不停，宁桃清清楚楚地看到他手臂直打战，忍不住一把拦住了他。

"常清静，你要不歇一歇吧？"

常清静抬眼看向了她。

一滴汗水顺着他纤长乌黑的眼睫滑落，他浑身湿漉漉的，琉璃似的眼幽深。

宁桃的心猛地漏跳了一拍："小青椒？"

常清静慢慢收回了视线："嗯。"

宁桃松了口气，拉着常清静到一边儿坐下。

她也不知道要怎么劝说他，只好坐着和他有一搭没一搭地聊天。

好在，常清静这个小直男，虽然自闭了点儿，但还是搭理她的。

常清静眼睫微微一颤，汗涔涔的下颌绷得铁紧，看向了身旁的宁桃。

圆脸的姑娘坐在亭子里，小心翼翼地看着他的脸色，故作轻松自在地说些逗乐的话。

她两条腿在半空中踢踏着，星星手链闪闪发光。

很温暖。

这段时间以来的焦躁不安，仿佛被神奇地抚慰了。

谢溅雪的出现叫他心里有些微妙的不痛快，却又让他有些如释重负，像是不必再负担苏甜甜那般强烈真挚的感情。

常清静犹犹豫豫地开口："桃桃，谢谢你。"

"啊？"宁桃丈二和尚摸不着头脑，"你谢我什么？"

常清静却根本没回答她，摇摇头："没什么。"

宁桃鼓起勇气看向他，她能清楚地闻到少年身上的汗水的味道，能看到白色的单衣紧贴着紧实瘦削的肌肉。

"常清静，等过段时间我们去落梅坡看梅花，去江畔的酒肆喝酒，去芦苇荡里看鹤，好不好？到时候，我给你介绍一个我的朋友！"

常清静一愣，眼前立时浮现出宁桃口中的一幕幕。

他几乎无法控制地被这勾勒出的画面给迷惑了心神，眨了眨眼："好……好。"

"啊，对了，你能不能继续教教我剑法？"宁桃脸颊发烫，不好意思地挠了挠头。

如果说她前面说的那几句话还有点儿她暗戳戳的私心，但叫常清静教她剑法的话，的确是出自她的真心。

这段时间的比赛学习，让她明白了一个道理，她是真的想学好功法的！

常清静又是一怔。

宁桃想了想，说："我不能总是依靠你啊。靠山山会倒，靠人人会跑。之前，我有个语文老师，啊，就是私塾的女夫子！她曾经很严肃地告诉我们，女孩子必须依靠自己，有一技之长，能自己挣钱。这样，长大之后，结婚——也就是成亲。"宁桃说道，"成了亲，才不会被丈夫看不起，才不会被丈夫说'我养的你，你就是吃白饭'的，才能有自尊，有话语权。我觉得，挣钱和学功法是一个道理的。"

宁桃发自内心地说："我不能老依靠你们，我得自己保护自己。"

常清静怔住，看着她的眼神明显不一样了。他错愕地看着她，像是看到了什么令人惊讶且陌生的东西。

宁桃说这话的时候，就像是在说什么再普通不过的事情，可是这种理论他生平罕见。

原来，宁桃竟然是这么想的？

这让常清静惊讶又微感敬佩的同时，又不可自制地漫出了一片慌乱。

宁桃说道："而且说实在的，我学功法，说不定就能找到回家的办法。"

"回家"这个议题，其实宁桃平常提得不多。

这话一开口，常清静心口猛地一滞，几乎断然般地冷喝："不行！"

宁桃愣了一下，惊讶地看着他："小青椒？"

一阵冷风吹来，原本已经干了的汗水黏着肌肤，一股寒意直入骨髓，冻得常清静打了个哆嗦，立时无法忍受地站起来。

"不行！"

他的失态，让常清静自己都感到错愕。

少年胸口起起伏伏，稳定了心绪。

常清静淡若琉璃般的眼，几乎是目不转睛地盯着她看。

"不行。"

他抿着唇，又仿佛碰到了什么灼热的东西，猛地收了回去。

"不行。"常清静死死地盯着她，抿着唇，"桃桃，我们不是朋友吗？"

一辈子的那种，好朋友。

"可是，"宁桃无奈地踢了两下腿，顿了顿，继续说，"如果我回不了家了……也不可能就和小青椒你这么过一辈子。小青椒，你以后说不定也会成亲。没有朋友能一辈子在一起的。"

宁桃闭着眼，一咬牙，豁出去了："而且！你看我吧！长得也没那么好看！又和这个世界的人不大一样，我也不想成亲！我要有自保的能力了，我就到处去看看！去用脚丈量这片土地，这片山河！肯定活得比成亲要快活！"

常清静看着宁桃。

宁桃低着头没有看他。

她脖颈半弯，白皙，乌黑的发髻扫过她的脖子。

这仿佛又是一击，重重地落在了他的心上，常清静怔愣在原地。

"不行，"常清静喉口一滞，"桃桃……"

他思绪很乱，几乎比看到苏甜甜与谢溅雪接触时还要乱。与可能会失去这个朋友相比，刹那间，谢溅雪与苏甜甜，几乎成了过眼云烟。

浅薄得不值一提。

他甚至不知道自己怎么了，只能抿着唇，眉头快夹死了苍蝇，缄默不语。

他只要一想到她会走，心上就像是有一只手掐着，喘不上气来。

看着这近在咫尺的宁桃，汗水打湿了少年的乌发，常清静嘴唇干裂，猛然地、狼狈地意识到，桃桃是会走的，朋友也终将分别。

可能像她突然从天而降一样，哪天，她也可能会突然离开，离开得悄无声息。

宁桃抬起头，看着常清静，拍拍身旁的空位，提醒他坐下。

常清静缓缓地坐了下去。

"我教你再唱一首歌吧。"宁桃张张嘴，深吸了一口气，开始唱。

"怎能忘记旧日朋友 / 心中能不欢笑 / 旧日朋友岂能相忘 / 友谊地久天长"

暮风缓缓，舒缓、平静的曲调，恍若娓娓道来般在暮风中荡开。

> 我们曾经终日游荡在故乡的青山上
> 我们也曾历尽苦辛到处奔波流浪
> ……
> 让我们亲密挽着手
> 情谊永不相忘
> 让我们来举杯畅饮

友谊地久天长

友谊万岁朋友情谊

万岁举杯痛饮

同声歌唱友谊万岁

友谊地久天长

……

"就算我们哪天真的分别了,"宁桃眉眼很认真地道,"你还是我最重要的
朋友。"

给常清静唱完这首经典的苏格兰民谣之后,回到屋里,宁桃猛地从床上一
跃而起!

她一定是猪吧!

宁桃悔得肠子都青了,自己给自己盖章是朋友啥的!

然而,常清静回去之后,却没有睡好。

他一直紧皱着眉,睡得不是很安稳。

来到凤陵仙家的这几天他一直都没睡好,饶是死不承认自己喜欢苏甜甜,
苏甜甜和谢溅雪也一直在他脑子里打转。

原来,苏甜甜有个青梅竹马,名叫谢溅雪。

谢溅雪的出现让他松了口气,却又让他心中不甘。他甚至想质问她,为什
么,为什么有了谢溅雪还来接近他?

这么一想,太阳穴又开始跳了。

他捂着脑袋,心里好像有个声音在不断嬉笑、嘲弄地问。

"忌妒吗?这几天你肯定忌妒得发疯了吧?"

不,他没有。

"不是说不喜欢那只狐狸吗?现在又算什么?终于露出了你虚伪的面目了?"

他没有,他没有喜欢她。

"你究竟在贪恋什么,在想什么?"

他什么都没有贪恋。

那嗓音在尖锐地笑:"你根本不是她眼中的唯一,她只是在骗你,在骗你
而已。"

"从小到大你想要的不就是这个吗?炙热的,滚烫的,只属于你一人的爱意。"

"在你舅舅舅母离世之前,你不是还忌妒过你表哥表妹吗?"

"要是有人知道你的真面目，一定会被你吓跑的吧，"那声音尖厉地笑道，"真可怕啊，那么扭曲的感情。"

不，不是的。

常清静颊侧肌肉抽动了一下，几乎狼狈地扭过了头，额间那粒朱砂又开始隐隐发烫了，烫得他心惊。

他知道，这是心魔。

自从他被妖怪附身之后，这残存的邪念总是一直纠缠着他，在最不经意之间出现、嘲弄。

闭上眼，汗水顺着额头，一直滑落到了脖颈前。

乌墨的发紧紧地粘连着苍白的肌肤。

喉结滚了滚，汗水最终深深地没入了衣襟内。

就在刚刚，他梦到了宁桃。

梦到了他们这一路走来的那一幕幕。

梦到他刚刚杀了一只妖，剑尖在往下滴着血。在离开吴府后，他们转道去江南的路上，碰上了个村庄。那村庄一十三口人全被妖精杀了。当时他一言不发，提着剑就冲到了妖怪老巢，将里面的妖怪杀了个干干净净，连眼神稚嫩懵懂的小妖都没放过。

等他提着剑转过身来的时候，正好撞上了宁桃呆呆的目光。

她可能是吓到了。

他身上这股戾气像翻腾的云雾一样，萦绕在周身。他心里"咯噔"一下，突然有些慌乱，想走上前，却又刹住了脚步。

没想到宁桃一咬牙，突然提着袖子冲上来。

他僵硬着想往后退。她一把拽住了他的胳膊，踮起脚，伸着袖子帮他擦干净了脸上的血。

也就从那时候起，宁桃才真正地走入了他的内心。

眼前一花，常清静又看到了宁桃站在水稻田里，裤脚挽得很高。她和小虎子、小柱子他们正忙着在稻田里捉泥鳅和小鱼。

他提着食盒走在田埂上给宁桃他们送饭。

宁桃怕泥鳅这种滑溜溜的、长长的，长得像蛇一样的东西，却还是咽着口水，捧起了一条肥泥鳅，开心地朝他拼命挥手。

"小青椒，你看！"

正值晌午，这个时候田间地头，有不少妈妈提着食盒给自家人送饭。

那一瞬间，常清静脑子里竟然冒出个诡异的念头。他就好像是宁桃的……妻子？

这念头甫一生出，常清静立刻慌乱地把它捺了下去。

桃桃是他的朋友。

而且，他怎么会冒出这么荒谬的念头！

常清静心口狂跳，攥着食盒，脸色泛青。

就算有这种念头，他应该也是丈夫才对。

他忍不住看向宁桃。

红彤彤的，金色的太阳光芒落在她眼里，将少女的眼睛几乎浸染成了蜂糖般的颜色，她笑起来时，又像山间的野果一样既清又甜。那张清秀的脸庞，闪动着青春的、蓬勃的活力。

比任何一个姑娘都好看。

常清静曾经以为，他能和宁桃一直这么走下去，一起经历很多的冒险，是这个世界上，永远不分离的最好的朋友和同伴。

他在蜀山待久了，性格寡淡无趣。宁桃如同一道光，贯穿了他寡淡无趣的人生，他不自觉地移开眼，去追逐这抹亮色。

可苏甜甜不一样，苏甜甜突然出现，打乱了他的节奏，打乱了他的秩序。

最重要的是，在她身上，他好像看到了他一直渴求，却又始终接触不到的——爱意。

曾经，曾经他也有这份爱意的。

那时候他们一家和睦，母亲温柔贤惠，知书达理，父亲温文尔雅，体贴顾家，父母相敬如宾，鹣鲽情深。

直到，爹娘先后离世，他就成了没人要的野孩子。

后来舅舅、舅母将他带回了家里。但他知道，不论他表现得多么认真、多么刻苦，舅舅与舅母还是更偏爱表哥表妹。

他站在廊下，静静地看着他们一家在放风筝，舅母几乎笑弯了腰，舅舅哈哈大笑，抱着小表妹转了一圈又一圈。

后来舅舅看到了廊下的他，朝他招了招手。

毕竟不是亲生的儿子，又兼之父母离世后，他性格孤僻，舅舅平日里就算有心，说话的时候也难免尴尬和沉默，与他说不了几句话。

舅舅大部分都是问课业，又夸他做得好。

常清静默默低下头，狼狈地掐紧了掌心。

天知道，他有多渴求那只风筝，多渴求也能有人手把手，就像曾经的爹娘一样带他放风筝。

他并非舅舅母亲生，只能用耀眼的成绩来弥补，来悄悄争夺他在舅舅舅母心中的地位。

每次听到夫子的夸赞，舅舅总是很开心，拉着他问他想要什么。

于是，他床头便多了一只风筝。

只是没有人同他放，他也不敢放，不敢贪玩，不敢放纵，生怕课业落了下来，舅舅会失望。

可是谁能想到，就连这份爱意也被夺走了。

他去了蜀山，被掌教收为弟子，又不自觉地贪恋师尊的那一份爱意和温暖。

可是张浩清门下弟子众多，想要在其中出类拔萃，博得师尊欢心，唯有加倍的努力。

身为掌教亲传的关门弟子，执剑小师叔，他的一举一动，一言一行都得端正，以身作则。

就像一棵小树，被铁丝捆着，一直端端正正地按照长辈希冀的方向长大。其实，在内心深处，他其实也像莽撞的愣头青一样，也憧憬着叛逆，只是这念头隐藏在心里，稍有浮现，就被他迅速压了下去。

不管有意无意，他都在不由自主地关注苏甜甜，或为了愧疚，或为了她身上随心所欲的自由。

起初，他觉得苏甜甜这爱十分浅薄，甚至觉得烦躁苦恼。

之后，他便觉得煎熬，甚至于愧疚，煎熬于他对她并无男女之情，无法回应她的爱意，愧疚于三番两次伤害了她。

直到那三家弟子促狭地说出："苏姑娘背了你一路！"

"我们让她歇歇她都不肯。"

她的手上满是纵横的血痕，却依然落落大方地昂起头，笑着说："因为，我喜欢小牛鼻子啊！"

在梦中，常清静迷迷糊糊中感知到了那温暖的身躯。

她跌跌撞撞地背着他，摔倒了就再爬起来。

他想叫她别哭了。

那是他第一次为这坚韧所震撼。心在胸腔里疯狂跳动，他如同渴慕阳光的树苗，被这坚韧的阳光灼伤了。

他的目光，再也无法从她身上移开。

梦里，常清静几乎又回到那山洞里。

苏甜甜跌跌撞撞地背着他，她身形单薄，承不住他身上的重量，如同被压弯的稻禾，她号啕大哭："小牛鼻子。"

常清静费力地想要挣扎，在梦里不必拘泥那些规矩礼节，这是他第一次秉承内心的真实想法，努力伸出手，想要替她揩去颊侧的湿发。

"别……别哭了。"常清静动了动唇。

手臂却重若千钧。

苏甜甜擦了把眼泪，又颤巍巍地想要站起来。

这时候，常清静蓦然察觉到自己能动了，他面色一变，立刻站起来。

抬眼，对上了苏甜甜灰扑扑的、狼狈的脸。

苏甜甜："小牛鼻子？"

梦里是不必拘泥那些的，梦里，他无须掩藏自己真实的想法。

心魔梦境是不会骗人的。

直到如今，常清静这才明白，他对苏甜甜生出了好感，他喜欢上了她，喜欢上了那个背着他跟跟跄跄的少女，喜欢上了这份唯一的，如同天光散落下来的爱意。

否则如何解释他看到谢溅雪时心中的不痛快。

可是，突然，常清静又想到了谢溅雪与苏甜甜两人撑着伞行走在大雨中。

常清静指尖微微一动，闭上眼，努力不再去想谢溅雪，不再去想那些乱七八糟的事，动了动唇，正欲开口说些什么，可唇瓣刚一动，话卡在了嗓子眼儿里。

常清静微微睁大了眼，像只被踩了尾巴的猫儿。在苏甜甜身后，他突然看到了宁桃。

宁桃站在洞口，朝他用力挥挥手，身上穿着那身蓝白色的古怪的衣服，背上背着大大的书包，踩在地上。

"小青椒，我回家啦！"

桃桃！

恍若天灵盖被人重重敲了一下，常清静如遭雷击。

就在这时，他好像从那纷乱的情爱中终于挣脱出来，终于，又真正重新看到了自己这个朋友。

她一直隐藏在苏甜甜的身影下，如今漫天的阳光都洒落在她身上，她亮得惊人，却义无反顾地投向了那片光，化为了光。

常清静从床上坐起来，坐得端端正正的，乌发难得凌乱地垂在腰后。

看着窗外的天光，兀自出神。

到了考试的日子，一众凤陵仙家的弟子，全都忐忑不安地站在门前，表情之沉重宛如就义。

宁桃排第十八个，是他们这伙人中第一个。

眼看着从屋子里出来的凤陵弟子们，一个个面色灰败，脚步虚浮，羞愤得几欲撞墙，常清静和宁桃几个小伙伴整个人都不好了！

"我……我先进去了！"

"咕咚"咽了口唾沫，顶着吴芳咏、苏甜甜、常清静的视线，宁桃深吸一口气，推开了面前这一扇厚重的殿门。

吴芳咏死死地盯着门："早死早超生，早死早超生，怎么还不到我？"

片刻之后，门突然"吱呀"一声开了。

宁桃从殿内走了出来。

"欸欸欸！"苏甜甜瞪圆了眼，"桃桃，你怎么出来了？"

常清静也呆了，茫然地看向了宁桃。

殿里传来叫号的动静："十九号！"

宁桃兴高采烈地笑道："我考完啦！"

本来看大家的反应还以为很难的，没想到完全不难嘛。

常清静猛然回神，神情有些复杂地看了宁桃一眼。

宁桃眨眨眼："呃……加油！"

常清静："……嗯。"

第二场考试，考的是理论。

教室里，金桂芝师姐温柔地微笑："请诸位坐好了，考试马上要开始了，若是查到有作弊的，严惩不贷。"

吴芳咏就坐在宁桃前面，闻言扭了半个身子，悄悄地说："我听说这次考试是谢前辈出的题。"

金桂芝师姐目光一瞥："吴芳咏？"

吴小少爷立马坐得板正："有！"

宁桃也有点儿紧张，试卷发下来，先是拿起来粗略地扫了一遍，这一看心里顿时松了口气。

好像也不是很难，至少对于应试教育培养出来的学生来说是这样的没错。

桃桃立刻信心大增，推了推眼镜，抓起笔，埋头奋笔疾书。

偌大的教室里，静得几乎落针可闻。

正在埋头苦写的宁桃，却浑然不知常清静时不时抬眼，看她的眼神迟疑又复杂。

蜀山的执剑小师叔其实是个理论苦手，再加之这几天一直都没睡好，总忍不住盯着宁桃，沉默地看她。

这眼神之诡异，如芒在背，让桃桃终于察觉出来了点儿不对劲，浑身上下汗毛直竖。

桃桃写了有多久？大概两炷香的工夫？写得好快。

常清静收回复杂的眼神，低头看了一眼自己这左空一块儿，右空一块儿的试卷，又悄悄用余光看了一眼宁桃的试卷，呆住了。

都……都写满了？！

少年立刻石化，僵硬地维持着一副豆豆眼的姿势顿在了座位上。

那冷硬的，少年老成的小师叔的气势消失了个无影无踪。

第48章

两炷香的工夫后，宁桃拿起试卷，从头到尾细细地检查了一遍。

呜呼！没有问题！交卷！

看到宁桃走上台前，楚沧陵眯起眼："写完了？"

宁桃不好意思地笑了笑："嗯。"

楚沧陵不大相信地看了她一眼，伸出手："拿来。"

男人狐疑地问："不是乱写的？我看——"

看——

看着看着，蓦然僵硬。

竟然全写满了？而且看上去写得还挺好的？答题还挺有条理？

楚沧陵翻来覆去地看了看卷子，不可置信地蒙了半秒。

宁桃也眨眨眼，笑了一下，露出了颗虎牙，得意扬扬。

宁桃刚一转身，就看到苏甜甜和吴芳咏满脸艳羡地看着她。

常清静也在看她，琉璃似的眼落在她身上，目光莫名。

常清静肯定考得也挺好的吧。综合这几天对常清静的了解，桃桃心里"咯噔"一下，却还是要维持脸上的镇静。

殊不知，看了一眼自己这卷面，常清静沉默了。

考完试后，五个人并肩走在凤陵仙府的长廊下。

吴芳咏："完了，这次卷子好难，肯定不及格了。"

苏甜甜期期艾艾地看宁桃："桃桃，我看你第一个交卷了，你肯定考得很好吧。"

考试规则第一条，就算考得很好也必须说不好。

桃桃心中警铃大响，硬着头皮，装模作样地叹了口气："我觉得好难啊，这次根本过不了了，尤其是第八题，我都是随便乱写交上去的。"

"清静，"吴芳咏捣了常清静一胳膊肘，"你怎么了？舒什么气呢？"

悄悄竖起耳朵听，又默默舒了口气的常清静："……"

"清静一定考得很好吧？"谢溅雪莞尔。

倒是有信心拿"甲等"，心里虽然这么想的，常清静却镇定自若地说："……很难，过不了了。"

"完了。"苏甜甜肩膀垮了下来，"连小牛鼻子都说难了。"

凤陵仙家的卷子批改得很快，第二天上午就到了发成绩的时候。

苏甜甜："小牛鼻子，你们紧张吗？"

"怎么办？"苏甜甜双手交握，咽了口口水，"我……我好紧张。"

竹马少年谢溅雪温和地拍拍她脑袋："甜甜别怕。"

吴芳咏哭丧着脸："我……我也紧张。"

宁桃心里也打起了鼓，忍不住看向常清静。

"常清静，你……"

少年板着脸，侧脸依然冷硬，岿然不动的那种，有点儿泰山崩于前而形不变，超出同龄人许多的平静淡然。

宁桃发自内心地肃然起敬。

不愧是蜀山小师叔！心理承受能力就是强大！

这厢，讲台上的谢逅之垂着眼："宁桃。"

宁桃立刻慌乱地推开椅子，接过了手里的试卷。

谢逅之却在递出试卷的同时，淡淡沉声："不错。"

"不错？"

宁桃蒙了，下意识地看向手中的卷面，上面用朱笔批了个红通通的"甲"！

桃桃激动得脸就像个红扑扑的苹果。

老实说，她预料到自己会考得不错，但没想到考得这么好。

于是，宁桃立刻春风满面，笑容怎么也压不住。

"啊，我不敢看。"苏甜甜苦恼地叫了一声，用手遮住了卷面，一点一点，慢慢地移开手。

"丙！"

"是丙！"

等到那鲜红的大字缓缓展露在人前，苏甜甜激动地长舒了口气，喜不自胜地看向谢溅雪："溅雪，我及格啦！"

吴芳咏半眬着眼，离得老远地瞥了一眼，也松了口气："是乙。"

谢溅雪考的也是甲。

于是众人又整齐划一地看向了常清静。

"常道友一定考得很好吧。"这是笑眯眯的竹马兄。

"……"这是冷着脸的小道士。

宁桃：……这熟悉的修罗场的气息！

谢迢之："常清静。"

少年猛地站起身，动作大到带得身前的桌椅哗啦作响。

察觉到众人的目光，常清静又微不可察地僵了，心乱跳地、僵硬地、同手同脚地走上前。

谢迢之波澜不惊地看了他一眼，这一眼里好像有很多种意思。

忍不住低头看了一眼自己的试卷，常清静一秒石化。

"乙……乙乙乙！"

对于蜀山品学兼优的小师叔而言，没有拿甲简直不能接受！

常清静是神情肃然、拧着眉走上去的，回来的时候面色灰败，一副大受打击的模样，宛如游魂。

宁桃偷偷瞥了一眼，立刻心满意足了！

没想到拿到成绩后，常清静神情严肃地找到了她。

"桃桃，你能，你能……"小道士面色微红，不自在地扭头，吞吞吐吐地说，"你能帮我补习理论吗？"

其他蜀山弟子下巴都快掉下来了。

对于高高在上的常清静而言，主动低头请求补习，简直是破天荒。宁桃愣了一下，起先是惊讶的，紧跟着又磕磕巴巴地答应了下来，主要是对自己这能力到底能不能教别人感到忐忑。

于是，补习的事就这样定了下来。白天，她和常清静一起练武，常清静教她刀剑；晚上，她帮常清静补习理论。

第一天，宁桃紧张得心几乎跳出了喉咙。

好在三两天过去后，她终于平静了下来，不至于再没出息地脸红。说起来是帮常清静补习，其实更像是他俩在一块儿自习，一块儿结伴写作业。

倒是常清静，通过这几天的相处，对宁桃好像有了新的认识。

"桃桃，你这篇剑道理论写得很好。"看着桃桃写的这篇剑道理论，常清静抿了抿唇，心里有点儿复杂。

硬要说，大概就是所谓的酸了。

桃桃睁大了眼，有点儿脸红，不好意思地说："还……还好吧，常清静，你这篇论述写得也不错。"

常清静垂着眼又看了一眼手里的这篇论述。

文辞流畅，详略得当，逻辑性强。他都不一定能写出这么优秀的文章来。

那原本有些疏远的关系，又重新亲密无间起来，就像当初在王家庵，在前往江南的路上一样。

与此同时还有个好消息，托凤陵仙家和蜀山的关系，谢迢之又为她寻来了一支洗露圆荷花。

除了暗恋不大顺遂之外，生活好像越来越走在了正轨上。

走出了"自习教室"，宁桃踩着影子走在月亮下，抬头看了眼天，忍不住皱皱眉。

有时候她也觉得自己这样挺没出息的。

就算这样了，她还是忍不住会为和常清静的相处而感到开心，就好像眼前有万花筒的花朵层层铺展开。可是，与此同时，又有一股强烈的负罪感压得桃桃快喘不上气来了。

这种感觉就像是在撬墙脚一样。趁着苏甜甜和竹马兄走得比较近，自己不要脸地接近常清静什么的。

这段大家一起自习的时光简直就像是她偷来的一样。

宁桃苦着一张脸，走了几步，抱着脑袋停下来纠结地团团转。

你……你也太没出息了！

偏偏就在此时，黑夜中突然传来了熟悉的嗓音。

"桃桃？"

宁桃一愣，茫然地扭过头，竟然在不远处看到了苏甜甜！

"桃桃！"苏甜甜站在月亮下，眨眨眼睛，朝她招招手，示意她到廊下来，"你……你能过来下吗？我有话和你说。"

真是怕什么来什么。

桃桃瞬间僵硬了大半边身子，同手同脚地走上前。

"甜甜！"

苏甜甜犹豫地看着她："桃桃，你，你吃过饭了吗？！"

桃桃："吃过了。"

苏甜甜："那你是打算回宿舍吗？"

桃桃纳闷："是啊，怎么了？"

苏甜甜咬牙，面露羞怯，左拐右拐问了许多杂七杂八的事，这才拉着宁桃的手在廊下坐了下来。

"桃桃，我有个问题想问你。小牛鼻子是不是生我气了啊？"

苏甜甜吞吞吐吐地说明了来意："这几天小牛鼻子好像都不理我了。"

这话一开口，桃桃觉得自己身子另一半好像也跟着僵硬成了木头。

该来的，总是来了。

宁桃抿了抿唇："没……没有吧？"

苏甜甜："我看小牛鼻子最近和你走得很近，桃桃。"

宁桃呼吸猛地顿住了，感觉好像有一股寒意顺着脚底直直地冲向天灵盖。她扭头看向苏甜甜。

苏甜甜黑白分明的大眼忽闪忽闪，这满心的信任和哀求，让宁桃突然觉得自己很卑鄙。

她不应该这么做的，宁桃脸上闪过了点儿迷惘，赶紧甩甩头，让自己脑袋清醒清醒。

一咬牙，看着苏甜甜柔美的面庞，豁出去问了个困惑她很久的尖锐问题："甜甜，你是怎么看待常清静和谢溅雪的？"

"啊？"苏甜甜也僵住了，不自在地收回了前倾的身子，眼里露出了点儿显而易见的慌乱，"桃桃，你为什么这么问？"

宁桃："我觉得常清静可能是不高兴了，你和谢道友走得太近了。甜甜，你不是喜欢常清静吗？那谢道友？"

苏甜甜狼狈地避开了宁桃的视线："是啊，我……我喜欢小牛鼻子，溅雪，溅雪是我的青梅竹马。"

说着说着，就连苏甜甜自己也茫然了。

从前，说起最喜欢谁，她肯定毫不犹豫地说，自己最喜欢溅雪了。可是现在，她总是忍不住想到常清静，忍不住想起他，想起他小古董一样可爱的古板。

宁桃看着苏甜甜茫然的神情，一颗心忍不住直直地沉了下去。

可能，苏甜甜自己都没想好自己喜欢谁。

宁桃想了想，用力地攥住了苏甜甜的手，严肃地说："甜甜，他们两个之间，你必须选一个的。"

苏甜甜反握住她的手，慌乱地说："我……我知道。可是我喜欢小牛鼻子，溅雪又是我的竹马……你不知道，我们的父母也都死得早，我们从小一起长大，从小就亲密惯了的。"

她翻来覆去地说着相同的话，急急忙忙地辩解。

宁桃静静地看着苏甜甜漂亮的脸，忍不住想，其实她也懂苏甜甜的想法，如果有两个优秀的男孩子，比如吴彦祖和金城武同时喜欢她，同时追求她，她肯定也难以抉择，会像苏甜甜一样摇摆不定的！

这是人之常情。

稍微幻想了一下这个画面，桃桃激动了一秒，又蔫了。

可能这就是想象很丰满，现实很骨感。

虽然这么长时间相处大致知道苏甜甜是个什么个性，宁桃还是有些无奈，尽职尽责地继续开解："甜甜，你必须选一个。"

这是对三方感情的尊重和责任。

苏甜甜讪讪地松开了手，脸色有些微妙的惨白，又死活不愿意承认自己在两个人之间摇摆不定，反而古怪地看向了桃桃。

"那桃桃你呢，你这段时间和小牛鼻子走得很近吧。"

宁桃愣住了。

或许是被戳破自己三心二意优柔寡断，苏甜甜的眼里有些羞恼。又或许是宁桃这段时间和常清静一块儿比赛学习，她参与不进去，有些忌妒。

总而言之，苏甜甜缓缓地坐直了身子，松开了桃桃的手，杏眼里隐隐有激动的指责浮上来。

"桃桃，你答应过我的，帮我接近小牛鼻子。你现在这样算什么？"

苏甜甜越说越激动，眼里冒出了眼泪，嘴角扯出了个嘲讽的笑："我那么相信你，你怎么能这样，你这样算什么，你知道她们都在怎么说你吗？"

夜风吹来，宁桃忽然觉得心里一片冰凉。

她也没有说话，只是静静地看着苏甜甜。

苏甜甜情急之下口不择言，等回过神来之后，看到桃桃静静地看着她，又自乱了阵脚，后悔得直道歉，眼泪夺眶而出。

"对不起，对不起，桃桃，我不是这个意思。我只是太着急了，对不起。"

是怎么告别苏甜甜回去的，宁桃已经记不清了。

她好像静静地看了苏甜甜一眼，脸色因为激动而发红，但眼神是冰凉的，语气也是冰凉的。

"我帮不了你，我不是你爹娘。"

等猛然回神的时候，她已经握着笔坐在了桌前。

借着烛火的微光，宁桃看了一眼常清静。

少年似乎是被面前这道题难住了，紧皱着眉。他侧脸冷峻，就像九天上的朗月，像山巅上皑皑的白雪。

其实苏甜甜说得未尝没有道理。桃桃握紧了笔。

她确实是存着这样的心思。

她完全不知自己那点儿小心思，如果让常清静知道了，就像之前在王家庵她撒谎一样，他会怎么看待她。光是这么一想，宁桃几乎就有点儿承受不住了，就连她自己也觉得之前的自己像是阴暗潮湿的水沟里的小虫子。

深吸了一口气，宁桃攥紧了手里的笔，终于忍不住开口："小青椒，要不，要不我们从明天起不一起写了吧。"

常清静微微一怔，错愕地抬起眼："桃桃，为什么？"

"没有为什么，就是……就是不想一起写了，没时间。"

宁桃一边收拾东西，一边平静地说："我们两个一起写，影响不好。"

就在这时，门外突然传来了个熟悉的嗓音。

"小……小牛鼻子！"

宁桃猛然扭头一看。

苏甜甜正站在门口，呆呆地看着他俩呢。她是鼓起勇气来找常清静的，却没想到在这儿看到了宁桃。少女眼里迅速漫起了一阵雾气，看看宁桃，又看看常清静，突然扭身飞一般地冲了出去。

桃桃站在原地，抱着书看着这一幕，这感觉怎么好像她真的变成了那种恶毒的女配角了，可是她心里竟然奇异地没有多大波动，只是看向常清静。

"快去追啊，苏甜甜等你呢。"

常清静望着苏甜甜的背影怔了一瞬，却没有动作。

他该追出去的，可比起去追苏甜甜，宁桃的话更让他觉得困惑，他想不明白这是为什么，顺势一把扣住了宁桃的手腕，嘴唇张了张，猫眼死死地盯着桃桃，突然又不知道说些什么了，只好糊涂地重复："为什么，不想和我一起写？"

对上桃桃的眼，常清静觉得一阵没来由地慌乱。

宁桃咬咬牙，拨开了少年的手："你不去追苏甜甜吗？"

目光落在他被拨开的手上，常清静指尖微微一僵，却固执地不肯多迈出一步。

那昏黄的光落在常清静脸上，如玉般皎洁细腻。

少年紧皱着眉，眼神几乎有些强势地、侵略性地落在她脸上，好像在质问她。

桃桃不自觉地往后倒退了一步，心里很乱。

"我们要避嫌，我们俩总是一起念书，影响不好，有人嘴碎的。"

常清静一怔，想都没想，脱口而出："我不在乎。"

这一开口，常清静自己都被自己这话给砸蒙了，可是他却无暇多想这是怎么回事。

宁桃急得冒汗："可……可是我在乎啊！"

丢下这一句，桃桃抓起桌上的东西，落荒而逃，却没看到在她说出这句话的同时常清静的脸色。

其实宁桃说的话，也不全是为了应付常清静的。

这几天的确有人在说闲话了。

桃桃浑浑噩噩地抱着书，往宿舍走的路上却看到了几个凤陵仙家的弟子，这里面就有上回看到的柳易烟和苏妙。

这几个凤陵仙家的弟子看她的目光有点儿复杂，悄声说：

"最近，宁道友与常道友走得有点儿近呢。"

"那甜甜和常道友？"

"谁知道？"

宁桃一回到屋里，就看到了气急败坏的吴芳咏朝她跑来。

"桃子，你这几天是怎么回事？"

宁桃茫然地问："什么怎么回事？"

"甜甜刚刚哭了！"吴芳咏张张嘴，神情难得严肃了下来，"别人都说你和常清静在一块儿了，这是怎么回事？"

宁桃脑子里嗡嗡作响："我和小青椒一起写作业啊。"

吴芳咏怀疑："真的？"

"真的！"

吴芳咏："外面都在传……"

"传什么？"宁桃茫然地追问。

吴芳咏皱着眉，几乎审视般地看着她："传你挖苏甜甜的墙脚！捡……捡苏甜甜不要的男人。"

"桃子，你告诉我，你到底有没有这么干？"

桃桃大脑一片空白，一抬眼就对上了吴芳咏这近乎审视的目光，顿时，脑子里好像丧失了思考的能力。

"我……我没有。"

吴芳咏恨铁不成钢地看着她，急得大了嗓门："桃子，你说实话！"

宁桃也觉得委屈了，眼泪迅速上涌，也大嗓门地吼了回去："我都说我没有了！"

吴芳咏被她吓了一跳，神情立刻有些懊悔和复杂，往前迈了一步："我……我不是这个意思，我就是有点儿担心。"

他只是担心她……她脑子糊涂走错了道儿，最后又伤到了自己。

宁桃很少哭的，再加上她来自另一个世界，行为处事有时候又像个少年。如今看她一哭，吴芳咏也慌了，叹了口气。

"你知道的，清静他喜欢甜甜，甜甜也喜欢他，我怕你插入他们俩之中受伤害。"

说到这儿，吴芳咏心情也有些复杂，相处了这么长时间，吴小少爷也大致明白了苏甜甜是个什么秉性，然而感情这回事儿由不得人控制，他对苏甜甜还是抱有点儿好感。

他自己倒没必要担心的，他更担心宁桃，担心宁桃要是钻了牛角尖……

那她呢？

桃桃木木地听着吴芳咏慌乱的解释，手指关节越捏越紧。

他脑子一时发热，就来质问她了。

她的确喜欢常清静不假，可是她一直都把这感情深埋在心里，就是害怕破坏常清静和苏甜甜之间的关系。

宁桃眼泪怔怔地滑了下来，一阵莫大的委屈撞上了心尖。

她擦了把眼泪，恶狠狠地说："我知道你们都喜欢甜甜！我说没有就是没有！我还没那么下作！"

话音未落，宁桃抱着书再度破门而出！

宁桃跑得很快，一边跑，一边腾出一只手胡乱擦眼泪，但眼泪却怎么擦都擦不干净，被夜风一吹，又涌了出来。

苏甜甜质问的眼神，吴芳咏怀疑的目光，就像两把刀子一样扎得她鲜血淋漓，比起那些流言蜚语，朋友的不信任，更让宁桃心如刀绞。

她完全是一头热地飞一般地跑过了长廊。

却没想到正好在廊下又撞见了苏甜甜，苏甜甜坐在廊下，眼眶红红的，被不少风陵弟子围着安慰，看到满脸泪痕的桃桃，两人都齐齐地愣了一下。

"桃……桃？"

撞见她的那一刹那，苏甜甜的眼里有慌乱有愧疚有不安。宁桃看着围在苏甜甜身旁的风陵弟子，又触及这些人复杂的目光，顿时什么都明白了。

宁桃唇瓣狠狠哆嗦了一下，看着苏甜甜的眼神很陌生。

她突然觉得这时候的苏甜甜也陌生。

血液倒冲入大脑，桃桃抱着书步步往后退，直到脚后跟碰到了一块石子儿后，这才如梦初醒，跌跌撞撞地冲入了夜色里。

……

常清静坐在座位上，垂着眼，沉默地看着面前这已经空无一人的座位。

眼前好像又浮现出宁桃说："我不想和你一起写了。"

不想和他一起写了？

这一句话，犹如当头一击，把常清静砸蒙了。宁桃一向很迁就他，这是她第一次这么直接说她不想和他一起。

是他做得不够好？哪里惹桃桃生气了？

他坐在那儿，神情冷淡，眉眼仿佛覆压了一层霜雪。他坐了半天也不知道在和谁置气。

半晌，常清静才站起身，收拾了心情，走出了屋。

路上风陵仙家弟子看他的表情却有点儿怪，常清静不知不觉皱紧了眉。

就在这时，身后突然响起一个熟悉的、清糯的嗓音。

"小牛鼻子！"这道嗓音仿佛含着一腔孤勇，穿透了夜色，清楚地落在了常清静的耳畔。

常清静转身。

苏甜甜眼眶通红，站在原地死死地盯着他看，唇瓣毫无血色，脸颊上泪痕都还没干。夜风托起少女的裙摆和发丝，单薄清瘦得好像要在这一刻乘风归去。

而在苏甜甜身后还站着几个风陵仙家的姑娘。其中一个拽着苏甜甜的胳膊，大声道："常清静！我们带着甜甜是来问你的！"

那个风陵弟子，常清静有些印象，好像叫苏妙。

"你到底对甜甜有没有那个意思？！"

之前那个柳易烟像是忍无可忍了，走上前拦住了他。

"常道友。"

却被少年这浑身的孤冷吓了一跳。

"常道友，你……"柳易烟皱紧了眉，面含嘲讽地看向他，"你究竟是喜欢宁姑娘还是喜欢甜甜？！"

常清静一怔，没搞懂面前这突然出现的凤陵弟子是何用意，眉头深深皱起，冷声问："你这是什么意思？"

"甜甜在哭。"苏妙面色通红，气急败坏地说，"甜甜因为你和宁桃在哭！"

柳易烟冷笑："倘若你真的顾及甜甜，就该和宁桃保持距离。"

"你……你和宁桃，你们两个……你真是蜀山的牛鼻子！"苏妙说着说着，大叫了一声，不满地跺了跺脚，"被宁桃随便一招手就上钩！"

身后跟着传来些断断续续的议论声："常道友……宁姑娘……挖墙脚……"

挖墙脚？

常清静倏然一僵。

挖什么墙脚，他们说桃桃挖墙脚？

苏妙气得胡言乱语："宁桃她明明知道甜甜喜欢你，却还和你凑在一块儿！"

苏甜甜红着眼不说话，明显心里也是认同了这些闲言碎语的。

常清静愣在原地，只觉得头好像都炸开了，一阵汹涌的愤怒伴随着戾气几乎喷涌而出。

他从来都不知道他们这么说桃桃。

常清静面色微变，几乎骇然地缓缓转动了一下脖子。

他从来都不知道他们是这么看宁桃的！

"小牛鼻子。"苏甜甜想去拽常清静袖口，却冷不防地被常清静给吓了一大跳。

常清静面无表情地看着她："松开。"

这股沛然的冷意和戾气几乎吓得苏甜甜和苏妙倒退了一步。

"常清静，你这是什么意思？"柳易烟不满地问，又有些忌惮少年这副模样，浑身有些发凉。

夜风将少年这一头乌发都吹起来，如画的眉眼，挺直的鼻梁，薄薄的唇，剑眉微拧间，一股漠然的戾气流泻开来。

发冠上的红宝石反射着触目惊心的光，犹如一只戾气横生的小鹤。

在月光的映照下，常清静微微侧目，晦暗不明的光影落在他脸上，琉璃似的眼近乎呈现出了一股山雨欲来的天青色，那眼里的瞳仁收成了一条细线。

"滚开。我不是你的所有物。"

图书在版编目（ＣＩＰ）数据

忽惊春到小桃枝 / 黍宁著 . -- 天津 : 天津人民出
版社 , 2022.3（2023.5 重印）
ISBN 978-7-201-17961-2

Ⅰ . ①忽 ... Ⅱ . ①黍 ... Ⅲ . ①长篇小说—中国—当代
Ⅳ . ① I247.5

中国版本图书馆 CIP 数据核字 (2021) 第 268657 号

忽惊春到小桃枝
HU JING CHUN DAO XIAO TAOZHI

出　　版　天津人民出版社
出 版 人　刘　庆
地　　址　天津市和平区西康路 35 号康岳大厦
邮政编码　300051
邮购电话　（022）23332469
电子邮箱　reader@tjrmcbs.com

责任编辑　范　园
特约编辑　曹　岩
装帧设计　AChun.

印　　刷　嘉业印刷（天津）有限公司
经　　销　新华书店
开　　本　700 毫米 ×980 毫米　1 /16
印　　张　19.5
插　　页　8
字　　数　339 千字
版次印次　2022 年 3 月第 1 版　2023 年 5 月第 6 次印刷
定　　价　49.80 元